"十二五"高职高专规划教材·案例实训教程系列

Flash CS3 动画制作案例实训教程

丁雪芳 编

西北工业大学出版社

【内容简介】本书为“十二五”高职高专规划教材。主要内容包括初识 Flash CS3，绘图工具的使用，编辑工具的使用，填充工具的使用，文本的应用，元件与库的使用，时间轴与动画原理，位图、声音与视频的使用，Flash 编程，Flash 组件，测试与发布动画，综合案例以及案例实训，章后附有本章小结及操作练习，使读者在学习时更加得心应手，做到学以致用。

本书结构合理，内容系统全面，讲解由浅入深，实例丰富实用，体现了高职高专教育的特色。既可作为各高职高专 Flash 基础课程的首选教材，也可作为各成人院校、民办高校及社会培训班的 Flash 基础课程教材，同时还可供动画制作专业人士自学参考。

图书在版编目（CIP）数据

Flash CS3 动画制作案例实训教程/丁雪芳编．—西安：西北工业大学出版社，2010.12
“十二五”高职高专规划教材·案例实训教程系列
ISBN 978-7-5612-2975-0

Ⅰ．①F…　Ⅱ．①丁…　Ⅲ．①动画—设计—图形软件，Flash CS3—高等学校：技术学校—教材　Ⅳ．①TP391.41

中国版本图书馆 CIP 数据核字（2010）第 244018 号

出版发行：西北工业大学出版社
通信地址：西安市友谊西路 127 号　　邮编：710072
电　　话：（029）88493844　88491757
网　　址：www.nwpup.com
电子邮箱：computer@nwpup.com
印 刷 者：陕西兴平报社印刷厂
开　　本：787 mm×1 092 mm　1/16
印　　张：16
字　　数：423 千字
版　　次：2010 年 12 月第 1 版　　2010 年 12 月第 1 次印刷
定　　价：28.00 元

序 言

高职高专教育是我国高等教育的重要组成部分，担负着为国家培养并输送生产、建设、管理、服务第一线高素质、技术应用型人才的重任。

进入 21 世纪以来，高等职业教育呈现出快速发展的趋势。高等职业教育的发展，丰富了高等教育的体系结构，突出了高等职业教育的特色，满足了人民群众接受高等教育的强烈需求，为国家建设培养了大量高素质、技能型专业人才，对高等教育大众化作出了重要贡献。

在教育部下发的《关于全面提高高等职业教育教学质量的若干意见》中，提出了深化教育教学改革，重视内涵建设，促进“工学结合”人才培养模式的改革；推进整体办学水平提升，形成结构合理、功能完善、质量优良、特色鲜明的高等职业教育体系的任务要求。

根据新的发展要求，高等职业院校积极与各行业企业合作开发课程，配合高职高专院校的教学改革和教材建设，建立突出职业能力培养的课程标准，规范课程教学的基本要求，进一步提高我国高职高专教育教材质量。为了符合高等职业院校的教学需求，我们新近组织出版了“‘十二五’高职高专规划教材·案例实训教程系列”。本套教材旨在“以满足职业岗位需求为目标，以学生的就业为导向”，在教材的编写中结合任务驱动，项目导向的教学方式，力求在新颖性、实用性、可读性三个方面有所突破，真正体现高职高专教材的特色。

主要特色

中文版本、易教易学

本系列教材选取市场上最普遍、最易掌握的应用软件的中文版本，突出“易教学、易操作”，结构合理、内容丰富、讲解清晰。

结构合理、图文并茂

本系列教材围绕培养学生的职业技能为主线来设计体系结构、内容和形式，符合高职高专学生的学习特点和认知规律，对基本理论和方法的论述清晰简洁，便于理解，通过相关技术在生产中的实际应用引导学生主动学习。

内容全面、案例典型

本系列教材合理安排基础知识和实践知识的比例，基础知识以“必需，够用”为度，以案例带动知识点，诠释实际项目的设计理念，案例典型，切合实际应用，并配有课堂实训与案例实训。

体现教与学的互动性

本系列教材从“教”与“学”的角度出发，重点体现教师和学生的互动交流。将精练的理论和实用的行业范例相结合，使学生在课堂上就能掌握行业技术应用，做到理论和实践并重。

具备实用性和前瞻性，与就业市场结合紧密

本系列教材的教学内容紧随技术和经济的发展而更新，及时将新知识、新技术、新工艺和新案例引入教材，同时注重吸收最新的教学理念，根据行业需求，使教材与相关的职业资格培训紧密结合，努力培养“学术型”与“应用型”相结合的人才。

读者对象

本系列教材的读者对象为高职高专院校师生和需要进行计算机相关知识培训的专业人士，以及需要进一步提高计算机专业知识的各行业工作人员，同时也可供社会上从事其他行业的计算机爱好者自学参考。

针对明确的读者定位，本系列教材涵盖了计算机基础知识及目前常用软件的操作方法和操作技巧，使读者在学习后能够切实掌握实用的技能，最终放下书本就能上岗，真正具备就业本领。

结束语

希望广大师生在使用过程中提出宝贵意见，以便我们在今后的工作中不断地改进和完善，使本套教材成为高等职业教育的精品教材。

西北工业大学出版社
2010年11月

前　言

Flash CS3 是 Macromedia 公司出品的最新版本的交互式动画制作软件，利用它制作的矢量动画，文件数据量非常小，可以任意缩放，并可以以“流”的形式在网上传输，这对于多媒体作品的网络应用是十分有利的。同时，Flash 的应用并不仅仅局限于网络领域，由于其能够制作出高质量的矢量动画，因此在多媒体、影视、教育等领域也发挥着重要的作用。

本书以“基础知识+课堂实训+综合案例+案例实训”为主线，对 Flash CS3 软件循序渐进地进行讲解，使读者能够快速直观地了解和掌握 Flash CS3 的基本使用方法、操作技巧和行业实际应用，为步入职业生涯打下良好的基础。

本书内容

全书共分 13 章。其中前 11 章主要介绍 Flash CS3 的基础知识和基本操作，使读者初步掌握使用计算机制作动画的相关知识。第 12 章列举了几个有代表性的行业案例，第 13 章是案例实训，通过理论联系实际，帮助读者举一反三、学以致用，进一步巩固前面所学的知识。

读者定位

本书结构合理，内容系统全面，讲解由浅入深，实例丰富实用，既可作为各高职高专 Flash 基础课程的首选教材，也可作为各成人院校、民办高校及社会培训班的 Flash 基础课程教材，同时还可供广大动画设计爱好者自学参考。

本书由西安科技大学丁雪芳编写，在编写过程中力求严谨细致，但由于水平有限，书中难免出现疏漏与不妥之处，敬请广大读者批评指正。

编　者

目 录

第 1 章　初识 Flash CS3

Flash 作为专业的网络多媒体动画制作软件，受到了全球广大动画设计及网页制作爱好者的青睐。目前，不论是商业网页还是个人网页，大多数都采用了 Flash 动画制作技术，因此熟练掌握该软件非常重要。

知识要点

- Flash CS3 简介
- Flash CS3 的安装与卸载
- Flash CS3 的工作界面
- Flash CS3 的基本操作

1.1　Flash CS3 简 介

Flash 包含两种含义，一种是指目前流行于网络上的 Flash 动画；另一种是指制作 Flash 动画的软件，在学习用 Flash CS3 制作 Flash 动画之前，首先需要了解 Flash 的特点和应用。

1.1.1　Flash CS3 的特点

Flash CS3 之所以能成为最受欢迎的网络多媒体动画制作软件，与其鲜明的特点是密不可分的，它具有以下几个方面的特点。

（1）所占的存储容量小，可以放在网上供人们欣赏和下载。由于它采用的是矢量图形，具有文件小、传输速度快的特点，并且任意缩放不影响其质量，有利于在网络上进行传播。

（2）制作比较简单，用户只要掌握一定的软件知识，就可以制作出很好的动画效果。

（3）通过脚本可以使动画具有交互性，它可以让观众成为动画的一部分，通过单击、选择等动作决定动画的运行过程和结果，从而弥补了使用传统动画软件制作出的动画只能按顺序播放而不能实现交互的缺点。

（4）使用流式播放技术。流式播放技术使得动画可以边下载边播放，从而减少网页浏览者的等待时间。

（5）大幅度降低了制作成本，减少人力、物力资源的消耗，同时还会节约动画制作的时间。

（6）恰当地使用遮罩，可以创建独特的动画透视效果，并且可以导入多种格式的声音和视频，从而使动画作品更加生动形象、丰富多彩。

1.1.2　Flash CS3 的应用

基于 Flash 具有上述一些特点，因此该软件被广泛应用于网页设计、网页广告、交互式动画、多媒体教学课件、游戏设计、企业宣传、产品功能展示、电子相册等众多领域，如图 1.1.1 至图 1.1.4

所示。

图 1.1.1　多媒体教学课件

图 1.1.2　交互式动画

图 1.1.3　网页广告

图 1.1.4　游戏设计

1.1.3　Flash CS3 的基本概念

要真正掌握并使用一个动画制作软件，不仅要掌握软件的操作，还需要掌握该软件所涉及的基本概念，如矢量图与位图、帧、层、场景、元件与库以及动画等。

1．矢量图和位图

计算机所处理的图像从其描述原理上可以分为矢量图与位图两类。由于描述原理的不同，对这两种图像的处理方式也有所不同。

矢量图是使用直线和曲线来描述的图像，这些图像的元素是一些点、线、矩形、多边形、圆和弧线等，它们都是通过数学公式计算获得的。例如一幅画的矢量图实际上是由线段形成外框轮廓，由外框的颜色以及外框所封闭的填充色显示出来的颜色。由于矢量图可通过公式计算获得，所以矢量图文件体积一般较小。矢量图的优点是无论放大、缩小或旋转都不会失真；缺点是难以表现色彩层次的逼真图像效果，如图 1.1.5 所示。

图 1.1.5　矢量图放大前后效果对比

位图也称为点阵图像，它使用无数的彩色网格拼成一幅图像，每个网格称为一个像素，每个像素都具有特定的位置和颜色值。由于一般位图的像素非常多而且小，因此色彩和色调变化非常丰富，看

起来是细腻的图像，但如果将位图放大到一定的比例，无论图像的具体内容是什么，所看到的将会像马赛克一样，如图 1.1.6 所示。位图的缺点在于放大显示时图像比较粗糙，并且图像文件比较大，它的优点在于可以表现颜色的细微层次。

图 1.1.6　位图放大前后效果对比

2．帧

在 Flash CS3 中，帧是构成动画的基本单位。各帧都对应于动画的相应动作，在时间轴控制窗口中，每一帧都由时间轴上的小方格表示，由于在 Flash 编辑中引入了层的概念，所以在这里帧的含义与传统动画（如电影）播放的帧不完全相同。Flash 场景上某一时间的图像，是由时间轴上当前播放指针所指的一列可见帧中的内容组成的。

3．层

在 Flash CS3 中，层用于制作复杂的 Flash 动画，它有标准层、引导层和遮罩层 3 种类型。在时间轴控制窗口中，每一个动画动作都包含一个 Flash 图层，在每一个层中都包含一系列的帧，而各层中帧的位置是一一对应的，其功能将在后面的章节中详细地进行介绍。

4．元件与库

在 Flash CS3 中，元件是一个非常重要的组成元素，它可以是图形对象，也可以是一段动画，用户可以在 Flash 中创建 3 种类型的元件，分别为图形、按钮和影片剪辑。库是存放元件的地方，每个动画都对应存放元件的库，制作动画时创建的元件都保存在库中，需要元件时直接将其从库面板中拖入场景或元件的编辑区中。

5．场景

场景其实就是一段相对独立的动画播放场地，每个场景都可以是一段完整的动画序列。整个 Flash 动画可以由一个场景组成，也可以由几个场景组成，当整个动画有多个场景时，动画会按照场景的顺序进行播放。但是，如果在场景中使用了交互功能，可以改变播放顺序。

6．交互

多媒体作品与电影、电视作品的最大区别就是在于它的交互性。传统的电影、电视作品只能观看，而不能对其进行任何操作，而多媒体作品提供了有效的交互手段，用户可以控制它的播放，并且它能对用户的不同操作做出响应，使人们由被动地接受信息变为主动查找信息，大大提高了用户的积极性，增添了使用兴趣。

7．动画

动画是根据人的视觉暂留原理创建的，即在人的眼睛看到一个对象后，图像会在短时间内停留在眼睛的视网膜上，不会马上消失，如果在一个对象还没有消失之前，另一个对象又呈现出来，就会形成一种连续变化的效果，从而形成动画。在 Flash CS3 中，由于制作方法和生成原理的不同，可以将 Flash 动画分成逐帧动画和渐变动画，其功能将在后面章节中详细地进行介绍。

1.1.4 Flash CS3 的新增功能

Flash CS3 与以前的版本相比，新增了许多实用性功能，有着更为人性化的设计和更突出的性能。

1. Adobe 界面

享受新的简化界面，该界面强调与其他 Adobe Creative Suite 3 应用程序的一致性，并可以进行自定义以改进工作流和最大化工作区空间。

2. 丰富的绘图功能

使用智能形状绘制工具以可视方式调整工作区上的形状属性，使用 Adobe Illustrator 所倡导的新的钢笔工具创建精确的矢量插图，从 Illustrator CS3 将插图粘贴到 Flash CS3 中等。

3. Photoshop 和 Illustrator 导入

在保留图层和结构的同时，导入 Photoshop（PSD）和 Illustrator（AI0）文件，然后在 Flash CS3 中编辑它们，可以使用高级选项在导入过程中优化和自定义文件。

4. 将动画转换为 ActionScript

即时将时间线动画转换为可由开发人员轻松编辑、再次使用和利用的 ActionScript 3.0 代码，将动画从一个对象复制到另一个对象。

5. 其他方面

（1）ActionScript 3.0 开发。使用新的 ActionScript 3.0 语言可节省时间，该语言具有改进性能、增强灵活性及更加直观和结构化开发的特点。

（2）用户界面组件。使用新的、轻量的、可轻松设置外观的界面组件为 ActionScript 3.0 创建交互式内容。使用绘图工具以可视方式修改组件的外观，而不需要进行编码。

（3）高级 QuickTime 导出。使用高级 QuickTime 导出器，将在 SWF 文件中发布的内容渲染为 QuickTime 视频，导出包含嵌套的 MovieClip 的内容、ActionScript 生成的内容和运行时效果（如投影和模糊）。

（4）复杂的视频工具。使用全面的视频支持，创建、编辑、部署流和渐进式下载的 Flash Video；使用独立的视频编码器、Alpha 通道支持、高质量视频编解码器、嵌入的提示点、视频导入支持、QuickTime 导入和字幕显示等功能，确保用户获得最佳的视频体验。

（5）省时编码工具。使用新的代码编辑器可增强功能且节省编码时间；使用代码折叠和注释专注于相关代码；使用错误导航功能可跳到代码错误之处及时进行修改。

1.2 Flash CS3 的安装与卸载

在安装 Flash CS3 之前，需要检查计算机是否达到了最低配置要求，由于现在使用较多的操作系统是 Windows XP 系统，只有少数用户使用 Macintosh 系统，因此下面主要介绍 Windows XP 系统下的最低配置。

（1）CPU。至少为 600 MHz PIII 以上的处理器。

（2）操作系统。Windows 98 SE，Windows 2000 或 Windows XP。

（3）内存。至少为 128 MB 容量的内存，建议使用 256 MB 或更高容量的内存。

（4）硬盘空间。至少有 190 MB 可用硬盘空间。

（5）显示器。支持 800×600 VGA 或更高分辨率的显示器，建议使用 1 024×768 VGA。

（6）其他配置。键盘、光驱和鼠标。

1.2.1　Flash CS3 的安装

在计算机达到了最低配置要求后，就可以进行 Flash CS3 的安装了，下面讲解它在 Windows XP 操作系统下的整个安装过程。

（1）将 Flash CS3 的安装光盘放入光驱，双击光盘中的安装文件，进入“正在初始化”文件界面，稍等片刻，系统会进入“欢迎使用 Adobe Flash CS3”界面，显示一些欢迎信息，如图 1.2.1 所示。

（2）单击 下一步 > 按钮，进入“安装选项”界面，显示该软件的安装选项，用户可以使用鼠标左键选择需要安装的选项，如图 1.2.2 所示。

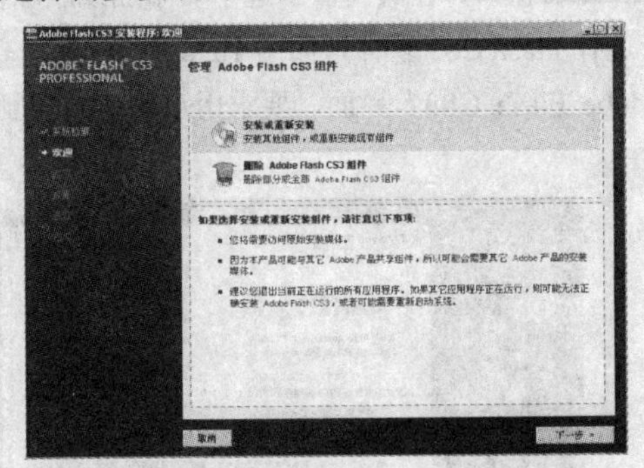

图 1.2.1　“欢迎使用 Adobe Flash CS3”界面

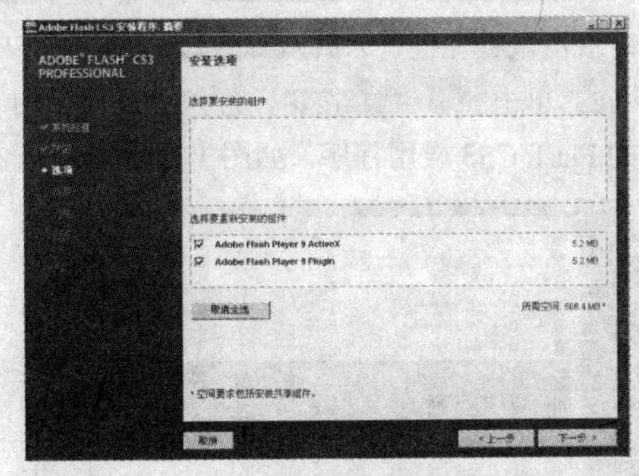

图 1.2.2　“安装选项”界面

（3）单击 下一步 > 按钮，进入“更改概述”界面，显示该软件的安装组件，如图 1.2.3 所示。

（4）单击 安装 > 按钮，进入“程序安装进度”界面，显示 Flash CS3 的安装进度信息，如图 1.2.4 所示。如果想退出则单击 取消 按钮。

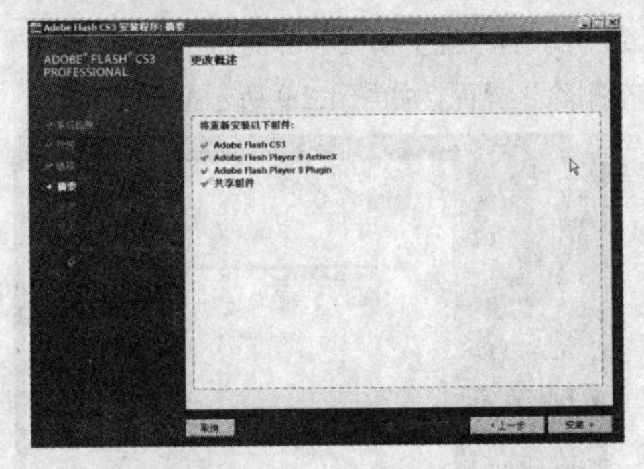

图 1.2.3　“更改概述”界面

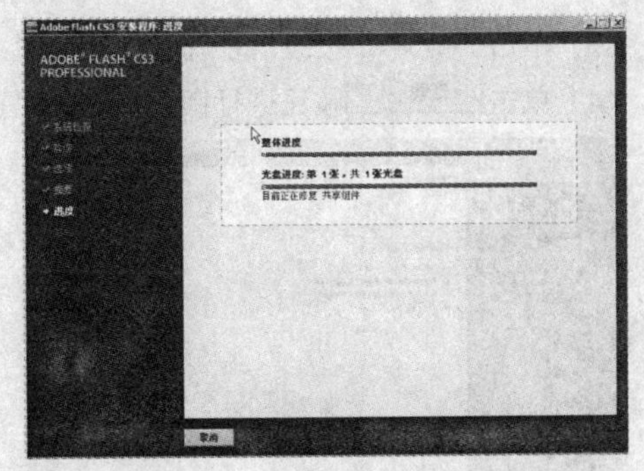

图 1.2.4　“程序安装进度”界面

（5）单击 完成 按钮，完成 Flash CS3 软件的安装，如图 1.2.5 所示。

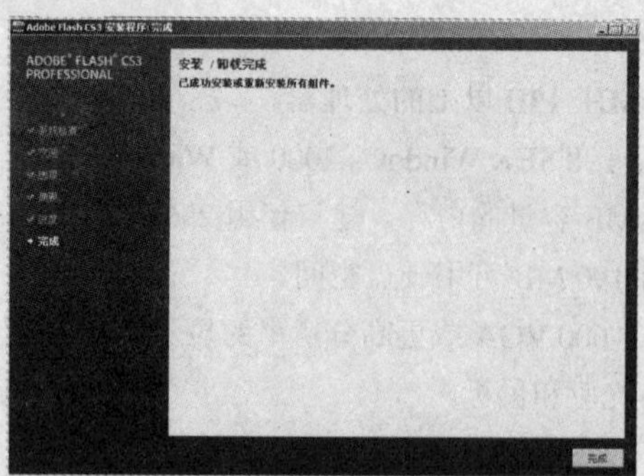

图 1.2.5 “安装完成”界面

1.2.2 Flash CS3 的卸载

当用户不再使用 Flash CS3 时，可以将其卸载，以节省磁盘空间。但 Flash CS3 的卸载绝不是简单地将 Flash CS3 所在的文件夹删除，因为删除后配置文件将仍然保留在系统中，会对系统的运行速度产生影响，所以正确地卸载软件是对计算机资源的保护。卸载 Flash CS3 的操作步骤如下：

（1）选择 开始 → 控制面板(C) 命令，打开 控制面板 窗口，在其窗口中选中“添加或删除程序”图标，双击鼠标左键进入 添加或删除程序 窗口，选择 Flash CS3 软件，如图 1.2.6 所示。

（2）单击 更改/删除 按钮，进入“欢迎使用 Adobe Flash CS3”界面，要求用户确认是否删除已安装的 Flash CS3 应用程序，如图 1.2.7 所示。

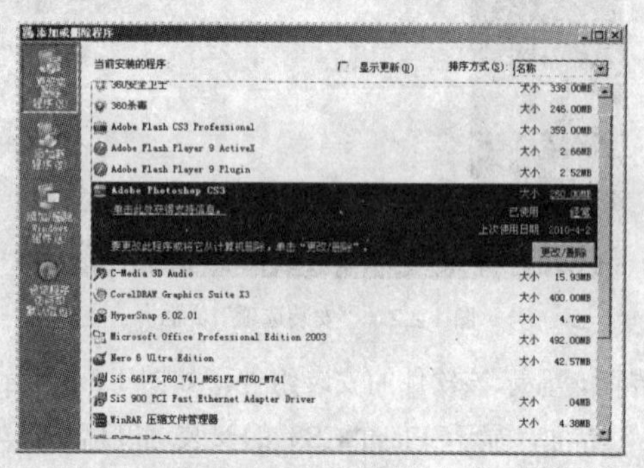

图 1.2.6 “添加或删除程序”窗口

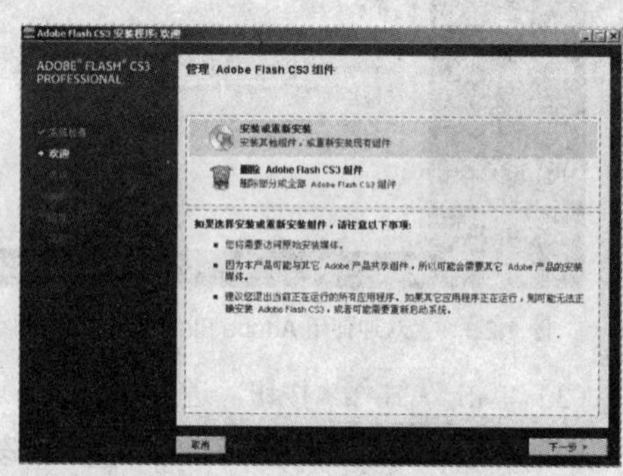

图 1.2.7 “欢迎使用 Adobe Flash CS3”界面

（3）单击 下一步 > 按钮，系统将打开如图 1.2.8 所示的“维护摘要”界面。

（4）单击 卸载 > 按钮进行卸载，进入“正在删除”界面，如图 1.2.9 所示。

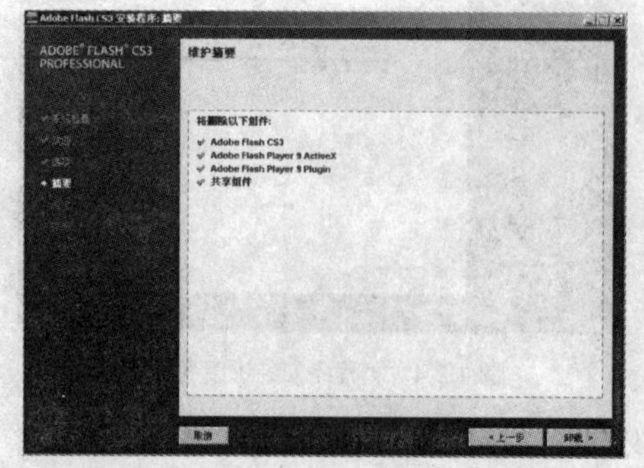

图 1.2.8 “维护摘要”界面

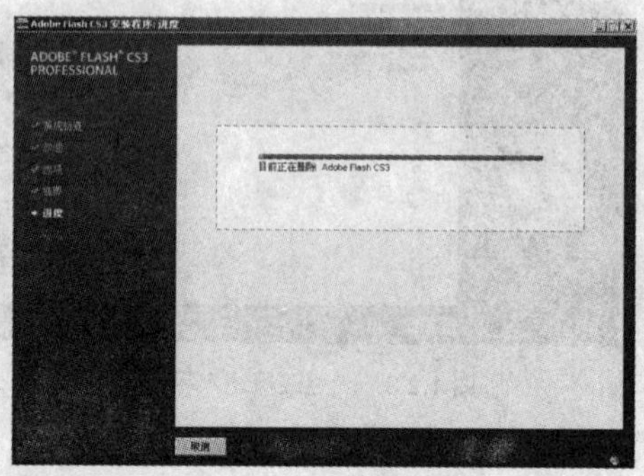

图 1.2.9 “正在删除”界面

1.3　Flash CS3 的工作界面

安装完成后，选择开始→程序(P)→Adobe Flash CS3 Professional命令启动 Flash CS3，进入其工作界面，可以看到标题栏、菜单栏、工具栏、文档选项卡、时间轴面板、场景、工具箱和多个控制面板等，如图 1.3.1 所示。

图 1.3.1　Flash CS3 的工作界面

1.3.1　标题栏

标题栏位于工作界面的最上方，用于显示 Flash CS3 的程序图标、软件和当前文件的名称、“最小化”按钮、“最大化”按钮（或“还原”按钮）和“关闭”按钮。

（1）程序图标。单击该图标，将弹出一个下拉菜单，用户可以选择对 Flash 程序窗口进行还原、最大化、最小化或移动等操作。

（2）Adobe Flash CS3 Professional - [未命名-1]。显示软件和当前文件的名称。

（3）“最小化”按钮。单击该按钮，将 Flash CS3 窗口以图标的形式显示在 Windows 的任务栏中。

（4）“最大化”按钮（或“还原”按钮）。这是一对开关按钮，单击“最大化”按钮将 Flash CS3 窗口最大化显示，此时，“最大化”按钮将变为“还原”按钮；若单击“还原”按钮将 Flash CS3 窗口恢复为原始尺寸。

（5）“关闭”按钮。单击该按钮，将关闭所有文件并退出 Flash CS3。

1.3.2　菜单栏

菜单栏几乎集中了 Flash CS3 所有的命令和功能，用户可以选择其中的命令完成 Flash CS3 的所有常规操作。如图 1.3.2 所示为打开的“修改”菜单，在该菜单中包含了与修改相关的命令，单击某个命令即可执行相应操作。

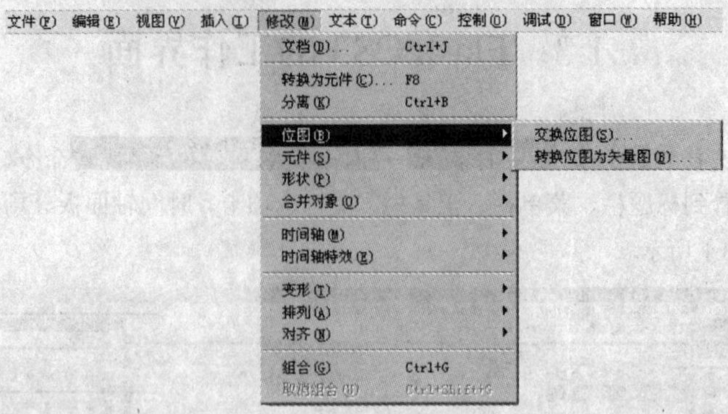

图 1.3.2　菜单栏

另外，用户在操作过程中可以发现，在菜单命令的后面会带有箭头、3 个小黑点以及快捷键等不同内容，它们具有不同的操作含义。

（1）菜单命令的后面带有箭头，表示它有一个子菜单。

（2）菜单命令的后面带有 3 个小黑点，表示选择该命令将弹出一个对话框。

（3）菜单命令的后面带有快捷键，表示直接在键盘上按该快捷键即可执行相关操作。

1.3.3　工具箱

在工具箱中包含了 Flash CS3 中常用的绘图工具，在 Flash CS3 中新增了一个工具箱模式转换按钮，单击该按钮可以在单行和双行之间进行切换。如果在工作界面中无工具箱，可以选择菜单栏中的 窗口(W) → ✓ 工具(L)　Ctrl+F2 命令将其打开，如图 1.3.3 所示。

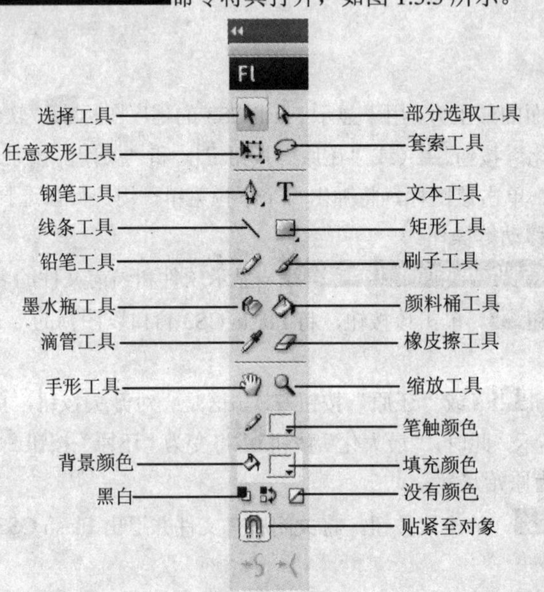

图 1.3.3　工具箱

工具箱可以分以下几个部分：

（1）工具。该区域提供了多种工具，用户可以单击鼠标将它们激活，然后绘制各种图形和对象。其中包括：选择工具、部分选取工具、任意变形工具、线条工具、套索工具、文本工具、矩形工具、铅笔工具、刷子工具、墨水瓶工具、颜料桶工具、滴管工具和橡皮擦工具。

（2）查看。该区域中的手形工具用于调整编辑画面的观察位置；缩放工具用于改变舞台及舞台中对象的显示比例，其中包括手形工具、缩放工具。

（3）颜色。该区域用于设置笔触颜色和填充颜色，其中包括笔触颜色和填充颜色。

（4）选项。该区域用于设置当前工具的附加选项，其中包括各个工具的属性及选项。

1.3.4　时间轴面板

时间轴面板是 Flash CS3 最重要的工具之一，用它可以查看每一帧的情况，调整动画播放的速度，安排帧的内容及改变帧与帧之间的关系等，从而实现不同效果的动画，如图 1.3.4 所示。

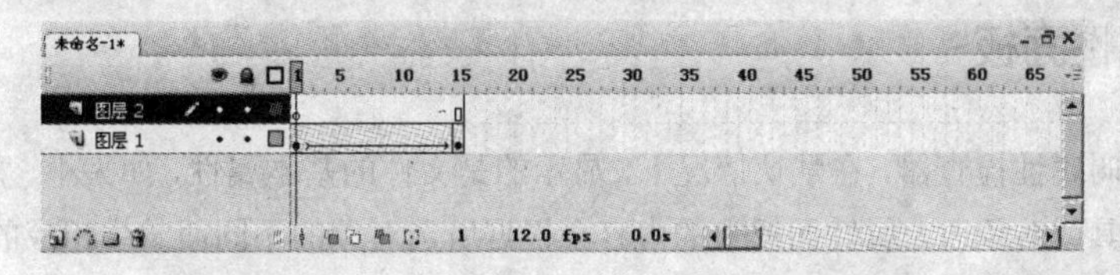

图 1.3.4　时间轴面板

（1）层操作区。层操作区由层示意列和层控制按钮组成，用户可以在该区域中对图层进行显示/隐藏、锁定/解锁、插入和删除等操作。

（2）时间线操作区。时间线操作区由时间线标尺、动画轨道、帧序列、信息提示栏和动画控制按钮组成。在时间线操作区中，用户可拖动时间线标尺中的播放指针查看动画的效果，也可进行插入帧、复制帧和删除帧等操作。

（3）状态栏。状态栏中包括 3 个区域，分别为当前帧、帧频和运行时间。

1）当前帧。该区域显示了当前正在操作的帧的序号。

2）帧频。该区域显示了当前动画设置的播放频率。

3）运行时间。该区域显示了动画到当前帧的位置时已播放了多长时间，该时间是将已播放帧数除以帧速率得到的，并不是实际的播放时间。

（4）更改帧的显示方式。在时间轴面板中，用户可更改帧的显示方式，以适合创作需要。单击时间轴标尺右侧的“选项”按钮，即可从弹出的菜单中选择合适的选项更改帧的显示方式。如果用户选择“很小”选项，时间轴中的帧将以很窄的单元格显示，在此模式下可显示较多的帧；如果用户想实时查看帧，可以选择“关联预览”选项，此时，动画中帧的位置及内容信息便显示在时间轴中。

1.3.5　场景

场景是用来进行创作的主要工作区域，矢量图的制作和编辑、动画的制作和展示都是在场景中进行的。在场景中，除了作品中的图形对象外，还可以设置一些用于帮助图形绘制、编辑操作的辅助构件，如标尺、网格线等。可以通过场景中的显示比例列表框，改变当前作品在场景上的显示比例。场景的界面如图 1.3.5 所示。

在场景界面中，如果动画有多个场景，可单击按钮选择要编辑的场景；单击按钮，可从弹出的列表中选择要编辑的元件，进入元件编辑区；在 100% 下拉列表中可设置场景的显示比例；单击按钮可返回需要的编辑区中。

图 1.3.5　场景

1.3.6　属性面板

属性面板也叫属性检查器，在默认情况下，显示的是文件的基本属性，如大小、背景色和帧频等。当用户选中某工具或对象时，属性面板上的内容会根据所选对象的不同而发生相应的改变。例如，使用选择工具选择一幅位图时，属性面板如图 1.3.6 所示，显示了位图的大小、名称等属性。

图 1.3.6　选择位图时的属性面板

1.3.7　其他面板

除了时间轴面板和属性面板以外，Flash CS3 还提供了颜色、变形、信息、对齐、库和动作等面板，下面简单介绍它们的功能与外观，至于具体用法将在后面的章节中进行详细介绍。

（1）颜色面板。用于设置颜色，当在 类型: 下拉列表中选择不同选项（纯色、线性、放射状和位图），其外观也将不同，如图 1.3.7 所示。

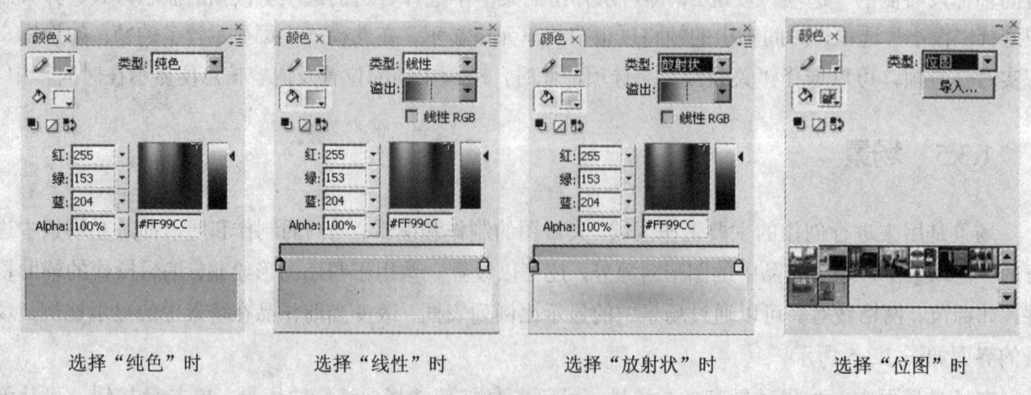

选择“纯色”时　　选择“线性”时　　选择“放射状”时　　选择“位图”时

图 1.3.7　颜色面板

（2）对齐面板。用于调整所选对象之间的相对位置或相对于舞台的位置，如图 1.3.8 所示。

（3）信息面板。用于显示所选对象的大小、位置和颜色等，如图 1.3.9 所示。

（4）变形面板。用于变形对象，包括缩放、旋转、倾斜等，如图 1.3.10 所示。

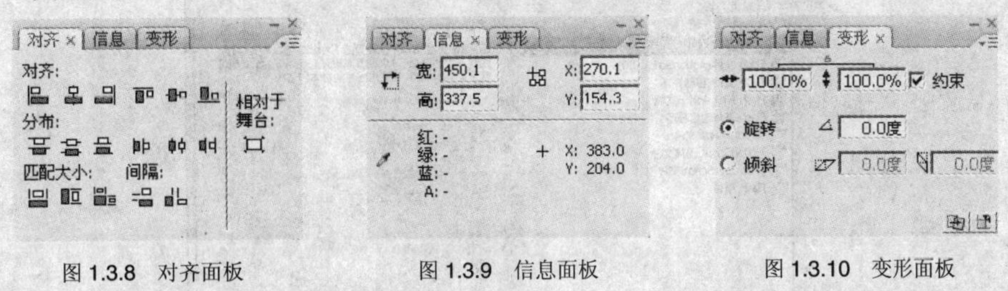

图 1.3.8　对齐面板　　图 1.3.9　信息面板　　图 1.3.10　变形面板

（5）库面板。用于存放和组织可重复使用的 Flash CS3 对象，包括绘制的图形、创建的元件、导入的位图和声音等，如图 1.3.11 所示。

（6）动作面板。用于 ActionScript 脚本代码的添加，使动画具有交互性，如图 1.3.12 所示。

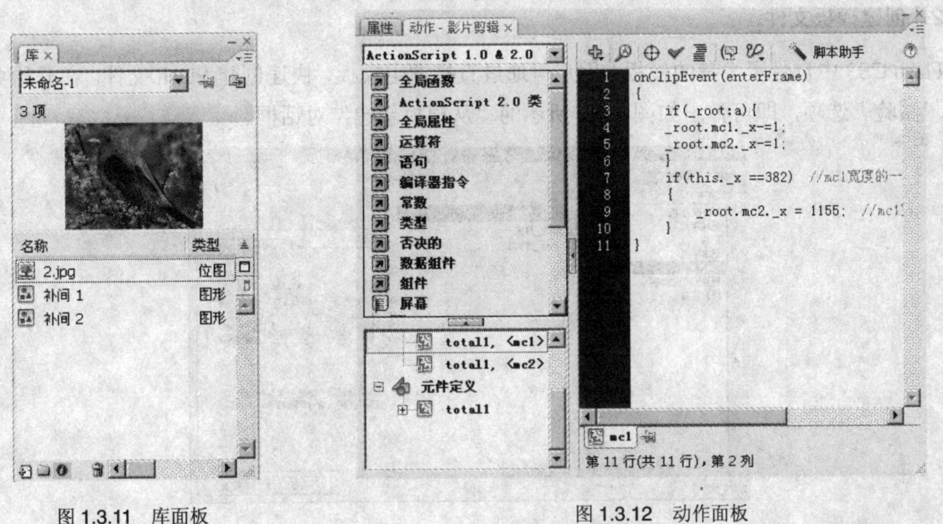

图 1.3.11　库面板　　图 1.3.12　动作面板

1.4　Flash CS3 的基本操作

Flash CS3 的基本操作包括新建文件、打开文件、保存文件、关闭文件、缩放和移动舞台以及辅助工具的使用等。

1.4.1　新建文件

在 Flash CS3 中有两种文件：一种是以.swf 为后缀名的动画文件；另一种是以.fla 为后缀名的源文件。所谓新建文件，是创建以.fla 为后缀名的、可直接打开编辑的源文件，一般有两种创建方法。

1. 创建常规文件

启动 Flash CS3 后，系统默认第一个文件（Flash 文件（ActionScript 3.0））是新文件。如果需要重新创建一个文件，可以选择 文件(F) → 新建(N)...　Ctrl+N 命令，在弹出的“新建文档”对话框中选择合适的类型，如图 1.4.1 所示。

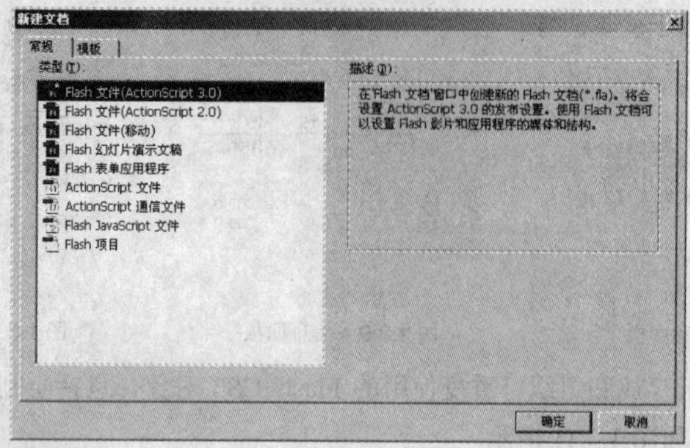

图 1.4.1 “新建文档”对话框

2. 创建模板文件

Flash CS3 中自带了大量的模板，用户可通过直接调用模板，快速创建 Flash 文件。在开始页面中选择“测验”选项，即可弹出如图 1.4.2 所示的“从模板新建”对话框。

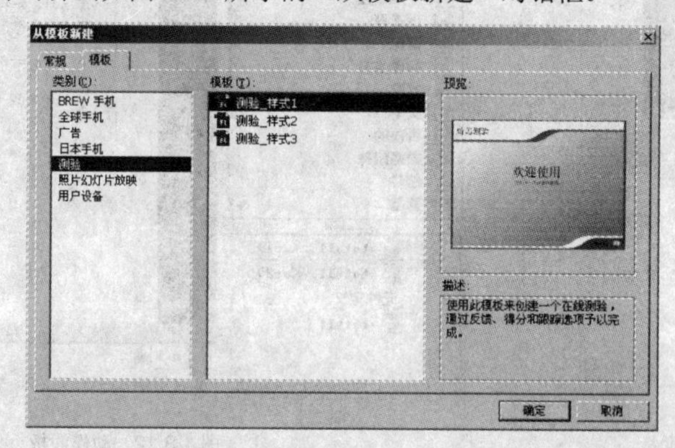

图 1.4.2 “从模板新建”对话框

选择“测验”选项，即可打开该模板，其中包括 3 个选项。如图 1.4.3 所示为选择“测验样式 3”选项后新建的工作界面。

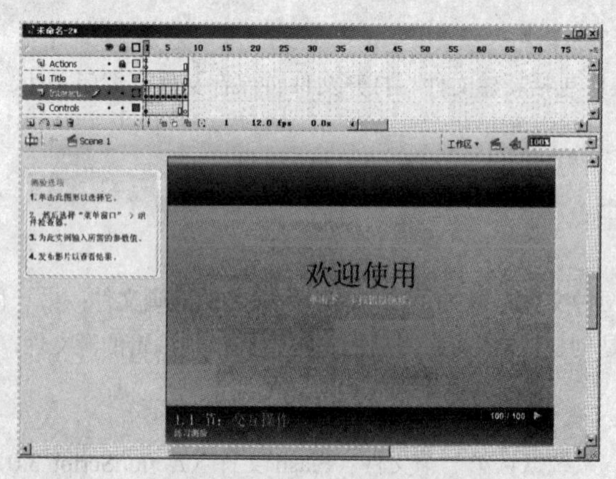

图 1.4.3 “测验样式 3”的工作界面

技巧：用户可以通过单击工具栏中的“新建”按钮，创建新文件。

1.4.2　打开文件

在动画的制作过程中，经常需要将以前保存的文件打开，重新进行编辑修改，可选择菜单栏中的“打开”命令快速打开文件。打开文件的操作步骤如下：

（1）在菜单栏中选择文件(F)→打开(O)...命令，弹出“打开”对话框，如图1.4.4所示。

（2）单击查找范围(I):右侧的下拉按钮，弹出其下拉列表，用户可在其中选择文件的路径。

（3）在文件名(N):文本框中输入文件名或单击其右侧的下拉按钮，弹出其下拉列表，用户可在其中选择相应的文件。

（4）单击文件类型(T):右侧的下拉按钮，弹出“文件类型”下拉列表，如图1.4.5所示，用户可在其中选择相应的文件类型。

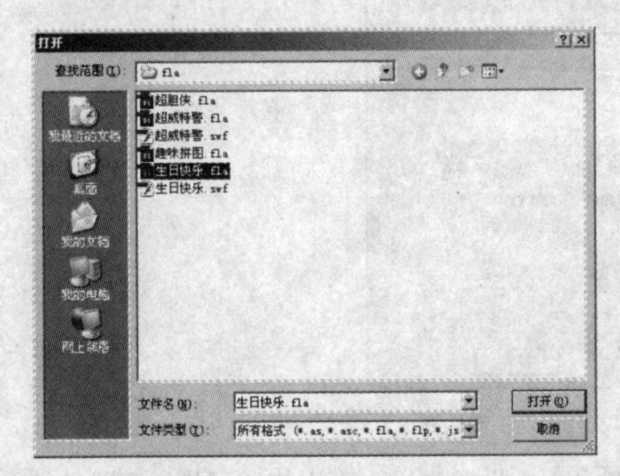

图1.4.4　“打开”对话框

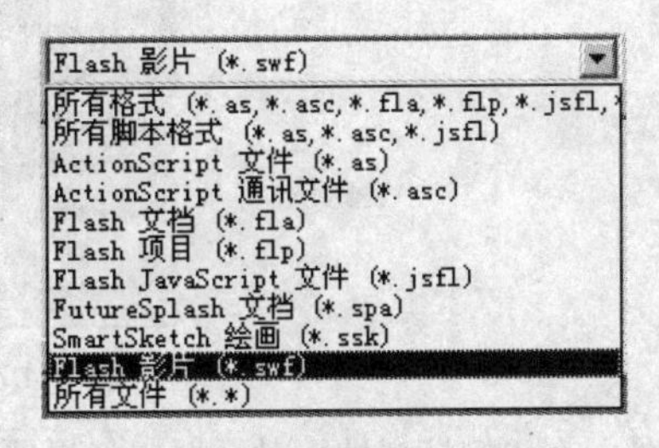

图1.4.5　“文件类型”下拉列表

（5）设置好参数后，单击打开(O)按钮，即可将选中的文件打开，如图1.4.6所示。

图1.4.6　打开的动画文件

如果用户要打开最近编辑修改过的文件，可选择文件(F)→打开最近的文件(T)命令，在弹出的子菜单中选择最近编辑过的文件。

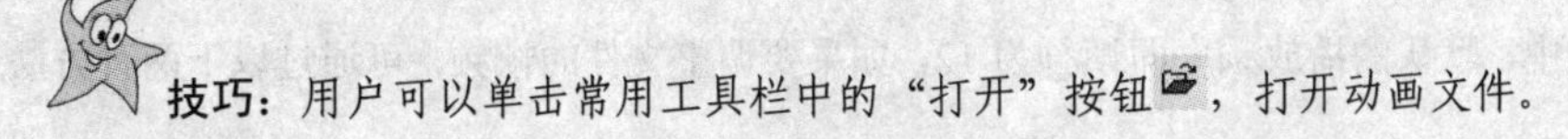

技巧： 用户可以单击常用工具栏中的“打开”按钮，打开动画文件。

1.4.3 设置文件参数

当用户创建好 Flash 文件后，经常会根据创作要求改变文件的大小、背景颜色、帧频等参数，以下将分别介绍设置这些参数的方法。

1. 设置文件大小

Flash CS3 中默认的文件大小为“550×400”像素，如果要调整文件的大小，可通过以下两种方法进行调整。

（1）在菜单栏中选择 修改(M) → 文档(D)... 命令，弹出“文档属性”对话框，如图 1.4.7 所示。用户可以在 尺寸(I): 文本框中输入数值，设置文件的大小。

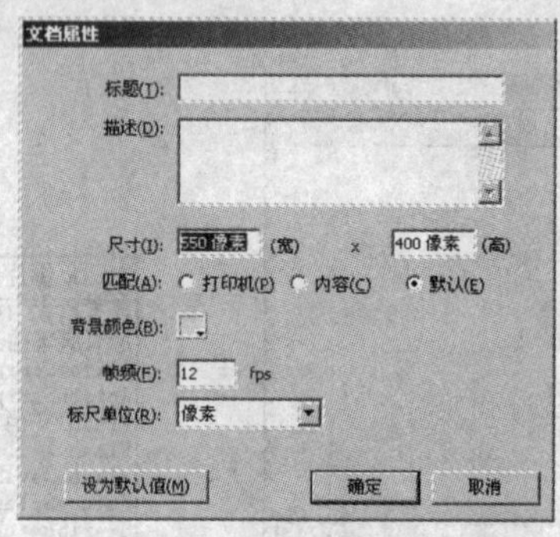

图 1.4.7 “文档属性”对话框

另外，在“文档属性”对话框中如果要将舞台大小设置为最大可用打印区域，可选中 匹配(A): 右侧的 打印机(P) 单选按钮；如果要恢复至其默认的文档大小，可选中 匹配(A): 右侧的 默认(E) 单选按钮。

（2）按“Ctrl+F3”键，可打开属性面板，如图 1.4.8 所示。用户可单击 大小: 右侧的“尺寸控制”按钮 550 x 400 像素 ，在弹出的“文档属性”对话框中设置文件的大小，并且文档的最小尺寸可设置为“18×18 像素”，最大尺寸可设置为“2 800×2 800 像素”。

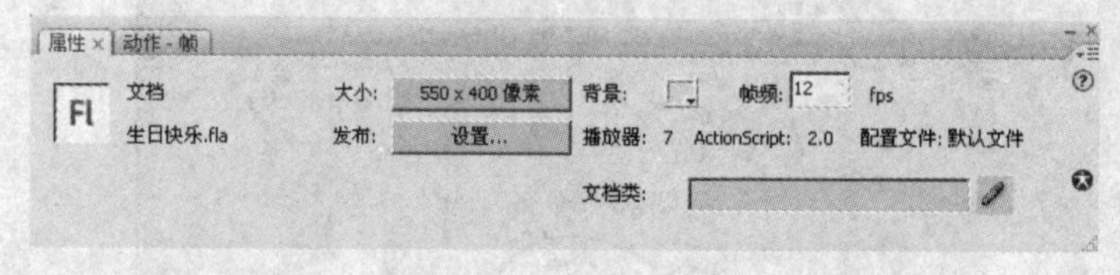

图 1.4.8 属性面板

2. 设置文档背景颜色

Flash CS3 中默认的文档背景颜色为“白色”。如果要调整文档的背景颜色，可通过以下两种方法进行设置。

（1）选择菜单栏中的 修改(M) → 文档(D)... 命令，弹出“文档属性”对话框，单击 背景颜色(B): 右侧的色块，打开颜色调板，用户可使用鼠标单击色块，选中相应的颜色作为文件的背景颜色。

（2）单击属性面板中 背景: 右侧的色块，在打开的颜色调板中选择合适的背景颜色。

3. 设置动画播放频率

在 Flash CS3 中，默认的播放频率即帧频为 12，如果要调整文件的帧频，可通过以下两种方法进行设置。

（1）选择菜单栏中的 修改(M) → 文档(D)... 命令，弹出“文档属性”对话框，用户可在 帧频(F): 文本框中输入数值设置帧频。帧频应根据动画的应用场合进行设置，如果仅用于网页，使用默认值即可。

注意：帧频如果设置得过小，则帧序列之间的停顿就会太大，最终的动画效果会出现一走一停的情况；帧频如果设置得过大，则帧序列之间的停顿就会太小，最终的动画效果会因为太快而变得模糊不清，所以在设置帧频时，应根据其应用场合而定。

（2）在属性面板中的 帧频: 文本框中输入数值即可设置帧频。

1.4.4　保存文件

当用户制作好动画文件后，必须将文件保存起来，以备再次调入使用。在 Flash 中，用户不仅可以将文件保存为一般的 Flash 文件，而且可以将其保存为压缩的 Flash 文件和模板。

1．保存为一般的 Flash 文件

在菜单栏中选择 文件(F) → 保存(S) 命令，弹出“另存为”对话框，如图 1.4.9 所示。

图 1.4.9　“另存为”对话框

保存文件的具体操作步骤如下：

（1）在 文件名(N): 文本框中输入将要保存文件的名称。

（2）单击 保存类型(T): 右侧的下拉按钮▼，弹出其下拉列表，其中包含两个选项：Flash CS3 文档和 Flash 8 文档，用户可在该列表中选择文件的保存类型，默认选项为 Flash CS3 文档。

（3）单击 保存在(I): 右侧的下拉按钮▼，弹出其下拉列表，用户可在该列表中选择合适的文件夹以保存该文件。

（4）设置好参数后，单击 保存(S) 按钮，即可将该文件保存在相应的文件夹中。

如果要将以前保存的文件打开重新进行编辑修改而不将原文件覆盖，可以在编辑完成后，在菜单栏中选择 文件(F) → 另存为(A)... 命令，在弹出的“另存为”对话框中修改文件的保存路径或文件名，重新保存该文件或为该文件创建备份。

2．保存为压缩的 Flash 文件

选择菜单栏中的 文件(F) → 保存并压缩(M) 命令，即可将文件压缩后再保存。

3．保存为模板

“模板”用于存放较常用的文件模型，用户可将做好的文件保存为“模板”，方便以后使用。在

菜单栏中选择 文件(F) → 另存为模板(T)... 命令，弹出“另存为模板”对话框，如图 1.4.10 所示。保存为模板的具体操作步骤如下：

（1）在 名称(N): 文本框中输入模板的名称。

（2）单击 类别(C): 右侧的下拉按钮▼，弹出“类别”下拉列表，用户可在其中选择模板的类别。

（3）在 描述(D): 文本框中输入文字，简短描述该模板的作用。

（4）设置好各项参数后，单击 保存(S) 按钮，即可将该文件保存为模板。

创建好模板后，如果用户想调用该模板，选择 文件(F) → 新建(N)... 命令，在弹出的“从模板新建”对话框中单击 模板 标签，打开“模板”选项卡，即可在其中选择已保存的模板，如图 1.4.11 所示。

图 1.4.10 “另存为模板”对话框

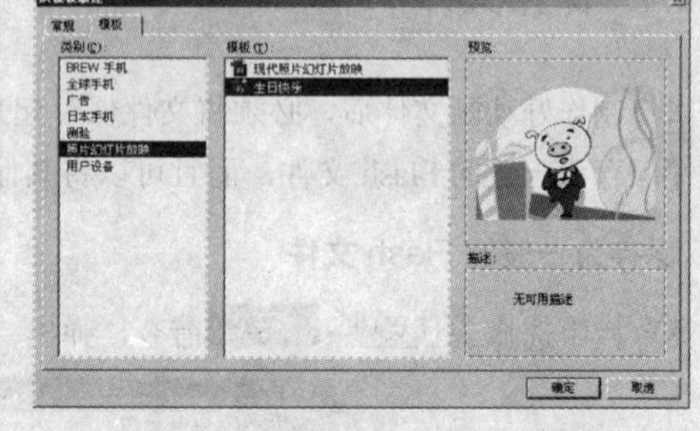

图 1.4.11 “从模板新建”对话框

技巧： 用户可以单击常用工具栏中的“保存”按钮，快速保存文件。

1.4.5 关闭文件

在关闭文件之前需要对所编辑的文件进行保存。若要关闭多个文件中的一个，首先要切换为当前文件，然后选择 文件(F) → 关闭(C) 命令或单击工作区右上角的“关闭”按钮✕；若要同时关闭多个文件，可以选择 文件(F) → 全部关闭 命令；若要关闭文件并退出 Flash CS3 程序，可以选择 文件(F) → 退出(X) 命令。

如果没有保存就进行关闭操作，系统会弹出“Adobe Flash CS3”提示框，询问用户是否对文件的修改进行保存，单击 是(Y) 按钮可以保存对文件的修改；单击 否(N) 按钮将放弃保存对文件的修改；单击 取消 按钮则取消关闭操作。

1.4.6 缩放和移动舞台

在进行 Flash 多媒体动画的创作时，经常会遇到图像在舞台上显示不全或需要进行精细的绘制时，却无法掌握好鼠标的情况，这就需要进行缩放和移动的操作。

1. 缩放舞台

要缩放舞台首先单击工具箱中的“缩放工具”按钮，此时在工具箱中会出现一个“放大”按钮和一个“缩小”按钮。选中“放大”按钮后将鼠标移动到舞台中，光标将变为形状，此时在舞台上单击可放大舞台，如图 1.4.12 所示；选中“缩小”按钮后将鼠标移动到舞台中，光标将变为形状，此时在舞台上单击可缩小舞台，如图 1.4.13 所示。

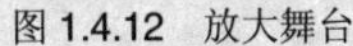

图 1.4.12　放大舞台

图 1.4.13　缩小舞台

技巧：在使用缩放工具放大舞台后，若想缩小舞台，可按住 "Alt" 键，当鼠标变成后单击舞台即可。

2．移动舞台

当舞台被放大后，将无法看到整个舞台，要在不缩小图像分辨率的情况下更改视图位置，方法是单击工具箱中的 "手形工具" 按钮，在舞台中单击并拖动鼠标可平移舞台，如图 1.4.14 所示。此外拖动舞台下方和右方的滚动条也可以移动舞台位置。

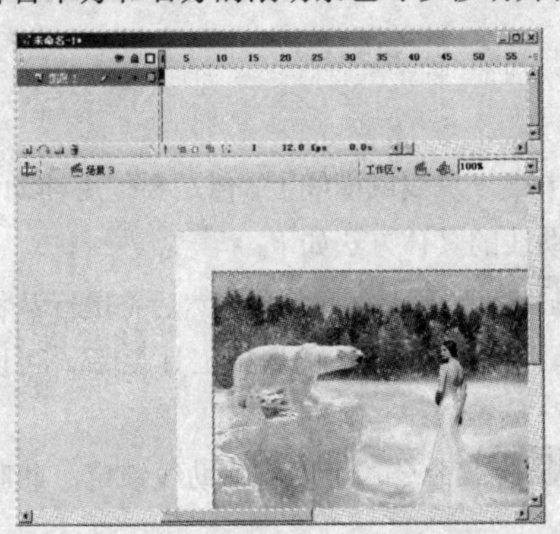

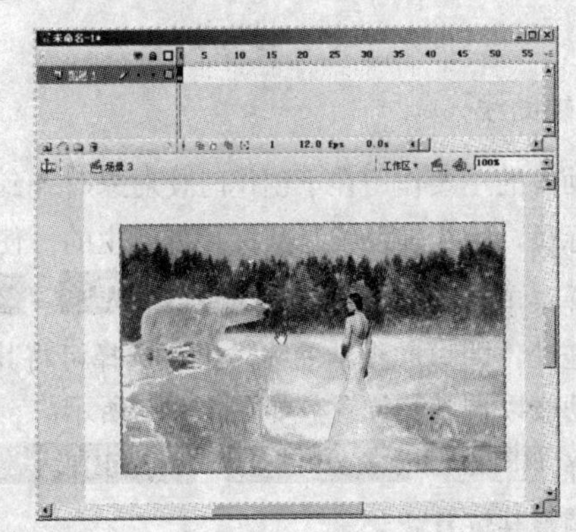

图 1.4.14　移动舞台

技巧：在使用其他工具绘图时，可按 "空格" 键快速切换到手形工具移动舞台，释放 "空格" 键后会切换到以前使用的工具，利用此方法可加快绘图的速度。

1.4.7　标尺、网格和辅助线

标尺、网格和辅助线的作用是在创建动画的过程中，帮助用户精确绘制和安排对象在舞台上的位置。

1．标尺

使用标尺可以精确确定对象在舞台上的位置，从而更快地创建大小和位置都很规范的对象。使用标尺的具体方法如下：

选择菜单栏中的 视图(V) → ✔ 标尺(R) Ctrl+Alt+Shift+R 命令，可以在工作区中显示标尺。选择菜单栏中的 修改(M) → 文档(D)... 命令，弹出“文档属性”对话框，在该对话框中的“标尺单位”下拉菜单中，用户可根据自己的需要设置度量单位，如图1.4.15所示。

2. 网格

在绘图或移动对象时，使用网格能让对象自动地吸附到一些纵横的网格线上，从而能精确安排对象在舞台上的位置，并使不同对象能相互对齐。使用网格的具体操作方法如下：

选择菜单栏中的 视图(V) → 网格(D) → ✔ 显示网格(D) Ctrl+' 命令，即可在舞台中显示网格。显示网格后，选择菜单栏中的 视图(V) → 网格(D) → 编辑网格(E)... Ctrl+Alt+G 命令，弹出“网格”对话框，在其对话框中可以设置网格的颜色、间距以及精确度等，如图1.4.16所示。

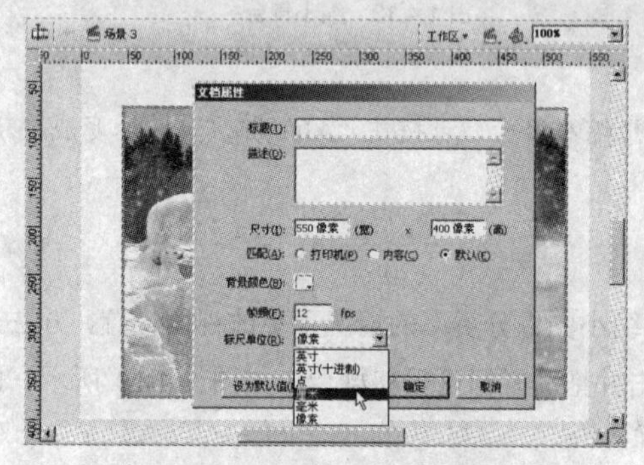

图 1.4.15 设置标尺的度量单位

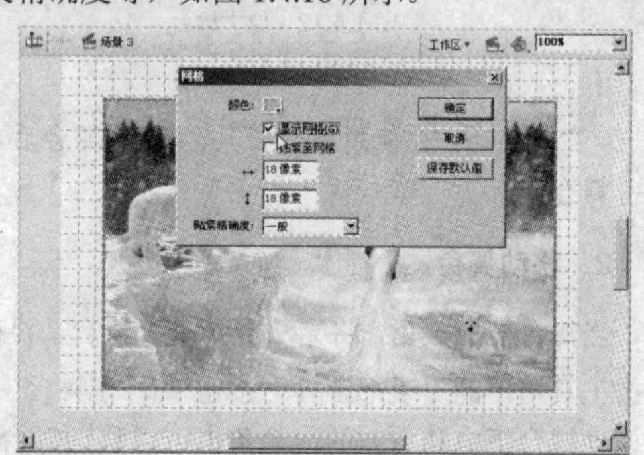

图 1.4.16 “网格”对话框

3. 辅助线

辅助线的主要作用在于创作时使对象对齐到舞台中某一纵线或横线上，但是要使用辅助线，首先要显示标尺，因为辅助线是从标尺处诞生的。使用辅助线的具体方法如下：

选择菜单栏中的 视图(V) → 辅助线(E) → 显示辅助线(U) Ctrl+; 命令，然后将鼠标从标尺栏向工作区拖动，即可产生辅助线，再次选择可将其隐藏。选择工具箱中的选择工具 后，可以用鼠标拖动辅助线以调整其位置，如图1.4.17所示。

选择 视图(V) → 辅助线(E) → 锁定辅助线(K) Ctrl+Alt+; 命令，可以将辅助线锁定，此时无法使用鼠标调整其位置。

选择 视图(V) → 辅助线(E) → 编辑辅助线... Ctrl+Alt+Shift+G 命令，弹出“辅助线”对话框，用户可以在其中设置辅助线的颜色和精确度，并可确定是否显示、贴紧或锁定辅助线，如图1.4.18所示。

图 1.4.17 调整辅助线的位置

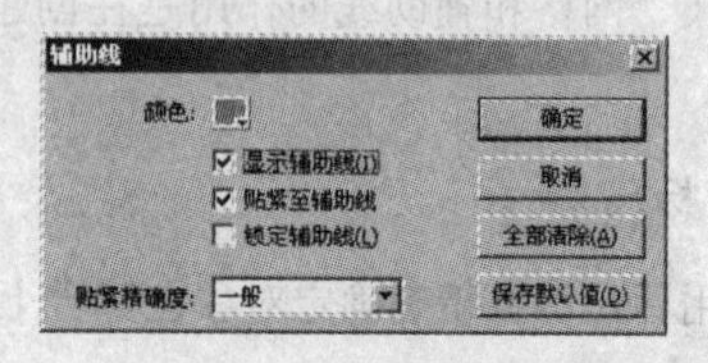

图 1.4.18 “辅助线”对话框

本章小结

本章主要介绍了Flash CS3的基本概念、安装与卸载的方法、工作界面以及基本操作，通过本章的学习，读者应对Flash CS3有一个基本的了解，为以后更深入地学习该软件打下坚实的基础。

操作练习

一、填空题

1．计算机所处理的图像从其描述原理上可以分为________与________两类。

2．在Flash CS3中，________是构成动画的基本单位。

3．在Flash CS3中，由于制作方法和生成原理的不同，可以将Flash动画分成________动画和________动画两种。

4．按________键或________键，可以退出Flash CS3应用程序。

5．新建文件是指创建以________为后缀名的、可直接打开编辑的源文件。

6．Flash中的文件是指Flash源文件，是可编辑的________文件，而不是*.swf文件。

7．在Flash CS3中，可将文件存储为________、压缩的Flash文件和________。

8．使用______可精确确定对象在舞台上的位置，从而更快地创建大小和位置都很规范的对象。

二、选择题

1．在Flash CS3的菜单中，如果菜单命令后带有一个▸标记，表示（ ）。

（A）该命令在当前状态下不可用　　（B）该命令具有快捷键

（C）单击该命令可弹出一个对话框　　（D）该命令下还有子命令

2．Flash CS3的工具箱位于工作界面的左侧，它由（ ）区域组成。

（A）工具　　（B）查看

（C）颜色　　（D）选项

3．在Flash CS3中，用户可以通过（ ）种方法新建文件。

（A）1　　（B）2

（C）3　　（D）4

4．Flash CS3默认的帧频为（ ）。

（A）14　　（B）12

（C）16　　（D）10

三、简答题

1．简述位图与矢量图的优缺点。

2．与以前版本相比，Flash CS3新增了哪些功能？

四、上机操作题

尝试安装Flash CS3，熟悉Flash CS3的程序界面，并进行简单的操作。

第2章　绘图工具的使用

要制作一个多媒体动画，掌握绘图工具的功能是必须的。Flash CS3 提供了多种绘制图形的工具，例如直线工具、铅笔工具、钢笔工具、椭圆工具、矩形工具以及多角星形工具等，只要掌握了这些工具的使用方法，就可以制作出精美的造型。

知识要点

- 直线工具的使用
- 铅笔工具的使用
- 钢笔工具的使用
- 椭圆工具和基本椭圆工具的使用
- 矩形工具和基本矩形工具的使用
- 多角星形工具的使用

2.1　直线工具的使用

想要在 Flash CS3 中绘制图形，直线是最基本的形状，使用直线工具可以绘制各种不同方向的矢量直线。

2.1.1　绘制直线

单击工具箱中的“直线工具”按钮，将鼠标指针移动到舞台上，鼠标指针呈现＋形状，说明该工具已经被激活。这时，用户就可以按住鼠标左键作为线条的起点，然后拖动鼠标到另一点后释放鼠标，在两点之间绘制线条了，如图 2.1.1 所示。

图 2.1.1　使用直线工具绘制线条

注意： 如果按住“Shift”键拖动鼠标，可以绘制出水平或垂直的线条，还可以绘制出倾斜角度为 0°，45°，90°，135° 等按 45° 倍数变化的直线。

选择直线工具后，在工具箱中会出现一个“对象绘制”按钮和一个“贴紧至对象”按钮。一般如果要绘制两条交叉的直线时，绘制出的直线会相互切割，如图 2.1.2 所示。而当选中“对象绘制”按钮时，所绘制的直线会分别成为一个单独的对象，相互不受影响，如图 2.1.3 所示。当选中

“贴紧至对象”按钮时，所绘制的对象会向附近的对象自动靠拢，如图 2.1.4 所示。

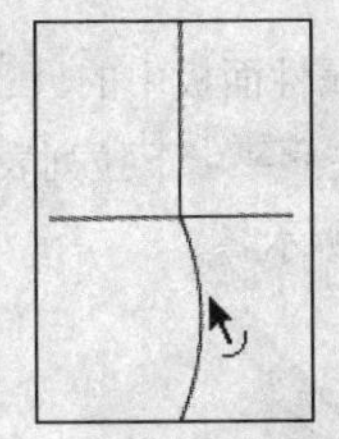

图 2.1.2　相互切割的线条

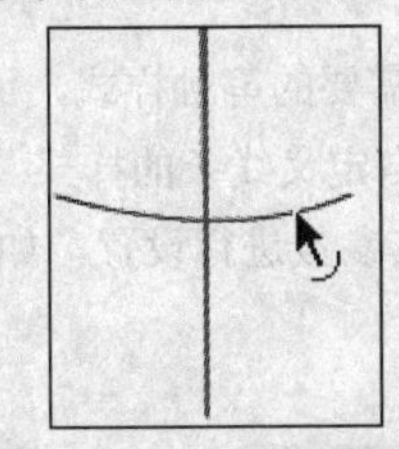

图 2.1.3　对象绘制效果

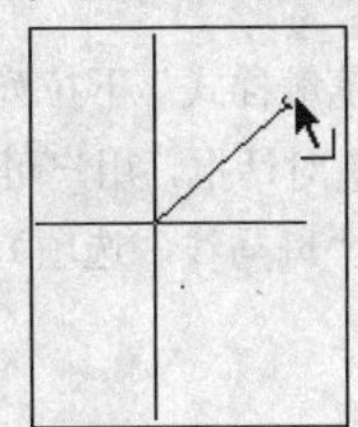

图 2.1.4　线条自动贴紧至对象

2.1.2　设置直线属性

在 Flash 动画的创建过程中，会用到不同颜色、不同形状和不同粗细的线条，这些都可以在属性面板中设置，如图 2.1.5 所示。

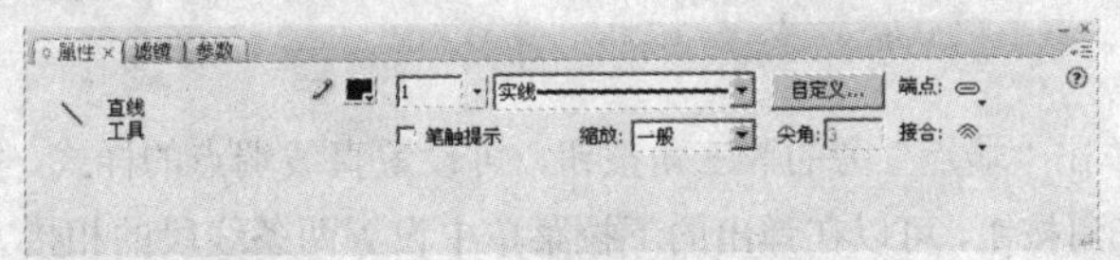

图 2.1.5　属性面板

1．设置直线的颜色

如果要设置所绘直线的颜色，只需在其属性面板中单击“笔触颜色”按钮，然后在弹出的色板中选择需要的颜色即可，如图 2.1.6 所示。

2．设置直线粗细

要改变直线的宽度，只需在其属性面板中的“笔触高度”输入框中输入相应的数值即可，其取值范围在 0.1～200 之间，如图 2.1.7 所示。

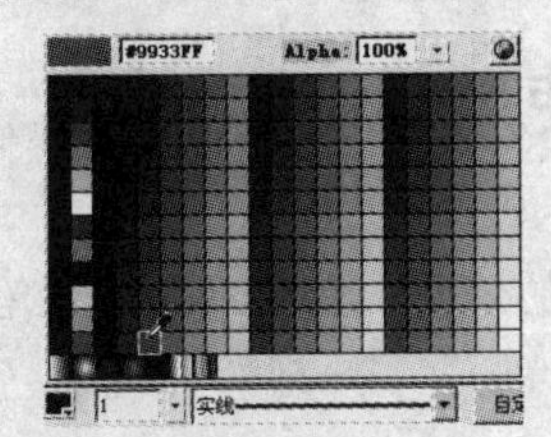

图 2.1.6　改变直线颜色

图 2.1.7　设置笔触高度

3．设置直线样式

如果要改变直线的样式，只需单击“笔触样式”下拉列表按钮，然后从弹出的下拉列表中选择需要的样式即可，如图 2.1.8 所示。

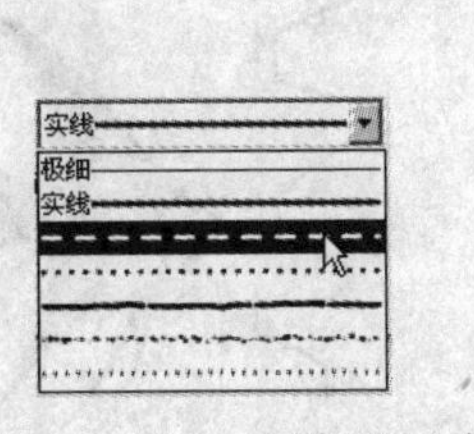

图 2.1.8　设置直线样式

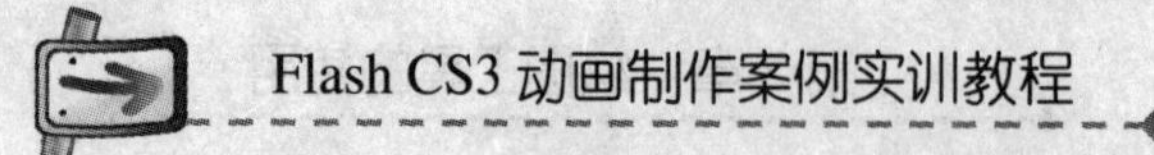

4．自定义笔触样式

如果在“笔触样式”下拉列表中没有需要的笔触样式，可以单击属性面板中的 自定义... 按钮，弹出“笔触样式”对话框，用户可以在其中自定义线条的样式。方法为在 类型(Y): 下拉列表中选择一种样式（例如选择“斑马线”选项），然后对其参数进行设置，如图 2.1.9 所示。

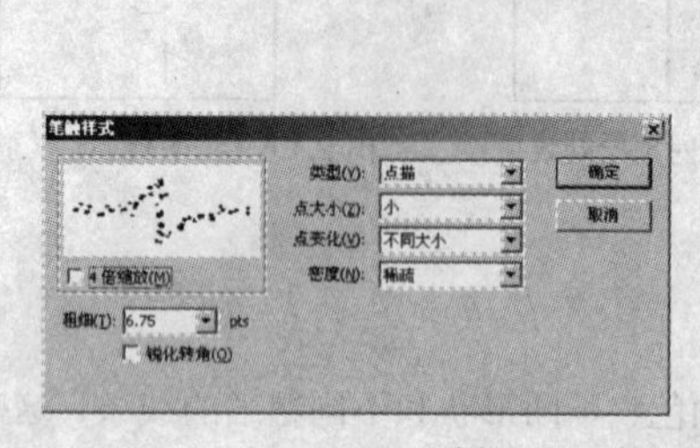

图 2.1.9　自定义笔触样式

5．其他选项设置

在其属性面板中单击“端点”旁的黑三角按钮，可设置直线端点的样式，如图 2.1.10 所示。单击“接合”选项旁的黑三角按钮，可以在弹出的下拉菜单中设置两条线段的相接方式，如图 2.1.11 所示。

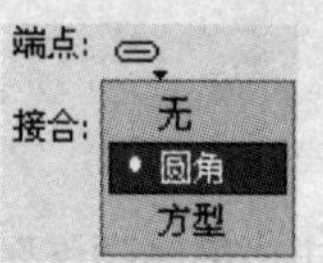

图 2.1.10　设置直线端点的样式

图 2.1.11　设置两条线段的相接方式

选中“笔触提示”复选框，可以启动笔触提示功能，避免出现直线显示模糊的现象；在“缩放”下拉列表中可用于设置直线在播放器中的笔触缩放方式，有“一般”“水平”“垂直”和“无”4 个选项。

2.2　铅笔工具的使用

在 Flash 中有一种绘图工具可以模仿用笔在纸上绘制图形的效果，这种工具就是铅笔工具，使用它可以绘制比较随意的线条。

2.2.1　绘制线条

使用铅笔工具可以绘制出任意形状的线条和图形，单击工具箱中的“铅笔工具”按钮，在舞台上单击鼠标并拖动，系统将根据鼠标移动的轨迹产生一条比较随意的曲线，如图 2.2.1 所示。

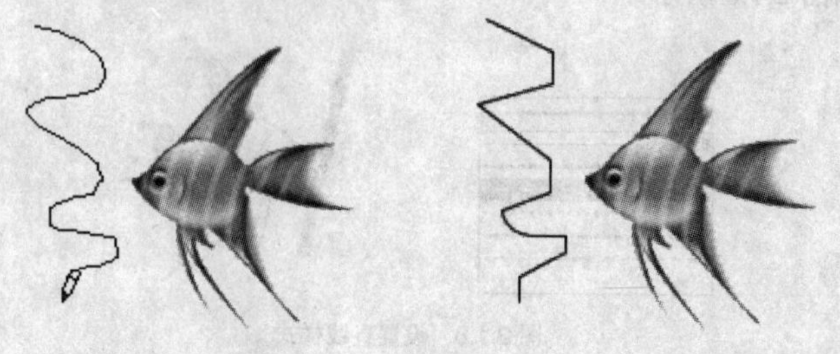

图 2.2.1　绘制曲线

提示：如果在绘制的同时，按住“Shift”键，将限制所绘线条为垂直或水平方向的直线，如图 2.2.2 所示。

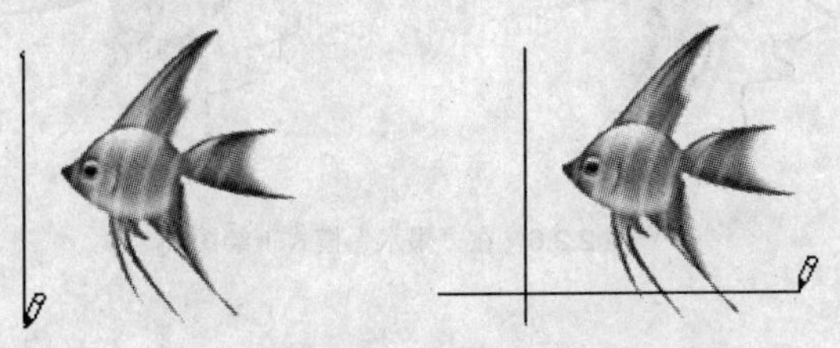

图 2.2.2　绘制垂直和水平直线

铅笔工具的属性设置与直线工具完全一样，在此不再赘述。

2.2.2　铅笔工具的 3 种模式

选择铅笔工具后，单击选项栏中的“铅笔模式”按钮，将弹出一个下拉菜单，其中选项分别对应铅笔的 3 种绘画模式，如图 2.2.3 所示。

图 2.2.3　“铅笔模式”下拉菜单

（1）直线化模式。该模式是系统默认模式，在该模式下，Flash CS3 会将接近于三角形、椭圆、圆形、矩形和正方形的图形变得更加近似于这些形状。如图 2.2.4 所示为绘制接近圆形的图形时，释放鼠标前后的效果。

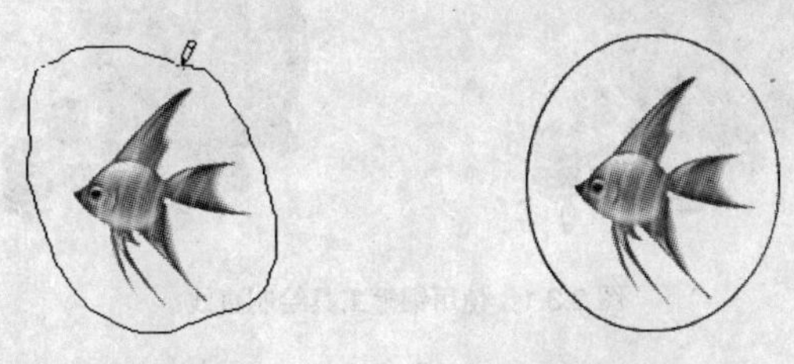

图 2.2.4　在“直线化”模式下绘图

（2）平滑模式。在该模式下，Flash CS3 会自动将用户所绘制的线条进行微调，使其更加平滑，如图 2.2.5 所示。

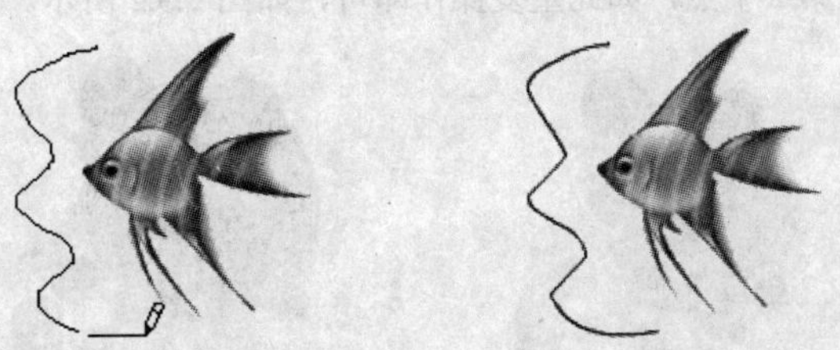

图 2.2.5　在“平滑”模式下绘图

（3）墨水模式。在该模式下，Flash CS3 会自动将用户绘制的线条进行调整，使其更加接近于鼠标运动的轨迹，几乎不做任何变化，得到的图形类似徒手画，如图 2.2.6 所示。

图 2.2.6　在“墨水”模式下绘图

2.3　钢笔工具的使用

钢笔工具又称为贝塞尔曲线工具，利用它可以精确地绘制路径，在 Flash CS3 中对钢笔工具又做了进一步的加强，使其功能更加完善。

2.3.1　绘制线条

钢笔工具是非常重要的绘图工具，使用它可以绘制直线、折线、闭合图形和曲线等。

1．绘制直线

绘制直线可以使用铅笔工具、直线工具，也可以使用钢笔工具。使用钢笔工具绘制直线的操作步骤如下：

（1）选择工具箱中的钢笔工具，将鼠标指针移动到舞台上，在要作为直线的起始位置单击。

（2）移动鼠标指针到直线的结束位置，再次单击即可，如图 2.3.1 所示。

图 2.3.1　使用钢笔工具绘制直线

2．绘制曲线

如果要绘制曲线，在单击鼠标确定起点后（此时鼠标指针呈现形状），在其他位置按住并拖动鼠标，然后单击鼠标确定第 2 个点，如此重复操作即可，如图 2.3.2 所示。

图 2.3.2　使用钢笔工具绘制曲线

3．绘制折线

选择钢笔工具后，在舞台上单击一次产生一个控制点，单击两次产生一条直线，单击三次、四次或多次则可产生一条折线，如图 2.3.3 所示。

图 2.3.3　使用钢笔工具绘制折线

4．绘制闭合图形

如果要闭合，将鼠标指针移至起点上，当其呈现形状时，单击鼠标左键即可，效果如图 2.3.4 所示。

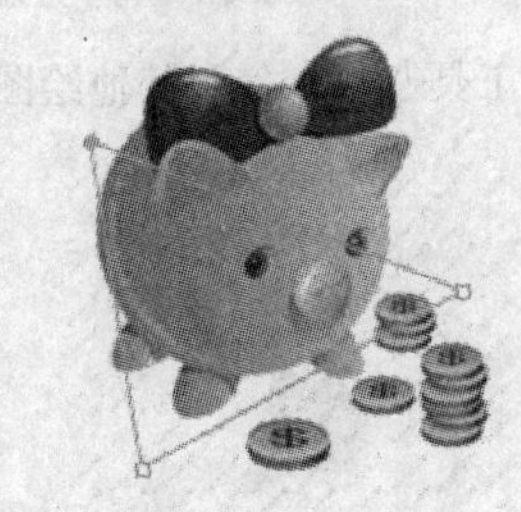

图 2.3.4　绘制闭合图形

2.3.2　添加和删除锚点工具

添加锚点工具、删除锚点工具和钢笔工具在同一个工具组中，它们是 Flash CS3 新增的工具。使用添加锚点工具可以更好地控制路径，也可以扩展开放路径，若要降低路径的复杂性，可以使用删除锚点工具删除不必要的点，如图 2.3.5 所示。

图 2.3.5　添加和删除锚点

2.3.3　转换锚点工具

转换锚点工具也是 Flash CS3 新增的工具之一。它可以实现带弧度的锚点与平直锚点间的切换，还可以显示用其他绘图工具绘制图形上的锚点。

（1）选择转换锚点工具，在有弧度的锚点上单击就会将该锚点转换为平直锚点，如图 2.3.6 所示。

图 2.3.6 将有弧度的锚点转换为平直锚点

（2）选择转换锚点工具，在平直锚点上按住鼠标不放并拖动，可将平直锚点转换为带弧度的锚点，如图 2.3.7 所示。

图 2.3.7 将平直锚点转换为带弧度的锚点

（3）选择转换锚点工具，在使用其他绘图工具绘制的图形上单击，可以显示出该图形的锚点，如图 2.3.8 所示。

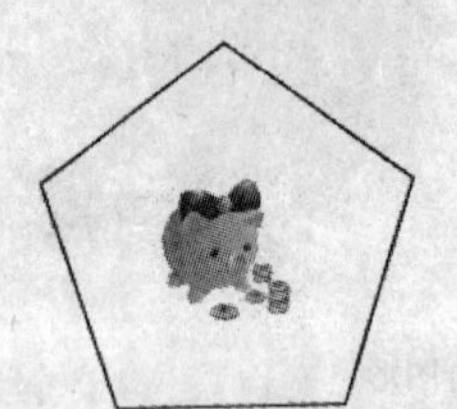

图 2.3.8 显示用其他工具绘制的图形上的锚点

2.4 椭圆工具和基本椭圆工具的使用

椭圆工具用于绘制各种椭圆，包括仅有轮廓的椭圆和内部有填充的椭圆。

2.4.1 椭圆工具

椭圆工具主要用于绘制各种椭圆和圆形。选择工具箱中的椭圆工具，将鼠标指针移动到舞台上，鼠标指针呈现＋形状，说明该工具已经被激活，这时用户就可以按住鼠标左键不放并拖动绘制椭圆。如果要绘制圆形，只需在绘制的同时按住“Shift”键即可，如图 2.4.1 所示。

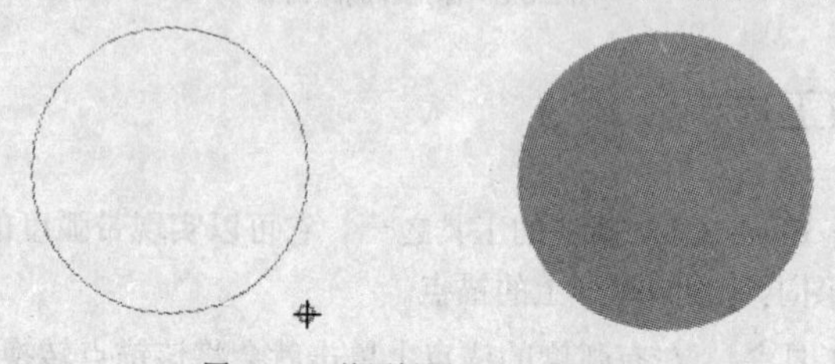

图 2.4.1 使用椭圆工具绘制圆形

选择椭圆工具后，其属性面板如图 2.4.2 所示，用户可以在其中设置椭圆或圆形的线条粗细、笔触颜色以及填充颜色等参数。

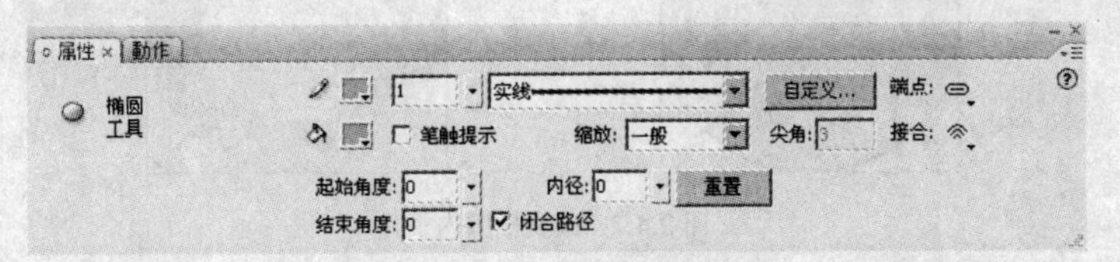

图 2.4.2 “椭圆工具”属性面板

选择椭圆工具后，在属性面板中将出现“起始角度”和“结束角度”两个文本框，在这两个对话框中输入起始角度和结束角度可以绘制扇形，其取值范围在 0～360° 之间，如图 2.4.3 所示。如果取消“闭合路径”复选框，那么绘制出来的就是弧线段，如图 2.4.4 所示。

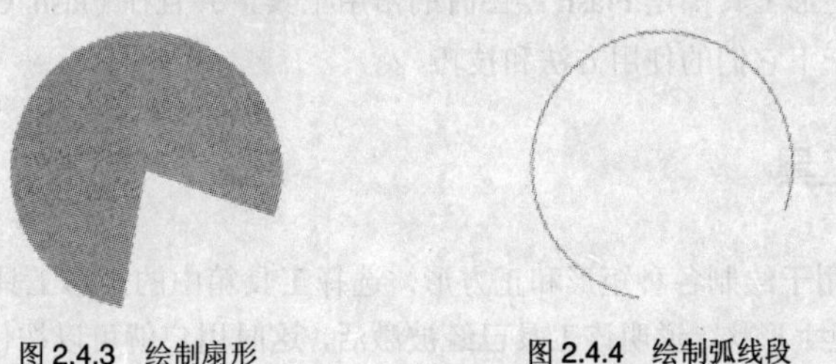

图 2.4.3 绘制扇形　　图 2.4.4 绘制弧线段

如果在“内径”输入框中输入数值，并选中“闭合路径”复选框，可以绘制出带有空心圆的椭圆或扇形，如图 2.4.5 所示。

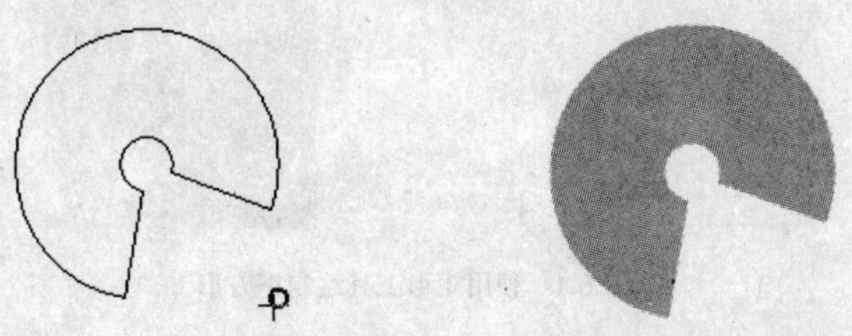

图 2.4.5 绘制带有空心圆的扇形

2.4.2 基本椭圆工具

基本椭圆工具是 Flash CS3 新增工具之一，主要用于绘制各种圆缺和扇形，它的使用方法与椭圆工具基本相同，但有以下两点不同。

（1）通过使用选择工具拖动椭圆外围的节点，可以改变起始角度和结束角度，效果如图 2.4.6 所示。

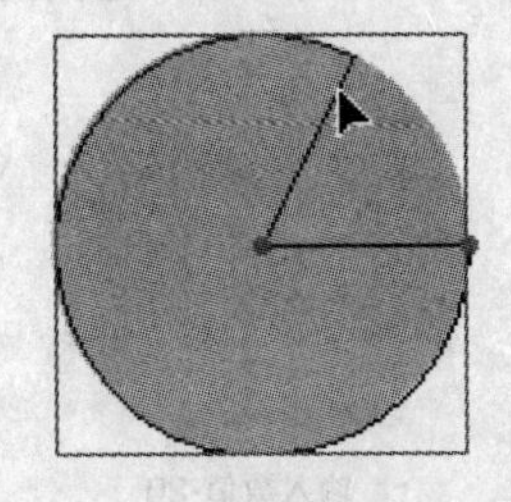
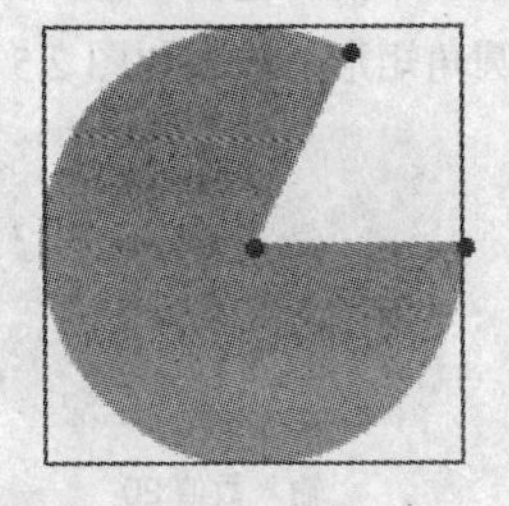

图 2.4.6 改变椭圆起始角度和结束角度

（2）通过使用选择工具拖动椭圆内部的节点，可以改变内径的数值，效果如图 2.4.7 所示。

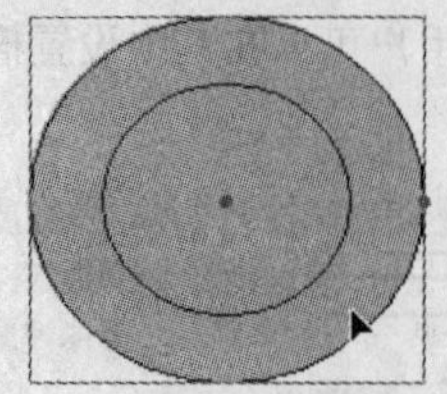

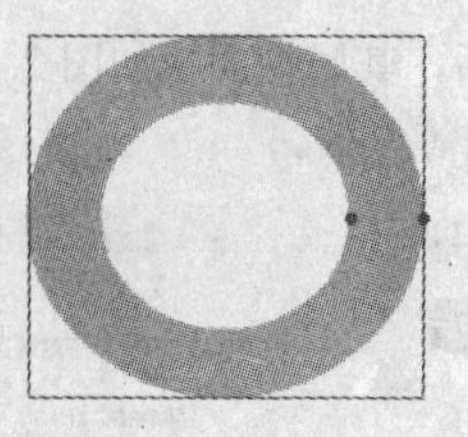

图 2.4.7　改变椭圆内径

2.5　矩形工具和基本矩形工具的使用

矩形工具和基本矩形工具都是 Flash 绘图时的常用工具，并且在 Flash CS3 中还对这两个工具做了加强，下面将介绍一下它们的使用方法和技巧。

2.5.1　矩形工具

矩形工具主要用于绘制各种矩形和正方形，选择工具箱中的矩形工具，将鼠标指针移动到舞台上，鼠标指针呈现＋形状，说明该工具已经被激活，这时用户就可以按住鼠标左键不放并拖动绘制矩形了。如果要绘制正方形，只须在绘制的同时按住“Shift”键即可，如图 2.5.1 所示。

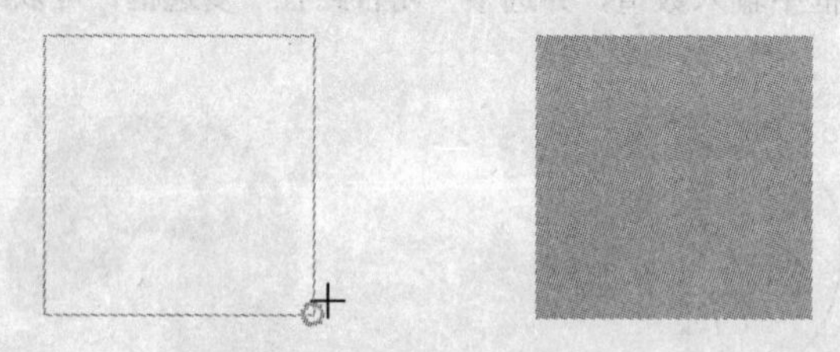

图 2.5.1　使用矩形工具绘制正方形

选择矩形工具后，其属性面板如图 2.5.2 所示，用户可以在其中设置矩形或正方形的线条粗细、笔触颜色以及填充颜色等参数。

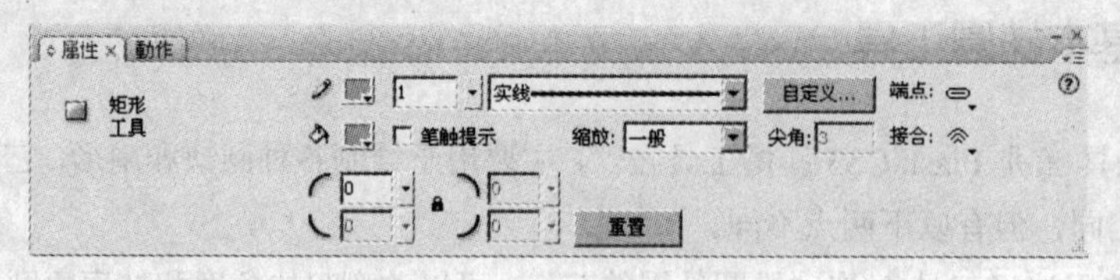

图 2.5.2　“矩形工具”属性面板

用户可以在属性面板中的“边角半径”文本框中输入一个-100～100 之间的数值，在舞台上按住并拖动鼠标可以绘制圆角矩形，效果如图 2.5.3 所示。

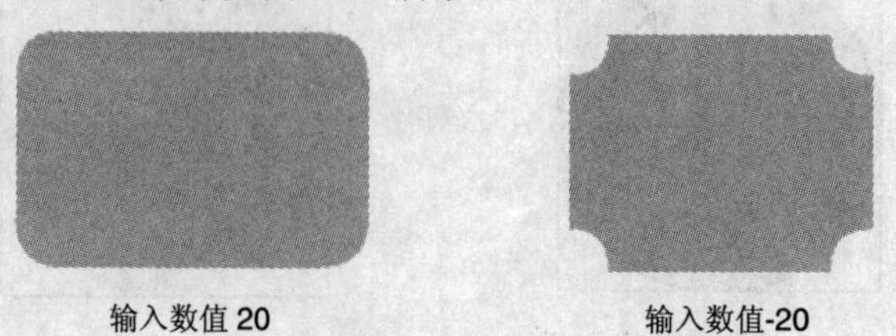

输入数值 20　　　　输入数值-20

图 2.5.3　绘制圆角矩形

如果单击🔒按钮，将解除锁定状态，可分别设置圆角矩形各个边角的角半径值，如图 2.5.4 所示。如果设置的不满意，可单击 重置 按钮，恢复原状。

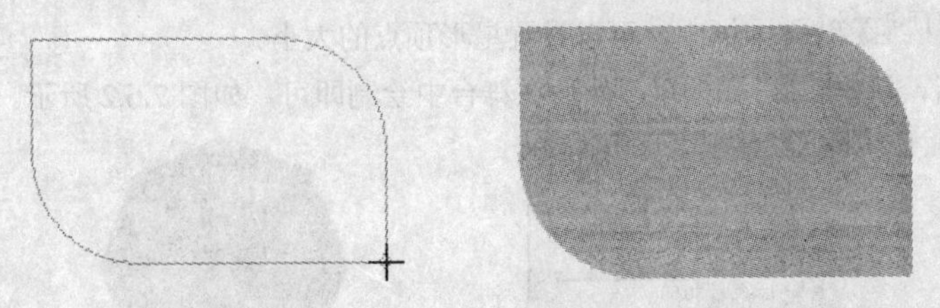

图 2.5.4　解除锁定状态设置圆角矩形效果

2.5.2　基本矩形工具

基本矩形工具是 Flash CS3 新增工具之一，主要用于绘制圆角矩形，它的使用方法与矩形工具基本相同，但有以下两点不同。

（1）通过使用选择工具拖动边角上的节点，可以改变圆角矩形弧度，如图 2.5.5 所示。

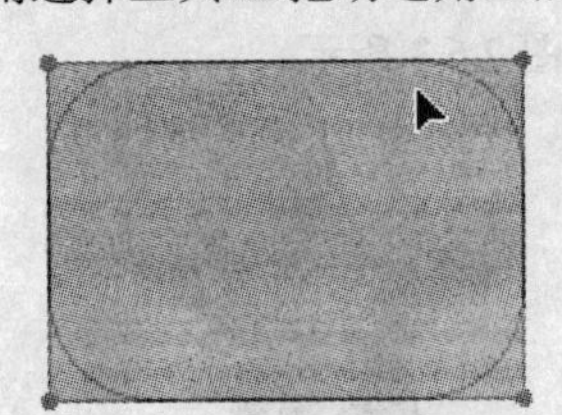
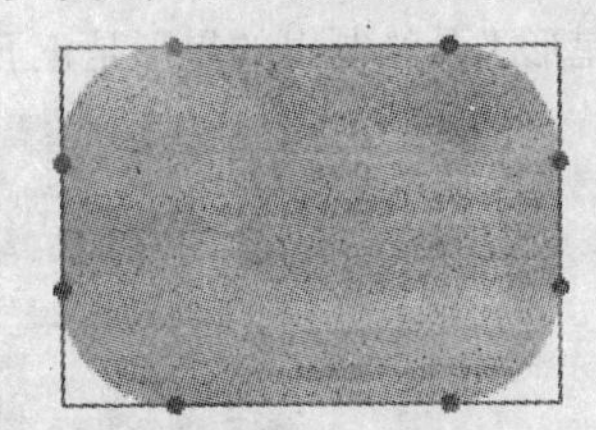

图 2.5.5　拖动节点改变圆角矩形弧度

（2）使用选择工具选中用基本矩形工具绘制的矩形后，可以通过在属性面板中更改参数来改变矩形的形状，而使用矩形工具绘制的矩形就不能做到这一点。

2.6　多角星形工具的使用

多角星形工具用于绘制多边形和星形，它与矩形工具位于一个工具组中，使用它可以绘制多边形和星形。

2.6.1　绘制多边形

选择工具箱中的多角星形工具，在舞台中单击鼠标并拖动即可。在默认情况下，使用多角星形工具绘制出的是正五边形，如图 2.6.1 所示。

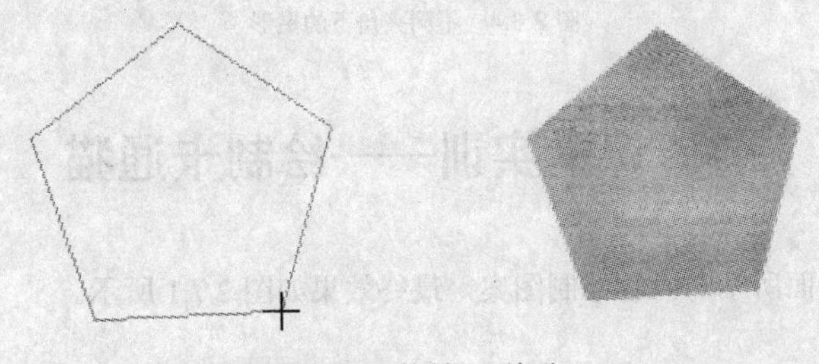

图 2.6.1　绘制正五边形

选中多角星形工具后，打开属性面板，单击选项...按钮，弹出“工具设置”对话框，在其对话框中的样式:下拉列表中，可以选择使用多边形或星形样式；在边数:文本框中，可以设置绘制多边形的边数；在星形顶点大小:文本框中，可以设置星形顶点的大小。

设置好参数后，单击确定按钮，然后在舞台中绘制即可，如图 2.6.2 所示。

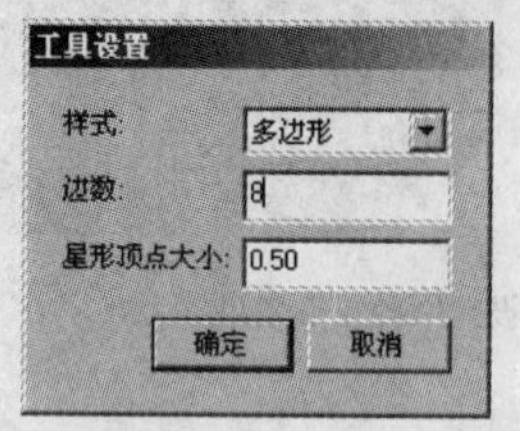

图 2.6.2　绘制八边形

2.6.2　绘制星形

如果在“工具设置”对话框的样式:下拉列表中选择了“星形”选项，则可绘制星形。在默认情况下，使用多角星形工具绘制出的星形是正五角星，如图 2.6.3 所示。

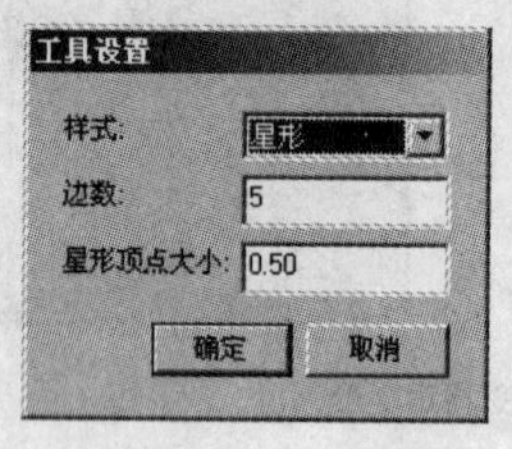

图 2.6.3　绘制正五角星

如果要绘制其他星形，可在“工具设置”对话框的样式:下拉列表中选择“星形”选项，然后在边数:文本框中输入要绘制星形的边数，在星形顶点大小:文本框中输入星形的夹角。设置好参数后，单击确定按钮，然后在舞台中绘制即可，效果如图 2.6.4 所示。

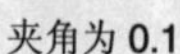

夹角为 0.1　　　　夹角为 0.5

图 2.6.4　不同夹角下的星形

2.7　课堂实训——绘制卡通猫

本节将综合使用前面所学的内容绘制图案，最终效果如图 2.7.1 所示。

图 2.7.1　最终效果图

操作步骤

（1）新建一个 Flash CS3 文档，其文档尺寸为默认值。

（2）单击工具箱中的“椭圆工具”按钮，设置其属性面板参数如图 2.7.2 所示。

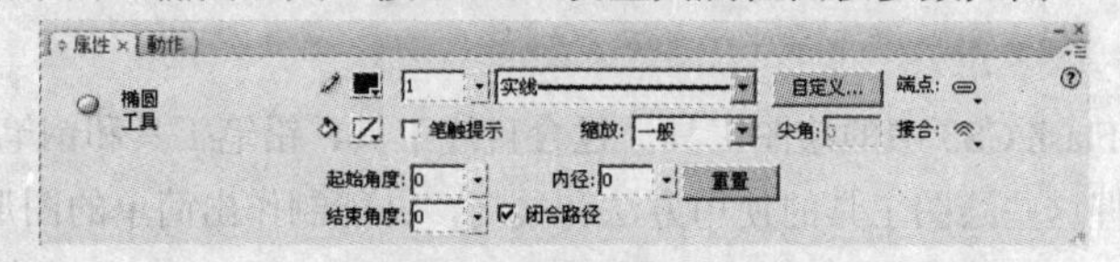

图 2.7.2　属性面板

（3）设置好参数后，在编辑区中绘制一个椭圆，如图 2.7.3 所示。

（4）单击工具箱中的“选择工具”按钮，对绘制的椭圆形状进行调整，效果如图 2.7.4 所示。

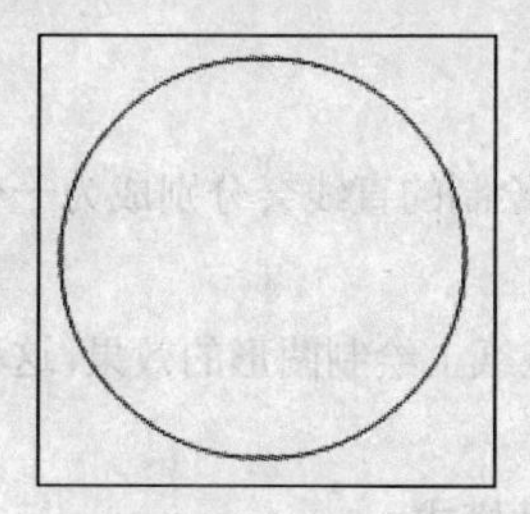

图 2.7.3　绘制椭圆（一）

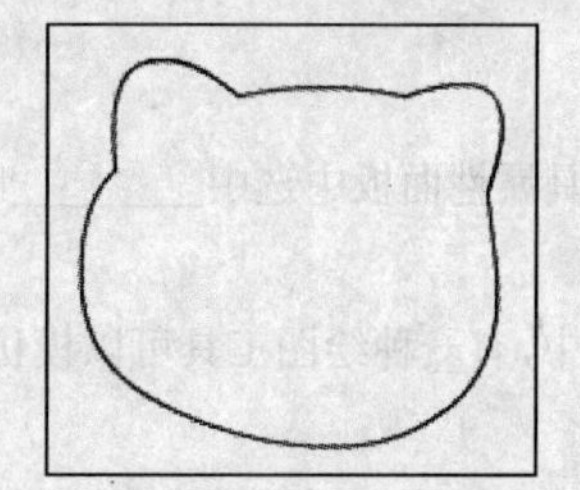

图 2.7.4　调整椭圆形状

（5）分别使用工具箱中的直线工具、椭圆工具和选择工具，绘制如图 2.7.5 所示的图形。

（6）单击工具箱中的“椭圆工具”按钮，在绘制的猫头图形上方绘制两个椭圆形，效果如图 2.7.6 所示。

图 2.7.5　绘制图形（一）

图 2.7.6　绘制椭圆（二）

（7）分别使用工具箱中的直线工具、椭圆工具和选择工具，绘制猫的胡须、鼻子和头上的蝴蝶结，如图 2.7.7 所示。

（8）选中蝴蝶结内部绘制的猫头的边框线，按“Delete”键将其删除，效果如图 2.7.8 所示。

图 2.7.7　绘制图形（二）

图 2.7.8　删除多余的线条

（9）按“Ctrl+Enter”快捷键测试动画，最终效果如图 2.7.1 所示。

本 章 小 结

本章主要介绍了 Flash CS3 中的绘图工具，包含直线工具、铅笔工具和钢笔工具等。通过本章的学习，读者应熟练掌握这些绘图工具的使用方法和技巧，并能制作出简单的图形。

操 作 练 习

一、填空题

1．当在直线工具属性面板中选中________时，所绘制的直线会分别成为一个单独的对象，相互不会受影响。

2. 在 Flash CS3 中，有一种绘图工具可以模仿用笔在纸上绘制图形的效果，这种工具就是________工具。

3．铅笔工具有伸直模式、平滑模式和________3 种模式。

4．钢笔工具又叫________工具，利用它可以精确地绘制路径，

5．使用钢笔工具可以绘制________、________、________和曲线等。

6．在 Flash CS3 中，基本椭圆工具主要用于绘制各种________和________。

7．使用________工具可以绘制多边形和星形。

二、选择题

1．在 Flash CS3 中绘制线条的工具包括（　）。

（A）直线工具　　（B）铅笔工具

（C）钢笔工具　　（D）以上三种

2．如果按住（　）键拖动鼠标，可以绘制出倾斜角度为 45° 倍数变化的直线。

（A）Ctrl　　（B）Alt

（C）Shift+ Ctrl　　（D）Shift

3．下列（　）不属于铅笔工具的模式。

（A）直线化模式　　（B）平滑模式

（C）曲线模式　　（D）墨水模式

4．矩形工具用于绘制（　）。

（A）矩形　　（B）正方形

（C）圆角矩形　　（D）菱形

5．如果要绘制圆形，只须在绘制的同时按住（　）键即可。

（A）Ctrl　　（B）Alt

（C）Shift　　（D）Shift+Alt

三、简答题

1．如何自定义笔触样式？

2．如何使用钢笔工具来绘制平滑的曲线？

四、上机操作题

1．使用多边星形工具绘制一个八角星形。

2．绘制一个图形，对其进行锚点的添加、删除和转换操作。

3．结合本章所学的知识，绘制一幅如题图 2.1 所示的图形。

题图　2.1

第 3 章　编辑工具的使用

Flash CS3 提供了一些编辑图形的工具，例如选择工具、部分选取工具、套索工具、任意变形工具以及橡皮擦工具等，下面具体介绍编辑图形的方法与技巧。

知识要点

- 选取图像工具的使用
- 任意变形工具的使用
- 橡皮擦工具的使用
- 图像的基本编辑
- 对齐面板与变形面板的使用

3.1　选取图像工具的使用

在 Flash 动画制作中，选取对象是各种编辑操作的前提，因此下面将介绍选择工具和部分选取工具的使用方法和技巧。

3.1.1　选择工具

选择工具的主要作用是选择对象，另一个重要作用是调整对象的形状。

1．使用选择工具选取对象

在 Flash CS3 中，若要使用选择工具选取单个对象，只需单击工具箱中的“选择工具”按钮，然后将光标移动到要选中的对象上，单击鼠标即可选中该对象。如果要选择多个对象，只需单击工具箱中的“选择工具”按钮，在舞台上按住鼠标左键框选要选取的对象，如图 3.1.1 所示。

图 3.1.1　框选对象效果

从图 3.1.1 中可以看出，选中不同种类的对象，所表现出的形式各不相同。选中元件和组合的图形，对象四周会出现蓝色边框；如果选中的是位图，四周以花边框显示；如果选中的是打散的位图或矢量图，对象是以点的形式显示。

技巧：如果要选择多个对象，还可以按住“Shift”键，然后使用选择工具依次单击要选择的对象即可。

2. 使用选择工具编辑对象

使用选择工具选择对象后，可以对其进行移动、变形、填充、伸直和平滑等编辑操作。

（1）移动对象：单击工具箱中的“选择工具”按钮，选中要移动的对象，当鼠标指针呈现形状时，按住并拖动鼠标即可移动选中的对象，效果如图 3.1.2 所示。

图 3.1.2　移动对象

（2）变形对象：单击工具箱中的“选择工具”按钮，将鼠标指针移至对象的边缘，当其呈现或形状时，按住并拖动鼠标即可变形对象，效果如图 3.1.3 所示。

图 3.1.3　变形对象

在变形线条时，按住“Ctrl”键，可以在拖动线条的位置上创建一个新节点，从而使线条产生比较尖锐的变形，如图 3.1.4 所示。

图 3.1.4　尖锐的变形

提示：使用选择工具选中需要变形的对象，然后选择 修改(M)→ 变形(T) 命令，在其中的子菜单中选择命令，可以相应地变形对象，如图 3.1.5 所示。

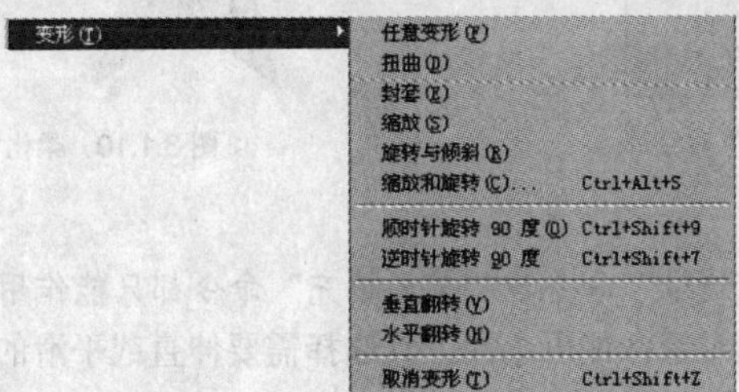

图 3.1.5　“变形”子菜单命令

（3）填充对象：单击工具箱中的“选择工具”按钮，选中需要填充的对象，然后单击工具箱中的“墨水瓶工具”按钮，在属性面板中设置颜色、粗细和样式等属性，最后在选择的对象上单击鼠标即可填充对象，效果如图 3.1.6 所示。

图 3.1.6　填充对象

（4）扩展填充对象：使用选择工具选中需要扩展填充的对象，然后选择 修改(M) → 形状(P) → 扩展填充(E)... 命令，弹出“扩展填充”对话框，如图 3.1.7 所示。

在其对话框中的“距离”输入框中输入数值，可以设置扩展的宽度；在“方向”选项区中选中“扩展”单选按钮，表示向外扩展，选中“插入”单选按钮，表示向内扩展。如图 3.1.8 所示为选中“插入”单选按钮时的效果。

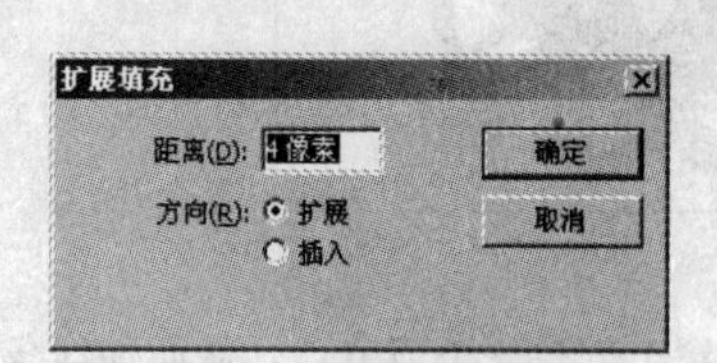

图 3.1.7　“扩展填充”对话框

图 3.1.8　扩展填充效果

（5）柔化填充边缘对象：“柔化填充边缘”命令是在 Flash CS3 动画制作中常用的一个功能，利用它可以制作出很多特殊效果，例如雪花、爆炸、霓虹等。首先使用选择工具选中舞台上的对象，然后选择 修改(M) → 形状(P) → 柔化填充边缘(F)... 命令，弹出“柔化填充边缘”对话框，如图 3.1.9 所示。

在其对话框中的“距离”输入框中输入数值，可以设置柔化的宽度；在“步骤数”的输入框中输入数值可以设置柔化边缘的数目，数值越大柔化边缘越多，柔化效果越明显；在“方向”选项区中选中“扩展”单选按钮，可以设置由选中对象的边缘向外柔化，选中“插入”单选按钮，可以设置由选中对象的边缘向内柔化。如图 3.1.10 所示为选中“插入”单选按钮时的效果。

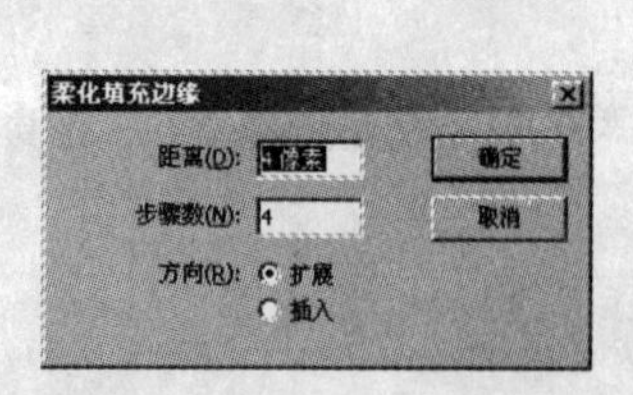

图 3.1.9　“柔化填充边缘”对话框

图 3.1.10　柔化填充边缘效果

注意：“柔化填充边缘”命令与“扩展填充”命令都只能作用于打散的对象。

（6）伸直、平滑与优化对象：使用选择工具选择需要伸直或平滑的对象，多次单击工具箱中的“伸直”按钮，可以伸直线条，如图 3.1.11 所示。

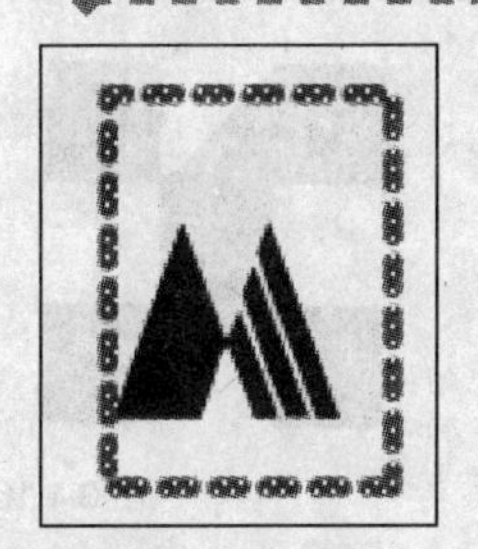

图 3.1.11　伸直对象

使用选择工具选中需要平滑的对象，多次单击工具箱中的“平滑”按钮，可以平滑对象，如图 3.1.12 所示。

图 3.1.12　平滑对象

使用选择工具选中需要优化的对象，然后选择 修改(M) → 形状(P) → 优化(O)... 命令，弹出“最优化曲线”对话框，如图 3.1.13 所示。在其对话框中拖动“平滑”选项的滑块，可设置对图形平滑的强度；选中“使用多重过渡”复选框，系统将会自动对图形进行多次优化；选中“显示总计消息”复选框，单击 确定 按钮后，系统将会显示优化消息提示对话框，如图 3.1.14 所示。优化后的效果如图 3.1.15 所示。

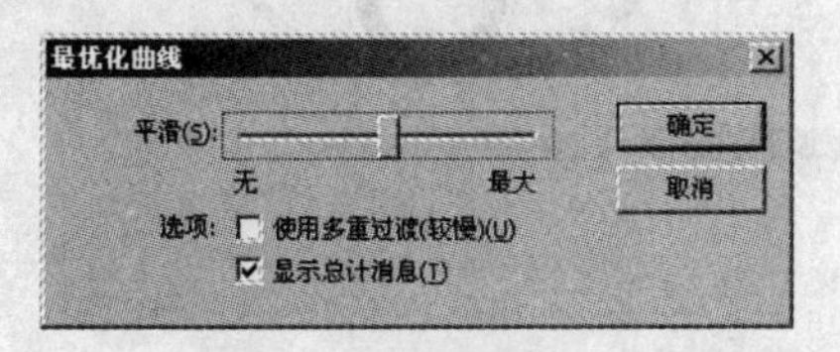

图 3.1.13　“最优化曲线”对话框

图 3.1.14　优化消息提示对话框

图 3.1.15　优化对象效果

3.1.2　部分选取工具

部分选取工具主要用于调整路径。选择工具箱中的部分选取工具，将鼠标指针移动到舞台上，鼠标指针呈现形状，说明该工具已经被激活。部分选取工具没有任何参数选项。

（1）显示路径节点。在调整路径之前，需要首先将其节点显示出来，方法为选择部分选取工具，然后将鼠标指针移动到路径上单击鼠标左键即可，效果如图 3.1.16 所示。

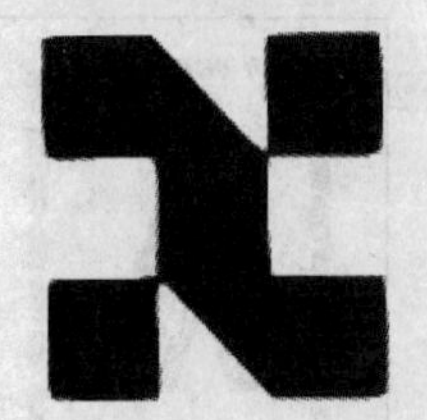

图 3.1.16　显示路径节点

（2）移动节点的位置。在显示节点之后，用户可以移动这些节点的位置，方法为移动鼠标指针到需要调整位置的节点上，然后按住鼠标左键不放并拖动即可，效果如图 3.1.17 所示。

图 3.1.17　移动节点的位置

（3）调整曲线的弯曲程度。选中某个节点后，用鼠标拖动其句柄，即可调整曲线的弯曲程度，如图 3.1.18 所示。

图 3.1.18　调整曲线的弯曲程度

3.1.3　套索工具的使用

套索工具主要用于选择图形中颜色相同或相近的区域，而选择区域的范围则取决于魔术棒的属性设置。单击工具箱中的“套索工具”按钮，在工具箱的选项栏中将出现其附加选项，包括“魔术棒”按钮、“魔术棒设置”按钮和“多边形模式”按钮。

（1）“魔术棒”按钮：单击该按钮，将进入魔术棒模式。在该模式下，移动鼠标指针到图形上，当其呈现形状时，按住并拖动鼠标绘制封闭曲线，然后释放鼠标左键即可选择一个区域，如图 3.1.19 所示。

图 3.1.19　在魔术棒模式下选择不规则区域

（2）“魔术棒设置”按钮：单击该按钮，将弹出如图 3.1.20 所示的“魔术棒设置”对话框，用户可以在其中设置魔术棒的属性。

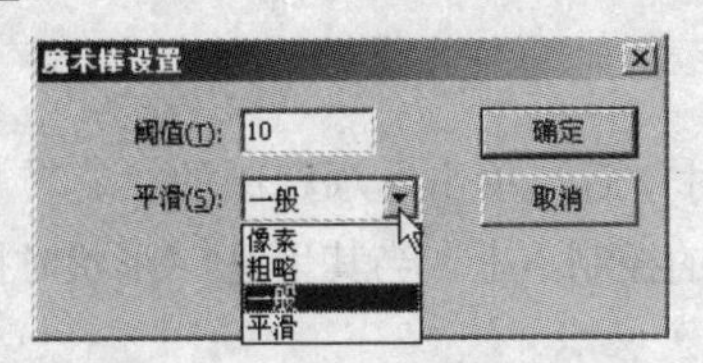

图 3.1.20　“魔术棒设置”对话框

在其对话框中的“阈值”输入框中输入数值，可设置相邻像素的颜色相近程度，数值越大，魔术棒工具一次性选择的相似颜色区域就越大，如图 3.1.21 所示。在“平滑”下拉列表中可以设置选择区域边缘的平滑度，包括像素、粗略、一般和平滑 4 个选项。

阈值为 5　　阈值为 40

图 3.1.21　不同阈值下的选取效果

（3）“多边形模式”按钮：单击该按钮，将进入多边形模式。在该模式下，移动鼠标指针到图形上，当其呈现形状时，移动鼠标并连续单击，然后双击鼠标左键即可选择一个区域，如图 3.1.22 所示。

图 3.1.22　在多边形模式下选择不规则区域

3.2　任意变形工具的使用

在 Flash CS3 中，用户不仅可以使用任意变形工具使对象变形，还可使用菜单命令自由变换对象。

单击工具箱中的“任意变形工具”按钮，在工具箱选项栏中将出现其附加选项，包括“旋转与倾斜”按钮、“缩放”按钮、“扭曲”按钮和“封套”按钮，如图 3.2.1 所示。通过它们可以缩放、旋转、倾斜、扭曲和封套变形对象。

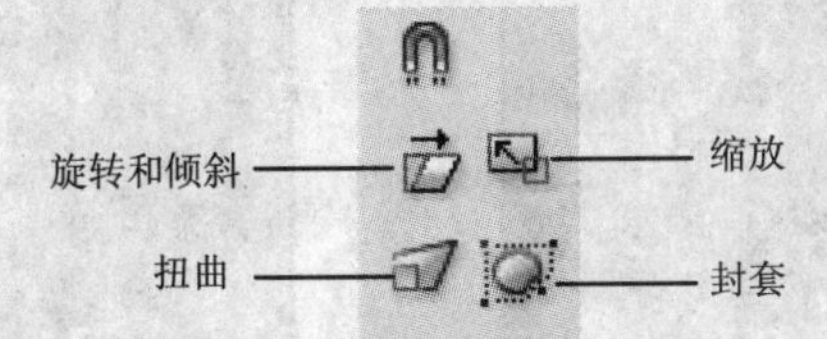

图 3.2.1　任意变形工具的附加选项

3.2.1 旋转对象

使用任意变形工具选取对象后，单击选项栏中的“旋转与倾斜”按钮，使其上出现变形控制点，将鼠标指针置于角部的控制点上，当其呈现形状时按住并拖动鼠标即可旋转对象，如图 3.2.2 所示。

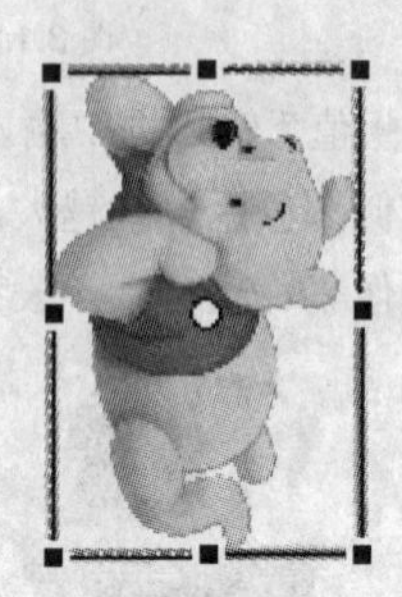

图 3.2.2 旋转对象

3.2.2 倾斜对象

使用任意变形工具选取对象后，单击选项栏中的“旋转与倾斜”按钮，使其上出现变形控制点，将鼠标指针置于控制点外的边线上，当其呈现⇋或⇃形状时按住并拖动鼠标即可倾斜对象，如图 3.2.3 所示。

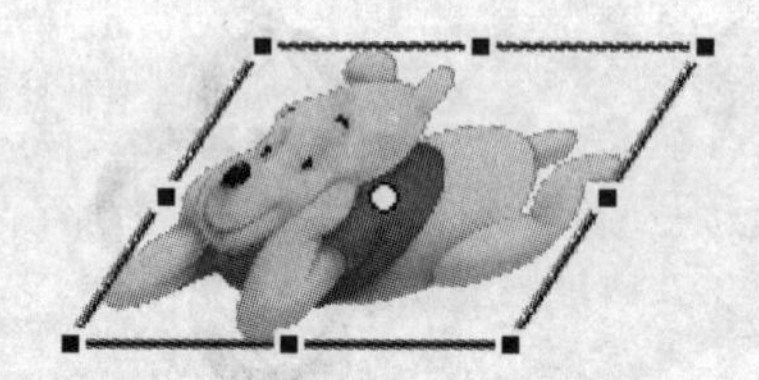

图 3.2.3 倾斜对象

3.2.3 缩放对象

使用任意变形工具选取对象后，单击选项栏中的“缩放”按钮，然后将鼠标移动到编辑对象的横向或纵向中间控制柄上，当光标变为↕或↔形状时，拖曳鼠标即可改变对象的宽度或高度，如图 3.2.4 所示。

图 3.2.4 改变对象的宽度

将鼠标移动到编辑对象的4个边角上，光标会变为形状，此时拖动鼠标即可改变对象的大小；按住“Shift”键，拖动鼠标可等比例缩放，效果如图3.2.5所示。

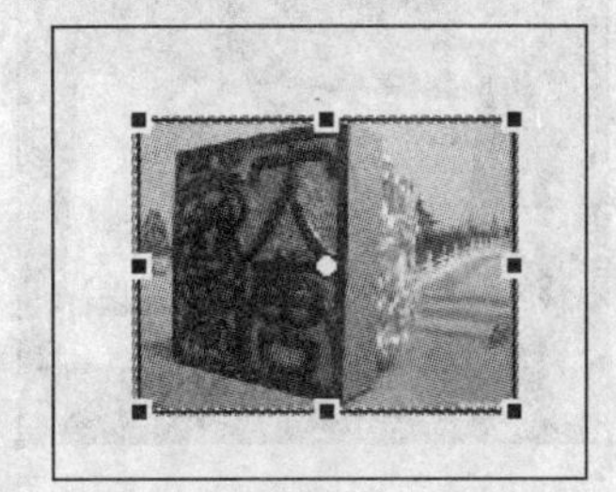

图3.2.5 等比例缩放对象

提示：也可在使用任意变形工具选取对象后，直接旋转、倾斜、缩放对象，不必刻意地单击“旋转与倾斜”按钮和“缩放”按钮，因为任意变形工具在默认情况下就提供了这些功能。

3.2.4 扭曲对象

扭曲的对象必须是图形，在扭曲文本和位图之前，必须选择 修改(M) → 分离(K) 命令或按“Ctrl+B”键将它们分离成图形。

使用任意变形工具选取对象后，单击工具箱选项栏中的“扭曲”按钮，使其上出现变形控制点，如图3.2.6所示。用户可以发现，扭曲对象时的变形控制点与缩放对象时的变形控制点稍有不同，即缺少了中间的圆形控制点。

图3.2.6 扭曲对象时的变形控制点

若要对对象进行扭曲操作，直接将鼠标指针置于控制点上，当其呈现形状时，按住并拖动鼠标即可，如图3.2.7所示。

图3.2.7 扭曲图形效果

注意：如果要在自由变形状态下使用任意变形工具进行扭曲操作，只需按住“Ctrl”键，再进行操作即可。扭曲图形时，按住“Shift”键，将以对角关系扭曲图形，如图 3.2.8 所示。

图 3.2.8　对角扭曲图形效果

3.2.5　封套对象

进行封套操作的对象与进行扭曲操作的对象一样，也必须是图形。使用任意变形工具选取对象后，单击工具箱选项栏中的“封套”按钮，使其上出现变形控制点，如图 3.2.9 所示。

图 3.2.9　封套变形对象时的变形控制点

若要对对象进行封套变形操作，直接将鼠标指针置于控制点上，当其呈现形状时，按住并拖动鼠标即可，如图 3.2.10 所示。

图 3.2.10　封套变形对象

3.2.6　撤销变形

如果用户想撤销对对象所做的变形操作，使其恢复至原始状态，可采用以下几种方法：

（1）在菜单栏中选择 修改(M) → 变形(T) → 取消变形(T) 命令，可撤销变形操作。

（2）在菜单栏中选择 窗口(W) → 变形(T) 命令，打开变形面板，单击变形面板中的“重置”按钮，可撤销变形操作。

（3）在工具栏中单击“撤销”按钮，可撤销前一步所做的操作。如果用户要撤销多次操作，可多次单击该按钮，直至返回对象的原始状态。

3.3　橡皮擦工具的使用

橡皮擦工具用于擦除舞台上的对象。选择工具箱中的橡皮擦工具，将鼠标指针移动到舞台上，按住并拖动鼠标即可进行擦除操作。

选择工具箱中的橡皮擦工具后，在工具箱的选项栏中将出现其附加选项，包括“橡皮擦模式”按钮、“水龙头”按钮和“橡皮擦形状”按钮，如图 3.3.1 所示。

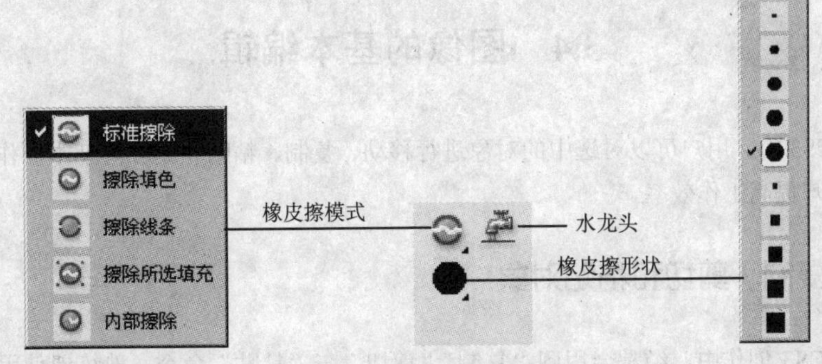

图 3.3.1　橡皮擦工具的附加选项

（1）“橡皮擦模式”按钮：单击该按钮，将弹出相应的下拉列表，用户可以根据需要在其中选择适当的橡皮擦模式，然后再进行擦除操作。

1）标准擦除：在该模式下，可以擦除橡皮擦经过的所有线条和填充。

2）擦除填色：在该模式下，可以擦除填充色和打散的文字，但不能擦除矢量线条。

3）擦除线条：在该模式下，可以擦除矢量线条和打散的文字，但不能擦除填充色。

4）擦除所选填充：在该模式下，用户必须事先创建一个选区，然后再擦除该选区内的图形，但不会擦除矢量线条。

5）内部擦除：在该模式下，橡皮擦的起点必须在封闭图形的内部，否则将不擦除任何内容。

（2）“水龙头”按钮：单击该按钮，进入水龙头模式，将其移动到需要擦除的对象上，鼠标指针会呈现形状，此时，单击鼠标左键可以一次性将其擦除，如图 3.3.2 所示。

图 3.3.2　在水龙头模式下擦除对象

（3）“橡皮擦形状”按钮：单击该按钮，将弹出相应的下拉列表，在该下拉列表中提供了大小不同的矩形和圆形橡皮擦各 5 种，用户可以根据需要进行选择。如图 3.3.3 所示为使用不同形状的橡皮擦擦除对象的效果。

图 3.3.3　使用不同形状的橡皮擦擦除图形

3.4　图像的基本编辑

在 Flash CS3 中，用户可以对选中的对象进行移动、复制、粘贴和删除等基本操作，对其熟练掌握能够帮助用户提高工作效率。

3.4.1　复制、剪切和粘贴对象

在 Flash CS3 创作中，经常会用到“复制”“剪切”与“粘贴”命令，熟练地使用它们可以大大提高工作效率。选中要复制或剪切的对象后，在菜单栏中选择“编辑”菜单后，弹出其下拉菜单，在下拉菜单中每一个命令后面是它的快捷键，如图 3.4.1 所示。

在其下拉菜单中选择“剪切”命令，可以将选中的对象剪切到剪贴板并删除原有对象；选中“复制”命令，可以将选中的对象复制到剪贴板并保留原有对象；选中“粘贴到中心位置”命令，可以将剪贴板中的对象粘贴到当前舞台中心；选中“粘贴到当前位置”命令，可以将剪贴板中的对象粘贴到与原对象相同的位置；选中“选择性粘贴”命令，可以选择将剪贴板中的对象作为 PNG 格式的位图还是作为图形元件粘贴到当前舞台的中心位置。

另外，如果在要复制或剪切的对象上单击鼠标右键，将弹出一个快捷菜单，在快捷菜单中也可以选择“复制”“剪切”与“粘贴”命令，如图 3.4.2 所示。

撤消(U) 更改选择	Ctrl+Z
重做(R)	Ctrl+Y
剪切(T)	Ctrl+X
复制(C)	Ctrl+C
粘贴到中心位置(A)	Ctrl+V
粘贴到当前位置(P)	Ctrl+Shift+V
选择性粘贴(S)...	
清除(A)	Backspace
直接复制(D)	Ctrl+D
全选(L)	Ctrl+A
取消全选(E)	Ctrl+Shift+A

图 3.4.1　“编辑”选项的下拉菜单

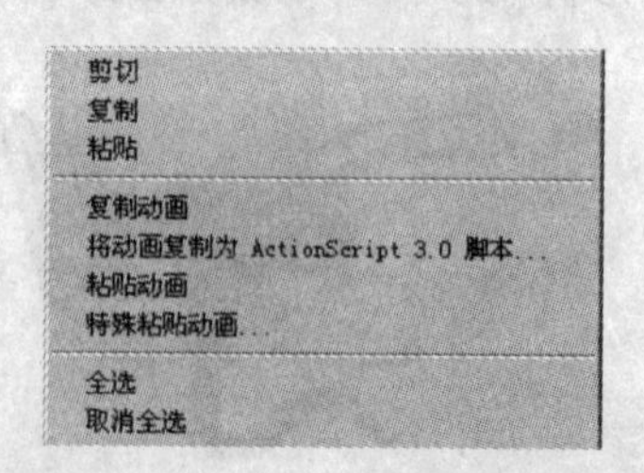

图 3.4.2　快捷菜单

技巧：按住“Alt”键，在舞台中拖动选中的对象，释放鼠标后可以直接复制该对象，效果如图 3.4.3 所示。

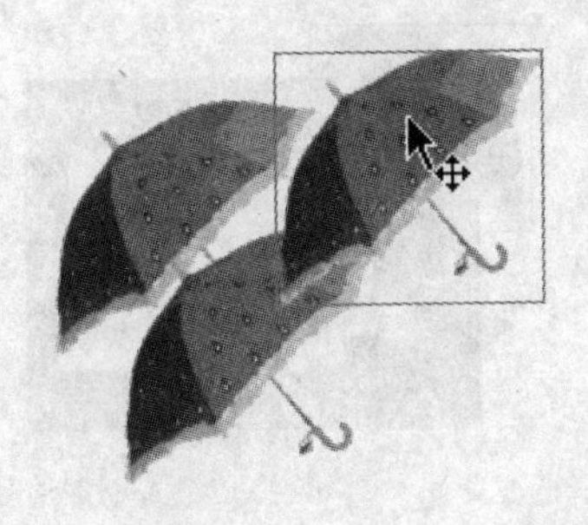

图 3.4.3 通过"Alt"键复制对象效果

3.4.2 删除对象

在 Flash CS3 中，删除的对象不同，删除的结果也将不同。如果删除的是矢量图或文本对象，则将其从当前文件中完全删除；如果删除的是导入的位图或声音等，则仅仅将其从舞台中删除，并不能从库中删除，下面介绍删除对象常用的两种方法。

1. 使用命令

选取对象后，用户可以使用以下命令删除对象。

（1）选择 编辑(E) → 剪切(T) 命令。

（2）选择 编辑(E) → 清除(A) 命令。

（3）单击鼠标右键，在弹出的快捷菜单中选择 剪切 命令。

2. 使用快捷键

选取对象后，用户可以使用以下快捷键删除对象。

（1）按"Ctrl+X"键。

（2）按"Back Space"键。

（3）按"Delete"键。

注意：如果要将对象从库中删除，需要选择 窗口(W) → 库(L) 命令或按"Ctrl+L"键，打开库面板，选取要删除的对象，然后单击库面板右下方的"删除"按钮，此时，舞台中的相应对象也将同时被删除。

3.4.3 组合和分离对象

当绘制出多个对象后，为了防止它们之间的相对位置发生改变，可以将它们"绑"在一起，这时就要用到组合。在 Flash CS3 中，用户还可以分离组合对象，使之成为单独的可供 Flash 编辑的图形。

1. 组合对象

除了隐藏和锁定的对象之外，舞台中的其他对象都能进行组合，方法为选取要组合在一起的对象，然后选择 修改(M) → 组合(G) 命令或按"Ctrl+G"键，如图 3.4.4 所示。

组合后的对象变成了一个整体，用户将不能对其子对象进行单独移动。这时，可以选择菜单栏中的 修改(M) → 取消组合(U) 命令或按"Ctrl+Shift+G"键取消组合，返回到组合前的状态进行编辑。

图 3.4.4 组合对象

2. 分离对象

分离对象指将组合、文本块、实例、位图等对象打散成矢量图，该操作完全不可以逆转，并且对对象有以下影响：

（1）取消组合。

（2）将文本转换成轮廓线。

（3）切断实例与相应元件的联系。

（4）将位图转换成填充区域。

分离对象的操作很简单，只须在选取对象后，选择 修改(M) → 分离(K) 命令或按“Ctrl+B”键即可，分离后的对象以网格状显示，如图 3.4.5 所示。

图 3.4.5 分离对象

3.4.4 排列对象

对于在同一层上的对象，Flash CS3 会按照创建的先后顺序进行排序，先创建的对象位于最下方，最后创建的对象位于最上方。

如果是分离的对象，无法改变其排列顺序，而对于其他对象可以利用选择菜单栏中的 修改(M) → 排列(A) 命令改变它们的排列效果，如图 3.4.6 所示。或者选中对象，单击鼠标右键，在弹出的快捷菜单中选择 排列(A) 菜单中的相关命令即可。

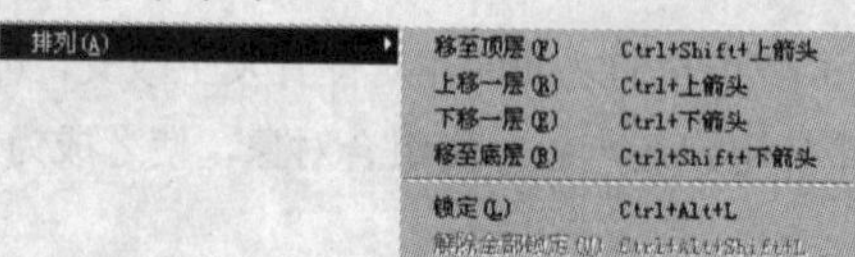

图 3.4.6 “排列”子菜单命令

菜单中各排列命令的作用介绍如下：

（1）移至顶层：将所选对象移至顶层。

（2）上移一层：将所选对象上移一层。

（3）下移一层：将所选对象下移一层。

（4）移至底层：将所选对象移至底层。

如图 3.4.7 所示为将图形对象移至顶层效果。

图 3.4.7　将对象移至顶层

注意：对于在合并绘制模式下绘制的相互重叠的图形是不能够调整顺序的，否则会出现切割现象。

3.5　对齐面板与变形面板的使用

除了前面介绍的编辑工具和编辑命令外，在制作 Flash 多媒体动画时，还经常会用到对齐面板和变形面板。

3.5.1　对齐面板

在舞台中创建了多个对象后，往往要按照一定的方式将它们对齐，即调整对象彼此之间的相对位置，或者相对于舞台的位置。在 Flash CS3 中，用户可以借助于标尺、网格、辅助线等辅助工具对齐对象，但若要快捷精确地对齐对象，则需要使用对齐面板。选择 窗口(W) → 对齐(G) 命令，即可打开对齐面板，如图 3.5.1 所示。对齐面板包括对齐、分布、匹配大小和间隔 4 个区域。

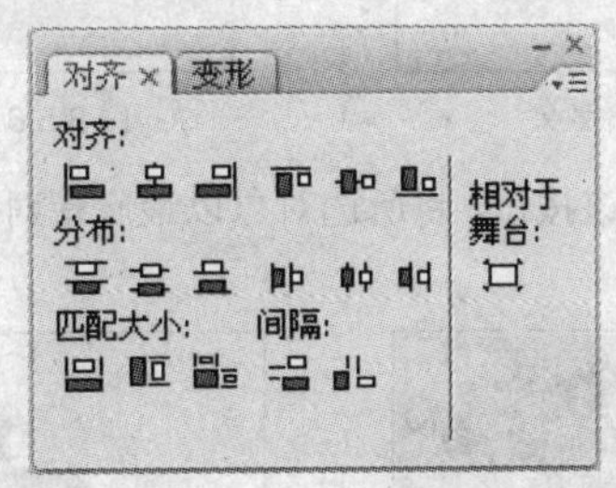

图 3.5.1　对齐面板

1．“对齐”区域

“对齐”区域用于对齐对象，它包含 6 个按钮，各按钮的功能如下：

（1）“左对齐”按钮：单击该按钮，将所选对象以最左端对象的左边缘为基准对齐，如图 3.5.2 所示。

（2）“水平中齐”按钮：单击该按钮，将所选对象以中间对象的垂直中心线为基准对齐，如图 3.5.3 所示。

图 3.5.2　左对齐效果

（3）“右对齐”按钮 ：单击该按钮，将所选对象以最右端对象的右边缘为基准对齐，如图 3.5.4 所示。

图 3.5.3　水平中齐效果

图 3.5.4　右对齐效果

（4）“上对齐”按钮 ：单击该按钮，将所选对象以最顶端对象的上边缘为基准对齐，如图 3.5.5 所示。

（5）“垂直中齐”按钮 ：单击该按钮，将所选对象以中间对象的水平中心线为基准对齐，如图 3.5.6 所示。

图 3.5.5　上对齐效果

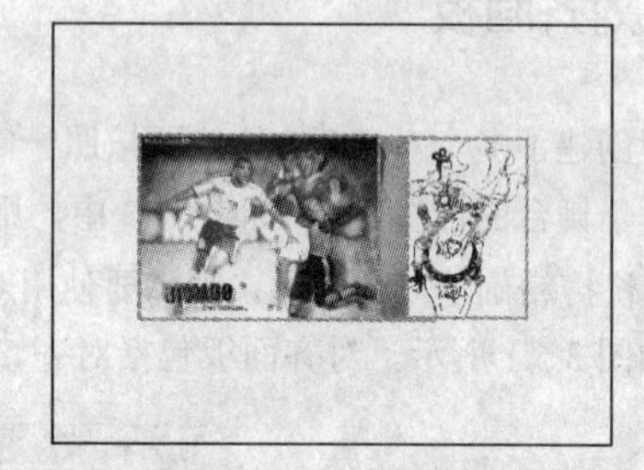

图 3.5.6　垂直中齐效果

（6）“底对齐”按钮 ：单击该按钮，将所选对象以最底端对象的下边缘为基准对齐，如图 3.5.7 所示。

图 3.5.7　底对齐效果

2.“分布”区域

“分布”区域用于以舞台中心或边界为基准分布对象。它包括顶部分布、垂直居中分布、底部分布、左侧分布、水平居中分布和右侧分布 6 种分布方式，常与对齐按钮配合使用，如图 3.5.8 所示为对垂直中齐后的对象进行水平居中分布的效果。

图 3.5.8　分布对象效果

提示： 选中需要对齐的对象，然后选择 修改(M)→ 对齐(N) 命令，在其中的子菜单中选择命令，可以相应地进行对齐或分布操作，如图 3.5.9 所示。

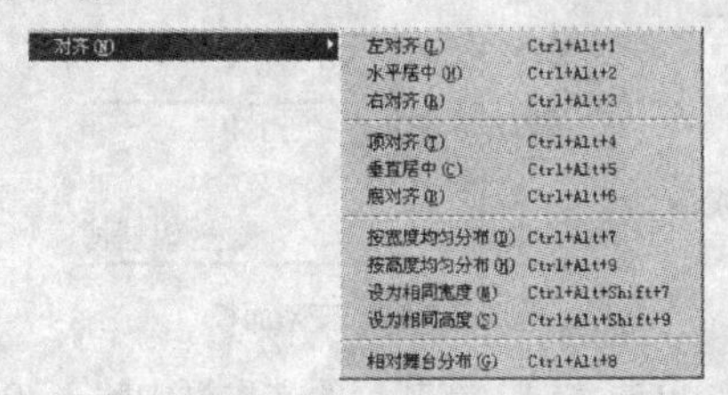

图 3.5.9　“对齐”子菜单命令

3.“匹配大小”区域

“匹配大小”区域用于使所选对象的宽度相同或高度相同，或宽度和高度均相同。它包括匹配宽度、匹配高度和匹配宽和高，如图 3.5.10 所示为匹配宽度的效果。

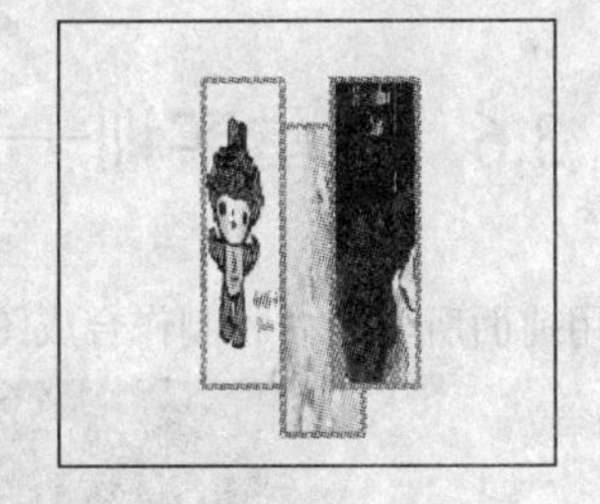

图 3.5.10　匹配高度效果

4.“间隔”区域

“间隔”区域用于使对象在水平方向或垂直方向上间距相等。它包括垂直平均间隔和水平平均间隔，如图 3.5.11 所示为水平平均间隔效果。

图 3.5.11　水平平均间隔效果

注意：若在操作之前单击了“相对于舞台”按钮，则所选对象将相对于舞台进行对齐、分布、匹配和间隔。

3.5.2 变形面板

除了前面介绍的使用任意变形工具对对象进行变形外，还可以使用变形面板对对象进行变形。

选中要变形的对象后，选择 窗口(W) → 变形(T) 命令或按“Ctrl+T”键，打开变形面板，如图 3.5.12 所示。

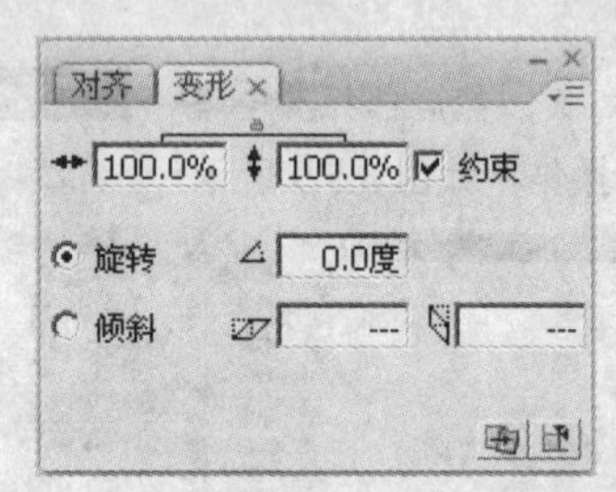

图 3.5.12 变形面板

在变形面板中选中“旋转”单选按钮，在其后的文本框中输入 0°～360°或－1°～－360°之间的数值，然后按“Enter”键，即可沿顺时针或逆时针方向旋转对象。选中“倾斜”单选按钮，在其右方的文本框中输入倾斜角度，然后按“Enter”键即可在水平或垂直方向上倾斜对象。单击面板底部的“重置”按钮，可取消所有变形对象效果；单击“重置并应用变形”按钮，可应用变形并复制原图。

3.6 课堂实训——制作合成图像效果

本节将综合使用前面所学的内容制作合成图像效果，最终效果如图 3.6.1 所示。

图 3.6.1 最终效果图

操作步骤

（1）启动 Flash CS3 应用程序，进入其工作界面。

（2）按“Ctrl+J”键，弹出“文档属性”对话框，在其对话框中设置文档的尺寸为“500×400 像素”，背景颜色为“白色”，设置好参数后，单击 确定 按钮。

（3）按“Ctrl+R”键，弹出“导入”对话框，在其对话框中选择一幅人物素材，将其导入到舞台中。

（4）单击工具箱中的“任意变形工具”按钮选取位图对象，然后单击选项栏中的“缩放”按钮，对其进行缩放，效果如图 3.6.2 所示。

（5）单击工具箱中的“选择工具”按钮，选中导入的位图，然后按“Ctrl+B”键分离位图，效果如图 3.6.3 所示。

图 3.6.2　导入位图

图 3.6.3　分离位图

（6）单击工具箱中的“套索工具”按钮，在工具箱的选项栏中选中“魔术棒”按钮进入魔术棒模式，再单击“魔术棒设置”按钮，弹出“魔术棒设置”对话框，设置其对话框参数如图 3.6.4 所示。设置好参数后，单击确定按钮。

（7）将光标移动到人物图像的绿色区域，然后单击鼠标选中绿色区域，按“Delete”键将其删除，效果如图 3.6.5 所示。

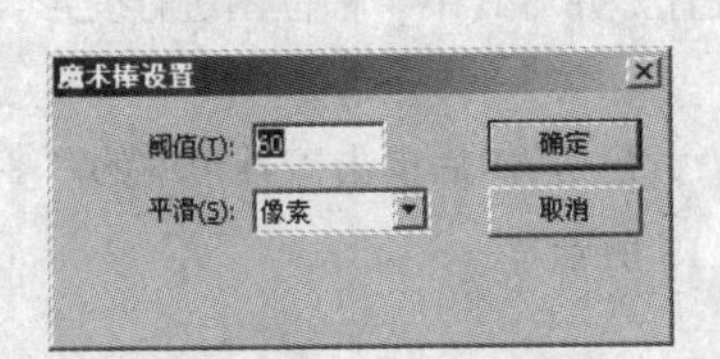

图 3.6.4　“魔术棒设置”对话框

图 3.6.5　删除绿色区域

（8）删除后的图像带有绿色边缘，单击工具箱中的“橡皮擦工具”按钮，然后将人物图像放大，擦除人物图像上的绿色杂边，效果如图 3.6.6 所示。

（9）单击工具箱中的“选择工具”按钮，选中人物图像，然后按“Ctrl+G”键将其组合，效果如图 3.6.7 所示。

图 3.6.6　擦除杂边效果

图 3.6.7　组合图像效果

（10）按“Ctrl+R”键，导入一幅背景图像，如图 3.6.8 所示。

（11）选中导入的位图，选择菜单栏中的 修改(M) → 排列(A) → 移至底层(B) 命令，将其移至底层，效果如图 3.6.9 所示。

图 3.6.8　导入背景图像

图 3.6.9　移至底层效果

（12）按“Ctrl+T”键，打开变形面板，设置其面板参数如图 3.6.10 所示。

（13）设置好参数后，单击面板底部的“重置并应用变形”按钮，可应用变形并复制原图，效果如图 3.6.11 所示。

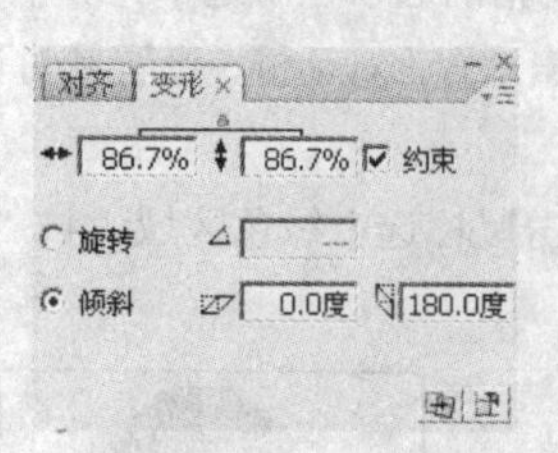

图 3.6.10　变形面板

图 3.6.11　重置并应用变形效果

（14）使用选择工具将两幅位图移至适当的位置，并对其中一幅位图进行变形，效果如图 3.6.12 所示。

（15）设置笔触颜色为“白色”，填充颜色为“黄色”，然后单击工具箱中的“多角星形工具”按钮，在舞台中绘制一个八角星形，效果如图 3.6.13 所示。

图 3.6.12　移动并变形位图效果

图 3.6.13　绘制八角星形

（16）选中绘制的图形，选择 修改(M) → 形状(P) → 柔化填充边缘(F)... 命令，弹出“柔化填充边缘”对话框，设置其对话框参数如图 3.6.14 所示。设置好参数后，单击 确定 按钮。

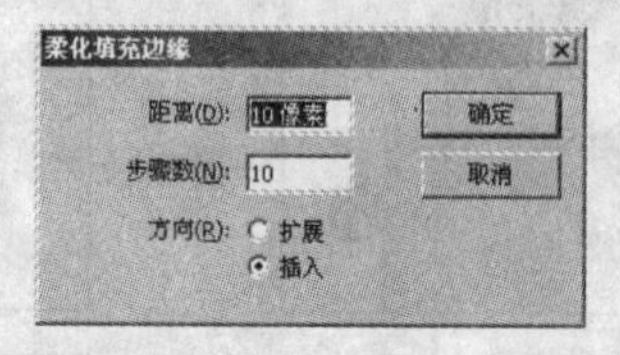

图 3.6.14　“柔化填充边缘”对话框

（17）使用移动工具将其移至适当的位置，按“Ctrl+Enter”键预览，最终效果如图 3.6.1 所示。

本 章 小 结

本章主要介绍了编辑工具的使用方法与技巧，包括选择工具、部分选取工具、套索工具、任意变形工具以及橡皮擦工具等。通过本章的学习，读者应该熟练掌握图像的基本编辑方法，并能将它们灵活应用到动画制作中。

操 作 练 习

一、填空题

1．在 Flash CS3 中，________是编辑对象的前提条件。

2．在 Flash CS3 中，主要用于调整路径的工具是________。

3．在 Flash CS3 中，________主要用于选择图形中颜色相同或相近的区域。

4．按________快捷键，可将复制的对象粘贴到舞台的中心位置。

5．按________快捷键，可将复制的对象原位置粘贴。

6．利用________工具可将图形进行页面居中的操作。

7．用户可以借助于标尺、网格、辅助线等辅助工具对齐对象，但若要快捷精确地对齐对象，则需要使用________。

8．按住________键，在舞台中拖动选中的对象，释放鼠标后可以直接复制该对象。

9．要使图形的曲线变得柔和，可利用________、________或________命令。

10．利用________面板的复制变形功能，可以快速制作出一些特殊的图形效果。

二、选择题

1．按（　）键可以删除对象。

（A）End　　（B）Back Space

（C）Delete　　（D）Ctrl+X

2．按（　）键可以组合对象。

（A）Ctrl+G　　（B）Ctrl+Shift+G

（C）Alt+G　　（D）Shift+G

3．按（　）键可以分离对象。

（A）Ctrl+T　　（B）Ctrl+B

（C）Alt+G　　（D）Shift

4．在 Flash CS3 中，可将对象按（　）种方式对齐。

（A）5　　（B）6

（C）7　　（D）8

5．任意变形工具包含（　）个附加选项。

（A）2　　（B）3

（C）4　　（D）5

6．按（　）键可以打开变形面板。

（A）Ctrl+T　　　　（B）Ctrl+O

（C）Alt+T　　　　（D）Shift+ Alt

三、简答题

1．简述如何使用对图形对象添加柔化填充边缘效果。

2．简述如何使用任意变形工具对图像进行变形。

3．简述如何对对象进行组合和分离。

四、上机操作题

1．练习使用本章所学的知识制作如题图 3.1 所示的效果。

2．练习使用变形面板制作如题图 3.2 所示的效果。

题图　3.1

题图　3.2

第 4 章　填充工具的使用

Flash CS3 提供了一些填充图形的工具，例如滴管工具、颜料桶工具、墨水瓶工具和填充变形工具等，下面具体介绍这些工具的使用方法与技巧。

知识要点

- 色彩的基础知识
- 颜色面板的使用
- 颜料桶工具的使用
- 刷子工具的使用
- 滴管工具的使用
- 墨水瓶工具的使用
- 渐变变形工具的使用

4.1　色彩的基础知识

如果想在创作出的作品中应用色彩，那就必须了解色彩的概念，下面将具体介绍色彩的基础知识。

4.1.1　三原色

三原色是指红、蓝、绿 3 种颜色中，任意一种颜色都不能由另外两种颜色混合产生，而其他颜色可由这三种颜色按照一定的比例混合出来，如图 4.1.1 所示。

4.1.2　色彩三要素

色调、亮度以及饱和度被称为色彩的三要素，它是色彩最基本的属性，是研究色彩的基础。

1．色调

色调是颜色最明显的特性，是区别色彩种类的名称。红、橙、黄、绿、蓝、紫等每个字都代表一类具体的色调，它们之间的差别属于色调差别，如图 4.1.2 所示。

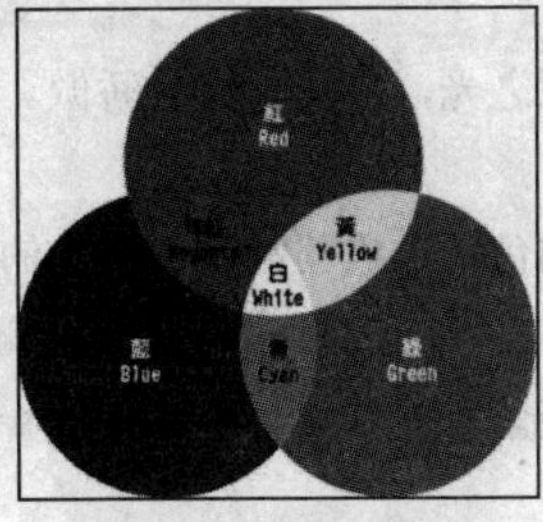

图 4.1.1　色彩三原色

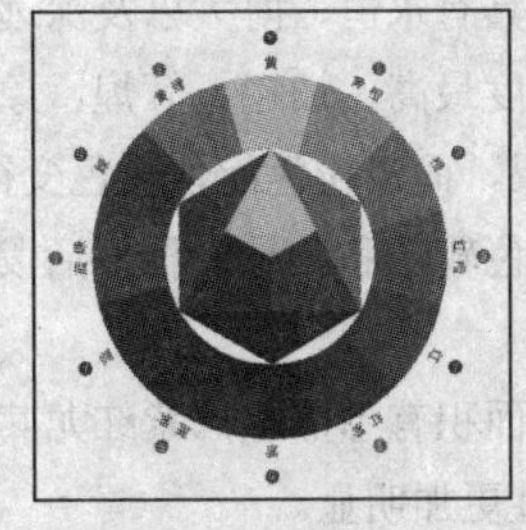

图 4.1.2　色调环

2．亮度

亮度是指色彩的明暗程度，任何色彩都有自己的明暗特征。一个物体表面的光反射率越大，对视觉的刺激程度就越大，看上去就越亮，这一颜色的亮度就越高。因此，亮度表示颜色的明暗特征，它适于表现物体的立体感和空间感。

3．饱和度

饱和度是指颜色所含的无彩色的分量，含无彩色分量越多，饱和度就越低，反之越高。简单来说，无彩色就是没有颜色冷暖倾向的黑、白、灰。如灰蓝色的饱和度就比蓝色的饱和度低，而粉蓝色的饱和度比灰蓝色低，因为其中加了无彩色——白色。

Flash 的调色板清楚地反应了色彩三要素，如图 4.1.3 所示。

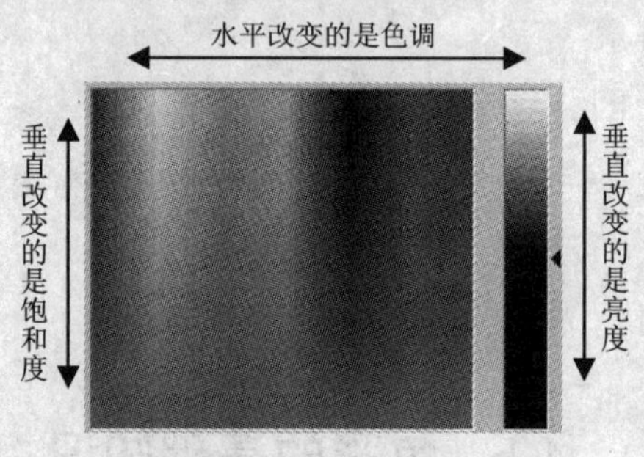

图 4.1.3　色彩三要素

4.1.3　色彩的配色原理

两个鲜艳的色块放在一起会产生强烈的刺激感，两个柔和的色块放在一起会产生和谐的美感。不同的色块组合带给人千差万别的感受，这就是配色。配色在动画制作中占有特别重要的位置，同样一个人物造型通过配色可以让人感受到不同的心理情绪，同样一幅背景通过配色可以让人感觉到不同的深远感。

（1）黑和白。非常对立而具有共性，是色彩最后的抽象。能够用来表示富有哲理性的对象。其中黑色代表空、无、永恒的沉默；白色代表虚无，有无尽的可能性。

（2）灰色。它是色彩中最被动的颜色，极易受相邻色彩影响，靠邻近的色彩获得自己的生命，近冷则暖，近暖则冷。最具有中性，是视觉中最安静的色彩，有很强的调和对比作用。

（3）红色。它是最强有力的色彩，能引起情绪的兴奋、热烈以及冲动。

（4）绿色。它具有中性特点和平色，偏向自然美，是一种宁静、生机、宽容的色彩，可衬托多种颜色而达到和谐。

（5）蓝色。它具有永恒、博大以及深远感。

（6）黄色。亮度最高，灿烂、辉煌，象征着智慧之光，象征权力、骄傲。当用黑、紫、深蓝反衬时，能加强其效果，而淡粉色能使黄色变得柔和。

（7）橙色。橙色较温和，是一种很活泼、辉煌的色彩，极其富足、快乐的色彩。蓝橙对比时较生动。

（8）紫色。大面积有恐怖感，紫红尤其明显，暗紫有灾难感。淡紫则是一种优美的活泼色，紫与黄共存时，消极性更加明显。

4.2　颜色面板的使用

在默认情况下，颜色面板位于舞台右侧，它的作用是设置笔触颜色和填充颜色。如果未打开颜色面板，可选择菜单栏中的 窗口(W) → 颜色(C) 命令，打开颜色面板，如图 4.2.1 所示。在颜色面板的左上方分别是"笔触颜色"按钮和"填充颜色"按钮，单击它们可以切换当前设置的颜色是笔触颜色还是填充颜色。

4.2.1　颜色的定义方式

在光谱图中选择颜色的色调，然后拖动右侧竖条中的三角形可改变颜色亮度，也可在红、绿、蓝 3 个输入框中输入数值来定义颜色。定义好颜色后，还可以通过更改"Alpha"的数值来更改颜色的透明度。设置好的颜色会在当前色框中显示。

另一种定义颜色的方式是通过颜色列表定义。用户可以单击颜色面板中的"笔触颜色"按钮或"填充颜色"按钮，在弹出的颜色列表中单击颜色小方格定义颜色，如图 4.2.2 所示。

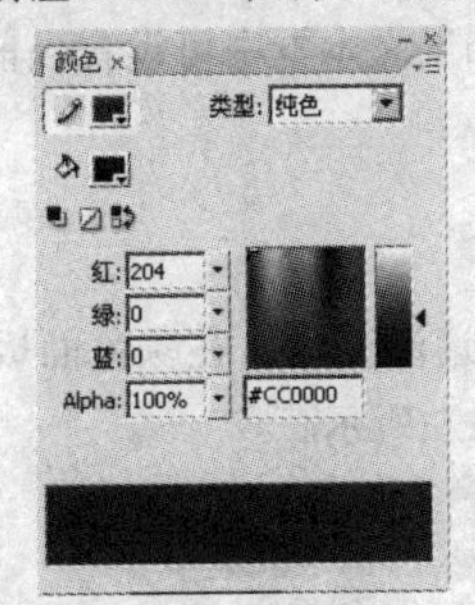

图 4.2.1　颜色面板

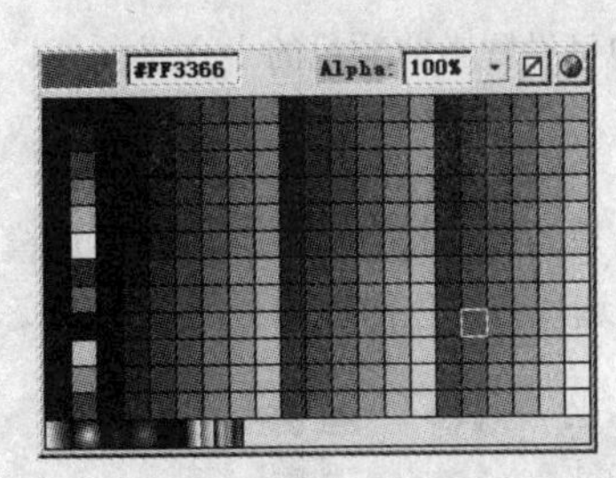

图 4.2.2　颜色列表

4.2.2　颜色的填充样式

在颜色面板的 类型: 下拉列表中有无、纯色、线性、放射状和位图，通过它们可以实现各种各样的色彩变换效果。

1．纯色

Flash CS3 预制了多种纯色，用户可以通过颜色列表直接使用，但对于世界上的数百万种颜色来说，这只是其中很少的一部分，如果在列表中没有找到需要的颜色，可以单击列表右上角的按钮，在弹出的"颜色"对话框中自定义设置，如图 4.2.3 所示。

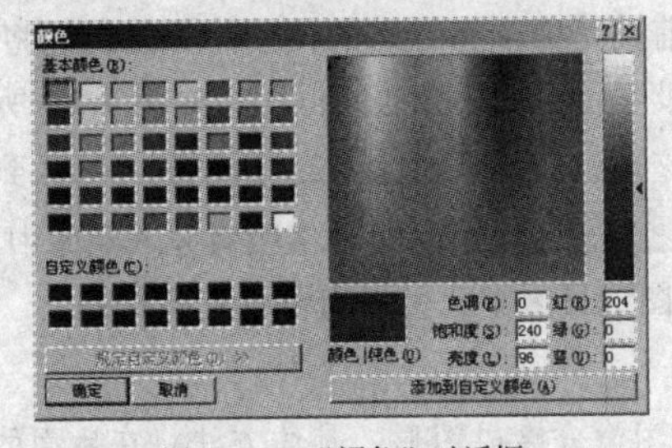

图 4.2.3　"颜色"对话框

用鼠标在颜色区内单击某种颜色，然后在色调框中设置亮度，此时，所设颜色将在颜色预览框中显示。如果满意，单击添加到自定义颜色(A)按钮将其添加至自定义颜色(C):区域中即可。

当然，用户也可以在颜色预览框右侧的各文本框中直接输入数值设置颜色。

在“颜色”对话框中的“色调”文本框中的数值用于区别色彩的颜色名称，例如紫色、红色和黑色等。“饱和度”文本框中的数值用于表示色调的深度，已饱和的颜色又深又浓，未饱和的颜色则比较淡。“亮度”文本框中的数值用于表示颜色的亮度，并确定它在黑白之间的相对颜色亮度比例。“红”文本框中的数值用于设置颜色中红色的浓度，取值范围为 0～255。“绿”文本框中的数值用于设置颜色中绿色的浓度，取值范围为 0～255。“蓝”文本框中的数值用于设置颜色中蓝色的浓度，取值范围为 0～255。

2．线性

线性的特点是颜色从起点到终点沿直线逐渐变化，在颜色面板的类型:下拉列表中选择“线性”选项，颜色面板的外观发生改变，如图 4.2.4 所示。

在颜色面板中的“溢出”下拉列表中可设置渐变色的溢出模式，有扩展（默认模式）、镜像和重复 3 种模式。选中“线性”复选框，可设置是否创建 SVG 兼容的渐变色。在“红”“绿”“蓝”文本框中可设置当前颜色中红色、绿色和蓝色的浓度。在“Alpha”文本框中可设置当前颜色的透明度。在#FF3399文本框中可设置当前颜色的十六进制值。

3．放射状

放射状的特点是颜色从起点到终点按照环形模式向四周逐渐变化，在颜色面板的类型:下拉列表中选择“放射状”选项，颜色面板的外观发生改变，如图 4.2.5 所示。

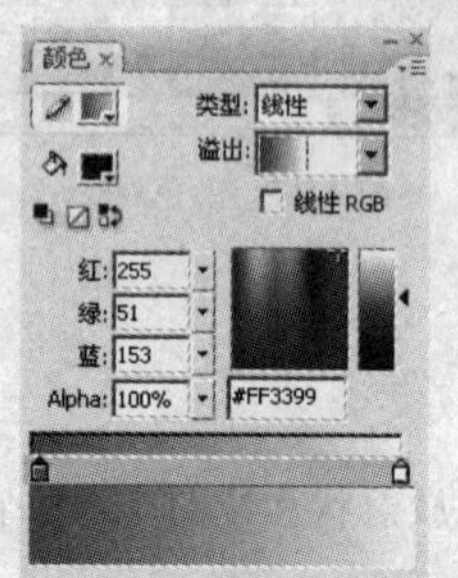

图 4.2.4　选择“线性”选项

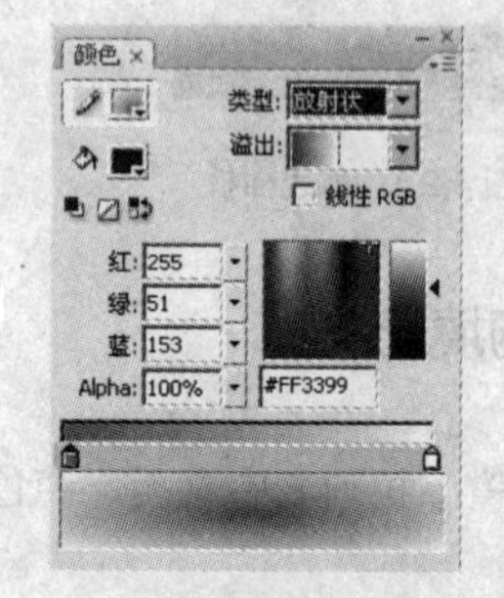

图 4.2.5　选择“放射状”选项

放射状渐变色的设置方法与线性渐变色的完全相同，这里就不再赘述。

4．位图

在 Flash CS3 中，除了可以使用纯色、线性渐变色、放射状渐变色填充图形之外，还可以使用位图填充。使用位图进行填充的前提是必须有导入的位图，并且已经将其打散。在颜色面板的类型:下拉列表中选择“位图”选项，即可显示所有打散的位图，如图 4.2.6 所示。

（1）导入...按钮：单击该按钮，弹出如图 4.2.7 所示的“导入到库”对话框，用户可以在其中选择需要的位图，选中后单击打开(O)按钮，即可将图像导入到库中。

（2）在颜色面板底部的位图选择区中，可以直观地选择位图。

提示： 打散即将位图图像分离成图形，具体方法将在后面的章节做详细介绍。

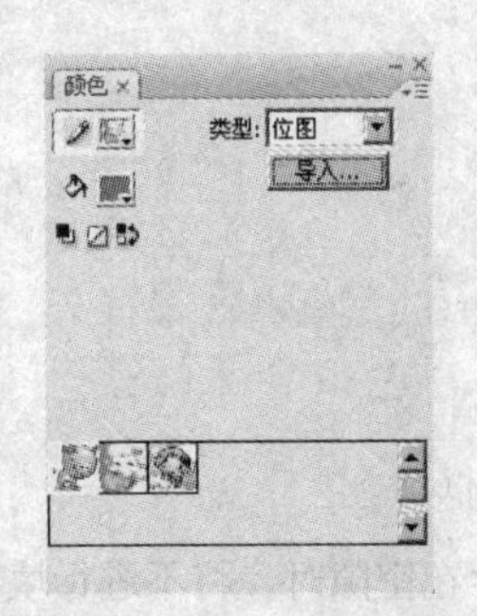

图 4.2.6　选择“位图”选项

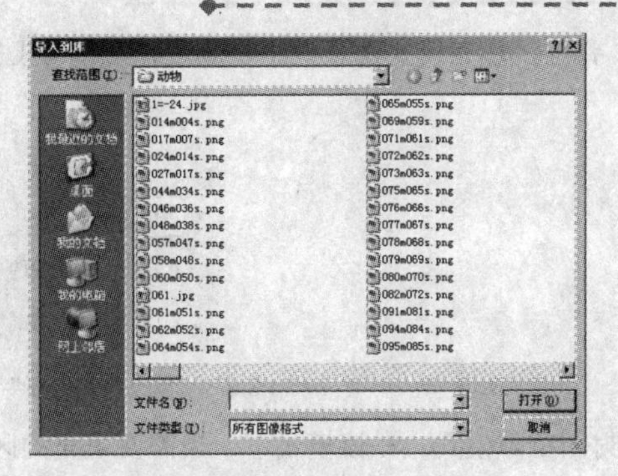

图 4.2.7　“导入到库”对话框

4.3　颜料桶工具的使用

颜料桶工具主要用于填充封闭图形的内部区域，也可用于填充不封闭区域，但此时需要通过空隙模式设置填充空隙的大小。

4.3.1　填充封闭区域

单击工具箱中的“颜料桶工具”按钮，按照以上介绍的方法设置需要的填充颜色之后，在封闭图形的内部区域单击鼠标即可，如图 4.3.1 所示分别为使用纯色、线性渐变色、放射状渐变色和位图填充的效果。

纯色填充

线性渐变色填充

放射状渐变色填充

位图填充

图 4.3.1　填充封闭区域

4.3.2　空隙模式

单击工具箱中的“颜料桶工具”按钮，在工具箱的选项区中会出现一个“空隙大小”按钮，单击该按钮，弹出“填充模式选项”下拉列表，如图 4.3.2 所示。

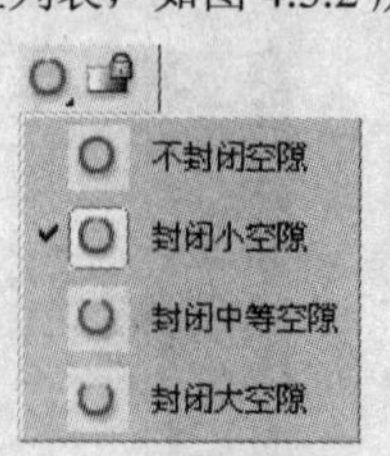

图 4.3.2 “填充模式选项”下拉列表

（1）不封闭空隙模式。在该模式下，当需要填充的区域存在空隙时，将不进行填充操作。

（2）封闭小空隙模式。在该模式下，当需要填充的区域存在小空隙时，仍可进行填充操作。

（3）封闭中等空隙模式。在该模式下，当需要填充的区域存在中等空隙时，仍可进行填充操作。

（4）封闭大空隙模式。在该模式下，当需要填充的区域存在较大空隙时，仍可进行填充操作。

4.3.3 锁定填充

选择颜料桶工具后，在选项栏中会出现一个“锁定填充”按钮，该按钮用于切换在使用渐变颜色进行填充时的参照点。

当“锁定填充”按钮处于未选中状态时，是非锁定填充模式，则刷子经过的所有地方都包含着一个完整的渐变过程，如图 4.3.3 所示；当其处于选中状态时，是锁定填充模式，则刷子工具将以整个图形为一个完整的渐变过渡区域，如图 4.3.4 所示。

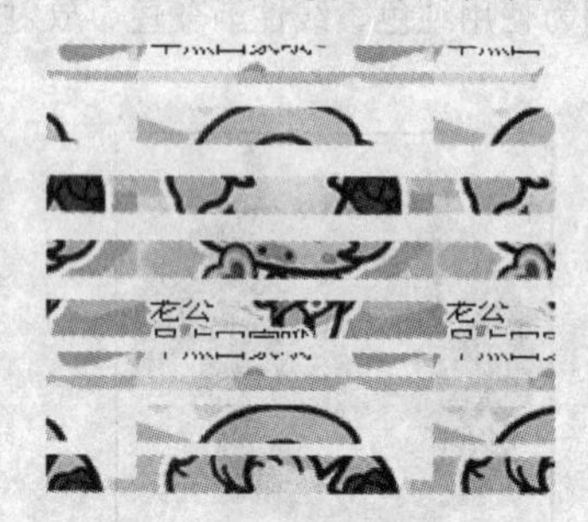

图 4.3.3 在非锁定填充模式下绘制图形

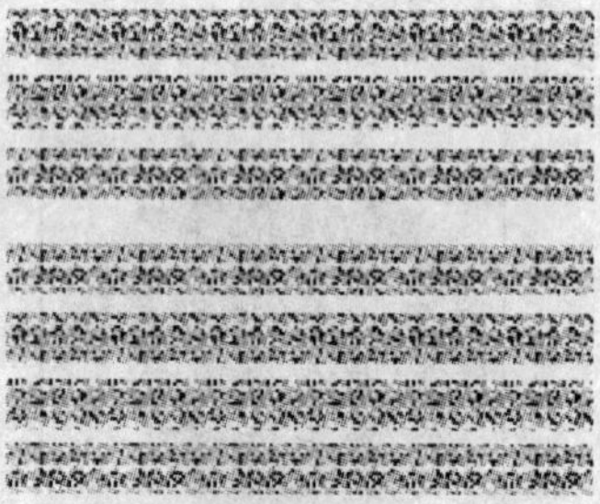

图 4.3.4 在锁定填充模式下绘制图形

4.4 刷子工具的使用

刷子工具是常用的绘图工具之一，与前面介绍的绘图工具不同的是，用它所绘制的是任意形状、大小以及颜色的填充区域而不是线条。

4.4.1 设置刷子工具的属性

单击工具箱中的“刷子工具”按钮，在工具箱的选项区中会出现“刷子模式”按钮、“刷子大小”按钮以及“刷子形状”按钮，在刷子大小和刷子形状选项的下拉列表中，可选择刷子大小以及刷子形状，如图 4.4.1 所示。

通过“刷子工具”属性面板，可设置刷子的颜色和平滑度，如图 4.4.2 所示。

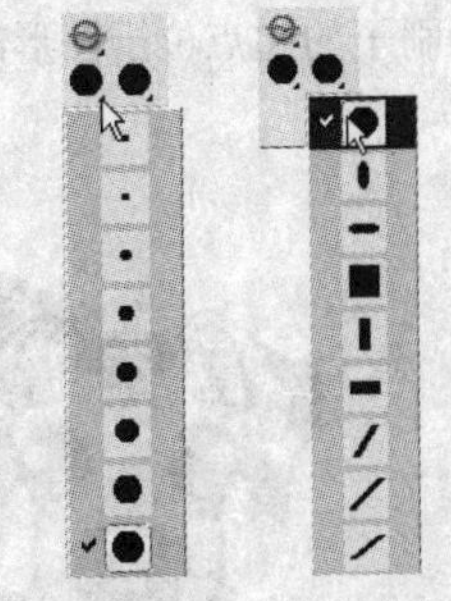

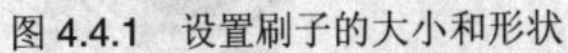

图 4.4.1 设置刷子的大小和形状

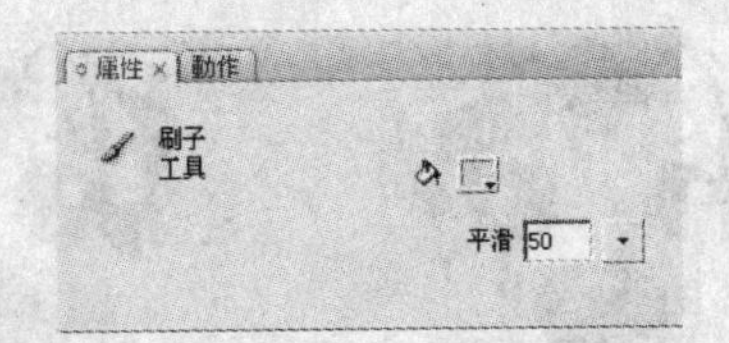

图 4.4.2 “刷子工具”属性面板

（1）：可设置刷子的颜色。单击其右下角的黑色小三角，在弹出的颜色列表中选择即可，如图 4.4.3 所示。

（2）平滑 50：可设置刷子的平滑度，取值范围为 0～100。在文本框中直接输入数值，或者单击右侧的按钮，在弹出的滑动条中拖动滑块即可，如图 4.4.4 所示。

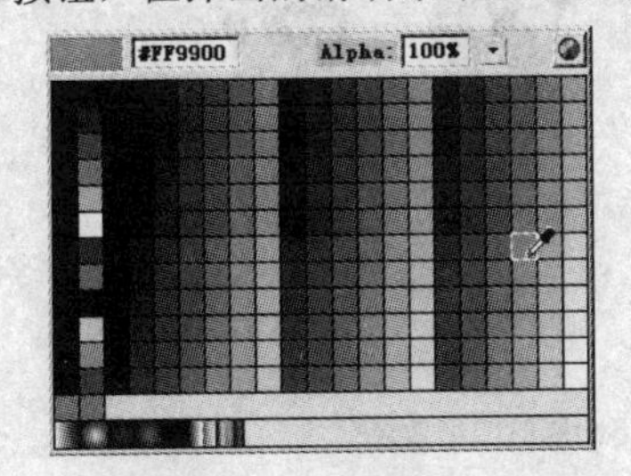

图 4.4.3 颜色列表

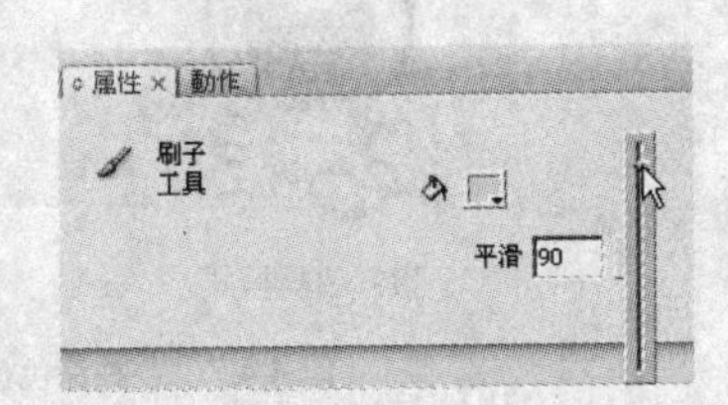

图 4.4.4 拖动滑块设置刷子的平滑度

设置好属性后，可在舞台中绘制图形，效果如图 4.4.5 所示。

4.4.2 刷子工具的涂色模式

选中刷子工具后，在工具箱的选项区单击“刷子模式”按钮，可选择涂色模式，如图 4.4.6 所示。

图 4.4.5 使用刷子绘图

图 4.4.6 选中“刷子模式”选项

（1）标准绘画模式。在该模式下，刷子可以在舞台的任何位置绘图，并且刷子经过的地方将被刷子的颜色所覆盖。

（2）颜料填充模式。在该模式下，刷子只能在空白区域和已有的填充区域绘图，不影响矢量线。

（3）后面绘画模式。在该模式下，刷子只能在空白区域绘图，不影响原有图形。

（4）颜料选择模式。在该模式下，刷子只能在选定的区域内绘图，其操作前提是先用选择工具创建一个选区。

（5）内部绘画模式。在该模式下可分为两种情况：一种是当刷子的起点位于图形外的空白区域时，刷子只能在空白区域绘图，而不影响图形本身；另一种是当刷子的起点位于图形的内部时，则只能在图形的内部绘图。

使用不同涂色模式绘画的效果如图 4.4.7 所示。

图 4.4.7　各种涂色模式下绘制的图形效果

提示： 如果在绘制的同时按住"Shift"键，将限制所绘线条的方向为水平或垂直。

4.5　滴管工具的使用

滴管工具主要用于获取已存在线条、文本、矢量图或位图的属性，并将该属性应用于其他对象。

4.5.1　采样填充位图

在采样位图之前，首先需要按住"Ctrl+B"键，将位图打散，然后单击工具箱中的"滴管工具"按钮。当经过位图，鼠标指针呈现形状时，不能对对象进行填充，只能单击工具箱中的"锁定填充"按钮，使其处于未选中状态可解除锁定，然后当经过位图时，鼠标指针将呈现形状，单击鼠标左键即可获取它们的属性，并且滴管工具将自动转换为颜料桶工具，效果如图 4.5.1 所示。

图 4.5.1　打散位图后填充

4.5.2 采样填充线条

单击工具箱中的“滴管工具”按钮，将鼠标指针移动到舞台上，当经过线条时，鼠标指针呈现形状，这时，单击鼠标左键即可获取该线条的属性，并且滴管工具将自动转换为墨水瓶工具，填充的效果如图 4.5.2 所示。

图 4.5.2 采样填充线条

4.5.3 采样填充文本

对于拥有不同文本属性的文本来说，想让它们拥有相同的属性，如果一个个去更改太麻烦，此时使用滴管工具就方便多了。

首先使用选择工具选中要更改属性的文本，然后单击工具箱中的“滴管工具”按钮，将光标移动到要取样的文本上，此时鼠标指针呈现形状，单击鼠标左键即可获取该文本的属性，并且滴管工具将自动转换为文本工具，效果如图 4.5.3 所示。

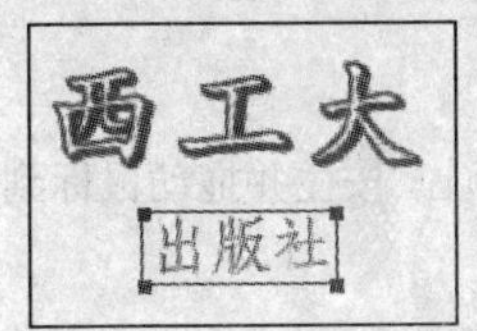

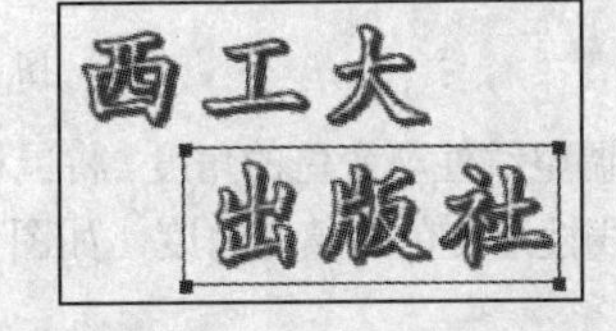

图 4.5.3 采样填充文本

4.6 墨水瓶工具的使用

墨水瓶工具主要用于更改轮廓线的粗细、颜色和样式。单击工具箱中的“墨水瓶工具”按钮，将鼠标指针移动到舞台上，用户就可以单击某轮廓线更改其属性，如图 4.6.1 所示。

图 4.6.1 使用墨水瓶工具更改轮廓线的属性

选择墨水瓶工具后，其属性面板如图 4.6.2 所示，用户可以在其中设置轮廓线的粗细、颜色和样式等参数。墨水瓶工具的参数和直线工具的参数基本相同，这里不再赘述。

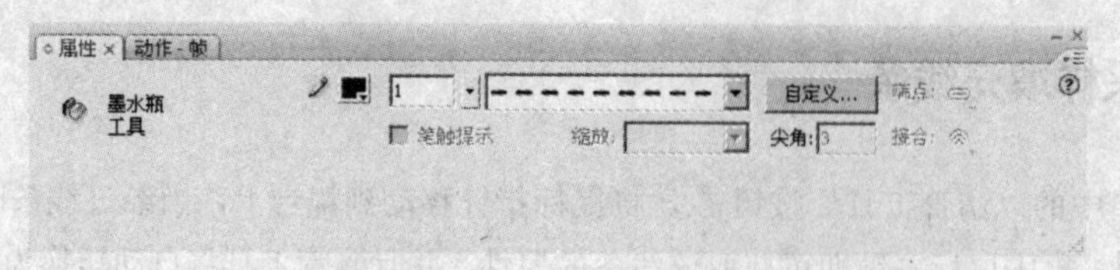

图 4.6.2 “墨水瓶工具”属性面板

4.7 渐变变形工具的使用

渐变变形工具主要用于调整渐变色或填充位图的尺寸、角度及中心点等。单击工具箱中的“渐变变形工具”按钮，将鼠标指针移动到舞台上，用户就可以调整用渐变色或位图填充的图形了。

线性渐变色、放射状渐变色和填充位图的调整方法基本相同，下面就以线性渐变色的调整为例进行介绍。

（1）调整线性渐变色的尺寸。选择工具箱中的渐变变形工具，单击要调整的线性渐变色，在其上会出现调整控制手柄，将鼠标指针置于形状为的手柄上，按住并拖动鼠标到其他位置，可以调整线性渐变色的填充尺寸，如图 4.7.1 所示。

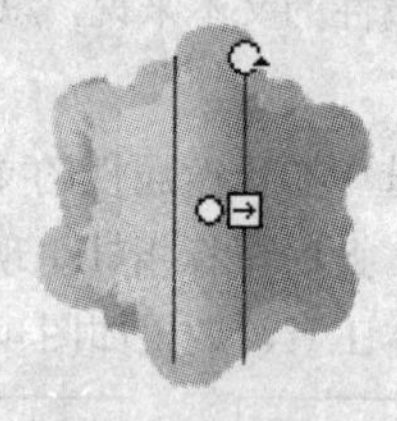

图 4.7.1 调整线性渐变色的尺寸

（2）调整线性渐变色的角度。将鼠标指针置于形状为的手柄上，按住并拖动鼠标到其他位置，可以调整线性渐变色的填充角度，如图 4.7.2 所示。

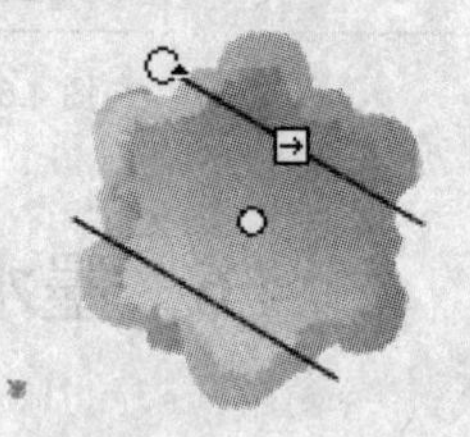

图 4.7.2 调整线性渐变色的角度

（3）调整线性渐变色的中心点。将鼠标指针置于形状为的手柄上，按住并拖动鼠标到其他位置，可以调整填充中心点的位置，如图 4.7.3 所示。

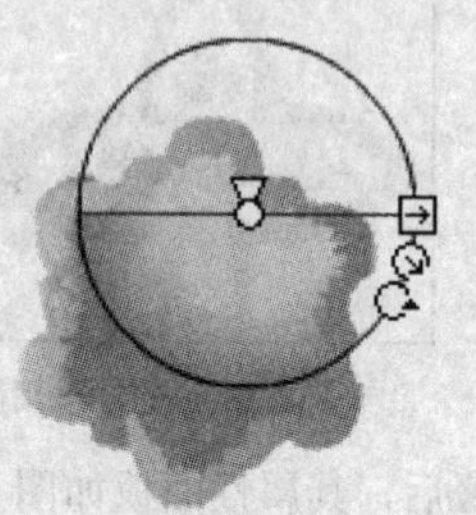

图 4.7.3 调整线性渐变色的中心点

4.8 课堂实训——绘制图案效果

本节将综合使用前面所学的内容绘制图案，最终效果如图 4.8.1 所示。

图 4.8.1 最终效果图

操作步骤

（1）启动 Flash CS3 软件，新建一个空白文档，其文档尺寸为默认值。

（2）设置笔触的颜色为“无”，填充颜色为“黄色”，然后单击工具箱中的“刷子工具”按钮，在编辑区中绘制一个如图 4.8.2 所示的轮廓图形。

（3）再使用刷子工具在轮廓内部勾画出线条，如图 4.8.3 所示。

图 4.8.2 绘制轮廓

图 4.8.3 绘制轮廓内部线条

（4）在工具箱中设置刷子的形状为形状，然后在编辑区中绘制如图 4.8.4 所示的轮廓。

（5）选择菜单栏中的窗口(W) → 颜色(C)命令，打开颜色面板，设置其面板参数如图 4.8.5 所示。

图 4.8.4 绘制轮廓

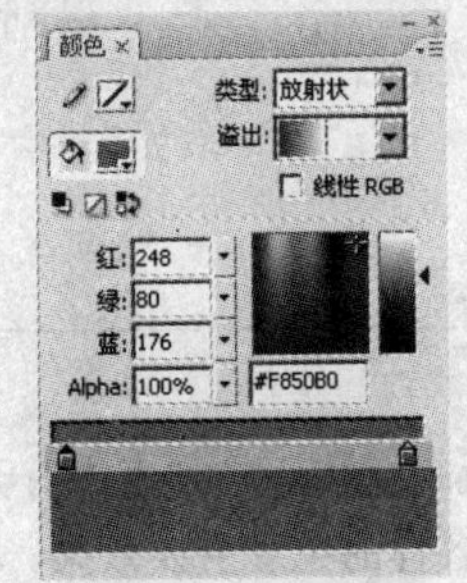

图 4.8.5 颜色面板

（6）设置好参数后，单击工具箱中的“颜料桶工具”按钮，为绘制的轮廓填充颜色，效果如图 4.8.6 所示。

（7）单击工具箱中的“墨水瓶工具”按钮，在属性面板中更改笔触的高度为“0.2”，然后将鼠标指针移动到舞台上，单击底部的轮廓线更改其属性，效果如图 4.8.7 所示。

图 4.8.6　填充颜色效果

图 4.8.7　更改轮廓属性

（8）选择菜单栏中的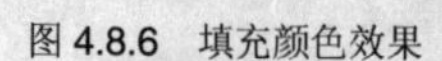命令，打开颜色面板，设置其面板参数如图 4.8.8 所示。

（9）设置好参数后，使用墨水瓶工具更改上方的轮廓颜色，效果如图 4.8.9 所示。

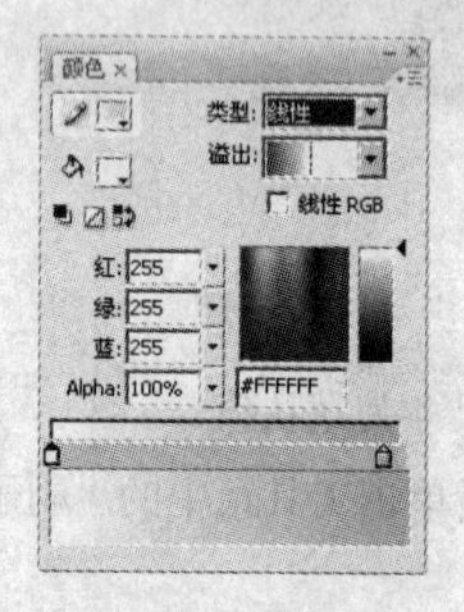

图 4.8.8　颜色面板

图 4.8.9　更改轮廓颜色

（10）按“Ctrl+R”键，导入一幅位图图像将其作为花心。

（11）按“Ctrl+Enter”键进行测试，最终效果如图 4.8.1 所示。

本 章 小 结

本章主要讲解了色彩的基础知识以及填充工具的使用方法与技巧，通过本章的学习，读者应熟练掌握这些填充工具的使用方法，将有助于在 Flash 动画中绘制出多姿多彩的作品。

操 作 练 习

一、填空题

1. 三原色是指________、________、________3 种颜色中的任意一种颜色都不能由另外两种颜色混合产生。

2. 在颜色面板的 类型: 下拉列表中有无、________、________、________和________，通过它们可以实现各种各样的色彩变换效果。

3. ________工具主要用于填充封闭图形的内部区域，也可用于填充不封闭区域，但此时需要通过空隙模式设置填充空隙的大小。

4. ________工具主要用于获取已存在线条、文本、矢量图或位图的属性。

5. ________工具主要用于更改轮廓线的粗细、颜色和样式。

6. ________工具主要用于调整渐变色或填充位图的尺寸、角度及中心点等。

二、选择题

1. 不属于颜色三要素的是（　）。
   （A）色调　　（B）饱和度
   （C）亮度　　（D）透明度
2. Flash CS3 提供了一些填充图形的工具，包括（　）。
   （A）墨水瓶工具　　（B）颜料桶工具
   （C）滴管工具　　（D）渐变变形工具
3. 在 Flash CS3 中，刷子工具的涂色模式中（　）模式只能在空白区域绘图。
   （A）颜料填充　　（B）后面绘画
   （C）颜料选择　　（D）内部绘画

三、简答题

1. 简述什么是色彩的三要素以及各自的含义。
2. 简述如何使用滴管工具采样填充位图。

四、上机操作题

1. 利用本章所学的知识，绘制如题图 4.1 所示的图像效果。
2. 利用本章所学的知识，绘制如题图 4.2 所示的小鸟图形。

题图　4.1

题图　4.2

第 5 章　文本的应用

文本在 Flash CS3 中占据着重要地位，不管是做动态贺卡、字幕对白还是网页广告都要用到文本工具。本章将介绍如何在 Flash CS3 中创建与设置文本。

知识要点

- 创建文本
- 编辑文本
- 文本滤镜的使用

5.1　创 建 文 本

Flash CS3 将文本分为静态文本、动态文本和输入文本 3 种类型，下面分别介绍它们的创建方法。

5.1.1　创建静态文本

静态文本是一种静止不变的文本，在默认情况下，使用文本工具创建的文本都是静态文本。静态文本在发布后用户不能对其进行任何修改。

单击工具箱中的“文本工具”按钮 T，将鼠标指针移动到舞台上，鼠标指针呈现形状，表明该工具已经被激活，此时的属性面板如图 5.1.1 所示。

图 5.1.1　“静态文本”属性面板

其属性面板中的参数介绍如下：

（1）静态文本：用于设置文本的类型。

（2）Times New Roman：用于设置静态文本的字体。

（3）12：用于设置静态文本的字号与颜色。

（4）**B** *I*：用于设置静态文本为粗体或斜体。

（5）：用于设置静态文本的对齐方式。

（6）¶：用于设置静态文本的缩进、行距和边距。

（7）：用于设置静态文本的方向。

（8）0：用于设置字符之间的距离。

（9）一般：用于设置静态文本为上标或下标。

（10）可读性消除锯齿：用于设置字体的呈现方式。

（11）AB：用于设置是否允许浏览者选择动画中的文本。

（12）自动调整字距：用于设置是否启用自动调整字距功能。

（13）：用于设置超级链接。

在其属性面板中设置好参数后，在其编辑区中输入如图 5.1.2 所示的静态文本。

图 5.1.2　创建静态文本

5.1.2　创建动态文本

动态文本可以在 Flash 播放期间改变文本的内容，动态地显示一些数据或运算结果。对于动态文本而言，除了具有静态文本的基本属性外，还具有以下属性：

（1）多行：用于设置动态文本的排列方式，包括单行、多行和多行不换行 3 个选项。若选择单行，则将所有的文本排成一行；若选择多行，则使文本在到达指定的边界时自动换行；若选择多行不换行，则使文本在遇到硬回车时才换行。

（2）：设置是否以 HTML 标记形式显示文本。

（3）：设置是否在文本的周围增加一个边框。

创建动态文本的方法介绍如下：

（1）单击工具箱中的“文本工具”按钮 T，设置其属性面板参数如图 5.1.3 所示。设置好参数后，在编辑区中绘制一个动态文本框。

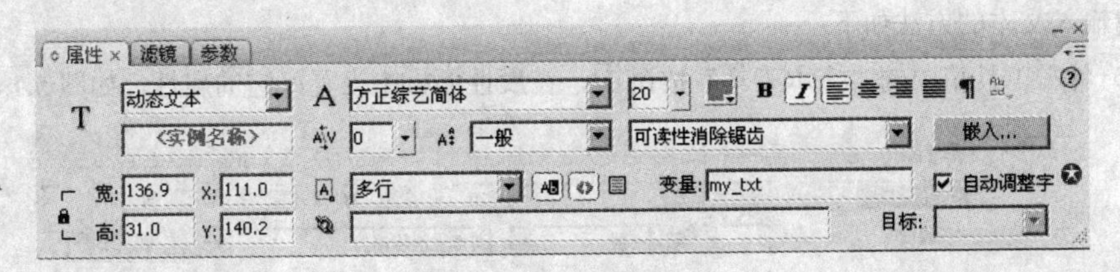

图 5.1.3　属性面板

（2）再单击工具箱中的“文本工具”按钮 T，设置其属性面板参数如图 5.1.4 所示。设置好参数后，在编辑区中绘制一个动态文本框。

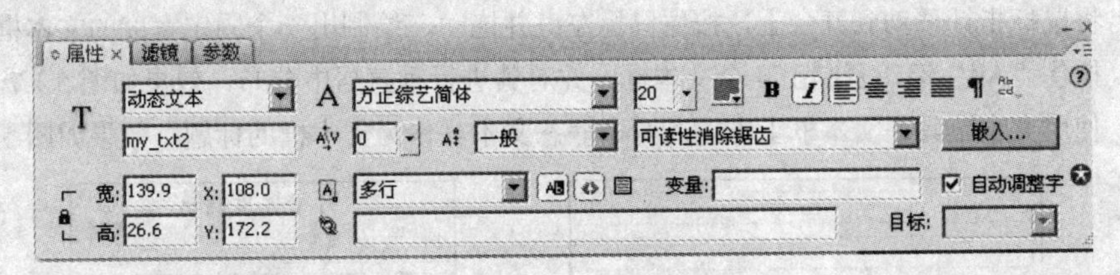

图 5.1.4　属性面板

（3）设置好参数后，选中图层 1 中的第 1 帧，按“F9”键，打开动作面板，在动作面板中输入以下代码：

```
my_txt = "我的爱好";
```

```
var my_txt2:TextField;
my_txt2.text = "打篮球";
my_txt2.border=true
my_txt2.autoSize="center"
my_txt2.borderColor=0xff0000;
trace(my_txt2.length);
```

（4）按“Ctrl+Enter”键测试影片，其效果如图 5.1.5 所示。

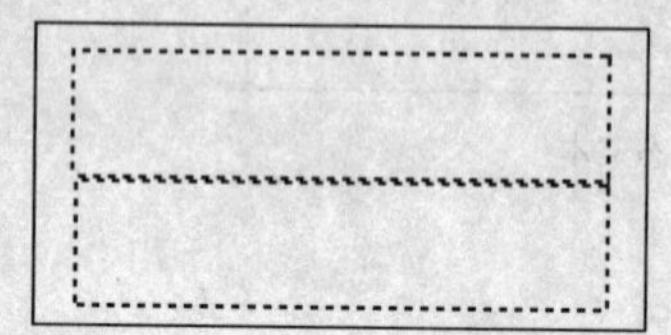
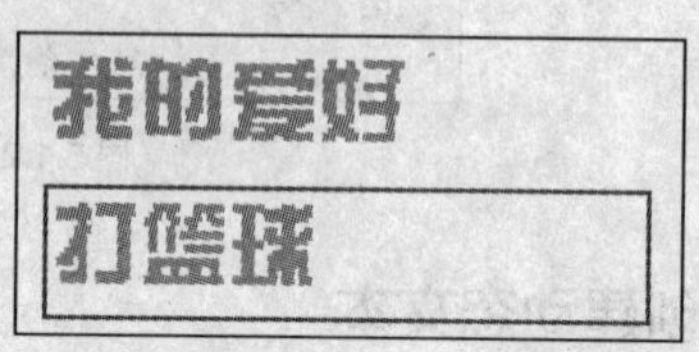

图 5.1.5　创建动态文本效果

5.1.3　创建输入文本

所谓的输入文本就是在动画的播放过程中，这个区域的文本是可以编辑的，它可以使用户通过 Flash 动画获得浏览者的信息。对于输入文本而言，除了具有动态文本的属性外，还具有以下属性：

（1）多行：在这个下拉列表中包含了 4 个选项：单行、多行、多行不换行和密码，用户不仅可以在该列表中选择相应的选项设置文本的排列方式，还可以将其设置为“密码”，从而制作密码输入框。

（2）最多字符数：用户可在该文本框中输入数值，设置文本框中允许输入的最大字符数，其默认值为 0。

创建输入文本的方法如下：

（1）单击工具箱中的“文本工具”按钮 T，在属性面板中设置好它的属性，如图 5.1.6 所示。

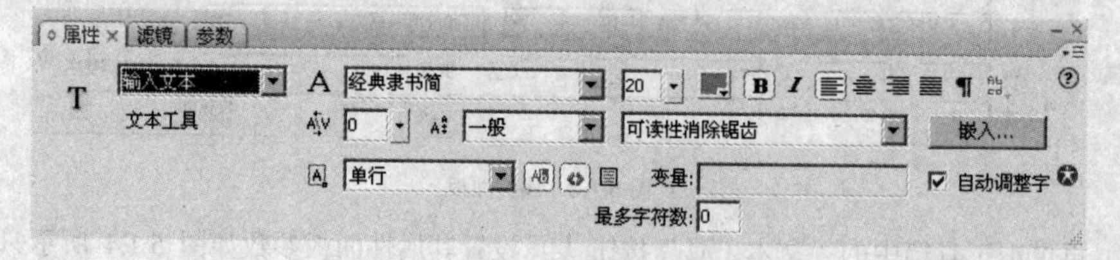

图 5.1.6　“文本工具”属性面板

（2）将鼠标指针移动到舞台上，按住鼠标左键并拖动，绘制出一个固定宽度的文本框。

（3）按住“Alt”键，复制出 4 个文本框，并对其进行垂直居中分布，效果如图 5.1.7 所示。

（4）使用文本工具在文本框上方输入两个静态文本，作为文本框的标题，效果如图 5.1.8 所示。

图 5.1.7　绘制并复制文本框

图 5.1.8　输入静态文本

（5）按“Ctrl+Enter”键测试影片，其效果如图 5.1.9 所示。

（6）在输入框内单击后即可输入文本，效果如图 5.1.10 所示。

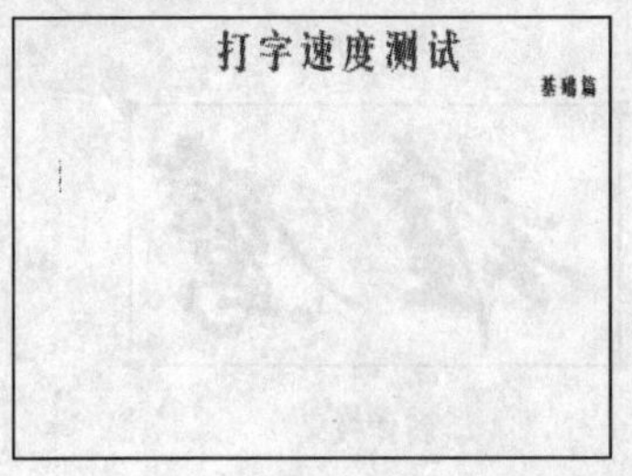

图 5.1.9　测试影片效果

图 5.1.10　输入文本

5.2　编 辑 文 本

创建文本后，用户还可以使用“文本工具”属性面板及文本菜单对创建的文本进行编辑处理，以创建不同风格的文本样式。

5.2.1　更改文本属性

文本属性包括字体、字号、样式、颜色、字符间距、字符位置、对齐方式、缩进、行距和边距等，本节以静态文本为例来介绍文本属性的设置。

1．更改字体、字号与字体样式

在 Flash CS3 中，用户可以通过属性面板和菜单命令两种方法更改字体、字号与字体颜色。

（1）更改字体。选中输入的文本，在属性面板中单击 华文行楷 右侧的下拉按钮，在弹出的下拉列表中选择适合的字体即可，也可在菜单栏中选择 文本(T) → 字体(F) 命令，在弹出的“字体”子菜单中进行选择，如图 5.2.1 所示。

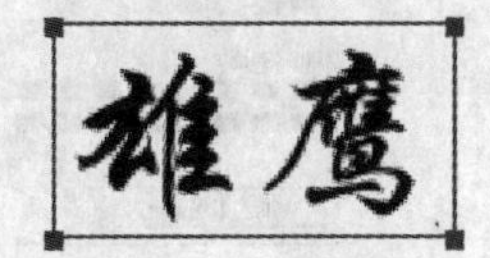

图 5.2.1　更改字体

（2）更改字号。选中输入的文本，在属性面板的“字体大小”文本框 41 中输入 0～2 500 之间的数值，或者单击右侧的小三角按钮，在弹出的滑动条中拖动滑块进行设置，如图 5.2.2 所示。

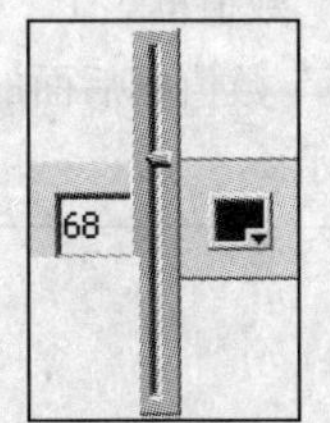

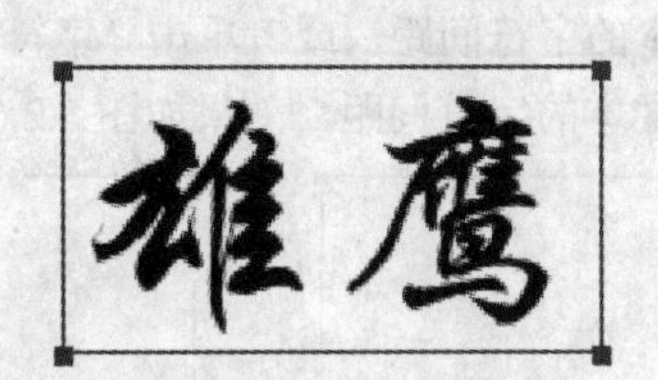

图 5.2.2　拖动滑块更改字号

也可在菜单栏中选择 文本(T) → 大小(S) 命令，在弹出的“大小”子菜单中选择合适的字体大小进行设置。

（3）更改字体样式。选中输入的文本，在属性面板中单击“切换粗体”按钮和“切换斜体”按钮，可更改文本的样式。也可在菜单栏中选择 文本(T) → 样式(Y) 命令更改文本的样式，如图 5.2.3 所示。

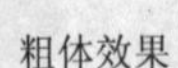

粗体效果　　　　斜体效果

图 5.2.3　更改字体样式

2．更改文本颜色

选中输入的文本，单击属性面板中的“文本（填充）颜色”按钮，在弹出的颜色列表中进行选择，如图 5.2.4 所示。

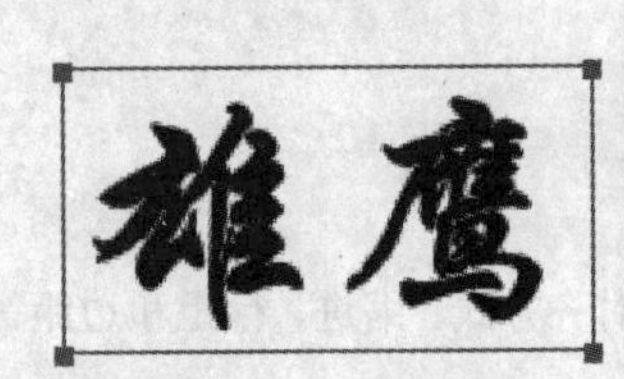

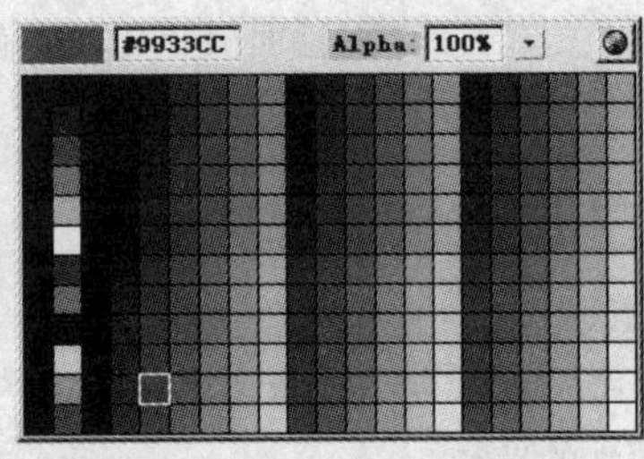

图 5.2.4　设置文本的颜色

如果用户对颜色列表中的颜色不满意，可以单击颜色列表中的“颜色”按钮，在弹出的“颜色”对话框中自定义颜色，如图 5.2.5 所示。

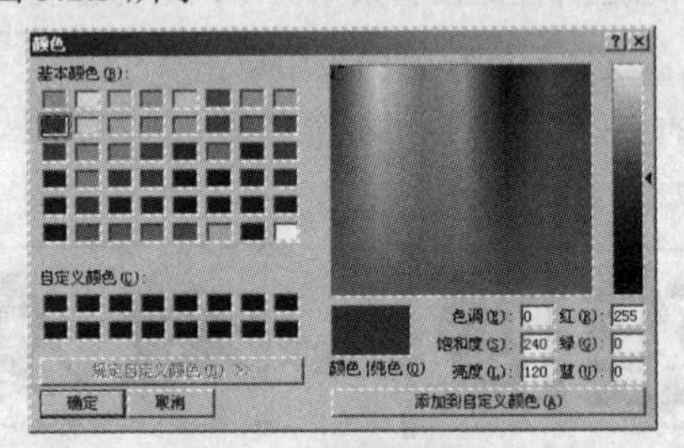

图 5.2.5　“颜色”对话框

3．更改字符间距与位置

（1）更改字符间距。选中输入的文本，在“字符间距”数值框中输入－60～60 之间的数值，即可设置选定文本的字符间距，或者单击“字符间距”数值框后面的向下按钮，在弹出的滑动条中拖动滑块，设置文本的字符间距，效果如图 5.2.6 所示。

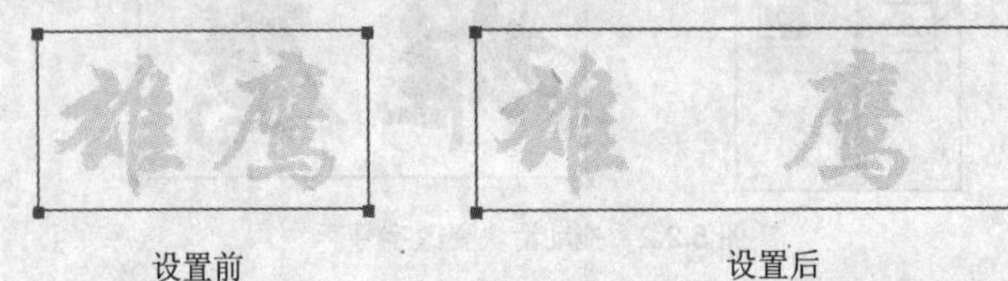

设置前　　　　设置后

图 5.2.6　设置字符间距

（2）更改字符位置。选中输入的文本，在“字符位置”下拉列表 一般 中选择需要的选项。若选择“一般”选项，则将文本放在基线位置。若选择“上标”选项，对于水平文本而言，将把文本缩小并提升到基线之上；对于垂直文本而言，将把文本缩小并放到基线的右边。若选择“下标”选项，对于水平文本而言，将把文本缩小并降低到基线之下；对于垂直文本而言，将把文本缩小并放到基线的右边，如图 5.2.7 所示。

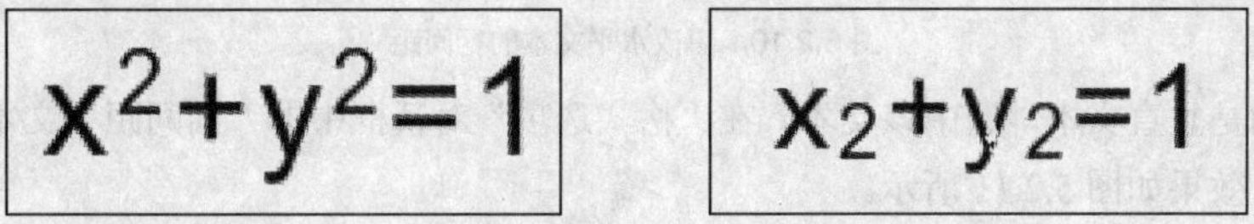

$$x^2+y^2=1 \qquad x_2+y_2=1$$

图 5.2.7　设置水平文本上下标的位置

4. 更改文本的对齐方式

（1）水平文本的对齐方式。选中文本后，分别单击属性面板的“左对齐”按钮、“居中对齐”按钮、“右对齐”按钮或“两端对齐”按钮，效果如图 5.2.8 所示。

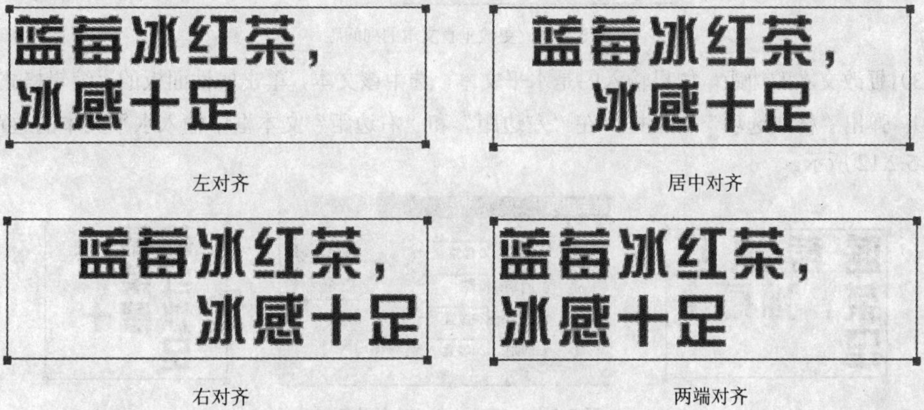

蓝莓冰红茶，
冰感十足

左对齐

蓝莓冰红茶，
冰感十足

居中对齐

蓝莓冰红茶，
冰感十足

右对齐

蓝莓冰红茶，
冰感十足

两端对齐

图 5.2.8　更改水平文本的对齐方式

（2）垂直文本的对齐方式。选中文本后，属性面板中的按钮将变为“顶对齐”按钮、“居中对齐”按钮、“底对齐”按钮和“两端对齐”按钮，分别单击它们即可进行相应的对齐。

5. 更改文本的缩进、行距以及边距

（1）更改文本的缩进。选中输入的文本，单击属性面板的“编辑格式选项”按钮，弹出“格式选项”对话框，在“缩进”文本框中输入数值，效果如图 5.2.9 所示。

蓝莓冰红
茶，冰感十
足

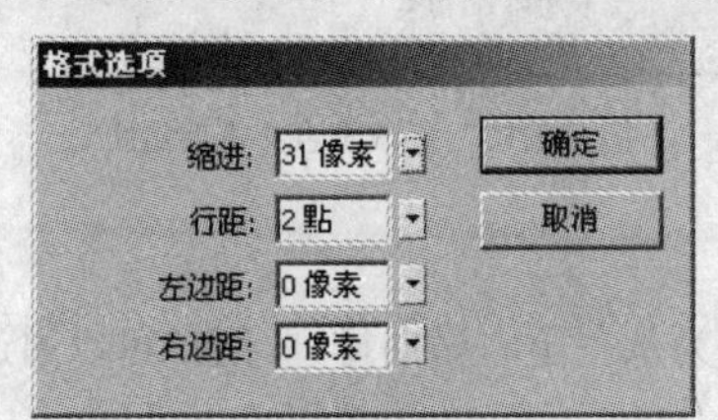

蓝莓冰
红茶，冰感
十足

图 5.2.9　更改文本的缩进效果

（2）更改文本的行距。如果输入的是水平文本，选中该文本，单击属性面板的“编辑格式选项”按钮，弹出“格式选项”对话框，在“行距”文本框中输入水平文本的行间距，即可改变文本的行间距，效果如图 5.2.10 所示。

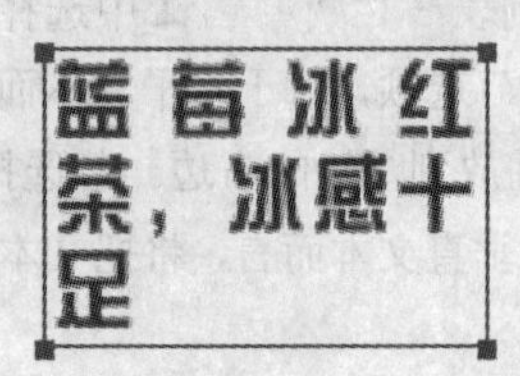

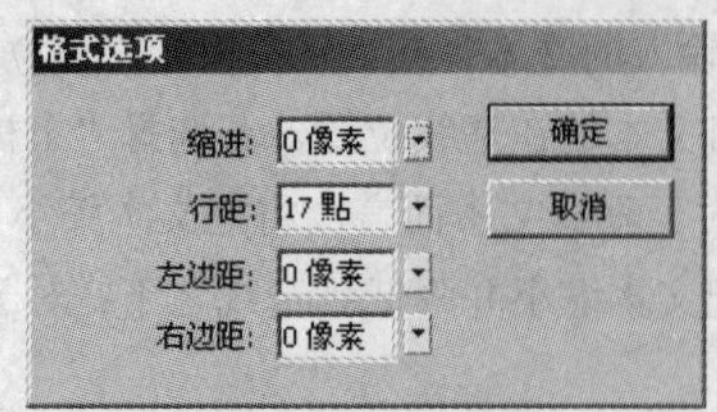

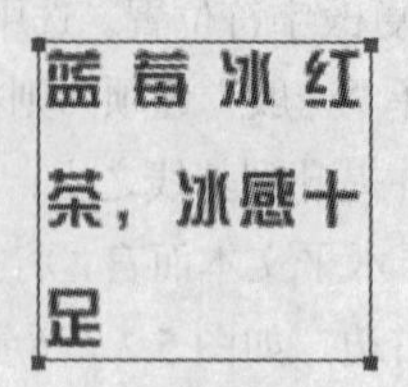

图 5.2.10　更改水平文本的行间距

如果输入的是垂直文本，选中该文本，在“格式选项”对话框中的“列间距”文本框中输入垂直文本的列间距，效果如图 5.2.11 所示。

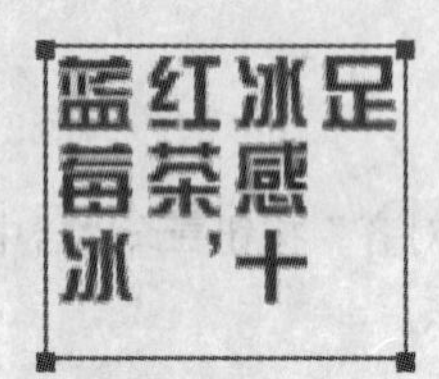

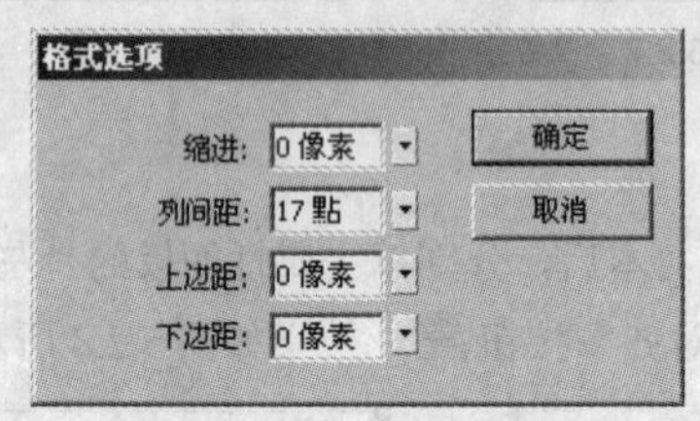

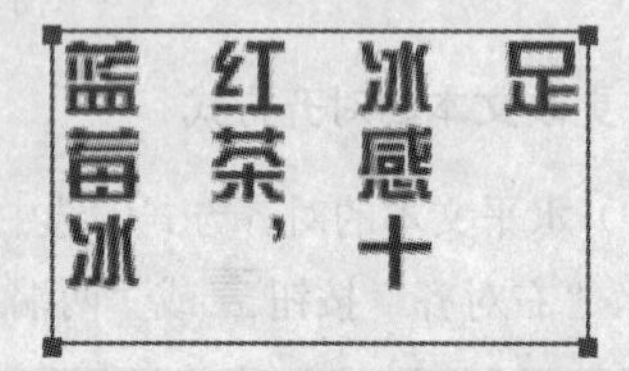

图 5.2.11　更改垂直文本的列间距

（3）更改文本的边距。如果输入的是水平文本，选中该文本，单击属性面板的“编辑格式选项”按钮，弹出“格式选项”对话框，在“左边距”和“右边距”文本框中输入水平文本的边距，效果如图 5.2.12 所示。

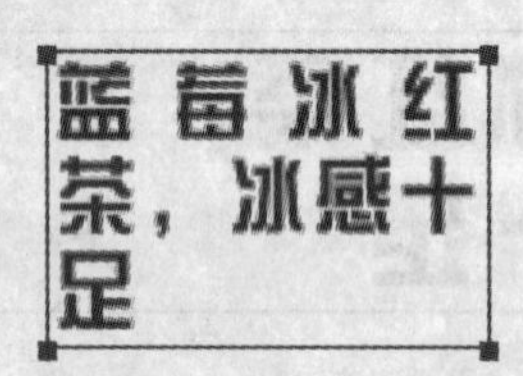

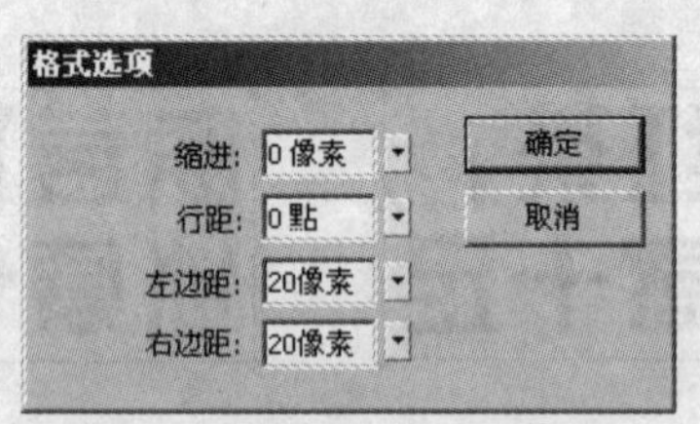

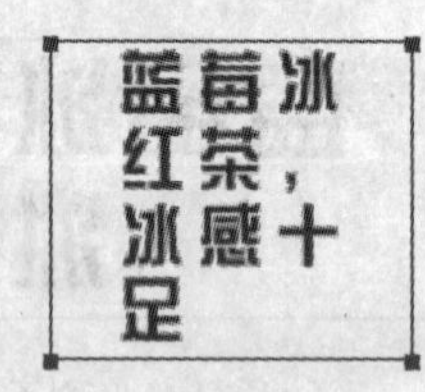

图 5.2.12　更改水平文本的边距

如果输入的是垂直文本，选中该文本，在“格式选项”对话框中的“上边距”和“下边距”文本框中输入垂直文本的边距，效果如图 5.2.13 所示。

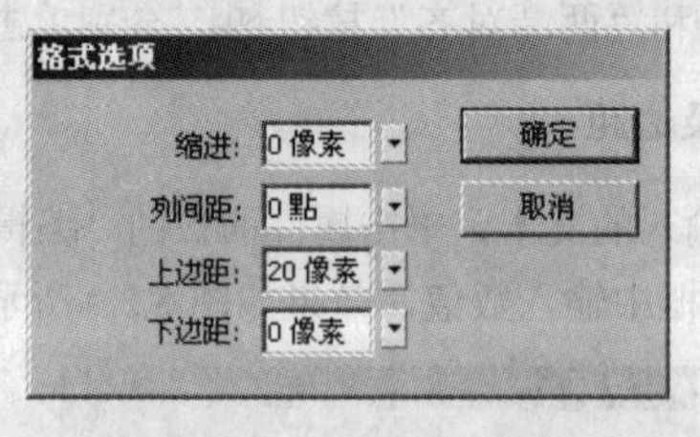

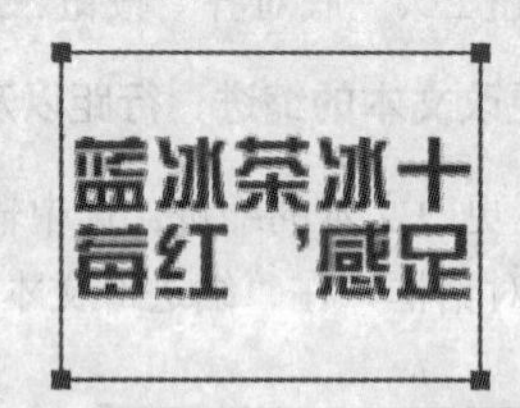

图 5.2.13　更改垂直文本的边距

6．更改文本的排版方向

一般情况下，文本的排版方向为从左至右横向排列，用户可以通过属性面板改变文本的排版方向。其操作步骤如下：

（1）选中要设置排版方向的文本。

（2）单击属性面板中的“改变文本方向”按钮，弹出如图 5.2.14 所示的下拉菜单。若选择 水平 选项，文本将从左至右横向排列；若选择 垂直，从左向右 选项，文本将从左至右纵向排列；若选择 垂直，从右向左 选项，文本将从右至左纵向排列。

当文本呈垂直方向排列时，将激活属性面板中的“旋转”按钮，单击它可旋转文本，如图 5.2.15 所示。

• 水平
垂直，从左向右
垂直，从右向左

图 5.2.14　“改变文本方向”下拉菜单

Flash CS3

图 5.2.15　旋转文本

5.2.2　分离文本

分离文本指将文本框中的每个字符迅速置于一个个单独的文本框中，如果将分离后的文本再次分离，文本将转换为组成它的线条和填充块，即转换为矢量图。

1．分离字数等于 1 的文本

如果要分离的字数等于 1，选中要分离的单个文本，按“Ctrl+B”键一次，即可将文本彻底分离，效果如图 5.2.16 所示。

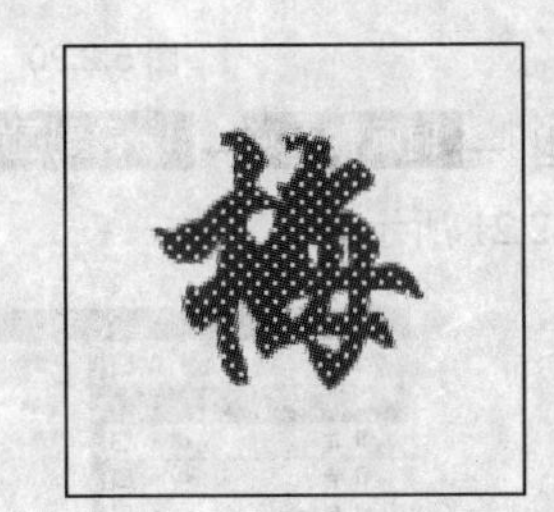

图 5.2.16　分离单字文本

2．分离字数大于 1 的文本

如果分离的文本字数大于 1，其分离方法如下：

（1）首先选中要分离的文本，选中的必须是整个文本框，否则无法进行分离，如图 5.2.17 所示。

（2）选择 修改(M) → 分离(K) 命令或按“Ctrl+B”键。

（3）按组合键一次后，文本将被分离成独立的对象，效果如图 5.2.18 所示。

（4）再次按“Ctrl+B”键后，即可彻底分离文本，效果如图 5.2.19 所示。

图 5.2.17　选中整个文本框

图 5.2.18　分离成独立的对象

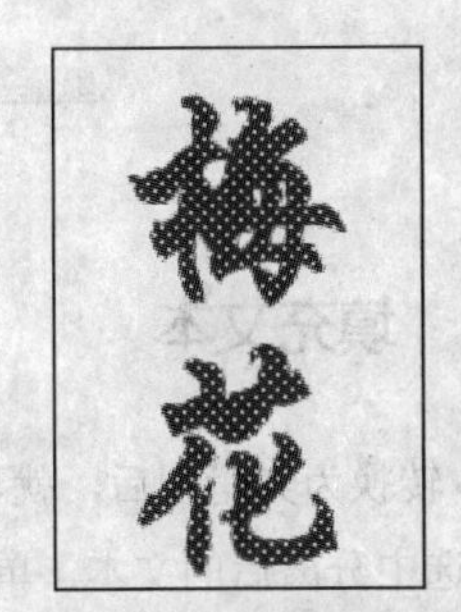

图 5.2.19　彻底分离文本效果

5.2.3　分散文本到图层

在 Flash CS3 中使用“分散到图层”命令，可以帮助用户一次性将所有文本置于不同的层中，其具体的操作步骤如下：

（1）选中文本，按“Ctrl+B”键，将文本分离为单字，如图 5.2.20 所示。

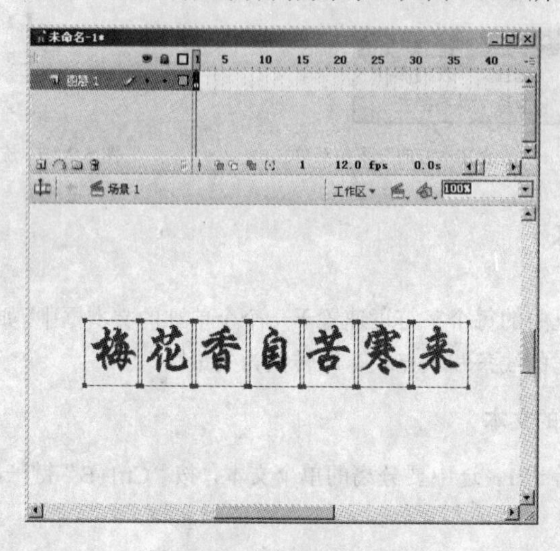

图 5.2.20　将文本分离为单字

（2）选择 修改(M) → 时间轴(M) → 分散到图层(D) 命令，将文本分散到图层，此时，文本层将相应地变为多层，如图 5.2.21 所示。

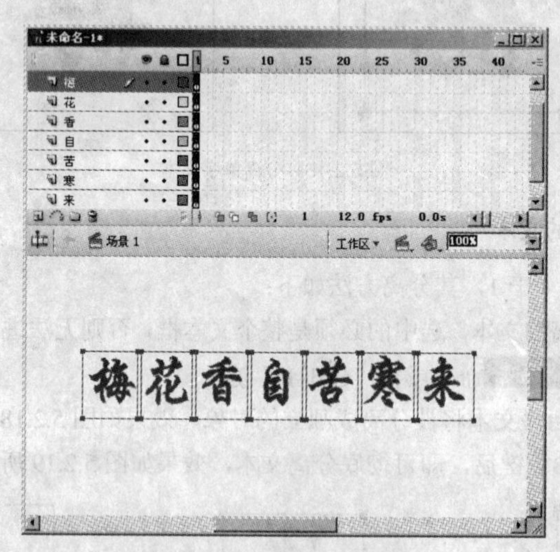

图 5.2.21　将文本分散到图层

5.2.4　填充文本

将文本转换为矢量图后，就可以为其填充渐变色或位图，其具体的操作方法如下：

（1）选中分离后的文本，单击工具箱中的“颜料桶工具”按钮。

（2）在颜色面板的“类型”下拉列表中选择“线性”，此时效果如图 5.2.22 所示。

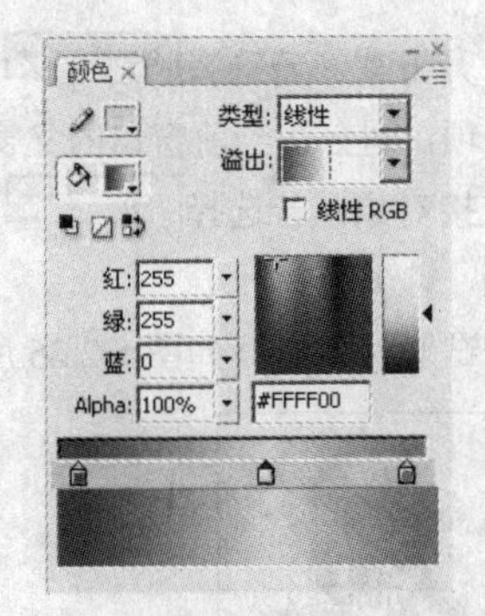

图 5.2.22　使用线性填充文本效果

（3）在颜色面板的“类型”下拉列表中选择“放射状”，此时效果如图 5.2.23 所示。

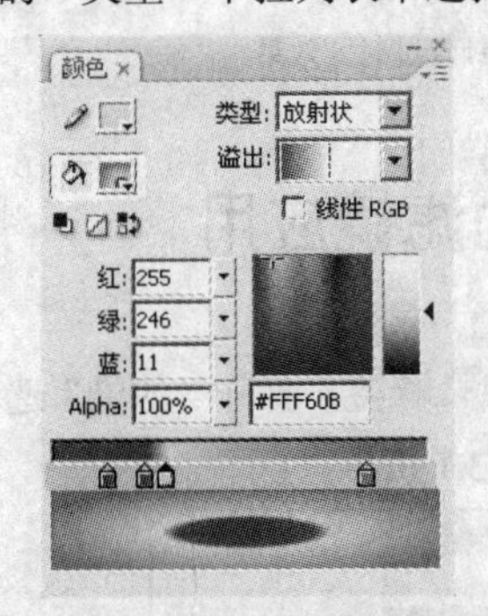

图 5.2.23　使用放射状填充文本效果

（4）在颜色面板的“类型”下拉列表中选择“位图”，此时效果如图 5.2.24 所示。

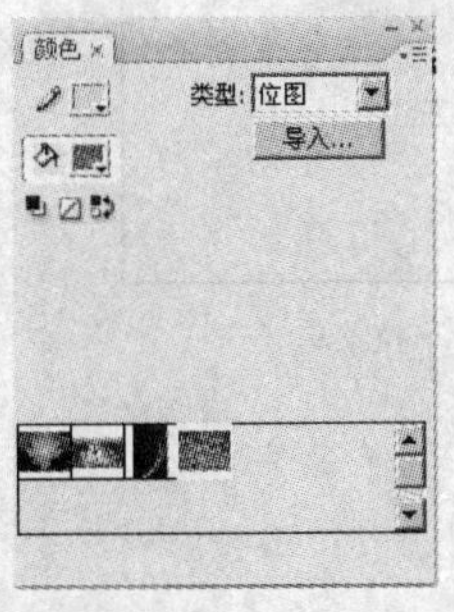

图 5.2.24　使用位图填充文本效果

5.2.5　超链接文本

在 Flash CS3 中，为了增强动画的互动效果，常常为文本设置超链接。其操作步骤如下：

（1）选中要设置超链接的文本，在属性面板的“URL 链接”文本框中输入完整的链接地址，例如“http://www.126.com”，如图 5.2.25 所示。

图 5.2.25　设置文本超链接

（2）在“目标”下拉列表中选择链接网页的打开方式。若选择_blank选项，则会打开一个新的浏览器窗口显示超链接对象；若选择_parent选项，则会在当前窗口的父窗口中显示超链接对象；若选择_self选项，则会在当前窗口中显示超链接对象；若选择_top选项，则会在级别最高的窗口中显示超链接对象。

（3）选择控制(O)→测试影片(M)命令，测试影片效果，如图 5.2.26 所示。

图 5.2.26　鼠标指针经过时的效果

5.3　文本的滤镜应用

选中要应用滤镜的文本，单击属性面板中的滤镜标签，打开“滤镜”选项卡，然后单击“添加滤镜”按钮，将弹出“滤镜”下拉菜单，如图 5.3.1 所示。

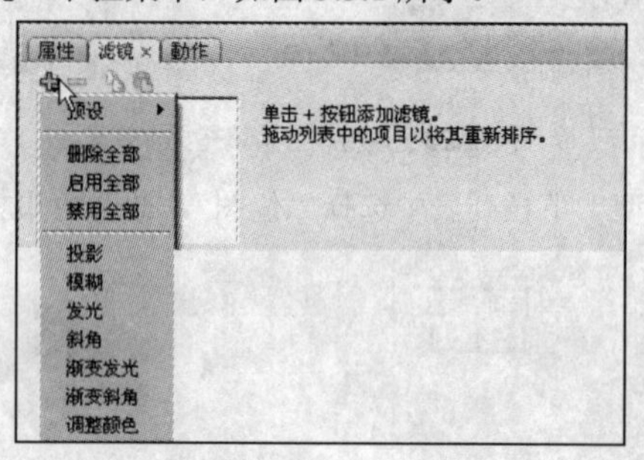

图 5.3.1　“滤镜”下拉菜单

5.3.1　投影

投影滤镜可以为文本添加投影效果。当对文本应用投影滤镜时，属性面板将显示投影滤镜的设置选项，如图 5.3.2 所示。

其属性面板参数介绍如下：

（1）模糊 X: 和模糊 Y:：设置投影的模糊程度，可分别在 X 轴和 Y 轴方向上进行设置。

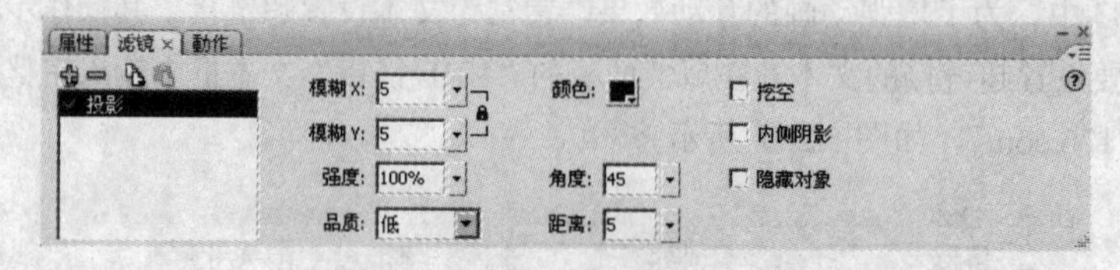

图 5.3.2　属性面板

（2）强度:：设置投影的强度，取值范围为 0～1 000%，数值越大，投影越暗。

（3）品质:：设置投影的质量级别，有“高”“中”“低”3 个选项，级别越高，投影越清晰。

（4）颜色：设置投影的颜色。

（5）角度：设置投影的角度。

（6）距离：设置投影与文本之间的距离。

（7）☑ 挖空：若选中该复选框，则将投影作为背景，挖空投影上面的文本。

（8）☑ 内侧阴影：若选中该复选框，将使投影的方向指向文本内侧。

（9）☑ 隐藏对象：若选中该复选框，将只显示文本，不显示投影。

如图 5.3.3 所示为使用投影滤镜后的效果对比。

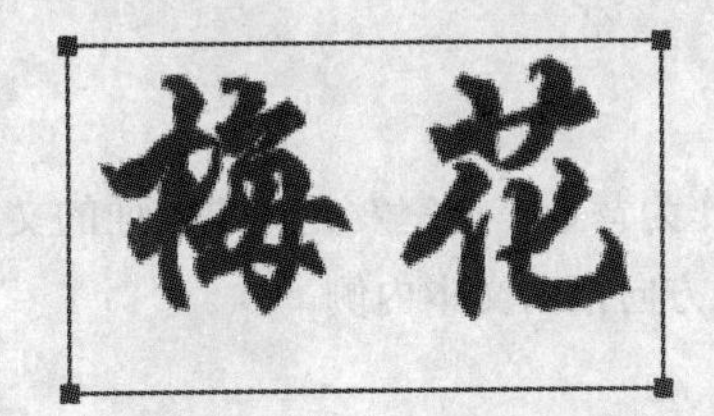

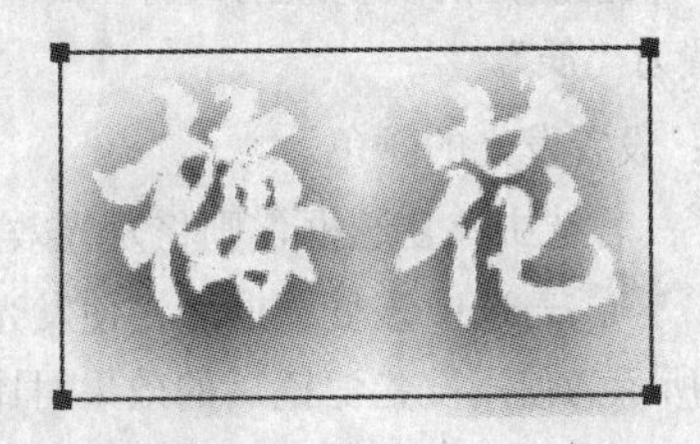

图 5.3.3 使用投影滤镜效果

5.3.2 模糊

模糊滤镜可以柔化文本的边缘和细节。当对文本应用模糊滤镜时，属性面板将显示模糊滤镜的设置选项，如图 5.3.4 所示。

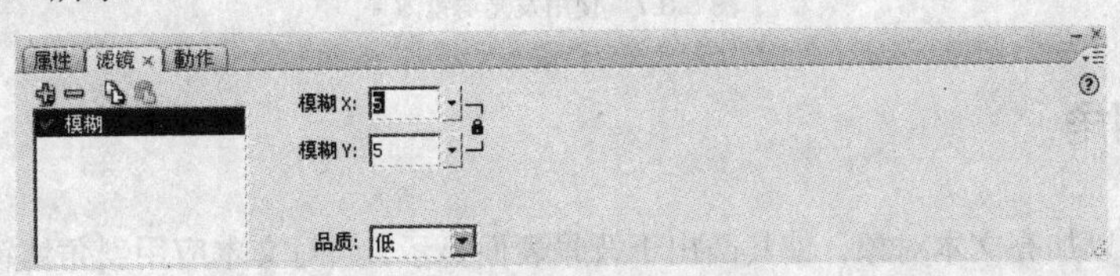

图 5.3.4 属性面板

在属性面板中的模糊 X：和模糊 Y：文本框中输入数值，可以设置模糊的程度；在品质：下拉列表中可以设置模糊的质量级别，有“高”“中”“低”3 个选项，级别越高，模糊效果越明显。

如图 5.3.5 所示为使用模糊滤镜后的效果对比。

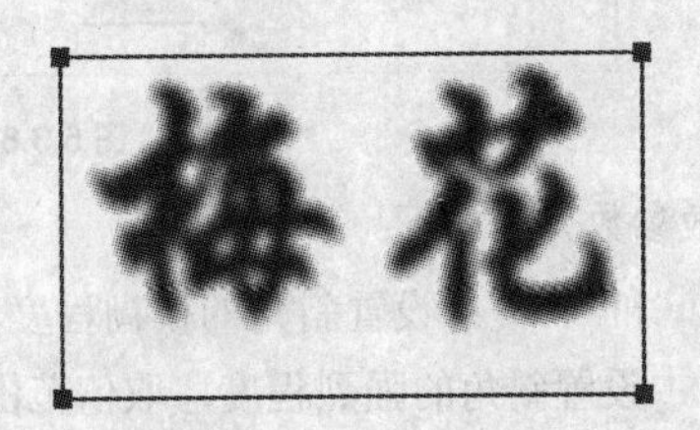

图 5.3.5 使用模糊滤镜效果

5.3.3 发光

发光滤镜可以为文本的边缘应用某种颜色。当对文本应用发光滤镜时，属性面板将显示发光滤镜的设置选项，如图 5.3.6 所示。

其属性面板参数介绍如下：

（1）模糊 X：和模糊 Y：设置发光的模糊程度，可分别在 X 轴和 Y 轴方向上进行设置。

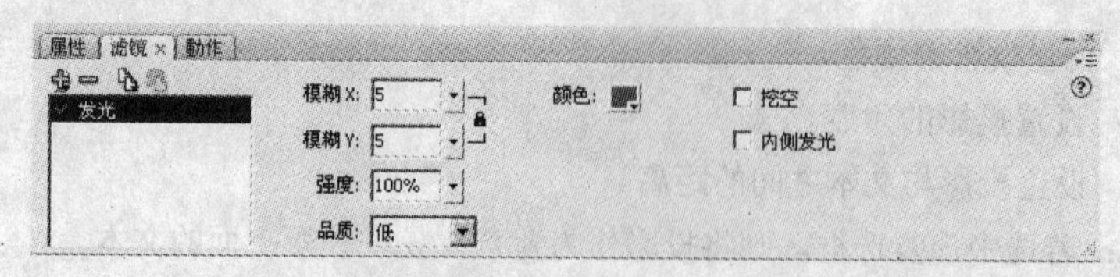

图 5.3.6　属性面板

（2）强度：设置发光的强度，取值范围为 0～100%，数值越大，发光效果越明显。

（3）品质：设置发光的质量级别，有“高”“中”“低”3 个选项，级别越高，发光效果越明显，建议把该项设置为“低”。

（4）颜色：设置发光的颜色。

（5）☑ 挖空：若选中该复选框，则将发光效果作为背景，挖空发光效果上面的文本。

（6）☑ 内侧发光：若选中该复选框，将使发光的方向指向文本内侧。

如图 5.3.7 所示为使用发光滤镜后的效果对比。

图 5.3.7　使用发光滤镜效果

5.3.4　斜角

斜角滤镜可以加亮文本对象，使其凸出于背景表面显示。当对文本应用斜角滤镜时，属性面板将显示斜角滤镜的设置选项，如图 5.3.8 所示。

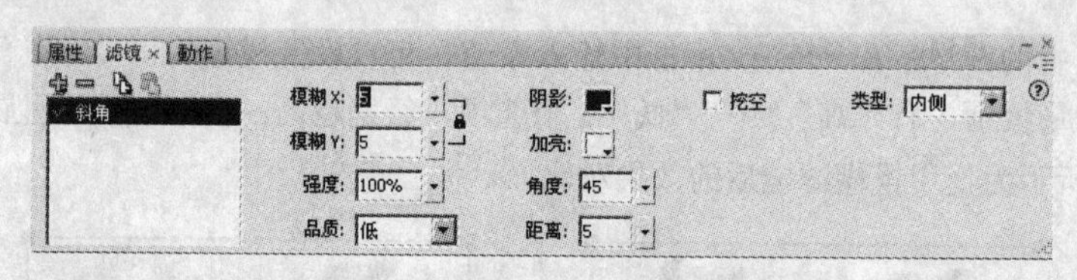

图 5.3.8　属性面板

其属性面板参数介绍如下：

（1）模糊 X: 和模糊 Y:：设置斜角的模糊程度，可分别在 X 轴和 Y 轴方向上进行设置。

（2）强度：设置斜角的强烈程度，取值范围为 0～100%，数值越大，斜角效果越明显。

（3）品质：设置斜角的质量级别，有“高”“中”“低”3 个选项，级别越高，斜角的效果就越明显。

（4）阴影：设置斜角的阴影颜色。

（5）加亮：设置斜角的加亮颜色。

（6）角度：设置斜角的阴影角度。

（7）距离：设置斜角与文本之间的距离。

（8）☑ 挖空：若选中该复选框，则将斜角效果作为背景，挖空斜角效果上面的文本。

（9）类型：设置斜角的位置，有“内侧”“外侧”和“整个”3 个选项。如果选择“整个”选项，则在文本的内侧和外侧同时应用斜角效果。

如图 5.3.9 所示为使用斜角滤镜后的效果对比。

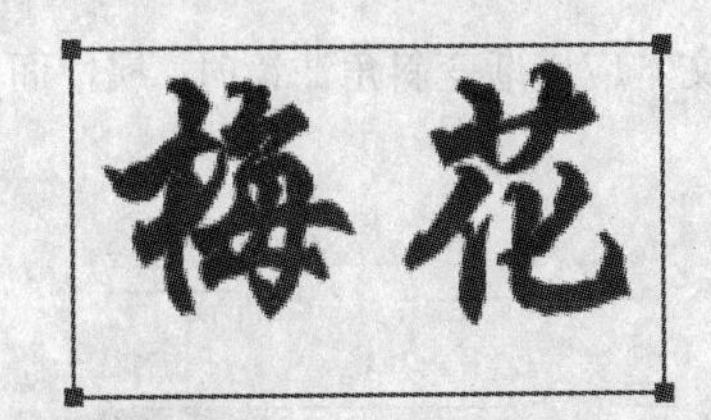

图 5.3.9　使用斜角滤镜效果

5.3.5　渐变发光

渐变发光可以为文本添加具有渐变颜色的发光效果。当对文本应用渐变发光滤镜时，属性面板将显示渐变发光滤镜的设置选项，如图 5.3.10 所示。

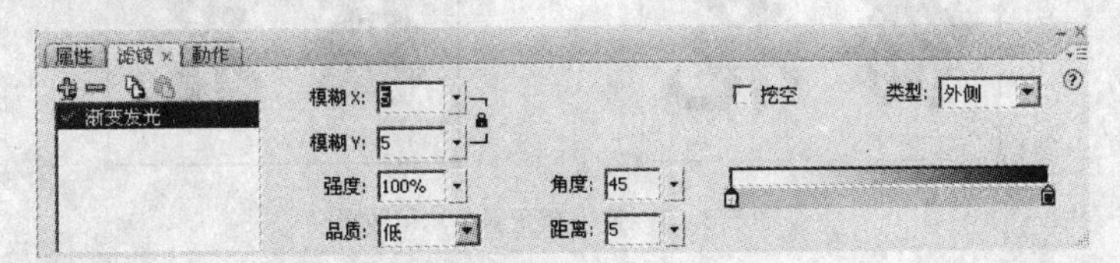

图 5.3.10　属性面板

其属性面板参数介绍如下：

（1）模糊X: 和 模糊Y:：设置渐变发光的模糊程度，可分别在 X 轴和 Y 轴方向上进行设置。

（2）强度:：设置渐变发光的强度，取值范围为 0～100%，数值越大，发光效果越明显。

（3）品质:：设置渐变发光的质量级别，有“高”“中”“低”3 个选项，级别越高，渐变发光效果越明显。

（4）角度:：设置渐变发光的角度。

（5）距离:：设置渐变发光与文本之间的距离。

（6）☑ 挖空：若选中该复选框，则将渐变发光效果作为背景，挖空渐变发光效果上面的文本。

（7）类型:：设置渐变发光的位置，包括“内侧”“外侧”和“整个”3 个选项，即用户可以为文本应用内发光、外发光或完全发光效果。

（8）[渐变颜色条]：设置发光的渐变颜色。在默认情况下，渐变颜色为白色至黑色，将鼠标指针移动到颜色条上，当其呈现 [指针] 形状时，单击鼠标左键可以在此处增加新的颜色控制点，单击该控制点上的滑块，可以从弹出的颜色面板中设置它的颜色。如果要删除某个颜色控制点，直接将其上的滑块拖出颜色条即可。

如图 5.3.11 所示为使用渐变发光滤镜后的效果对比。

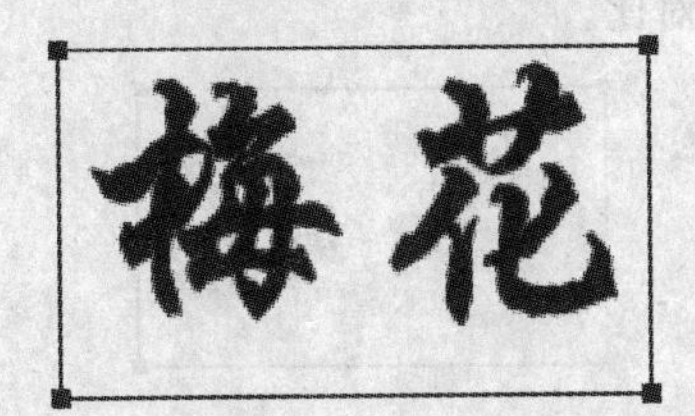

图 5.3.11　使用渐变发光滤镜效果

5.3.6 渐变斜角

渐变斜角可以为文本添加立体浮雕效果。当对文本应用渐变斜角滤镜时，属性面板将显示渐变斜角滤镜的设置选项，如图 5.3.12 所示。

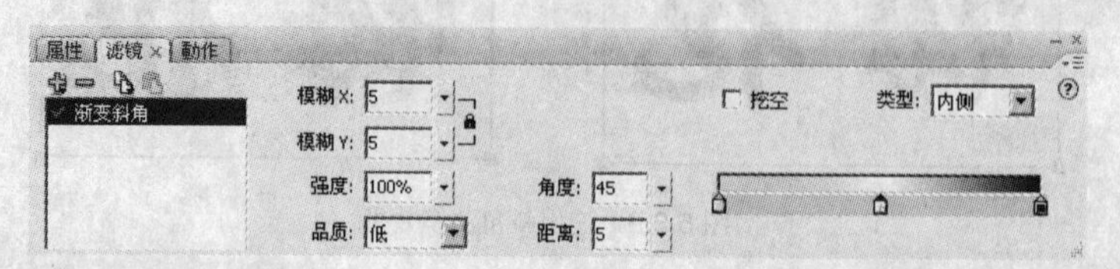

图 5.3.12 属性面板

由于渐变斜角滤镜属性面板的参数与渐变发光滤镜的参数基本相同，这里就不再赘述。

如图 5.3.13 所示为使用渐变斜角滤镜后的效果对比。

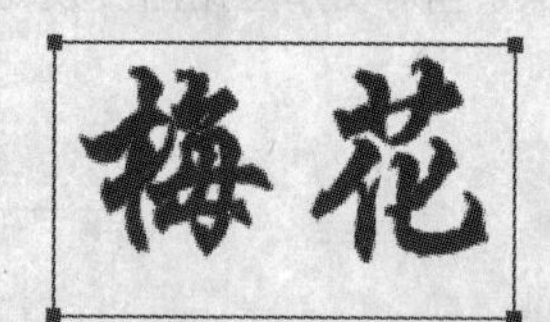

图 5.3.13 使用渐变斜角滤镜效果

5.3.7 调整颜色

调整颜色可以改变文本的亮度、对比度、饱和度或色相属性。当对文本应用调整颜色滤镜时，在属性面板中将显示该滤镜的设置选项，如图 5.3.14 所示。

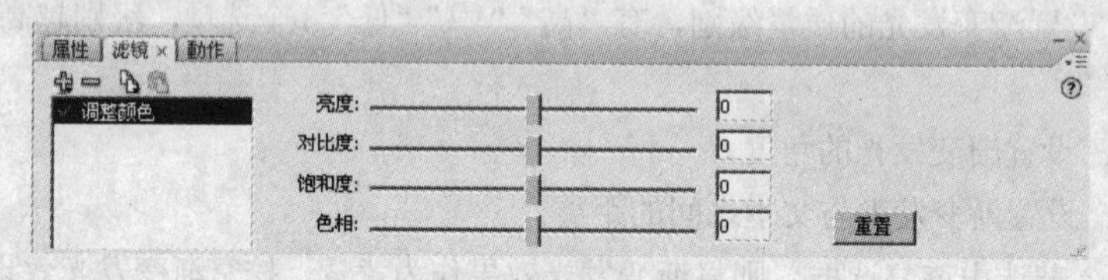

图 5.3.14 属性面板

其属性面板参数介绍如下：

（1）亮度：设置图像的亮度，取值范围为-100～100。

（2）对比度：设置图像的对比度，取值范围为-100～100。

（3）饱和度：设置颜色的饱和度，取值范围为-100～100。

（4）色相：设置颜色的深浅，取值范围为-180～180。

（5）重置：单击该按钮，将设置亮度、对比度、饱和度和色相的值为 0，即不对颜色做调整。

如图 5.3.15 所示为使用调整颜色滤镜后的效果对比。

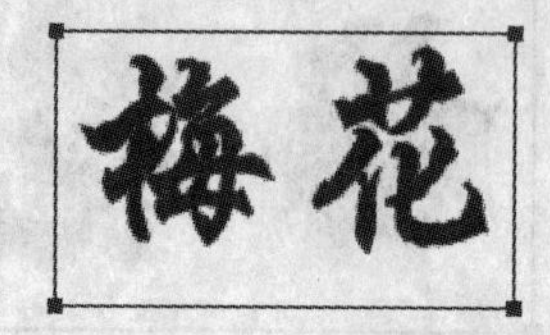

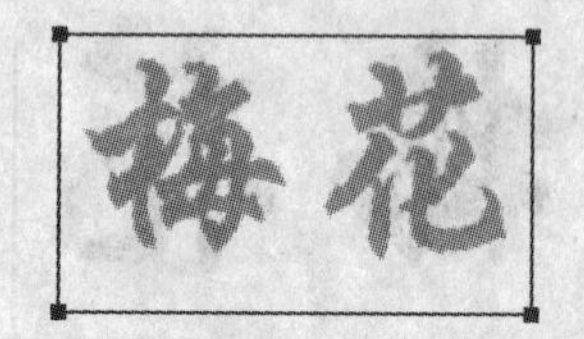

图 5.3.15 使用调整颜色滤镜效果

5.4　课堂实训——制作特效文字

本节将综合使用前面所学的内容制作特效文字，最终效果如图 5.4.1 所示。

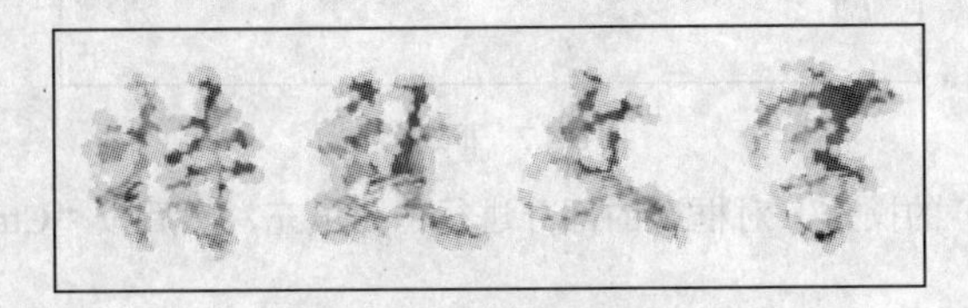

图 5.4.1　最终效果图

操作步骤

（1）启动 Flash CS3 软件，新建一个文件，文档尺寸为默认值。

（2）单击工具箱中的“文本工具”按钮 T，在舞台中输入“特效文字”，如图 5.4.2 所示。

（3）选中文本，按“Ctrl+B”键两次，将文本分离转化为矢量图，如图 5.4.3 所示。

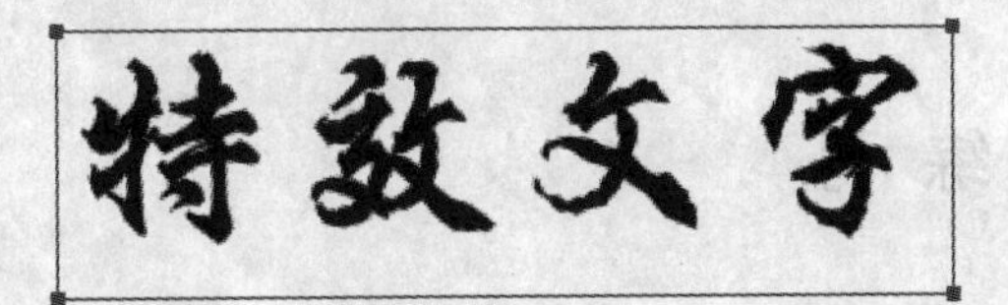

图 5.4.2　输入文本

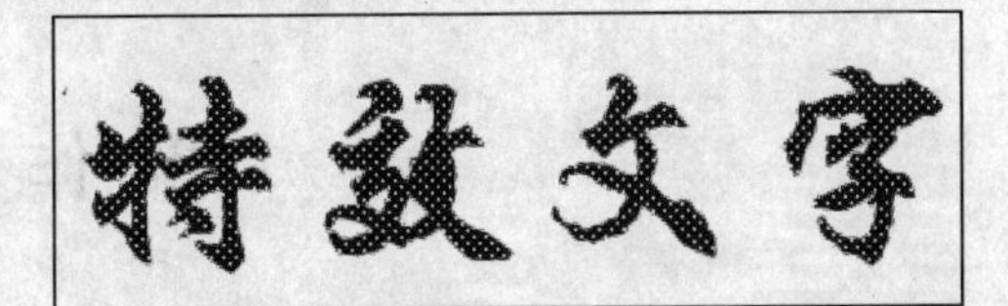

图 5.4.3　分离文本

（4）单击工具箱中的“墨水瓶工具”按钮，设置其属性面板参数如图 5.4.4 所示。

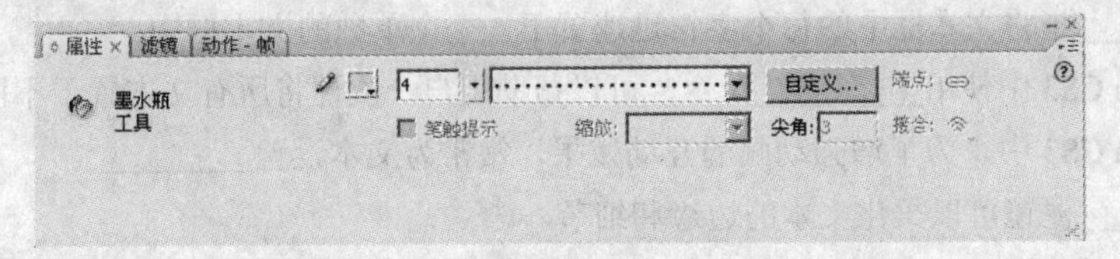

图 5.4.4　属性面板

（5）依次单击文本的边缘，对文本进行描边操作，如图 5.4.5 所示。

图 5.4.5　描边效果

（6）单击工具箱中的“颜料桶工具”按钮，打开颜色面板，在“类型”下拉列表中选择“位图”，然后单击文本，对文本进行位图填充，效果如图 5.4.6 所示。

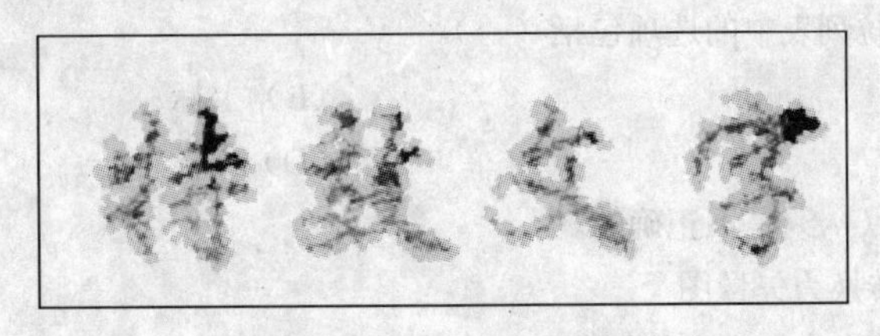

图 5.4.6　使用位图填充文本效果

（7）单击工具箱中的“选择工具”按钮，框选文本的上半部分，如图 5.4.7 所示。

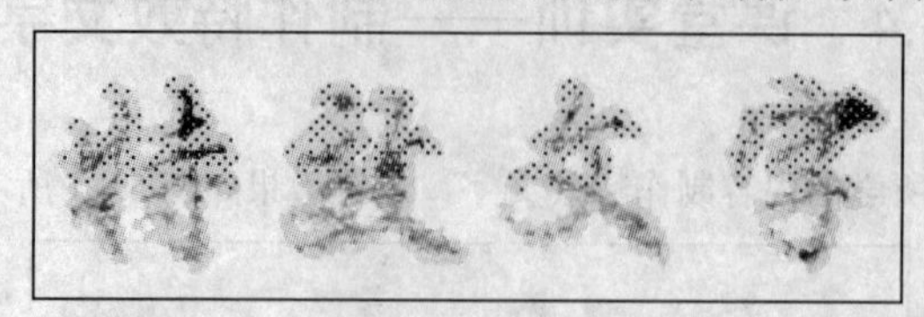

图 5.4.7　框选文本

（8）重复步骤（6）的操作，对框选的部分进行位图填充，然后按“Ctrl+Enter”键预览，最终效果如图 5.4.1 所示。

本 章 小 结

本章主要介绍了文本的创建与编辑以及文本的滤镜应用。通过本章的学习，读者应熟练掌握文本工具的使用方法与技巧，以制作出活泼生动的作品。

操 作 练 习

一、填空题

1．Flash CS3 将文本分为________、________和________3 种类型。

2．________指将文本框中的每个字符迅速置于一个个单独的文本框中。

3．在 Flash CS3 中使用________命令，可以帮助用户一次性将所有文本置于不同的层中。

4．在 Flash CS3 中，为了增强动画的互动效果，常常为文本设置________。

5．________滤镜可以柔化文本的边缘和细节。

6．________滤镜可以为文本的边缘应用某种颜色。

7．________滤镜可以加亮文本对象，使其凸出于背景表面显示。

二、选择题

1．Flash CS3 文本的类型包括（　）。

（A）静态文本　　（B）动态文本

（C）输入文本　　（D）纯文本

2．下列不属于文本段落格式的是（　　）。

（A）缩进　　（B）行距

（C）边距　　（D）对齐

3．“字符位置”下拉列表中的选项包括（　）。

（A）正常　　（B）上标

（C）下标　　（D）中标

4．关于分离文本，（　）是不正确的。

（A）可将文本转换为矢量图

（B）可将文本转换为组成它的线条和填充块

（C）按“Ctrl+B”键的次数等于字数

（D）对于字数大于1的文本，需要按两次“Ctrl+B”键

5.（ ）是文本最基本的属性，是文本的字体属性。

（A）字体　　（B）字号

（C）颜色　　（D）样式

6. 使用（ ）可以为文本添加立体浮雕效果。

（A）投影　　（B）发光

（C）斜角　　（D）渐变斜角

三、简答题

1. 简述静态文本、动态文本以及输入文本的特点。
2. 简述如何分离文本。
3. 简述如何对文本创建超链接。

四、上机操作题

1. 练习在编辑区中创建3种不同类型的文本。
2. 练习使用输入文本创建一个密码文本。
3. 创建一个文本，对其应用各种滤镜效果。

第 6 章　元件与库的使用

元件是 Flash 动画的一个非常重要的组成元素，它可以是图形对象，也可以是一段动画。在 Flash 动画中出现的任何内容都是由元件组成的，所有的元件都存放在库面板中。

知识要点

- 图形元件的使用
- 影片剪辑元件的使用
- 按钮元件的使用
- 库的使用

6.1　图形元件的使用

图形元件用于制作静态图像以及链接到主影片时间轴中可重复使用的动画片段。图形元件在操作上与影片的时间轴同步，且不能将交互式控件和声音用于图形元件的动画序列中。

6.1.1　创建图形元件

用于创建“图形元件”的元素可以是导入的位图图像、在 Flash 中绘制的矢量图形、文本对象以及线条、色块等，图形元件中还可以包含图形元件。创建图形元件的方法有两种：一种是直接创建新元件；另一种是将舞台上的对象转换为元件。

1. 直接创建新元件

直接创建新元件的具体方法如下：

（1）选择 插入(I) → 新建元件(N)... 命令，弹出“创建新元件”对话框，如图 6.1.1 所示。

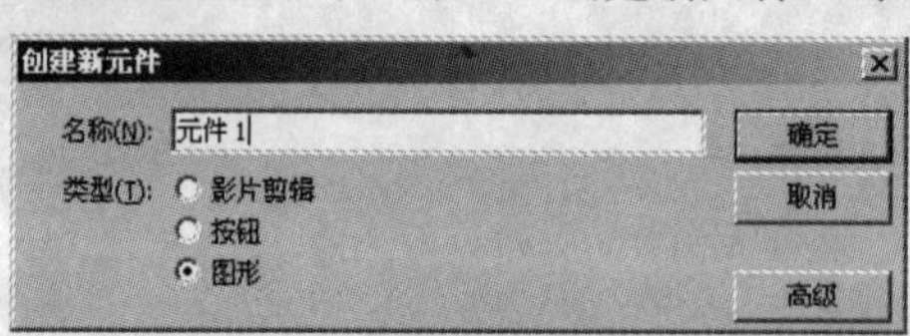

图 6.1.1　“创建新元件”对话框

（2）在 类型(T): 选项区中选中“图形”单选按钮，设置元件的类型为“图形”。

（3）在 名称(N): 文本框中输入图形元件的名称。

（4）单击 确定 按钮，进入图形元件的编辑窗口，此时，元件的名称将显示在场景名称的旁边；元件的注册点将以“+”形状显示在编辑窗口的中心位置。

（5）在编辑窗口中添加文本、图形、图像等内容，如图 6.1.2 所示。

（6）编辑完毕后，单击 场景 1 图标，返回到主场景。选择 窗口(W) → 库(L) 命令打开库面板，即可看到新建的元件，如图 6.1.3 所示。

图 6.1.2　编辑图形元件的内容

图 6.1.3　库面板

2. 将舞台上的对象转换为元件

将舞台上的对象转化为元件的方法如下：

（1）使用选择工具选取要转换为图形元件的对象。

（2）选择 修改(M) → 转换为元件(C)... 命令或按“F8”键，弹出“转换为元件”对话框，如图 6.1.4 所示。

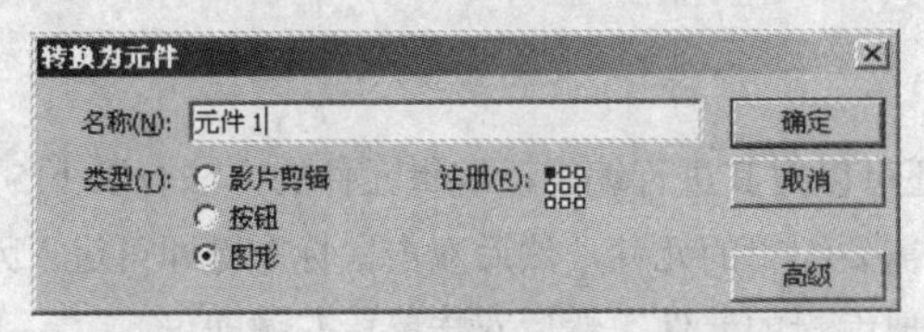

图 6.1.4　“转换为元件”对话框

（3）在“类型”选项区中选中“图形”单选按钮，设置元件的类型为“图形”。

（4）在“名称”文本框中输入图形元件的名称。

（5）在“注册”选项区中设置图形元件注册点的位置，共有 9 个选项，用户可以根据需要进行选择。如图 6.1.5 所示为注册点在左上角和右下角时的效果。

注册点在左上角

注册点在右下角

图 6.1.5　设置注册点效果

（6）单击 确定 按钮，即可完成元件的转换。

6.1.2　应用和编辑图形元件

通过上面的学习可以了解到，元件在舞台上的应用被称为实例，下面将介绍如何使用图形元件以及如何编辑图形元件和元件实例。

1. 图形元件的应用

元件创建好后，存放在库面板中，需要使用元件时，只须从库面板中将其拖到舞台上，可以重复多次将元件拖到舞台上，如图 6.1.6 所示。此时，舞台上的对象被称为实例。

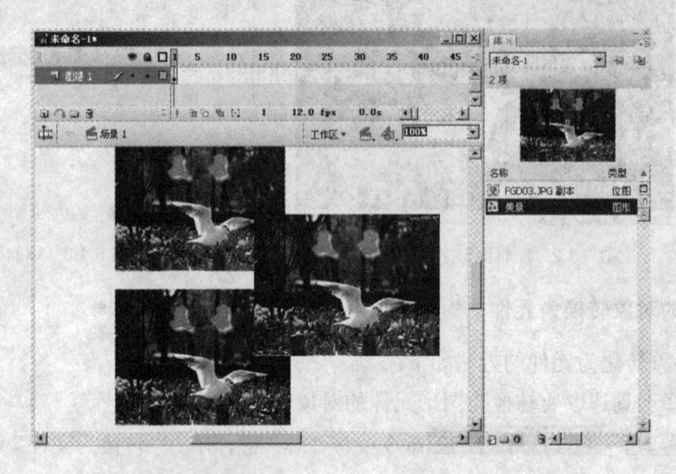

图 6.1.6　元件的应用

2. 编辑图形元件

用户创建好元件后，还可以对其进行编辑，编辑元件的方法有以下 5 种。

（1）在库面板中选中需要编辑的元件，然后双击鼠标左键即可进入元件的编辑模式。

（2）在舞台上选中需要编辑的元件，然后双击鼠标左键即可。

（3）单击编辑栏中的“编辑元件”按钮，在弹出的下拉菜单中选择需要编辑的元件也可进入元件的编辑模式。

（4）在舞台上选中需要编辑的元件，单击鼠标右键，在弹出的快捷菜单中选择在当前位置编辑(E)、编辑或在新窗口中编辑命令即可。

选择在当前位置编辑(E)命令后，舞台上的所有对象都会显示在编辑窗口中，但只能对选中的元件进行编辑，并且其他对象的透明度会降低；选择编辑命令后，只有被选中的元件显示在编辑窗口中；选中在新窗口中编辑命令后，将打开一个新的编辑窗口，并且在该窗口中只显示选中的元件。

（5）在舞台上选中需要编辑的元件，然后选择编辑(E)→编辑所选项目(I)或在当前位置编辑(E)命令进入。

进入元件的编辑模式之后，用户可以在其中进行缩放、旋转、扭曲、封套以及删除操作，编辑好元件后，单击场景 1图标或“返回”按钮即可返回主场景。

3. 删除无用的元件

在 Flash CS3 中，用户可以随时将创建的无用元件进行删除，其操作方法如下：

（1）选择窗口(W)→库(L)命令，打开库面板。

（2）单击右上角的“面板菜单”按钮，在弹出的下拉菜单中选择选择未用项目选项，Flash CS3 将查找出文档中所有没用到的元件，并以高亮方式显示。

（3）按“Delete”键或单击“删除”按钮，即可删除无用的元件。

6.1.3　编辑图形元件实例

除了可以编辑元件外，还可以对舞台上的元件实例进行编辑和属性设置。

1．更改实例的颜色

用户可以根据不同的创作需要调整实例的亮度、色调、Alpha 值以及对颜色进行高级调整。下面以 Alpha 值为例进行具体介绍。

（1）单击工具箱中的“选择工具”按钮，选中需要编辑的实例。

（2）单击属性面板中 颜色: 右侧的下拉按钮，在弹出的下拉列表中选择“Alpha”选项，如图 6.1.7 所示。

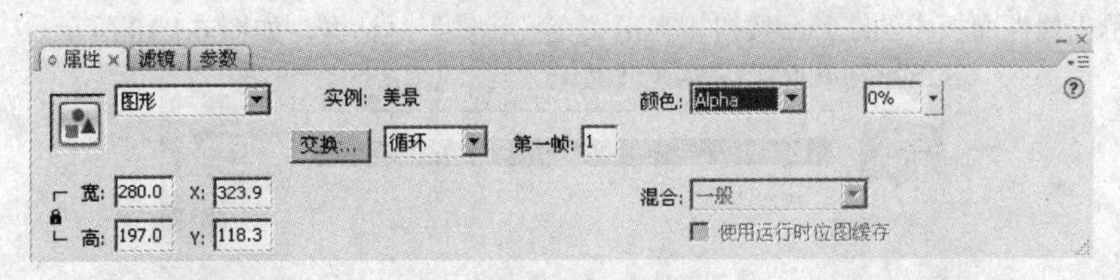

图 6.1.7　设置实例的透明度

（3）用户可在 0% 文本框中输入数值设置实例的透明度，也可单击其右侧的下拉按钮，在弹出的滑杆上拖动滑块改变实例的透明度。当该值为 0%时，实例即变成了纯白色；当该值为 50%时，实例变成了半透明状态；当该值为 100%时，实例保持原来的颜色不变，效果如图 6.1.8 所示。

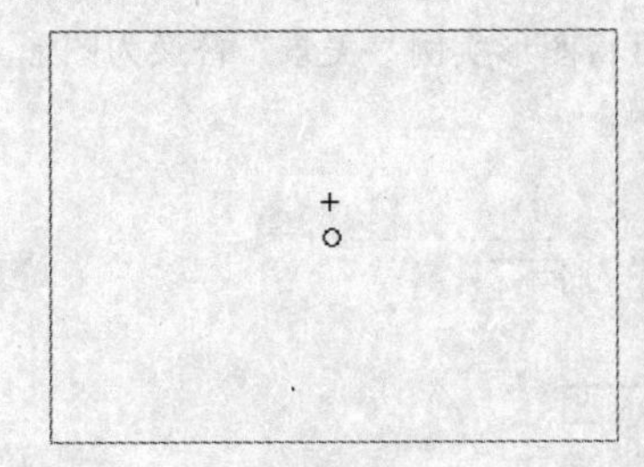

Alpha 值为 0

Alpha 值为 50%

Alpha 值为 100%

图 6.1.8　不同透明度的元件实例

2．更改实例的类型

如果要更改某个实例的类型，其具体的操作方法介绍如下：

（1）单击工具箱中的“选择工具”按钮，选中需要编辑的实例。

（2）单击其属性面板中 图形 右侧的下拉按钮，在弹出的下拉列表中选择相应的选项可更改实例的类型，如图 6.1.9 所示。

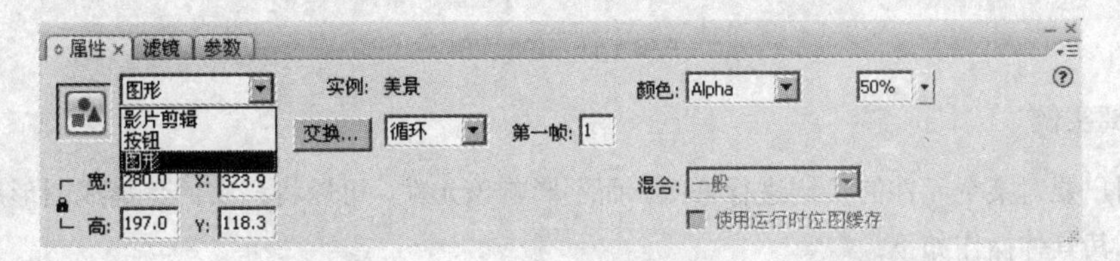

图 6.1.9　更改元件实例的类型

3．重命名元件

重命名元件的操作步骤如下：

（1）在库面板中选中要重命名的元件。

（2）单击鼠标右键，在弹出的快捷菜单中选择重命名命令，该元件的名称变为输入框。

（3）在其中输入新的名称，然后按“Enter”键即可。

4．替换实例

用户可以为创建的实例设置不同的元件，以改变其外观，并且该实例将保留原有属性，其具体操作方法如下：

（1）单击工具箱中的“选择工具”按钮，选中需要编辑的实例。

（2）单击属性面板中的交换...按钮，弹出“交换元件”对话框，如图 6.1.10 所示。

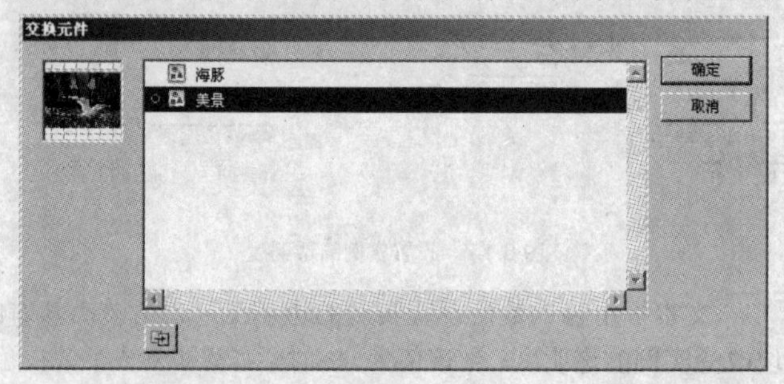

图 6.1.10 “交换元件”对话框

（3）选择名为“海豚”的图形元件，单击确定按钮，即可将图形实例“美景”替换为图形实例“海豚”，此时，该元件保留了原实例的属性，如图 6.1.11 所示。

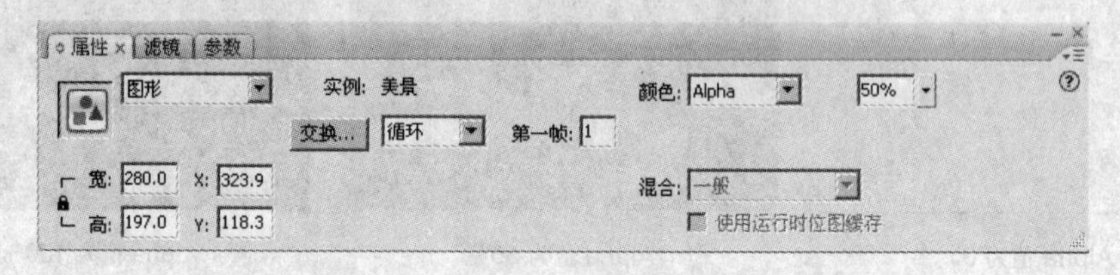

替换前的属性面板

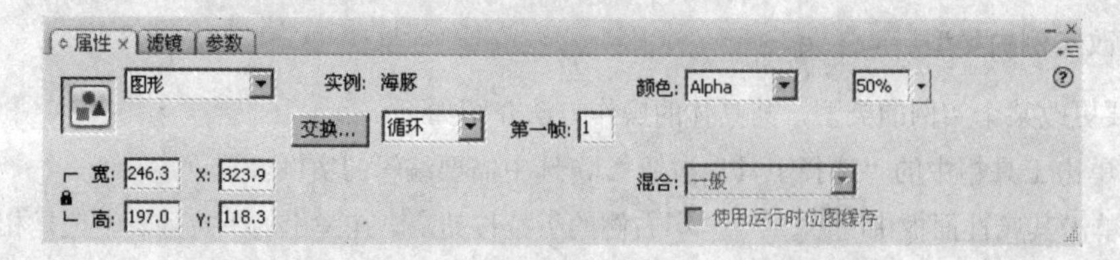

替换后的属性面板

图 6.1.11 替换实例

5．分离实例

如果用户要对某个元件的实例进行修改，而不影响该元件，可以将该实例分离成图形后，再对其进行修改。其具体操作如下：

（1）单击工具箱中的“选择工具”按钮，选中需要编辑的实例。

（2）在菜单栏中选择修改(M)→分离(K)命令，即可将该实例分离，如图6.1.12所示。

图6.1.12　分离元件实例

6.2　影片剪辑元件的使用

影片剪辑元件就像是主电影中的小电影，可以包含交互式响应控件、音频效果，甚至其他影片剪辑实例。在Flash CS3中，用户可以采用3种方法创建该类元件：直接创建影片剪辑元件、将对象转换成影片剪辑元件以及将动画转换成影片剪辑元件。

6.2.1　直接创建影片剪辑元件

直接创建影片剪辑元件的操作步骤如下：

（1）选择插入(I)→新建元件(N)...命令，弹出“创建新元件”对话框，如图6.2.1所示。

图6.2.1　“创建新元件”对话框

（2）在名称(N):文本框中输入要创建影片剪辑元件的名称。

（3）在类型(T):选项区中选中影片剪辑单选按钮。

（4）单击确定按钮，进入影片剪辑元件的编辑窗口，如图6.2.2所示。

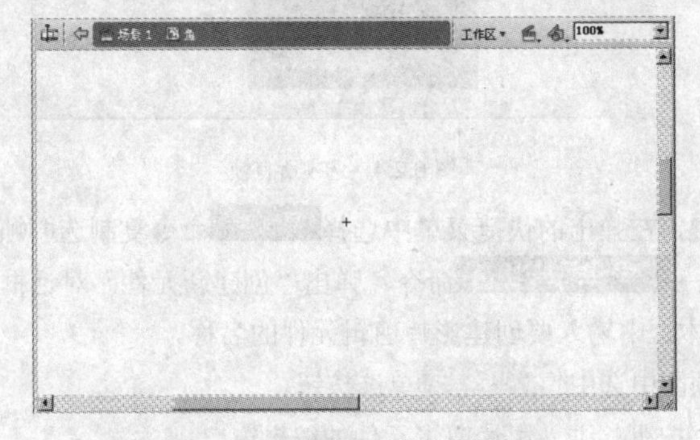

图6.2.2　影片剪辑元件的编辑窗口

（5）在其中输入文本、绘制图形或导入图像。

6.2.2 将对象转换为影片剪辑元件

将对象转换成影片剪辑元件的操作步骤如下：

（1）在舞台中选中要转换为影片剪辑元件的对象。

（2）单击鼠标右键，在弹出的快捷菜单中选择 转换为元件(C)... 命令，弹出“转换为元件”对话框，如图 6.2.3 所示。

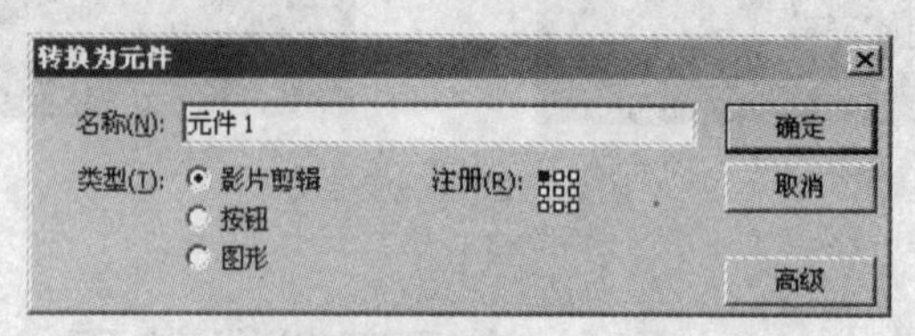

图 6.2.3 “转换为元件”对话框

（3）在 名称(N): 文本框中输入影片剪辑元件的名称。

（4）在 类型(T): 选项区中选中 影片剪辑 单选按钮。

（5）单击 确定 按钮。

6.2.3 将动画转换为影片剪辑元件

（1）打开要转换为影片剪辑的动画，在时间轴面板中从左上向右下拖动鼠标，选中该动画的所有帧，如图 6.2.4 所示。

图 6.2.4 选中所有帧

（2）单击鼠标右键，在弹出的快捷菜单中选择 复制帧 命令复制选取帧。

（3）选择 插入(I) → 新建元件(N)... 命令，弹出“创建新元件”对话框。

（4）在 名称(N): 文本框中输入要创建影片剪辑元件的名称。

（5）在 类型(T): 选项区中选中 影片剪辑 单选按钮。

（6）单击 确定 按钮，进入影片剪辑元件的编辑窗口。

（7）选中第 1 帧，单击鼠标右键，在弹出的快捷菜单中选择 粘贴帧 命令，将所复制的帧粘贴到影片剪辑元件的时间轴上即可，如图 6.2.5 所示。

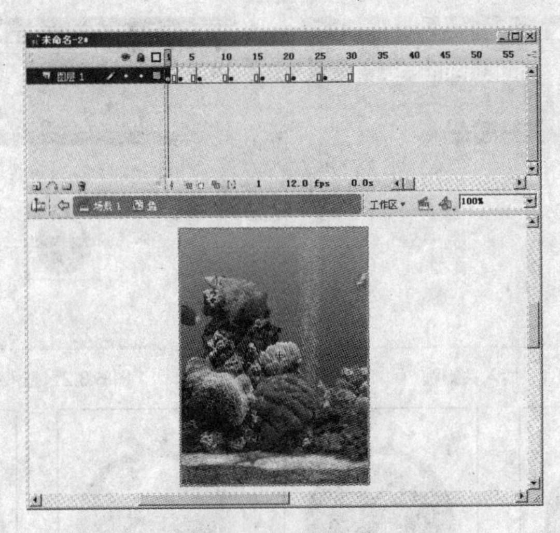

图 6.2.5　粘贴帧

影片剪辑的应用和编辑与图形元件相同，用户可从库面板中将影片剪辑重复拖动至舞台，还可对舞台上的影片剪辑实例进行复制、变形、设置属性等，在此就不再赘述。

6.3　按钮元件的使用

按钮元件用于制作响应鼠标单击、滑过或其他动作的交互式按钮。制作按钮前，应首先定义与各种按钮状态相关联的图形，然后根据需要将动作指定给按钮实例。

6.3.1　创建按钮元件

按钮实际上是一个包含4个关键帧的交互式影片剪辑。其中，前3帧分别定义了按钮的3种可能发生的状态，第4帧定义了按钮的动作。4种按钮状态的含义如下：

（1）弹起状态：当鼠标指针不接触按钮时，该按钮的形状。

（2）指针经过状态：当鼠标指针经过该按钮，但并没有按下时，该按钮的形状。

（3）按下状态：当鼠标指针按下鼠标左键时，该按钮的形状。

（4）点击状态：在点击状态下可以定义响应鼠标的区域，此区域在影片中不可见。

创建按钮元件的具体操作如下：

（1）按“Ctrl+F8”键，弹出“创建新元件”对话框，在其对话框中的名称(N):文本框中输入要创建按钮元件的名称，在类型(T):选项区中选中按钮单选按钮。单击确定按钮，进入按钮元件的编辑窗口。

（2）分别选中指针经过、按下和点击帧，按“F6”键插入关键帧，如图6.3.1所示。

（3）选中指针经过帧，按“Ctrl+R”键导入一幅图像文件，如图6.3.2所示。

（4）重复步骤（3）的操作，分别插入各元件，然后单击场景 1图标，返回到主场景。

（5）按“Ctrl+L”键，打开库面板，从中拖动按钮元件到舞台的中心位置。

（6）按“Ctrl+Enter”键预览，效果如图6.3.3所示。

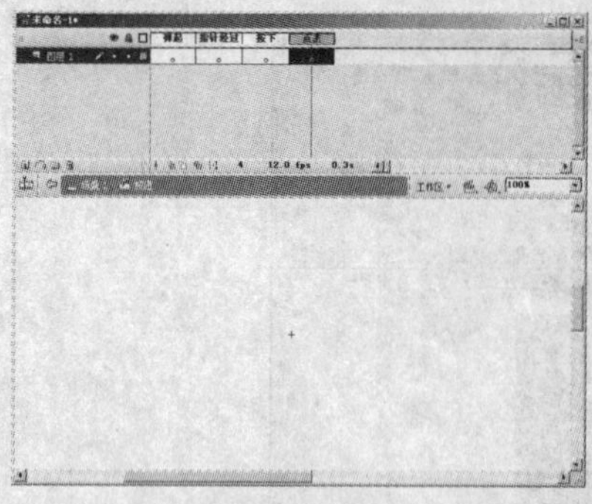
图 6.3.1　插入关键帧

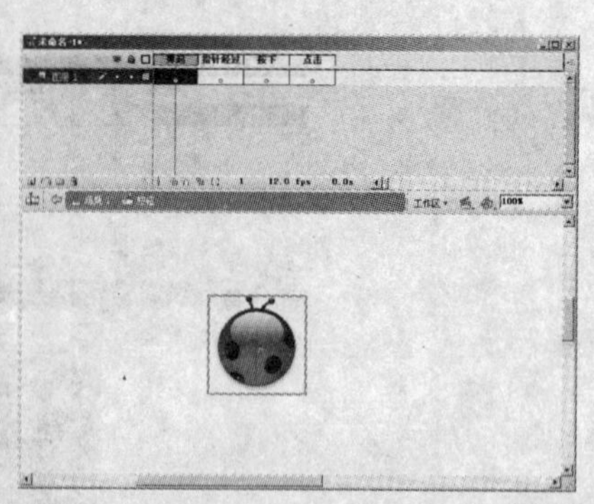
图 6.3.2　拖入按钮元件

弹起

指针经过

按下

点击

图 6.3.3　按钮元件效果

6.3.2　为按钮元件添加文字

在 Flash CS3 中，创建一个按钮元件后，还可以给按钮元件添加文字，其具体方法如下：

（1）在场景中用鼠标双击按钮实例进入按钮的编辑窗口。

（2）在时间轴面板中单击“新建图层”按钮，在时间轴面板中新建一个图层，并将其命名为“文本”，如图 6.3.4 所示。

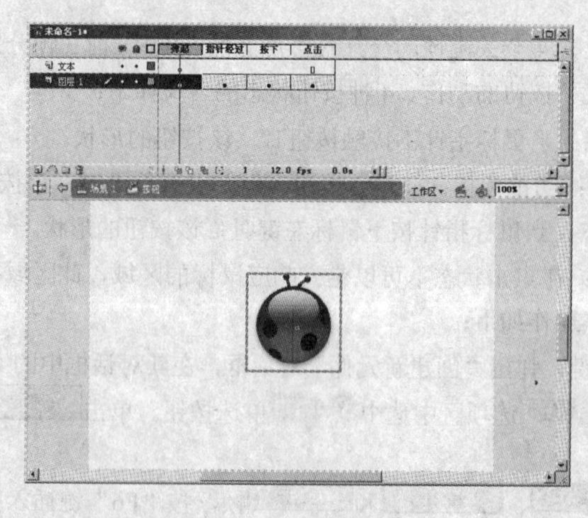
图 6.3.4　插入文本图层

（3）单击 弹起 帧，选择文本工具，在其属性面板中设置文本的字体为“Bookman Old Style”，字号为“36”，颜色为“黄色”。

（4）设置好参数后，使用文本工具在按钮的 弹起 帧上输入“Play”，并使用选择工具调整文本到适当位置，如图 6.3.5 所示。

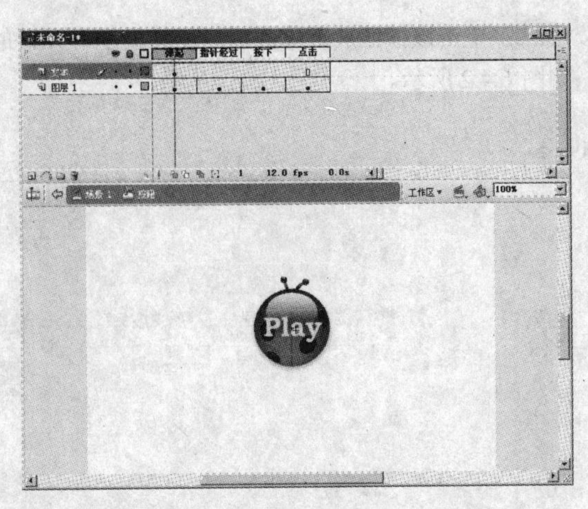

图 6.3.5　输入文本

（5）在 指针经过 帧中按“F6”键插入关键帧，设置“Play”的颜色为“红色”。

（6）在 按下 帧中插入关键帧，在变换面板中将文本缩小到“80%”。

（7）切换到场景中，可见原按钮上添加了“Play”字样。

（8）按“Ctrl+Enter”键，测试按钮的效果，最终效果如图 6.3.6 所示。

弹起

指针经过

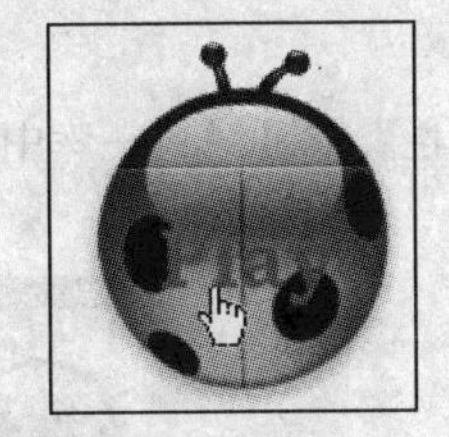

按下

图 6.3.6　按钮元件效果

6.4　库 的 使 用

启动 Flash 后，系统会自动创建一个附属于动画的库，用户可以将影片中用到的对象存储在库中，以备再次使用时调用。当用户创建新元件后，该元件会自动被添加到库中，除此之外，用户还可以使用 Flash 自带的公共库中的元件及其他文档的元件。

6.4.1　库概述

Flash CS3 提供的库面板有两种：一种是动画文件本身的库；另一种是系统自带的库。使用库可以管理和编辑元件，当在库列表中选择一个元件时，在库预览窗口中将显示该元件的内容。如果要使用某元件，只需要将其从库中拖动到舞台中即可。

选择 窗口(W) → 库(L) 命令或按“Ctrl+L”键，可以打开动画文件本身的库，如图 6.4.1 所示。

其面板中的各选项介绍如下：

（1）“切换排序顺序”按钮：单击该按钮改变各元件在库面板中的排列顺序。

（2）“宽库视图”按钮：单击该按钮展开库面板，使其显示各元件的名称、类型、使用次数、链接和修改日期等内容，如图 6.4.2 所示。

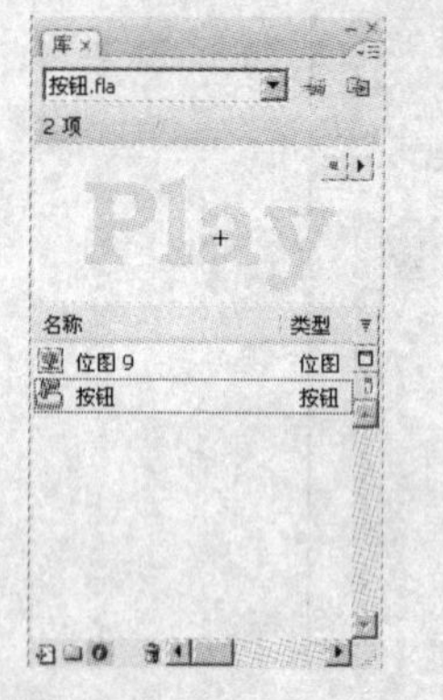

图 6.4.1　正常模式下的库视图

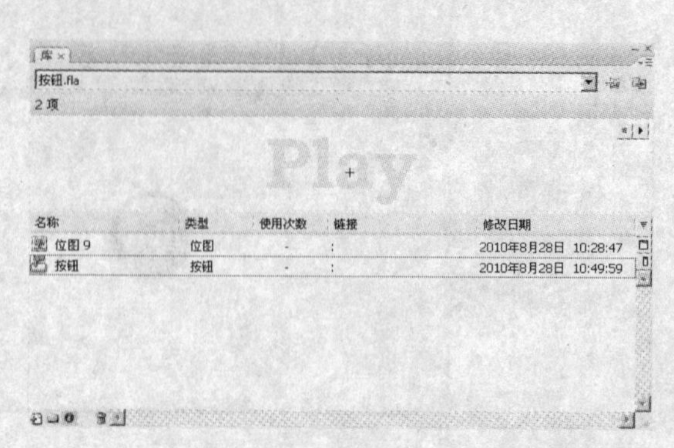

图 6.4.2　宽库视图

（3）“窄库视图”按钮：单击该按钮使库面板以正常模式显示，在其中只显示各元件的名称和类型。

（4）“新建元件”按钮：单击该按钮可创建新元件。

（5）“新建文件夹”按钮：单击该按钮可创建库文件夹，而通过文件夹可以对库中的元件进行分类管理。

（6）“属性”按钮：在库中选中元件后，单击该按钮可弹出“位图属性”对话框，如图 6.4.3 所示。

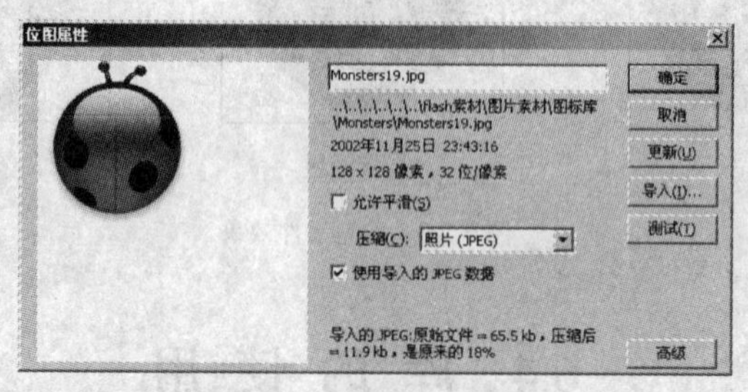

图 6.4.3　“位图属性”对话框

（7）“删除”按钮：单击该按钮删除选中的元件或文件夹。

提示：如果用户要更改库中元件的名称，可使用鼠标在该元件名称上双击，此时，将出现一个文本框，用户可在该文本框中直接输入元件的新名称，如图 6.4.4 所示。

图 6.4.4　更名前和更名后的库面板

6.4.2　库的管理

当用户创建元件后，该元件即可被添加至库中，成为库元素。库元素多了之后，库面板就会很凌乱，这时就有必要对它进行管理，包括库元素的归类存放、库元素的复制、解决库元素的冲突、库元素的更新。

1．库元素的复制

用户可以复制已有元件，然后在该元件的基础上进行修改，从而创造出新的元件，既减少了工作量，又提高了工作效率。其操作步骤如下：

（1）选择 窗口(W) → 库(L) 命令，打开当前文件的专用库。

（2）从打开的库中选取需要复制的元件，然后执行以下任意操作。

1）单击鼠标右键，在弹出的快捷菜单中选择 直接复制 命令，弹出如图 6.4.5 所示的“直接复制元件”对话框，设置元件的名称及类型，然后单击 确定 按钮。

2）单击“面板菜单”按钮，在弹出的下拉菜单中选择 直接复制 命令，再在弹出的“直接复制元件”对话框中设置元件的名称及类型，然后单击 确定 按钮。

（3）在库中双击复制后的元件，进入该元件的编辑模式进行修改。

以上介绍的是在同一文件中复制库元素的方法，除此以外，用户还可以在不同文件之间复制库元素，操作步骤如下：

（1）打开库元素所在的文件，即源文件。

（2）打开库元素需要复制的文件，即目标文件。

（3）切换源文件为当前文件，选中要复制的库资源，选择 编辑(E) → 复制(C) 命令进行复制。

（4）切换目标文件为当前文件，选择 编辑(E) → 粘贴到当前位置(P) 命令进行粘贴。

2．库元素的更新

对于库中的图像、声音或视频等素材，如果使用外部编辑器进行了修改，可以在 Flash CS3 中将它们更新为最新的状态。操作步骤如下：

（1）选择 窗口(W) → 库(L) 命令，打开当前文件的专用库。

（2）在库中选取一个或多个需要更新的图像、声音或视频等素材。

（3）单击鼠标右键，在弹出的快捷菜单中选择 更新... 命令，将弹出“更新库项目”对话框，如图 6.4.6 所示，单击 更新(U) 按钮即可。

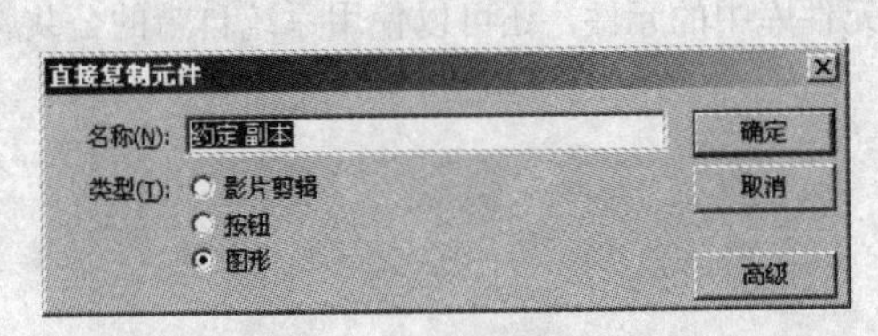

图 6.4.5　“直接复制元件”对话框

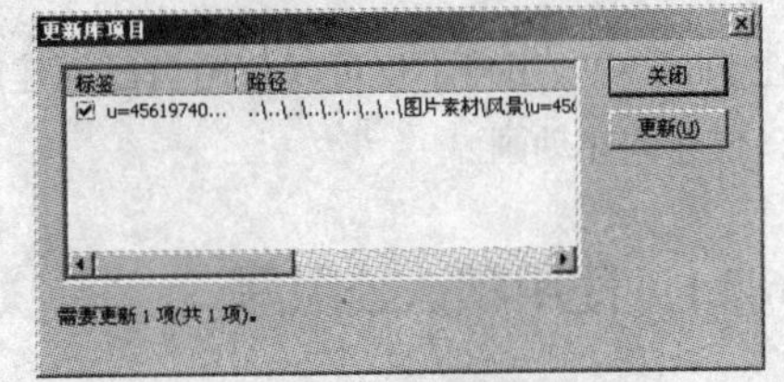

图 6.4.6　“更新库项目”对话框

3．创建库文件夹

在 Flash CS3 中，可以使用库文件夹管理库中的元件，使用户能更方便地使用库中的元件。创建库文件夹的具体操作步骤如下：

（1）单击库面板下方的“新建文件夹”按钮，即可在库面板中创建一个文件夹，并等待用户为其命名，如图 6.4.7 所示。

（2）直接在文本框中输入名称，或按“Delete”键删除文件夹名称后再输入文字，即可重命名该文件夹，如图 6.4.8 所示。

图 6.4.7　创建库文件夹

图 6.4.8　重命名库文件夹

（3）新创建的库文件夹中没有任何元件，如果要将某个元件存放在该文件夹中，可单击选中该元件，按住鼠标不放将其拖至库文件夹上，即可将该元件存放在库文件夹中，如图 6.4.9 所示。

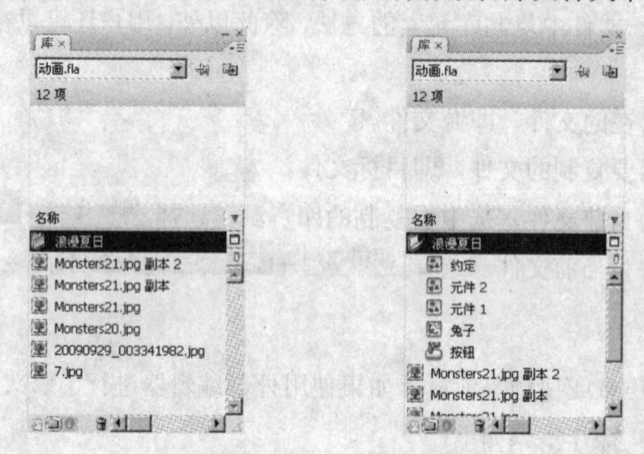
图 6.4.9　将元件拖至库文件夹中

6.5　公　用　库

在 Flash 中，用户不仅可以使用自己创建的元件库中的元件，还可以使用系统自带的公共库中的资源，快速创建动画。

6.5.1　使用默认公用库

Flash 系统自带的公用库中提供了大量的公用元件，用户在创建动画时可直接调用公共库中的元件以提高创作的速度。

默认公用库是 Flash 自带的范例库，利用它可以使所有的 Flash 文件实现共享。Flash CS3 的默认公用库包括“学习交互”“按钮”和“类”。选择 窗口(W) → 公用库(B) → 学习交互 / 按钮 / 类 命令，即可将它们打开，如 6.5.1 所示。

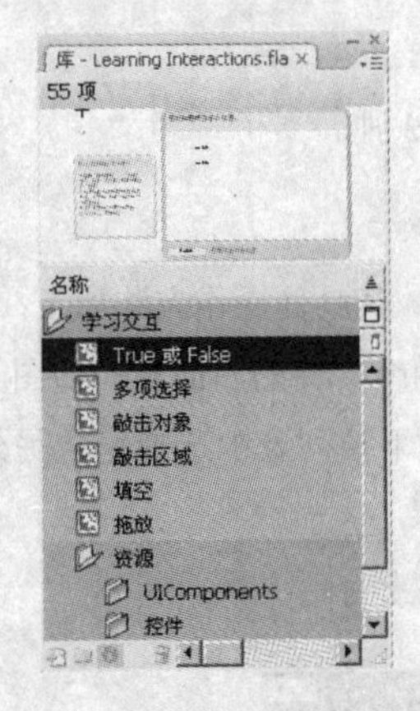

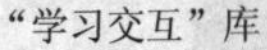
“学习交互”库

“按钮”库

“类”库

图 6.5.1　默认公用库

注意：默认公用库中的元件不能进行修改，如果用户修改了公用库中的元件，则所有使用过该元件的 Flash 文件都会自动发生改变。

6.5.2　建立新的公用库

虽然 Flash 自带了大量的公用库供用户使用，但公用库中的元件也不能完全满足用户的要求，因此，用户可以根据创作需要，建立自己的公用库，然后将它们应用于动画文件中，具体操作方法如下：

（1）制作一个 Flash 文档，整理好其库面板中的各个元件。

（2）在菜单栏中选择 文件(F) → 另存为(A)... 命令，在弹出的“另存为”对话框中找到该软件的安装目录，并打开安装公用库的文件夹，如图 6.5.2 所示。

（3）单击 保存(S) 按钮，即可将该文件添加至公用库中，如图 6.5.3 所示。

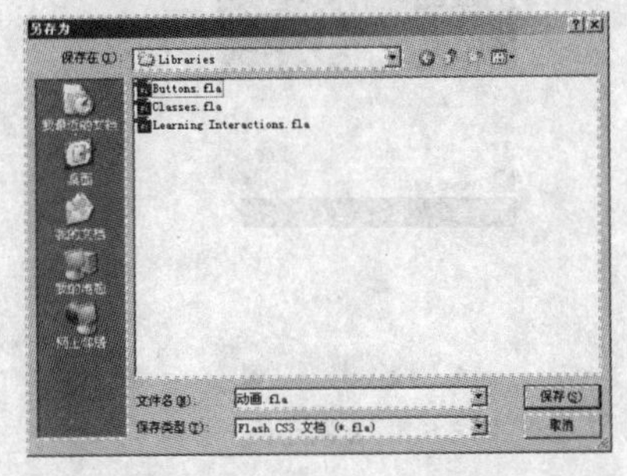

图 6.5.2　“另存为”对话框

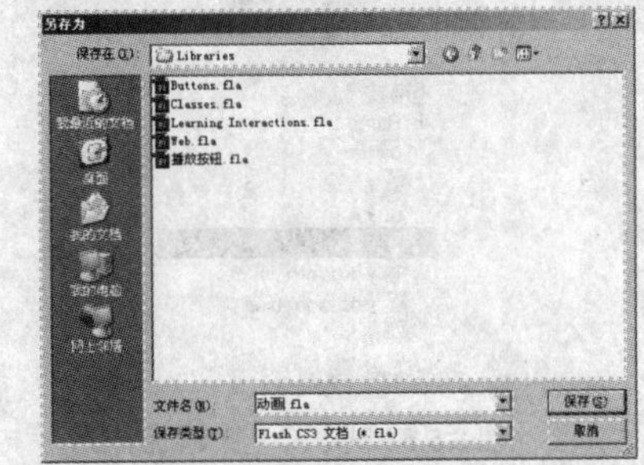

图 6.5.3　公用库中的文件

（4）在菜单栏中选择 窗口(W) → 公用库(B) 命令，弹出其子菜单，此时可以发现，添加到公用库中的文件已显示在其子菜单中，如图 6.5.4 所示。

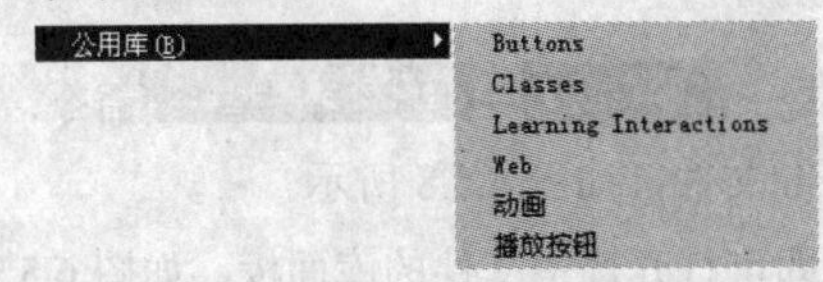

图 6.5.4　添加公用库元件后的公用库子菜单

6.5.3 建立共享库资源

用户可以将制作好的元件在不同的文件中共享，方法有以下 3 种。

1. 在库面板之间复制元件

用户可以直接将其他面板中的元件复制到新的库面板中使用，其具体操作方法如下：

（1）单击库面板上方的“新建库面板”按钮，同时打开两个文件的库面板，如图 6.5.5 所示。在其中一个库面板中单击文件名称右侧的下拉按钮，从弹出的下拉列表中选择包含另外一个库的文件名称，即可打开该文件中的库面板。

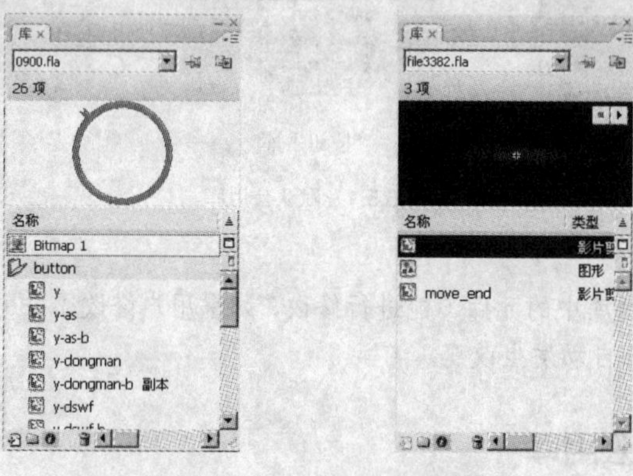

图 6.5.5 打开两个文件的库面板

（2）在原文件的库面板中按住“Ctrl”键选中要复制的元件，如图 6.5.6 所示。

（3）按住鼠标不放将它们拖至新的库面板中，松开鼠标后，即可在新的库面板中复制原库面板中选中的元件，如图 6.5.7 所示。

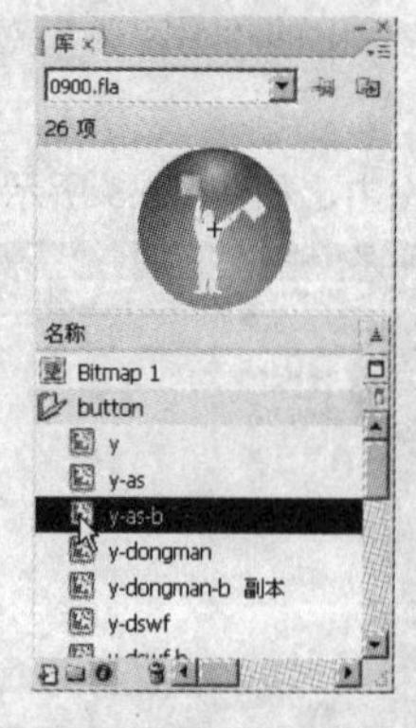

图 6.5.6 选中库中要复制的元件

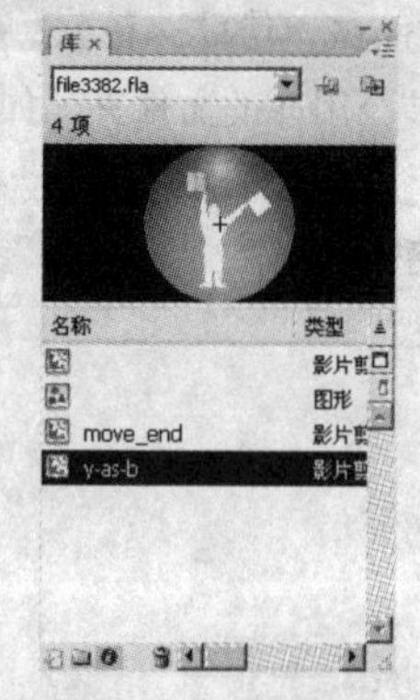

图 6.5.7 复制元件

2. 在新文件中打开外部库

如果用户要在当前的 Flash 文档中使用其他文件的库，可以使用打开外部库的方法，打开其他文件库，具体操作方法如下：

（1）在菜单栏中选择 文件(F) → 导入(I) → 打开外部库(O)... 命令，弹出“作为库打开”对话框，在该对话框中选择要打开的 Flash 文件，如图 6.5.8 所示。

（2）单击 打开(O) 按钮，即可打开选中文件的库面板，如图 6.5.9 所示。

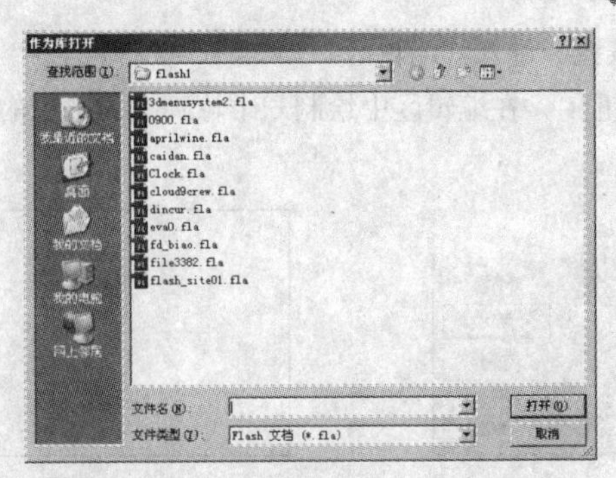

图 6.5.8　“作为库打开”对话框

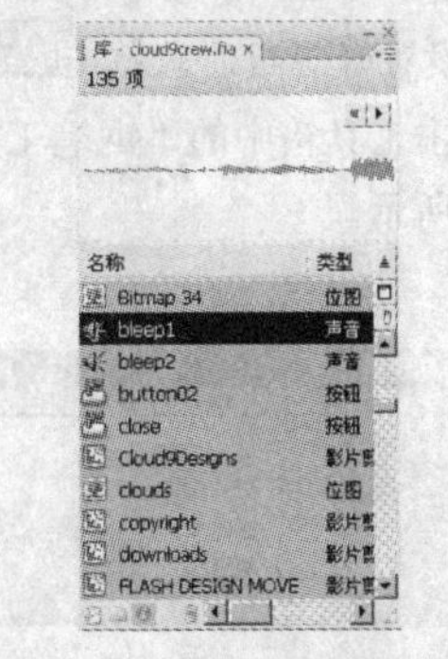

图 6.5.9　打开选中文件的库面板

（3）选中需要的元件，使用鼠标将其拖至舞台上，即可使用该元件。

6.6　课堂实训——制作云彩跟随鼠标效果

本节将综合使用前面所学的内容绘制云彩跟随鼠标效果，最终效果如图 6.6.1 所示。

图 6.6.1　最终效果图

操作步骤

（1）启动 Flash CS3 软件，新建一个空白文档。

（2）按“Ctrl+J”键，在弹出的对话框中设置尺寸为“550 像素×400 像素”，背景颜色为“白色”，单击 确定 按钮。

（3）将图层 1 重命名为“背景”，然后按“Ctrl+R”键，导入一幅图像文件，如图 6.6.2 所示。

图 6.6.2　导入图像文件

（4）选择 插入(I) → 新建元件(N)... 命令，弹出“创建新元件”对话框，设置其对话框参数如图

6.6.3 所示。设置好参数后，单击 确定 按钮，进入其编辑区。

（5）单击工具箱中的“钢笔工具”按钮，在编辑区中绘制一个轮廓线为黄色的云彩图形，效果如图 6.6.4 所示。

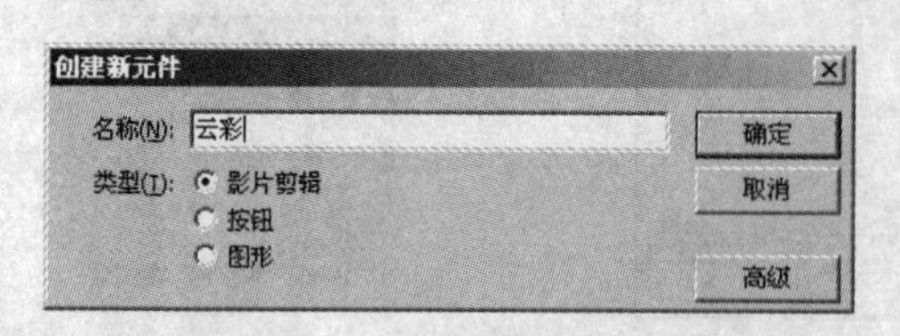

图 6.6.3 “创建新元件”对话框

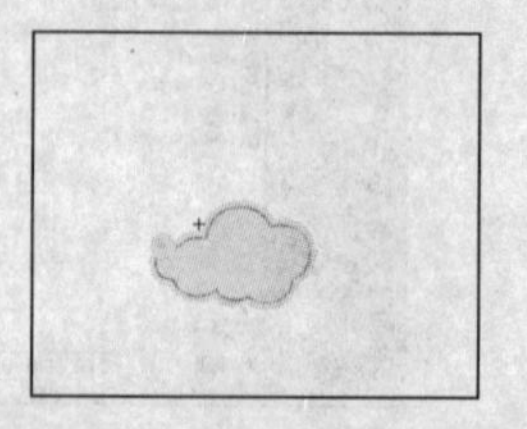

图 6.6.4 绘制云彩图形

（6）单击 场景 1 图标，切换到“场景 1”中，插入一个名为“云彩”的图层。

（7）按“Ctrl+L”键，打开库面板，将库面板中的“云彩”实例拖入编辑区中，效果如图 6.6.5 所示。

图 6.6.5 拖入“云彩”实例

（8）选中“云彩”实例，按“Ctrl+F3”键，打开属性面板，设置其属性参数如图 6.6.6 所示。

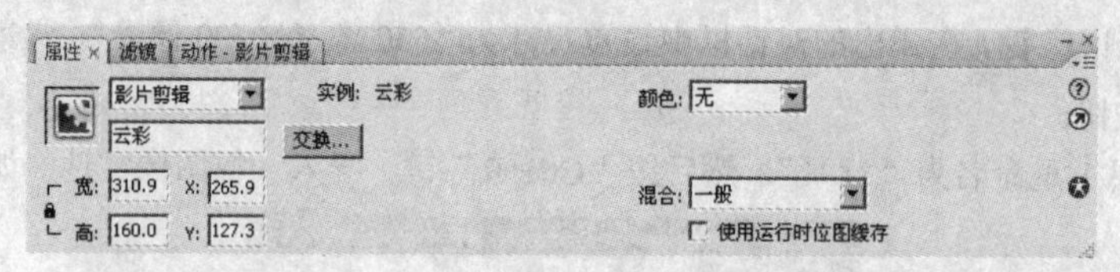

图 6.6.6 属性面板

（9）右击“背景”图层的第 1 帧，在弹出的快捷菜单中选择“动作”命令，打开动作面板，在该面板中添加动作脚本语句：

```
startDrag("/云彩", true);
```

（10）按“Ctrl+Enter”键测试动画，最终效果如图 6.6.1 所示。

本 章 小 结

本章主要讲解了图形元件的使用、影片剪辑元件的使用、按钮元件的使用以及库的使用等，通过本章的学习，用户应在动画制作过程中熟练地使用元件与库，以制作出精彩的动画效果。

操作练习

一、填空题

1．在 Flash 动画中出现的任何内容都是由________组成的，所有的元件都存放在________面板中。

2．所谓元件是指可重复使用的________、按钮或________等。

3．图形元件通常用于存放静态的图形图像，创建图形元件有________和________两种方式。

4．________是一种特殊的对象，它只需要创建一次，即可在整个文件中重复使用。

5．Flash CS3 提供的库面板有两种：一种是________的库；另一种是________的库。

二、选择题

1．按（　）键可以创建新的元件。

（A）Ctrl+F8　　（B）F8

（C）Ctrl+F11　　（D）Ctrl+L

2．Flash CS3 的内置公用库包括（　）。

（A）组件　　（B）按钮

（C）类　　（D）学习交互

3．（　）是 Flash CS3 最常用的元件类型。

（A）影片剪辑元件　　（B）按钮元件

（C）实例　　（D）图形元件

4．（　）不是公用库资源。

（A）学习交互库　　（B）按钮库

（C）声音库　　（D）类库

5．用于打开库的快捷键是（　）。

（A）Ctrl+F8　　（B）F8

（C）Ctrl+F11　　（D）Ctrl+L

三、简答题

1．在 Flash CS3 中，如何对实例进行分离和替换操作？

2．简述创建新的公用库的方法。

四、上机操作题

1．利用本章所学的内容，将一幅图像转换为图形元件和影片剪辑元件。

2．利用本章所学的内容，创建一个播放按钮。

第 7 章　时间轴与动画原理

在 Flash 中制作的多媒体动画之所以能够动起来，靠的就是时间轴，而时间轴是由图层和帧组成的。通过本章的学习，读者应学会时间轴、帧与图层的使用方法与技巧。

知识要点

- 时间轴的使用
- 帧的使用
- 图层的使用
- 场景的使用
- 制作动画

7.1　时间轴的使用

时间轴是 Flash 动画的核心，使用它可以组织和控制动画中的内容在特定的时间出现在画面上。

7.1.1　时间轴的组成

在默认情况下，时间轴位于工作界面的顶部，它主要由播放指针、层、帧、绘图纸工具、播放时间、帧频以及帧浏览选项等组成，如图 7.1.1 所示。

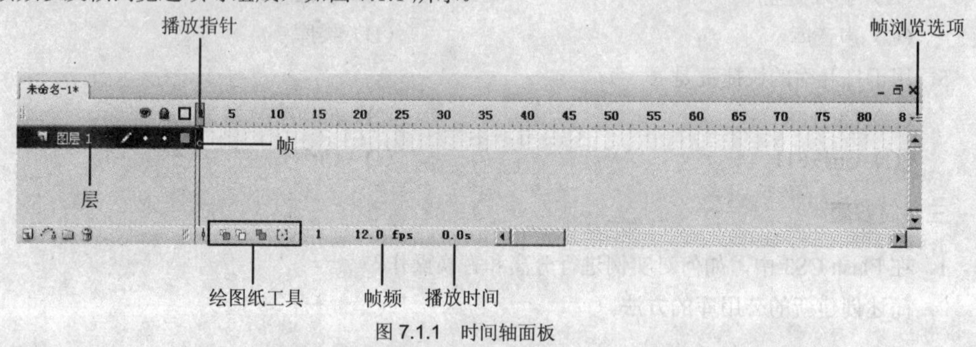

图 7.1.1　时间轴面板

（1）播放指针：由▮和一根垂直细线组成，用于指示某一帧为当前帧。

（2）层：类似于堆叠在一起的透明纸，用于存放动画中的内容。

（3）帧：是 Flash 动画的基本单位，用于代表不同的时刻。

（4）绘图纸工具：用于查看动画在每个帧状态下的相对位置，如图 7.1.2 所示。

（5）播放时间：是第 1 帧与当前帧之间播放的时间间隔。

（6）帧频：用于控制动画播放的速度，其单位为“fps”，数值越大，速度越快，反之速度越慢。

（7）帧浏览选项：单击右上角的“帧浏览选项”按钮，将弹出如图 7.1.3 所示的下拉菜单，用户可以从中选择需要的帧浏览选项。

图 7.1.2　使用绘图纸工具显示动画前后的效果

位置(P)
很小
小
✔ 标准
中
大
预览
关联预览
较短
✔ 彩色显示帧

图 7.1.3　“帧浏览选项”下拉菜单

7.1.2　时间轴的操作

用户可以根据习惯调整时间轴的位置及尺寸，可以使其处于嵌入状态或浮动状态，也可以将其显示或隐藏。

1．改变时间轴的位置及尺寸

按住并拖动时间轴的左上角，可以改变时间轴的位置，使其位于工作界面的下部或者两侧，如图 7.1.4 所示。

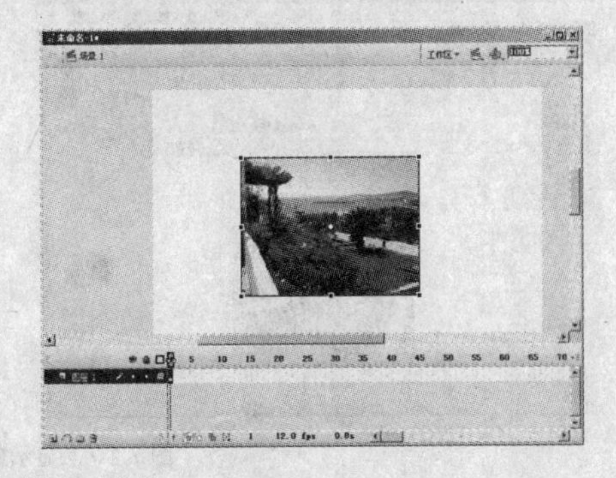

图 7.1.4　改变时间轴的位置

将鼠标指针移动到时间轴的边缘，当其呈现 ÷ 形状时，按住并拖动鼠标可以调整时间轴的尺寸，如图 7.1.5 所示。

图 7.1.5　改变时间轴的尺寸

注意：如果有许多层，无法在时间轴中全部显示，用户可以使用时间轴右侧的滚动条查看。

2．使时间轴处于嵌入状态或浮动状态

以上介绍的时间轴均处于嵌入状态，如果要将它变成浮动状态，即作为一个独立的窗口显示出来，

需要按住并拖动时间轴的左上角，然后在不靠近工作区边缘的位置释放鼠标左键，如图 7.1.6 所示。

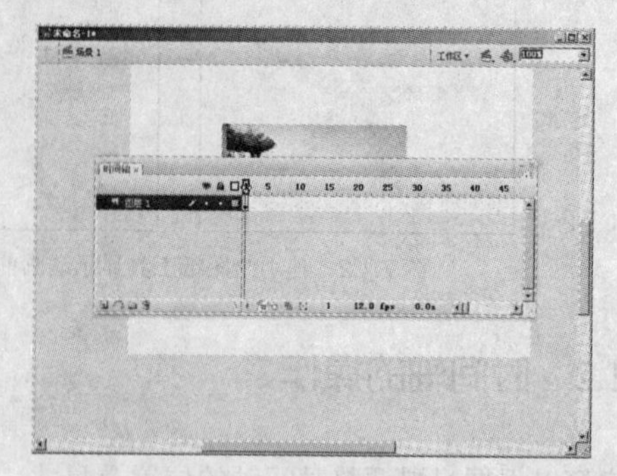

图 7.1.6　改变时间轴为浮动状态

3．显示或隐藏时间轴

如果用户觉得时间轴妨碍工作，可以单击“时间轴”按钮将其隐藏，等需要时再显示，如图 7.1.7 所示。

图 7.1.7　显示或隐藏时间轴

注意：也可以选择 窗口(W) → ✔ 时间轴(M) 命令，将其暂时关闭，等需要时再打开。

7.1.3　时间轴的特效

在 Flash CS3 中，可以将变形、转换、分散式直接复制、复制到网格、分离、展开、投影和模糊等时间轴特效应用于文本和图像，下面介绍如何将时间轴特效应用于图像。

1．变形特效

变形特效的作用是调整选中对象的位置、缩放比例、旋转角度、Alpha 透明度或色彩。将变形特效应用于图像的操作步骤如下：

（1）选中要应用变形特效的图像，如图 7.1.8 所示。

（2）选择 插入(I) → 时间轴特效(E) → 变形/转换 → 变形 命令，弹出“变形”对话框，如图 7.1.9 所示。

其对话框中各选项的含义如下：

“效果持续时间”：设置变形特效持续的时间，以帧为单位。

“更改位置方式”：设置对象在 X 轴和 Y 轴方向上的偏移量，以像素为单位。

“旋转”：设置对象的旋转角度和次数。

“更改颜色”：应用或取消颜色的更改。

“最终颜色”：指定对象最后的颜色。

“最终的 Alpha”：指定对象最后的透明度。

“移动减慢”：设置对象速度变化的方式。

图 7.1.8　选中图像文件

图 7.1.9　“变形”对话框

（3）设置“变形”对话框参数如图 7.1.10 所示，设置好参数后，单击 确定 按钮。

（4）按“Ctrl+Enter”键测试动画效果，将看到图像在旋转、缩放的同时，颜色也跟着发生改变，效果如图 7.1.11 所示。

图 7.1.10　设置各项参数

图 7.1.11　效果图

2. 转换特效

转换特效的作用是对选中对象进行淡入、淡出处理。将转换特效应用于图像的操作步骤如下：

（1）选中要应用转换特效的图像。

（2）选择 插入(I) → 时间轴特效(E) → 变形/转换 → 转换 命令，弹出“转换”对话框，如图 7.1.12 所示。

其对话框中各选项的含义如下：

“效果持续时间”：设置转换特效持续的时间，以帧为单位。

“方向”：设置转换特效过渡的方向。

“淡化”：设置淡化效果。

“涂抹”：设置对象的擦除效果。

“移动减慢”：设置对象速度变化的方式。

（3）设置各选项参数（本例采用默认设置），单击 确定 按钮。

（4）按“Ctrl+Enter”键测试动画效果，将看到图像被逐渐显示出来，效果如图 7.1.13 所示。

图 7.1.12 “转换”对话框

图 7.1.13 转换特效效果

3. 分散式直接复制特效

分散式直接复制特效的作用是根据设置的次数复制选中的对象。将分散式直接复制特效应用于图像的操作步骤如下：

（1）选中要应用分散式直接复制特效的图像。

（2）选择 插入(I) → 时间轴特效(E) → 帮助 → 分散式直接复制 命令，弹出“分散式直接复制”对话框，如图 7.1.14 所示。

图 7.1.14 “分散式直接复制”对话框

其对话框中各选项的含义如下：

“副本数量”：设置要拷贝的副件数。

“偏移距离”：设置对象在 X 轴和 Y 轴方向上的偏移量。

“偏移旋转”：设置偏移旋转的角度。

“偏移起始帧”：设置偏移开始的帧编号。

“指数缩放比例”：以指数方式在 X 轴和 Y 轴方向上同时缩放。

“更改颜色”：设置是否改变副件的颜色。

“最终颜色”：指定对象最后的颜色。

“最终的 Alpha”：指定对象最后的透明度。

（3）设置各选项参数如图 7.1.15 所示，设置好参数后，单击 确定 按钮。

（4）按“Ctrl+Enter”键，测试动画效果，将看到复制出的很多图像，其颜色、位置和透明度的变化非常平滑，如图 7.1.16 所示。

图 7.1.15 设置各项参数

图 7.1.16 分散式直接复制特效效果

4. 复制到网格特效

复制到网格特效的作用是按列数复制选中的对象，然后按照行数×列数创建该元素的网格。将复制到网格特效应用于图像的操作步骤如下：

（1）选中要应用复制到网格特效的图像。

（2）选择 插入(I) → 时间轴特效(E) → 帮助 → 复制到网格 命令，弹出“复制到网格”对话框，如图 7.1.17 所示。

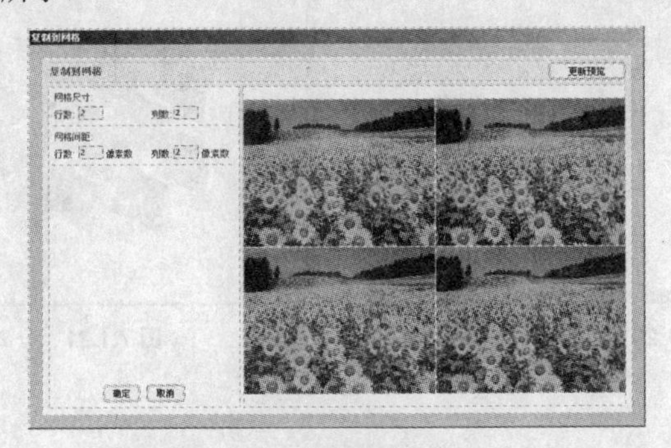

图 7.1.17 “复制到网格”对话框

其对话框中各选项的含义如下：

“网格尺寸”：设置网格的行数和列数。

“网格间距”：设置网格的行间距和列间距。

（3）设置各项参数如图 7.1.18 所示，设置好参数后，单击 确定 按钮。

（4）按“Ctrl+Enter”键测试动画效果，将看到一个图像阵列，效果如图 7.1.19 所示。

图 7.1.18 设置各项参数

图 7.1.19 复制到网格特效效果

5．分离特效

分离特效的作用是使对象产生爆炸的效果。将分离特效应用于图像的操作步骤如下：

（1）选中要应用分离特效的图像。

（2）选择 插入(I) → 时间轴特效(E) → 效果 → 分离 命令，弹出“分离”对话框，如图 7.1.20 所示。

其对话框中各选项的含义如下：

“分离方向”：设置分离特效的方向。

“弧线大小”：设置对象在 X 轴和 Y 轴方向上的偏移量。

“碎片旋转量”：设置碎片的旋转角度，以度为单位。

“碎片大小更改量”：设置碎片的大小，以像素为单位。

“最终的Alpha”：设置分离特效最终的透明度，用户可以直接输入百分比数字，也可以拖动百分比滑块来改变透明度。

（3）设置各项参数（本例采用默认设置），单击 确定 按钮。

（4）按“Ctrl+Enter”键测试动画效果，将显示出图像被抛撒出去，效果如图 7.1.21 所示。

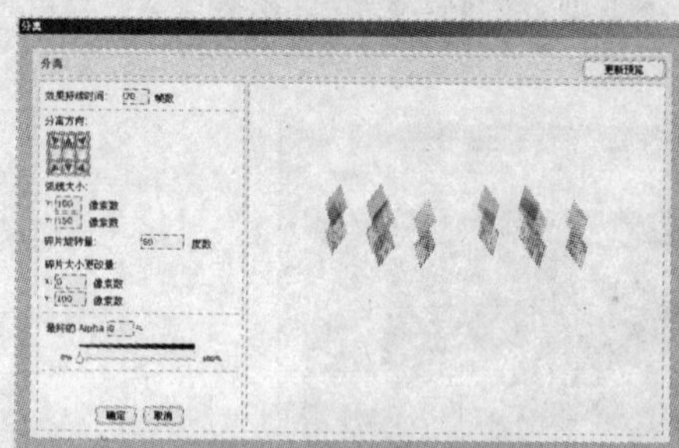

图 7.1.20 “分离”对话框

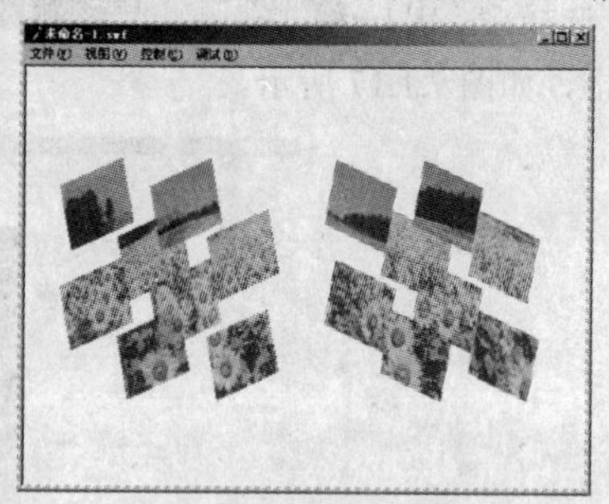

图 7.1.21 分离特效效果

6．展开特效

展开特效的作用是扩展或收缩对象。将展开特效应用于图像的操作步骤如下：

（1）选中要应用展开特效的图像。

（2）选择 插入(I) → 时间轴特效(E) → 效果 → 展开 命令，弹出“展开”对话框，如图 7.1.22 所示。

其对话框中各选项的含义如下：

“效果持续时间”：设置展开特效持续的时间，以帧为单位。

“展开”“压缩”和“两者皆是”：设置特效的运动形式。

“移动方向”：设置展开特效的运动方向。

“组中心转换方式”：设置运动中心在 X 轴和 Y 轴方向上的偏移量。

“碎片偏移”：设置碎片的偏移量。

“碎片大小更改量”：设置碎片的大小，以像素为单位。

（3）设置各项参数（本例采用默认设置），单击 确定 按钮。

（4）按“Ctrl+Enter”键测试动画效果，将显示出图像在伸展，效果如图 7.1.23 所示。

7．投影特效

投影特效的作用是在选中的对象下面创建一个阴影。将投影特效应用于文本的操作步骤如下：

图 7.1.22 “展开”对话框

图 7.1.23 展开特效效果

（1）选中要应用投影特效的文本。

（2）选择 插入(I) → 时间轴特效(E) → 效果 → 投影 命令，弹出“投影”对话框，如图 7.1.24 所示。其对话框中各选项的含义如下：

“颜色”：设置阴影的颜色。

“Alpha 透明度”：设置阴影的透明度。

“阴影偏移”：设置阴影在 X 轴和 Y 轴方向上的偏移量，以像素为单位。

（3）设置各选项参数（本例采用默认设置），单击 确定 按钮。

（4）按“Ctrl+Enter”键测试动画效果，将看到图像及其投影，效果如图 7.1.25 所示。

图 7.1.24 “投影”对话框

图 7.1.25 投影特效效果

8. 模糊特效

模糊特效的作用是通过改变对象的 Alpha 值、位置或缩放比例等参数，自动创建模糊效果。将模糊特效应用于文本的操作步骤如下：

（1）选中要应用模糊特效的文本。

（2）选择 插入(I) → 时间轴特效(E) → 效果 → 模糊 命令，弹出“模糊”对话框，如图 7.1.26 所示。

其对话框中各选项的含义如下：

“效果持续时间”：设置特效持续的时间长度，以帧为单位。

“分辨率”：设置进行模糊特效的格式。

“缩放比例”：设置模糊的缩放比例。

“允许水平模糊”：使对象在水平方向上产生模糊效果。

“允许垂直模糊”：使对象在垂直方向上产生模糊效果。

“移动方向”：设置模糊运动的方向。

（3）设置各项参数（本例采用默认设置），单击 确定 按钮。

（4）按“Ctrl+Enter”键测试动画效果，将看到图像逐渐变模糊，效果如图 7.1.27 所示。

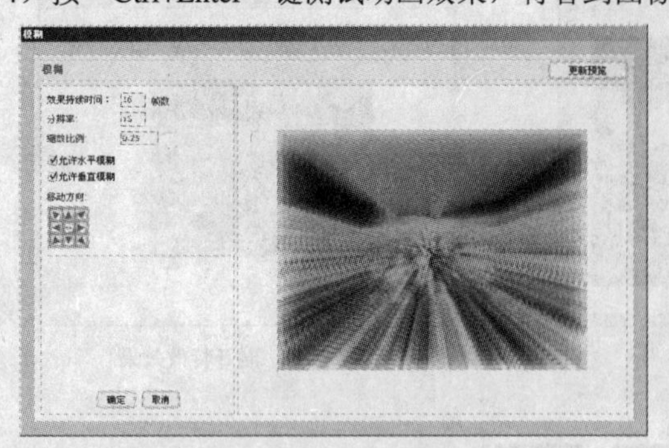

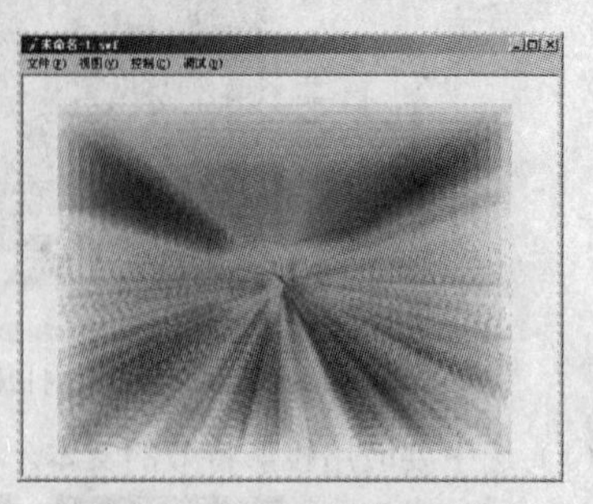

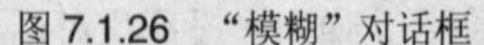

图 7.1.26　“模糊”对话框　　　　图 7.1.27　模糊特效效果

提示： 删除时间轴特效。如果用户要删除时间轴特效，用鼠标右键单击要删除时间轴特效的对象，在弹出的快捷菜单中选择 时间轴特效(E) → 删除特效(R) 命令即可。

7.2　帧 的 使 用

在 Flash 动画制作中，帧的概念与电影中的一样，就是一张张静止的图片。帧是组成动画的基本单位，理解帧的概念并使用好帧是成功创作 Flash 动画的关键。帧就是在最小的时间单位中出现的画面，帧中装载了在 Flash CS3 中播放的内容。在传统的动画制作过程中，动画的每帧都要单独绘制，这种绘制动画的方法在 Flash 中即为“帧并帧”动画，其工作量大而烦琐，为此 Flash 提供了过渡动画的制作方法，即利用关键帧处理技术插入动画。

7.2.1　帧的类型

在 Flash CS3 中，帧有以下几种类型：

（1）空白帧：该帧在工作区中没有任何内容。通常是为了清除该图层前面帧的元件。

（2）空白关键帧：空白关键帧就是什么内容都没有的关键帧，在时间轴中显示为黑线围着的矩形方格。在默认状态下，每一层的第一帧都是空白关键帧，在其中插入内容后就变成了关键帧。

注意： 空白帧和空白关键帧的区别是空白关键帧是可编辑的帧，而空白帧是不可编辑的帧，只有插入空白关键帧之后才可编辑。

（3）关键帧：关键帧是决定一段动画的必要帧，其中可以放置图形能播放的对象，并可以对所包含的内容进行编辑。在时间轴中包含内容的关键帧显示为带有黑色实心圆点的矩形方格。作为要素变化中的状态点，关键帧一般处在一段动画中的开始和结束位置。

7.2.2　帧外观设置

我们不仅可以设置帧的位置、大小和长短，还可以预览帧上的内容，只要单击时间轴面板右侧的按钮，从弹出的快捷菜单中选择相关选项即可。下面分别介绍帧外观菜单的各个选项。

（1）很小：设置时间轴中帧的间距最小。

（2）小：设置时间轴中帧的间距比较小。

（3）标准：为系统默认选项，设置时间轴中帧的间距为正常显示。

（4）中：设置时间轴中帧的间距比较大。

（5）大：设置时间轴中帧的间距最大。

（6）较短：设置改变帧的高度。

（7）彩色显示帧：为系统默认选项，帧的不同部分将被设置成不同颜色。

（8）关联预览：以按钮符号放大或缩小的比例为标准，显示其相对整个动画的大小。

（9）预览：在时间轴中显示动画中的元件，如图7.2.1所示。

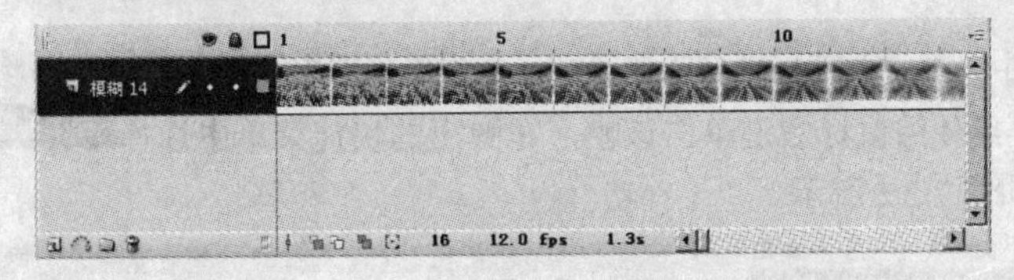

图7.2.1 选择“预览”命令后的时间轴效果

7.2.3 帧的基本操作

在制作动画的过程中，经常要根据创作需要，进行创建帧、选择帧、编辑帧等操作，下面分别进行介绍。

1. 创建帧

普通帧、关键帧和空白关键帧的创建方法有以下3种：

（1）通过菜单创建。将鼠标指针移至时间轴面板上需要插入帧的位置，然后选择插入(I)→时间轴(T)→帧(F)/关键帧(K)/空白关键帧(B)命令。

（2）通过快捷菜单创建。将鼠标指针移至时间轴面板上需要插入帧的位置，单击鼠标右键，在弹出的快捷菜单中选择插入帧/插入关键帧/插入空白关键帧命令。

（3）通过快捷键创建。将鼠标指针移至时间轴面板上需要插入帧的位置，按“F5”键插入帧；按“F6”键插入关键帧；按“F7”键插入空白关键帧。

2. 选择帧

在创建或编辑帧前先要选择帧，选择帧的方式有两种。

（1）单帧的选取：单击一个帧就可以选中该帧。

（2）多个帧的选取：先单击某一帧，然后拖动鼠标选出所有需要的帧；或右击鼠标在弹出的快捷菜单中选择选择所有帧命令。

3. 编辑帧

在创建动画的过程中，常常需要对其中的帧进行复制、粘贴、剪切、清除和删除等操作。

（1）复制帧。选中要复制的帧，选择编辑(E)→时间轴(M)→复制帧(C)命令进行复制。

（2）粘贴帧。在复制帧之后，选择编辑(E)→时间轴(M)→粘贴帧(P)命令，将复制的帧粘贴至目标帧上。

（3）剪切帧。选中要剪切的帧，选择编辑(E)→时间轴(M)→剪切帧(T)命令进行剪切。

（4）清除帧。清除帧是指清除某帧所对应的对象，而使其变为空白关键帧或空白帧。清除帧的具体方法如下：选中要清除的一个帧或多个帧，选择编辑(E)→时间轴(M)→清除帧(L)命令进行清除。如果清除的是单个帧或关键帧，则该帧变为空白关键帧；如果清除的是一串连续的帧，则第1个帧变为空白关键帧，后面清除的帧变为普通帧。

（5）删除帧。删除帧是指将选中的帧删除，同时其后的帧自动左移。选中要删除的一帧或多帧，选择编辑(E)→时间轴(M)→删除帧(R)命令即可删除。

（6）翻转帧。翻转帧是指将整个动画从后往前播放，使第一帧变成最后一帧，最后一帧变成第一帧。

4．转换帧

在 Flash CS3 中，要将关键帧转换为普通帧，可先单击选中该帧，然后选择修改(M)→时间轴(M)→清除关键帧(A)命令，或使用鼠标右键单击该帧，在弹出的快捷菜单中选择清除关键帧命令即可将关键帧转换为普通帧，如图 7.2.2 所示。

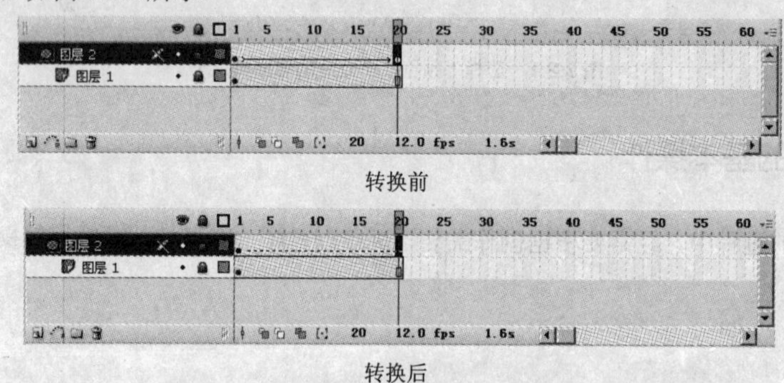

转换前

转换后

图 7.2.2　将关键帧转换为普通帧

如果要将普通帧转换为关键帧，可选中该帧后选择修改(M)→时间轴(M)→转换为关键帧(K)命令，或选择插入(I)→时间轴(M)→关键帧(K)命令即可；如果要将普通帧转换为空白关键帧，可选中该帧后选择修改(M)→时间轴(M)→转换为空白关键帧(B)命令。

7.3　图层的使用

可以把图层理解为元件、群组和其他对象的组合。每一个图层都可以包含任意数量的对象，图层对象在该层上又有它们内部的堆叠顺序。处于上方的层中的内容，在视觉上将会挡住下方层中的内容。

7.3.1　图层的原理和作用

在 Flash 中所有的对象都位于帧上，而帧位于图层中，所以也可以这样说，Flash 中所有的元素都位于图层上。Flash 中的图层就像堆叠在一起的多张幻灯片一样，在舞台上一层层地向上叠加。如果上方一个图层上没有内容，那么就可以透过它看到下方的图层，反之，下方图层的内容就会被上方图层的内容覆盖。

图层具体作用介绍如下：

（1）在绘图时，可以将图形的不同部分放在不同的图层上，各图形相对独立，从而方便编辑。

（2）在制作动画时，因为每个图层都有独立的时间帧，所以可以在每个图层上单独制作动画，多个图层组合便形成了复杂的动画。

（3）在制作动画时，可以利用一些特殊图层制作出特殊的动画，例如，利用遮罩图层制作遮罩动画，利用引导图层制作引导动画。

7.3.2 图层的类型

在Flash中，层有标准层、引导层和遮罩层3种类型。

（1）标准层：标准层是最常见的层，用来显示动画的内容。它可以被移动到遮罩层下变为被遮罩层，也可以被移动到引导层下变为被引导层。

（2）引导层：在动画制作时作为参考线，不出现在最后的作品中。引导层一般与位于其下的层存在链接关系，此时引导层的图标为形状；若不存在链接关系，引导层的图标为形状。

（3）遮罩层：遮罩层中的图形或文字等对象具有透明效果，通过它们可以将已建立遮罩层中的内容显示出来，而将其他部分遮住。

7.3.3 图层的基本操作

用户通过单击层控制区域中的按钮和图标，可以完成层的大部分操作，如图7.3.1所示。

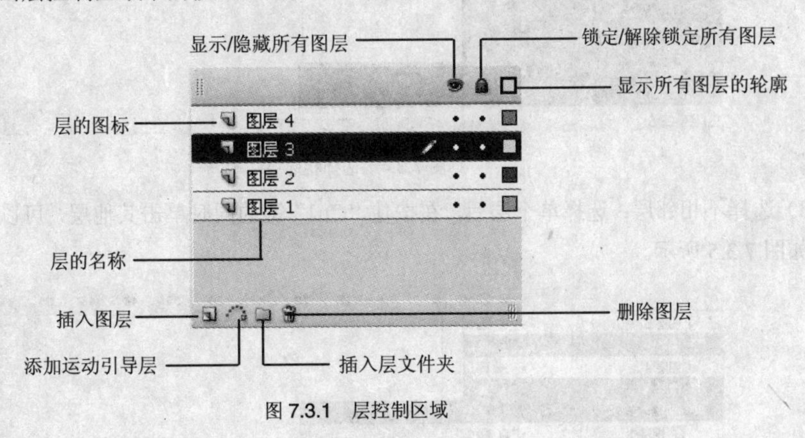

图7.3.1 层控制区域

1. 创建层

下面介绍不同类型的层的创建方法。

（1）创建标准层：直接单击时间轴面板中的“插入图层”按钮即可。

（2）创建引导层：单击时间轴面板中的“添加运动引导层”按钮，可以为当前层创建引导层，并且在其间建立链接关系，如图7.3.2所示。

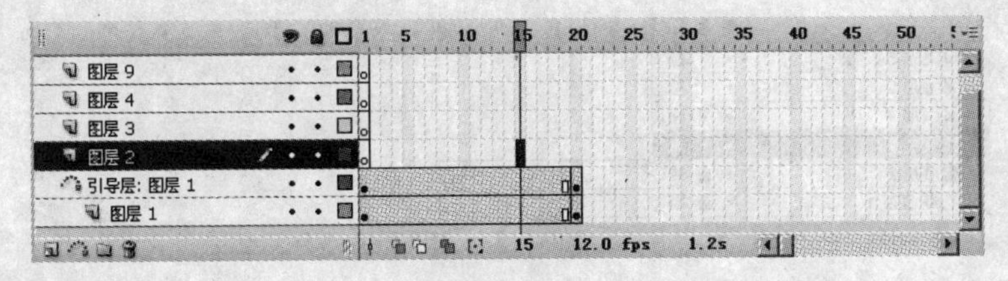

图7.3.2 创建引导层

（3）创建遮罩层：在时间轴面板中选中要作为遮罩层的层，单击鼠标右键，在弹出的快捷菜单中选择遮罩层命令，可以为当前层创建遮罩层。创建遮罩层后的层图标为形状，其下一层的图标为形状，且遮罩层与被遮罩层都被锁定，如图 7.3.3 所示。

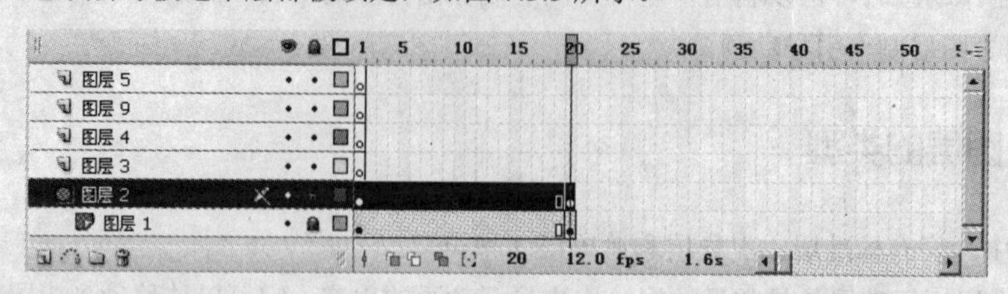

图 7.3.3 创建遮罩层

2. 选择和移动图层

图层的选择包括选择单个层、选择相邻层和选择不相邻层 3 种。如果图层名称旁边出现了铅笔图标，则表示该层处于被选中状态。

（1）选择单个层：单击时间轴面板中的层名称或者选中该层的某个帧即可。

（2）选择相邻层：选择单个层，在按住“Shift”键的同时单击要选取的最后一层，效果如图 7.3.4 所示。

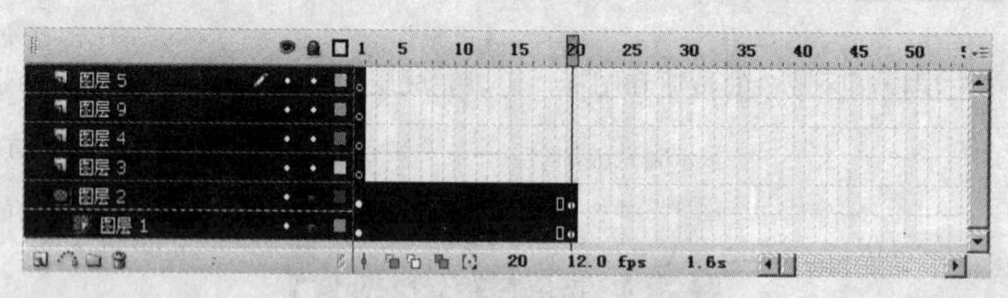

图 7.3.4 选择相邻层

（3）选择不相邻层：选择单个层后，在按住“Ctrl”键的同时单击其他层，可以选择不相邻的多个层，如图 7.3.5 所示。

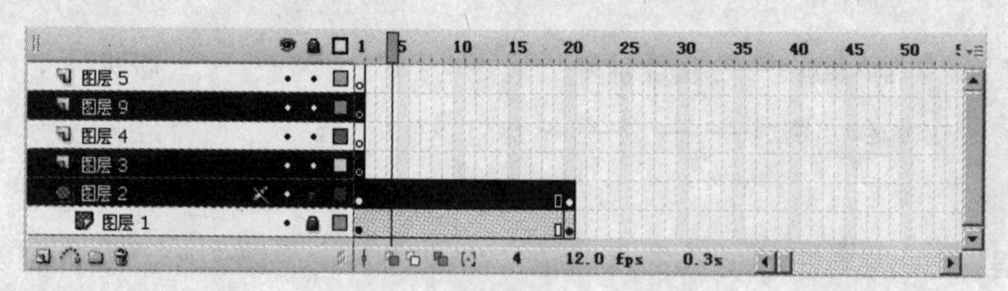

图 7.3.5 选择不相邻层

在编辑动画时，如果所建立的层顺序不能反映动画的效果，则需要对层的顺序进行调整。其具体的操作步骤如下：

（1）选择要移动的层，按住鼠标左键拖动，层将以一条粗横线显示，如图 7.3.6 所示。

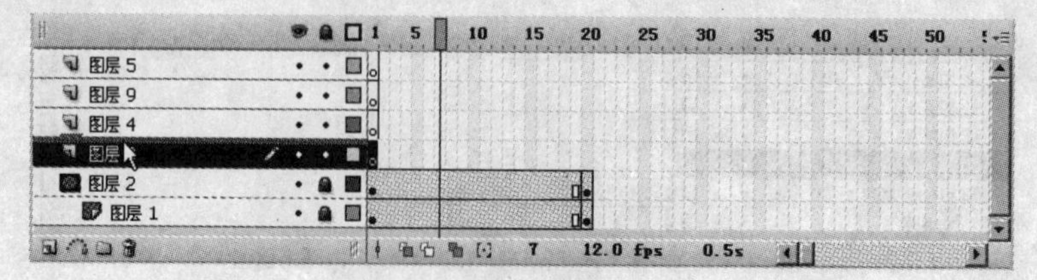

图 7.3.6 移动层

（2）将其拖动至需要的位置后释放鼠标左键即可。

3. 重命名层

Flash 默认的层名为“图层 1”“图层 2”等形式，在实际制作时，常根据各层放置的对象进行重命名，以便于制作动画时识别各层放置的动画对象。其具体的操作步骤如下：

（1）选中要重命名的层，单击鼠标右键，弹出如图 7.3.7 所示的快捷菜单。

（2）选择 属性... 命令，弹出“图层属性”对话框，如图 7.3.8 所示。

（3）在 名称(N): 文本框中输入新的名称。

（4）单击 确定 按钮。

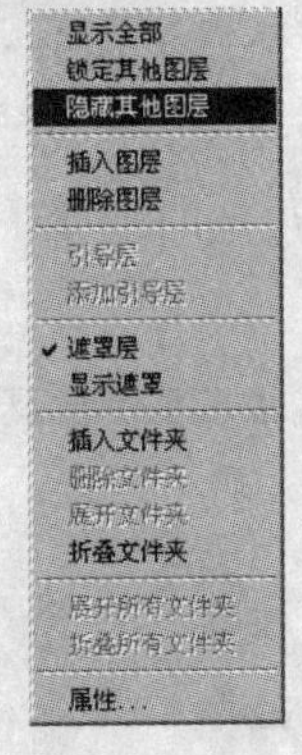

图 7.3.7　快捷菜单

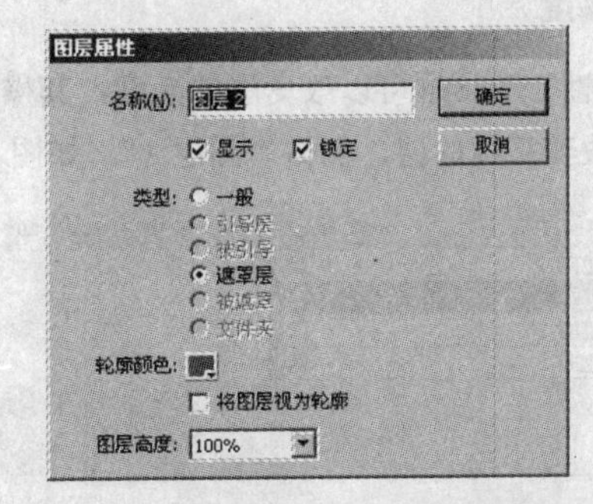

图 7.3.8　“图层属性”对话框

4. 显示和隐藏层

当层处于显示状态时，在层名与眼睛图标交叉的位置将显示为小黑点，而在舞台中将显示该层的内容，如“图层 1”和“图层 2”；当层处于隐藏状态时，在层名与眼睛图标交叉的位置将显示为 ✕ 图标，而在舞台中将不显示该层的内容，如“图层 1”和“图层 3”，如图 7.3.9 所示。

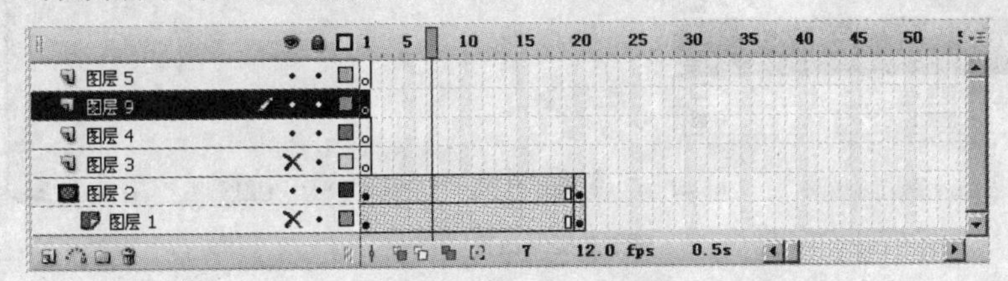

图 7.3.9　层的显示和隐藏

用户可以通过“图层属性”对话框更改层的显示或隐藏属性，其操作步骤如下：

（1）选中要更改显示或隐藏属性的层，单击鼠标右键，从弹出的快捷菜单中选择 属性... 命令，弹出“图层属性”对话框，如图 7.3.8 所示。

（2）选中或取消选中 ☑ 显示 复选框，单击 确定 按钮即可。

5. 锁定和解锁层

当层处于解锁状态时，在层名与锁图标交叉的位置将显示为小黑点，而该层中的内容可以被编辑；当层处于锁定状态时，在层名与锁图标交叉的位置将显示为 🔒，而该层中的内容将不可以被编辑，如图 7.3.10 所示。

用户可以通过“图层属性”对话框更改层的锁定和解锁属性，其操作步骤如下：

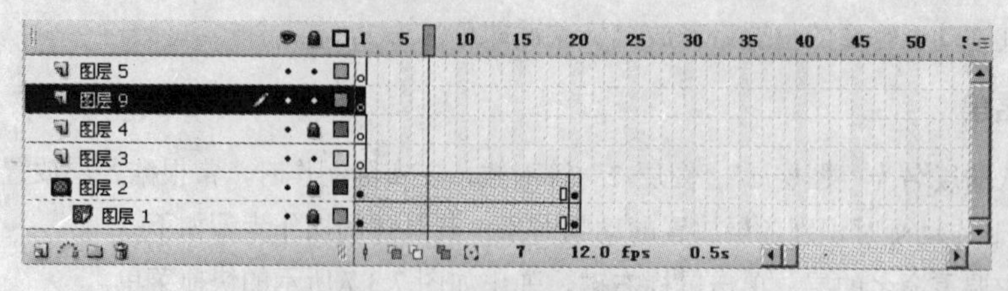

图 7.3.10　层的锁定和解锁

（1）选中要更改锁定和解锁属性的层，单击鼠标右键，从弹出的快捷菜单中选择属性...命令，弹出“图层属性”对话框，如图 7.3.8 所示。

（2）选中或取消选中☑锁定复选框，单击确定按钮即可。

6. 改变层的高度

通过“图层属性”对话框可以改变层的高度，其操作步骤如下：

（1）选中要改变高度的层，例如“图层 1”，如图 7.3.11 所示。

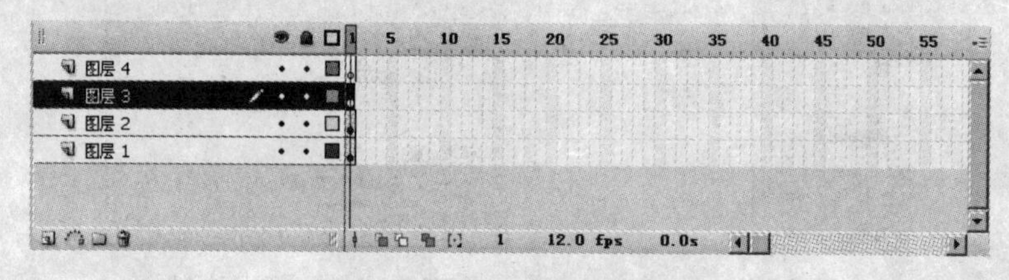

图 7.3.11　选中要改变高度的层

（2）单击鼠标右键，从弹出的快捷菜单中选择属性...命令，弹出“图层属性”对话框，如图 7.3.8 所示。

（3）在图层高度:下拉列表中选择200%选项，单击确定按钮，如图 7.3.12 所示。

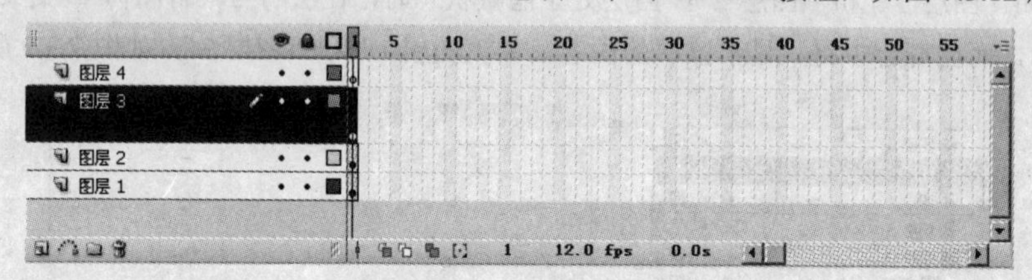

图 7.3.12　改变层的高度

7. 显示轮廓

当层处于正常显示模式时，在层名与空心方块图标□交叉的位置将显示为实心方块■，而该层中的内容将被正常显示；当层处于轮廓模式时，在层名与空心方块图标□交叉的位置将显示为空心方块□，而该层中的内容将仅仅显示其轮廓，如图 7.3.13 所示。

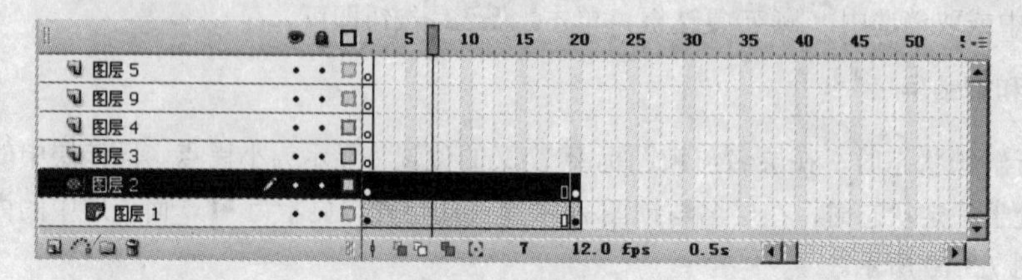

图 7.3.13　显示层的轮廓

通过“图层属性”对话框显示层轮廓的操作步骤如下：

（1）选中要显示轮廓的层，如图 7.3.14 所示。

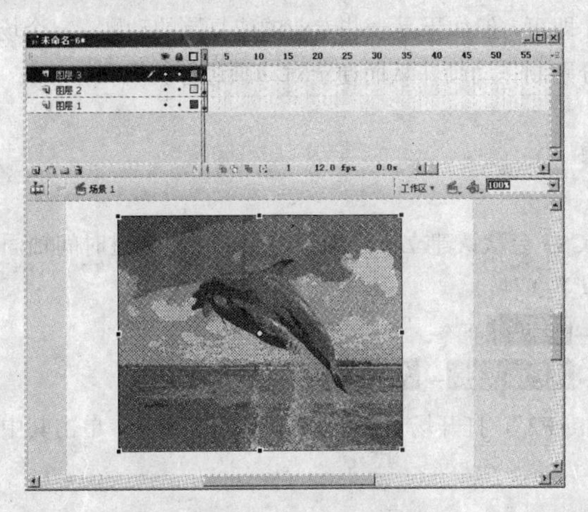

图 7.3.14　层处于正常显示模式

（2）单击鼠标右键，从弹出的快捷菜单中选择 属性... 命令，弹出“图层属性”对话框，如图 7.3.8 所示。

（3）选中 将图层视为轮廓 复选框，单击 确定 按钮，以轮廓模式显示层，如图 7.3.15 所示。

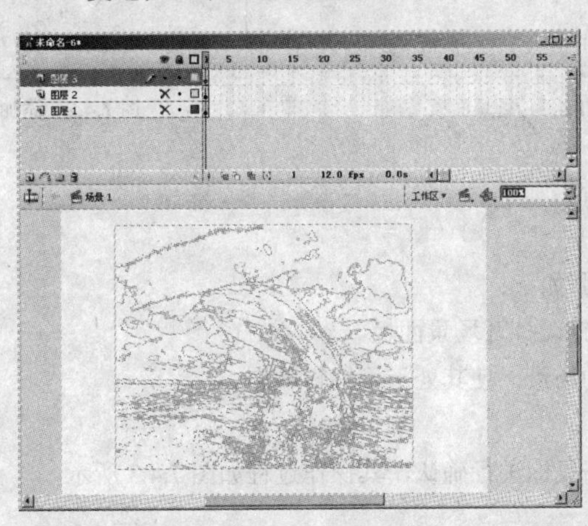

图 7.3.15　以轮廓模式显示层

8．删除层

删除层的方法有以下 3 种：

（1）选中要删除的层，按住鼠标左键将其拖至“删除图层”按钮上，然后释放鼠标。

（2）选中要删除的层，单击鼠标右键，在弹出的快捷菜单中选择 删除图层 命令。

（3）选中要删除的层，单击“删除图层”按钮。

7.4　场景的使用

在 Flash 中，所有的动画制作都是在“场景”中完成的。如果把制作 Flash 动画比喻为拍摄电影，那么“帧”便是拍摄电影的摄影机以及胶片，舞台便是演员演戏的场所，而场景可以说是拍摄电影的影视基地。Flash 动画的制作也同样是这样，如果只是制作一个简单的小动画，那只需要使用新建 Flash 文档时默认创建的场景 1 即可，但如果是一些专业的或复制的动画，一个场景往往不够，还需新建场景，并在不同的场景中分别制作动画，从而便于对动画进行编辑和管理。

7.4.1 添加场景

新建文件时，Flash CS3 会默认建立一个场景，用户可以通过时间轴面板上的图标查看场景的名称。添加场景的方法有以下 3 种：

（1）选择 插入(I) → 场景(S) 命令。

（2）选择 窗口(W) → 其它面板(R) → 场景(S) 命令。

（3）按快捷键“Shift+F2”，打开场景面板，如图 7.4.1 所示，单击其中的“添加场景”按钮 + ，结果如图 7.4.2 所示。

图 7.4.1　场景面板

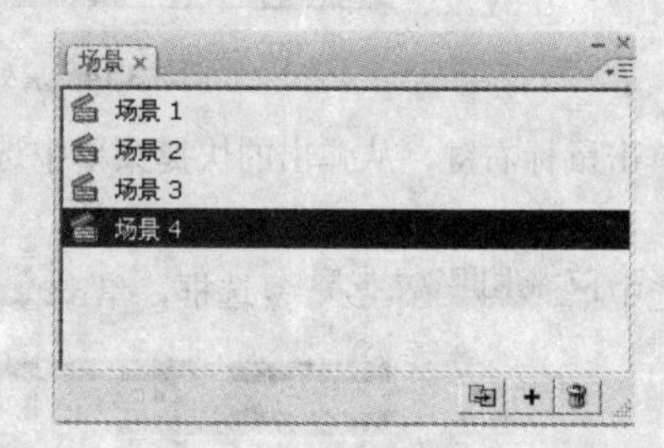

图 7.4.2　添加场景

7.4.2 重命名场景

重命名场景的操作步骤如下：

（1）按“Shift+F2”键，打开场景面板。

（2）双击要重命名的场景，使其处于可编辑状态。

（3）输入新的名称。

（4）在其他位置单击鼠标进行确认，其操作过程如图 7.4.3 所示。

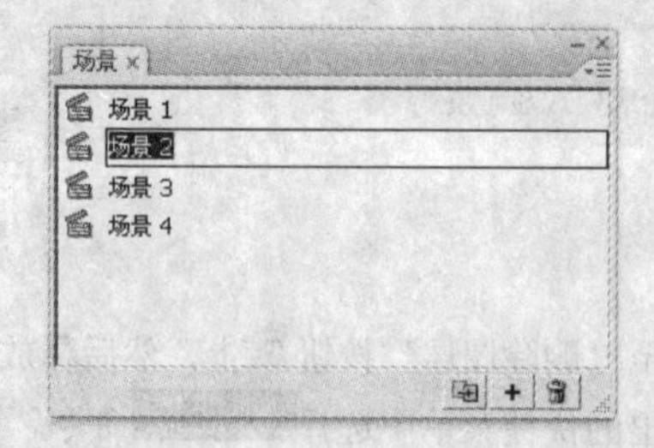

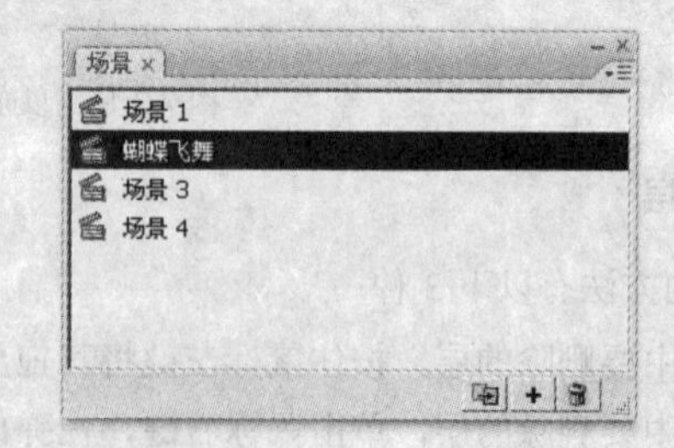

图 7.4.3　重命名场景的操作过程

7.4.3 切换场景

切换场景的方法有以下两种：

（1）单击编辑栏中的“编辑场景”按钮，在弹出的下拉菜单中选择要切换到的场景，如图 7.4.4

所示。

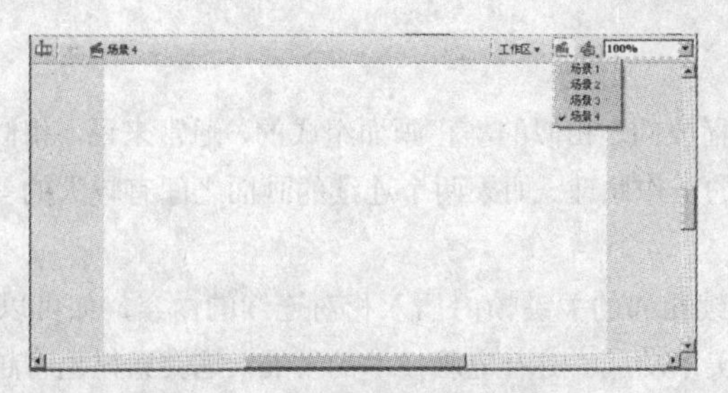

图 7.4.4　“编辑场景”下拉菜单

（2）选择 视图(V) → 转到(G) 命令的子命令，如图 7.4.5 所示。

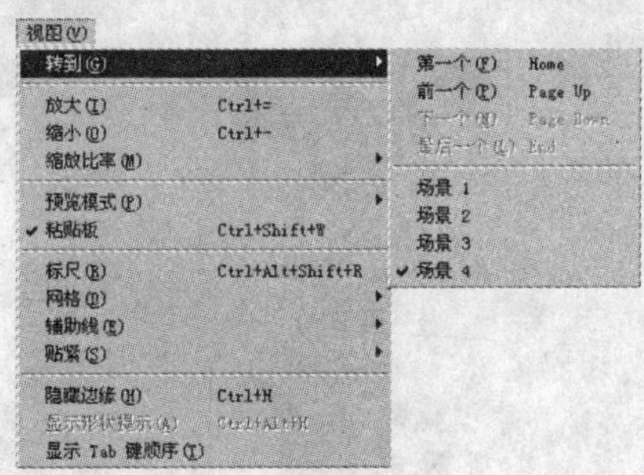

图 7.4.5　“转到”命令的子命令

1）第一个(F)：切换到第一个场景。

2）前一个(P)：切换到上一个场景。

3）下一个(N)：切换到下一个场景。

4）最后一个(L)：切换到最后一个场景。

5）场景 1、场景 2、场景 3、场景 4：切换到相应场景。

7.4.4　复制与删除场景

在场景面板中选取要复制的场景，单击“直接复制场景”按钮，然后为复制出的场景命名。要删除场景，只需单击“删除场景”按钮，此时，系统将弹出一个提示框，询问用户是否确实要删除该场景，如图 7.4.6 所示。单击 确定 按钮即可删除场景。

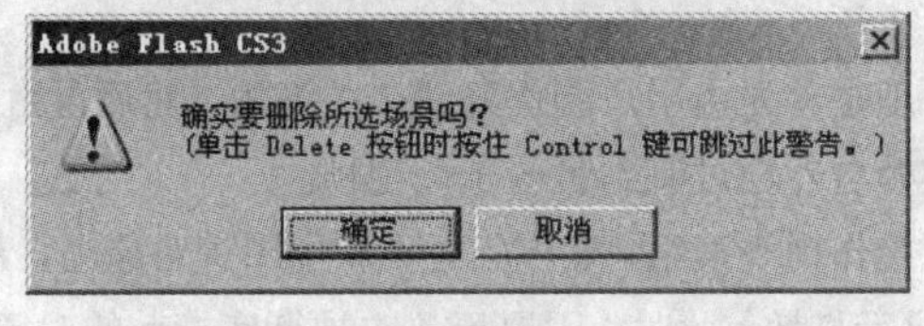

图 7.4.6　提示框

7.5　制 作 动 画

在 Flash CS3 中，动画的形式包括逐帧动画、补间动画以及特效动画 3 种，下面分别介绍其工作原理与制作方法。

7.5.1 逐帧动画

动画是由一系列连续播放的、相似的静止画面组成的，通常来说，相似的画面越多，动画效果就越逼真，这就是逐帧动画的工作原理。如果两个连续的画面之间有较大的差别，则画面之间的切换就类似于放映幻灯片。

制作逐帧动画即在连续相邻的关键帧内插入相对连续的内容，如可以创建奔跑的动物等动画效果，但需要用户具备一些美术功底。随着电脑技术的发展，这类素材也将越来越多，用户可以使用这些成熟的素材制作自己的动画或多媒体作品。如图 7.5.1 所示为制作的逐帧动画效果。

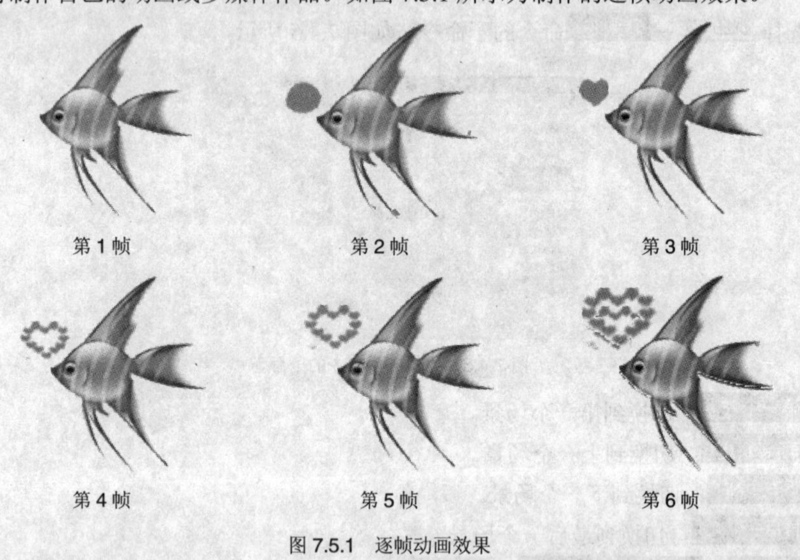

图 7.5.1 逐帧动画效果

7.5.2 补间动画

逐帧动画虽然有着动作细腻的特点，但是由于它要求用户必须熟练掌握运动规律以及具有一定的绘画基础，因此 Flash 提供了另一种制作动画的方法，那就是补间动画，它避免了逐帧动画制作烦琐与容量过大等缺点。补间动画分为形状补间动画和运动补间动画两种，下面分别对其进行介绍。

1. 形状补间动画

形状补间动画的工作原理是首先由用户制作好两个关键帧，然后再由 Flash 通过计算生成中间各帧，从而使动画从一个关键帧自然地过渡到另一个关键帧。

形状补间动画不可以直接作用于群组、实例、文本和位图等对象上，若要使用它们制作形状补间动画，必须按“Ctrl+B”键进行打散。此时，用鼠标单击被彻底打散的对象，其表面将被网格所覆盖。

下面通过一个具体实例来介绍形状补间动画的制作过程，操作步骤如下：

（1）选择 文件(F) → 新建(N)... 命令，创建一个新的动画文件，其首帧被自动设为关键帧。

（2）选择 文件(F) → 导入(I) → 导入到舞台(I)... 命令，弹出“导入”对话框，导入一幅图像到第 1 帧中。

（3）按“Ctrl+B”键打散导入的图像，如图 7.5.2 所示。

（4）选中第 10 帧，按“F6”键插入关键帧。

（5）单击工具箱中的“多角星形工具”按钮，在编辑区中绘制一个如图 7.5.3 所示的星形。

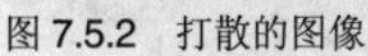

图 7.5.2 打散的图像

图 7.5.3 绘制星形

（6）选中第 1～10 帧中的任意一帧，单击鼠标右键，从弹出的快捷菜单中选择 创建补间形状 命令，此时，在两个关键帧之间将出现一条带箭头的直线，并且帧的背景变为淡绿色，如图 7.5.4 所示。

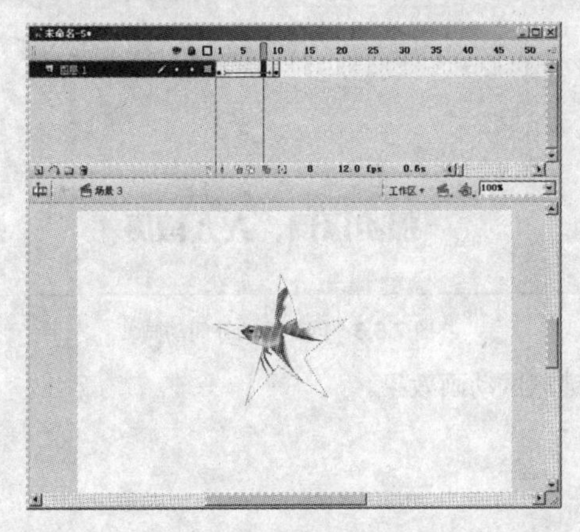

图 7.5.4 创建补间形状效果

（7）按“Ctrl+Enter”键测试动画效果。

2．运动补间动画

运动补间动画和形状补间动画的工作原理基本相同，也需要制作两个关键帧，然后再由 Flash 通过计算生成中间各帧。运动补间动画的起止对象必须为元件，而且必须为同一个元件。因此，若要使用群组、文本和位图等对象制作运动补间动画，首先必须将它们转换为元件。

下面通过一个具体实例来介绍运动补间动画的制作过程，其具体操作步骤如下：

（1）选择 文件(F) → 新建(N)... 命令，创建一个新的动画文件，其首帧被自动设为关键帧。

（2）选择工具箱中的文本工具，在工作区中输入文本“保护环境，人人有责”，如图 7.5.5 所示。

图 7.5.5 在第 1 帧中输入文本

（3）选中文本，按“F8”键，在弹出的“转换为元件”对话框中选中“图形”单选按钮，将其转换为图形元件。

（4）选中第 10 帧，按“F6”键插入关键帧。

（5）单击工具箱中的“任意变形工具”按钮，将该帧中的对象进行移动和变形。

（6）选中第 1～10 帧中的任意一帧，单击鼠标右键，在弹出的快捷菜单中选择 创建补间动画 命令，此时，在两个关键帧之间出现了一条带箭头的直线且帧的背景变为淡紫色，如图 7.5.6 所示。

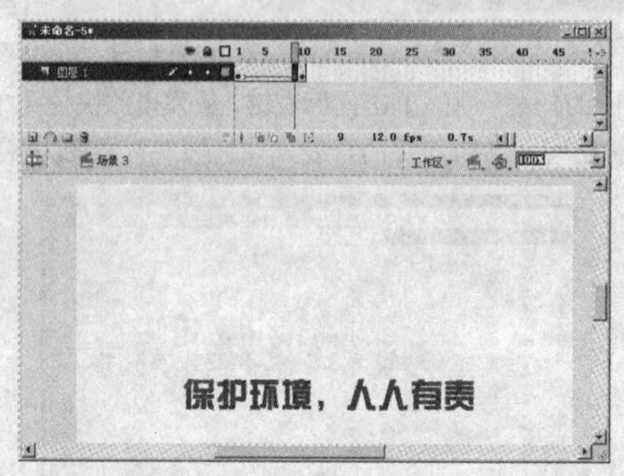

图 7.5.6 创建运动补间动画

（7）按“Ctrl+Enter”键测试动画效果。

7.5.3 特效动画

除了上面所讲的动画外，在 Flash 中利用引导动画和遮罩动画还可以制作出多种特效的动画。

1．引导动画

利用引导动画可以使对象沿着绘制路径移动。一个引导动画由“引导层”和“被引导层”组成，一个“引导层”可以引导多个“被引导层”中的对象，而一个“被引导层”只能有一个“引导层”。

下面通过一个具体实例来介绍引导动画的制作过程，其操作步骤如下：

（1）选择 文件(F) → 新建(N)... 命令，创建一个新的动画文件，其首帧被自动设为关键帧。

（2）按“Ctrl+F8”键，弹出“创建新元件”对话框，设置其对话框参数如图 7.5.7 所示。

（3）单击 确定 按钮，进入其编辑窗口。选择 文件(F) → 导入(I) → 导入到舞台(I)... 命令，弹出“导入”对话框，导入一张图片，如图 7.5.8 所示。

（4）单击图标，选择 场景 1 返回到主场景。

图 7.5.7 “创建新元件”对话框

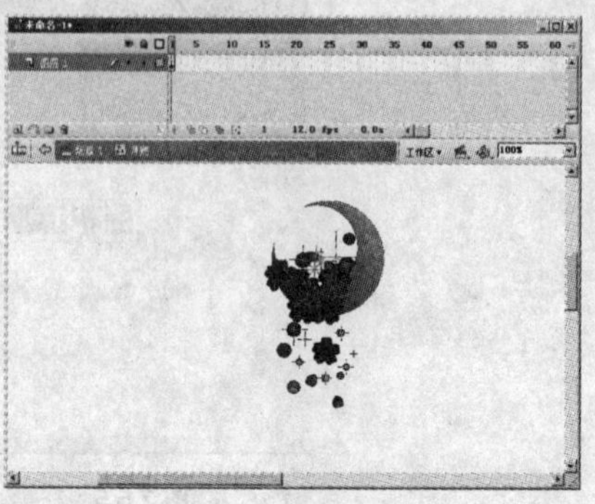

图 7.5.8 导入图片

（5）单击时间轴面板中的“添加运动引导层”按钮，为“图层 1”插入一个运动引导层。

（6）单击工具箱中的“铅笔工具”按钮，在引导层中绘制一条曲线，如图 7.5.9 所示。

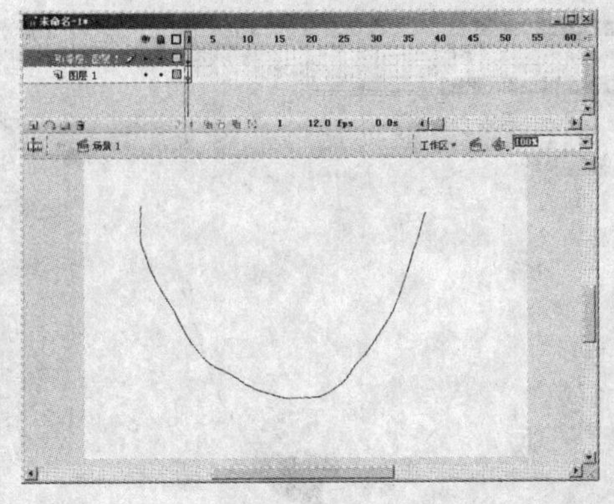

图 7.5.9　绘制引导线

（7）选中引导层的第 20 帧，按“F5”键插入帧。

（8）从库面板中拖动“月亮”元件到“图层 1”中，并使其中心点与引导层的起点对齐，如图 7.5.10 所示。

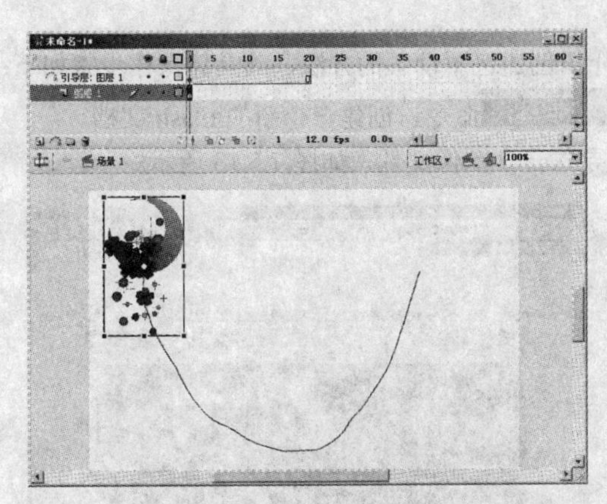

图 7.5.10　对齐引导线的起点

（9）选中“图层 1”的第 20 帧，按“F6”键插入关键帧。使用工具箱中的选择工具，调整该帧中的对象中心对齐引导线的终点，如图 7.5.11 所示。

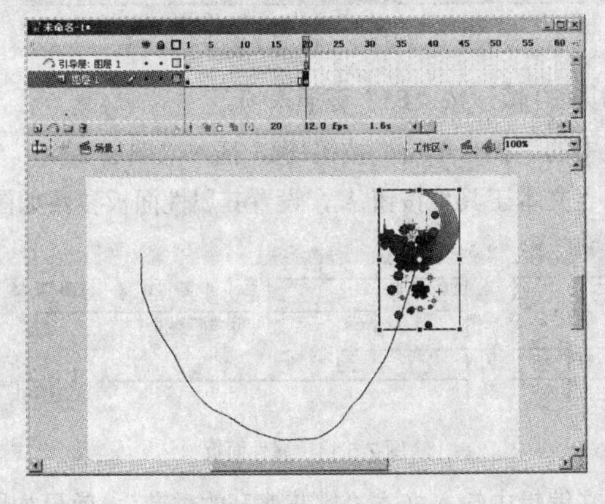

图 7.5.11　对齐引导线的终点

（10）选中第 1～19 帧中的任意一帧，单击鼠标右键，在弹出的快捷菜单中选择 创建补间动画 命令，创建一段运动补间动画，如图 7.5.12 所示。

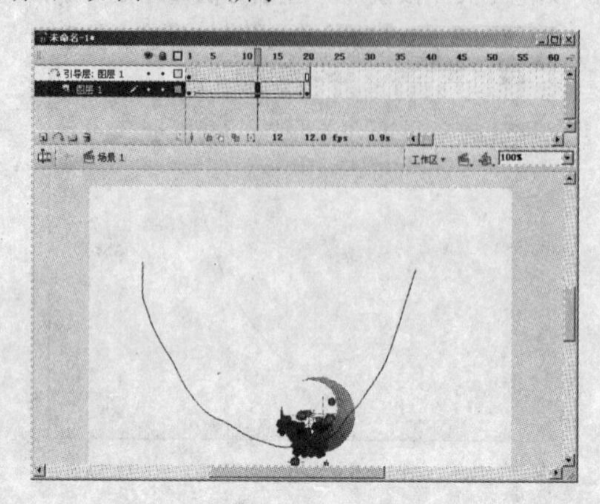

图 7.5.12 创建补间动画

（11）按“Ctrl+Enter”键测试动画效果。

2．遮罩动画

下面通过一个实例来介绍创建遮罩动画的方法，其具体操作步骤如下：

（1）选择 文件(F) → 新建(N)... 命令，创建一个新的 Flash 文档。

（2）按“Ctrl+R”键导入一个图像文件，如图 7.5.13 所示。

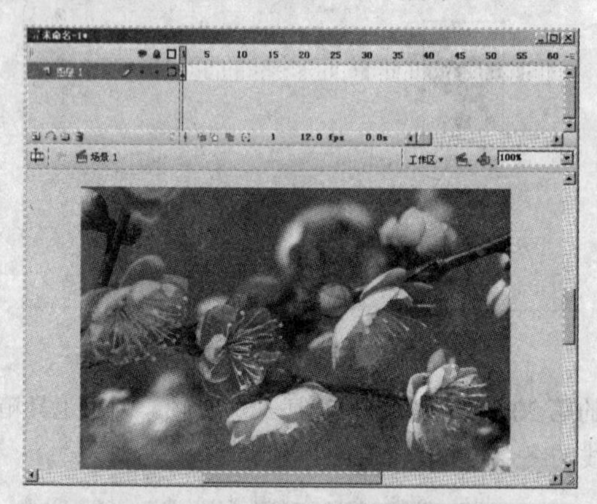

图 7.5.13 导入图片

（3）选中图层 1 中的第 20 帧，按“F5”键插入帧。

（4）单击时间轴面板中的“插入图层”按钮，插入“图层 2”。

（5）单击工具箱中的“文本工具”按钮 T，设置其属性面板参数如图 7.5.14 所示。

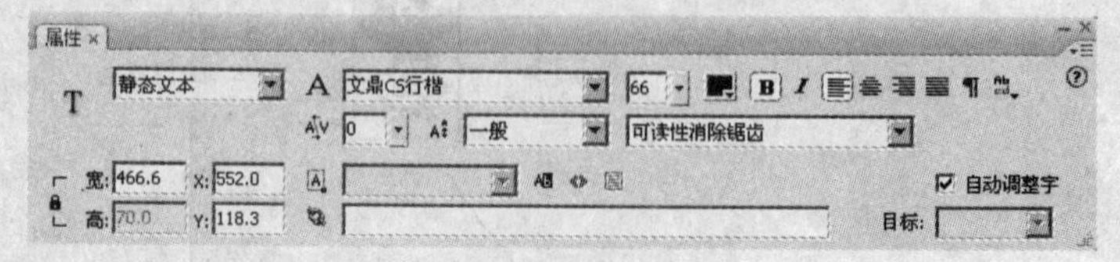

图 7.5.14 属性面板

（6）设置好参数后，在编辑中输入文本“桃花盛开的季节”，效果如图 7.5.15 所示。

图 7.5.15　输入文本效果

（7）选中图层 2 中的第 20 帧，按“F6”键插入关键帧。

（8）选中图层 2 中的第 1 帧，使用选择工具将输入的文本移至右边的编辑区外，然后选中第 20 帧，将输入的文本水平移至左边的编辑区外，效果如图 7.5.16 所示。

图 7.5.16　移动文本效果

（9）在图层 2 中选中第 1～20 帧中的任意一帧，单击鼠标右键，在弹出的快捷菜单中选择创建补间动画命令，创建一段运动补间动画，如图 7.5.17 所示。

图 7.5.17　创建补间动画效果

（10）在时间轴面板中选中图层 2，单击鼠标右键，在弹出的快捷菜单中选择遮罩层命令，为图层 2 创建遮罩层，如图 7.5.18 所示。

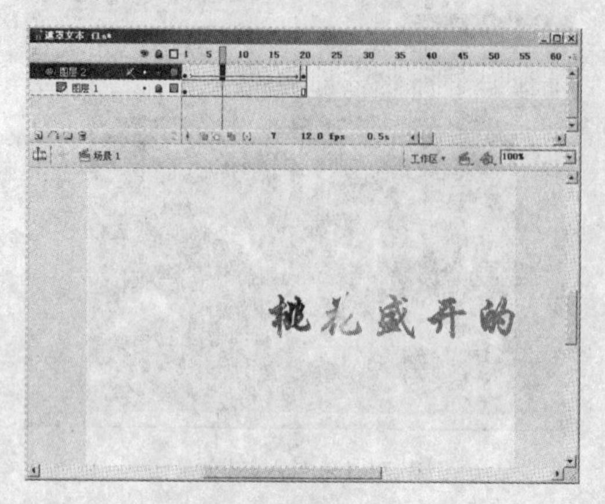

图 7.5.18　创建遮罩层

（11）按“Ctrl+Enter”键测试动画效果。

7.6　课堂实训——制作动画效果

本节将综合使用前面所学的内容制作动画，最终效果如图 7.6.1 所示。

图 7.6.1　最终效果图

操作步骤

（1）选择 文件(F) → 新建(N)... 命令，新建一个空白文档。

（2）单击工具箱中的“多角星形工具”按钮，在编辑区中绘制一个如图 7.6.2 所示的红色十角星形。

（3）选中该星形，选择 插入(I) → 时间轴特效(E) → 效果 → 投影 命令，弹出“投影”对话框，如图 7.6.3 所示。

（4）设置好参数后，单击 确定 按钮，效果如图 7.6.4 所示。

图 7.6.2　绘制星形

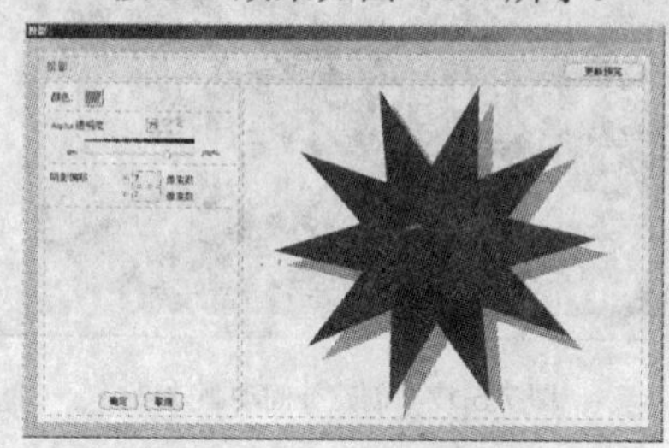

图 7.6.3　“投影”对话框

图 7.6.4　绘制阴影

（5）单击时间轴面板中的“插入图层”按钮，插入图层2。

（6）单击工具箱中的“文本工具”按钮T，在编辑区中输入一个文本“爆”字，效果如图7.6.5所示。

（7）使用选择工具选中输入的文本，然后在属性面板中为其添加渐变斜角滤镜效果，设置其属性面板参数如图7.6.6所示。添加斜角滤镜后的效果如图7.6.7所示。

图7.6.5 输入文本

图7.6.6 设置渐变斜角滤镜参数

（8）在图层2中的第5帧上插入关键帧，然后单击工具箱中的“任意变形工具”按钮，将输入的文本旋转一定的角度，效果如图7.6.8所示。

图7.6.7 应用渐变斜角滤镜效果

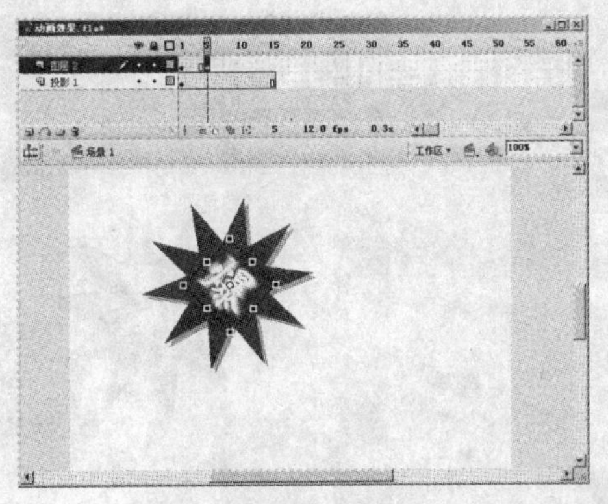

图7.6.8 旋转文本效果

（9）重复步骤（8）的操作，分别在图层2中的第10帧和第15帧处插入关键帧，并在各帧上对文本进行旋转，然后在各关键帧之间单击鼠标右键，在弹出的快捷菜单中选择 创建补间动画 命令，为文本添加动画效果，如图7.6.9所示。

（10）在图层2下方插入图层3，重复步骤（2）的操作，在绘制的星形上方再绘制一个十角星形，效果如图7.6.10所示。

图7.6.9 添加动画效果

图7.6.10 再次绘制星形

（11）在图层3的下方插入图层4，按“Ctrl+R”键导入一个图像文件，如图7.6.11所示。

图 7.6.11　导入图像文件

（12）在图层 3 上单击鼠标右键，在弹出的快捷菜单中选择 遮罩层 命令，为图层 3 添加遮罩效果，如图 7.6.12 所示。

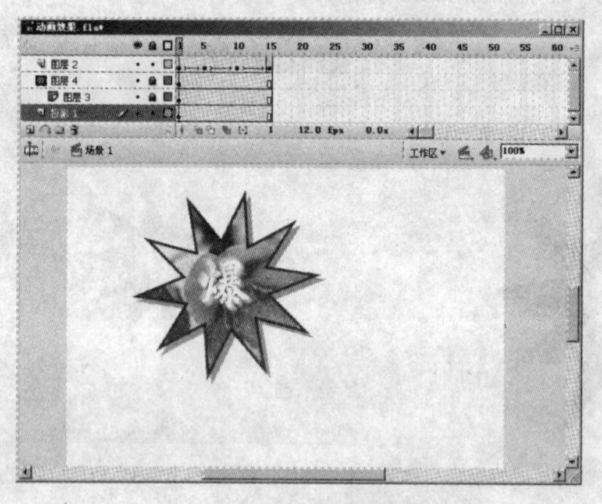

图 7.6.12　添加遮罩效果

（13）按“Ctrl+Enter”键预览动画，最终效果如图 7.6.1 所示。

本 章 小 结

本章主要介绍了时间轴的使用、帧的使用、图层的使用、场景的使用以及制作动画的方式，通过本章的学习，要求读者能够制作出满意的单场景或多场景动画。

操 作 练 习

一、填空题

1. __________是 Flash 动画的核心，使用它可以组织和控制动画中的内容在特定的时间出现在画面上。

2. 在 Flash CS3 中，可以将变形、转换、分散式直接复制、复制到网格、分离、展开、投影和模糊等时间轴特效应用于__________和__________。

3．在 Flash CS3 中，__________的作用是使对象产生爆炸的效果。

4．在 Flash CS3 中，可以把帧分为__________、__________和__________。

5．__________动画主要用于创建不规则动画，它的每一帧都是关键帧，其动画效果是通过关键帧内容的不断变化而产生的。

6．在 Flash CS3 中，所有的动画制作都是在__________中完成的。

7．在 Flash CS3 中，补间动画分为__________动画和__________动画两种。

二、选择题

1．在 Flash CS3 中，根据用途的不同，可以将层分为（　）。

（A）普通层　　（B）引导层
（C）遮罩层　　（D）运动层

2．改变对象的位置、缩放比例、旋转、Alpha 值等参数的是（　）时间轴特效。

（A）变形　　（B）转换
（C）模糊　　（D）展开

3．用来定义动画中某一时刻新的状态的是（　）。

（A）关键帧　　（B）空白帧
（C）空白关键帧　　（D）普通帧

4．形状补间动画不可以直接作用于（　）。

（A）群组　　（B）文本
（C）实例　　（D）位图

5．若要使用群组、文本和位图等对象制作（　）动画，首先必须将它们转换为元件。

（A）形状补间　　（B）逐帧
（C）引导　　（D）遮罩

6．在 Flash CS3 中，利用（　）动画可以使对象沿着绘制路径移动。

（A）引导　　（B）形状补间
（C）逐帧　　（D）遮罩

三、简答题

1．简述图层的原理和作用。

2．简述图层类型的概念。

3．如何添加和切换场景。

4．如何将普通帧转换为关键帧。

四、上机操作题

1．在舞台中输入一个文本，然后对输入的文本应用不同的时间轴特效。

2．制作一只蝴蝶沿曲线运动的动画。

3．制作由星形到圆形的形状补间动画。

第 8 章　位图、声音与视频的使用

制作 Flash 多媒体动画所有的素材，并不一定都是在 Flash 中绘制的，也可以将位图、声音与视频文件等导入到 Flash 中，作为制作动画的素材，掌握好导入外部素材的方法，可以使用户在制作 Flash 作品时节省大量的时间。

知识要点

- 导入和使用图像
- 导入和使用声音
- 导入和使用视频

8.1　导入和使用图像

在 Flash 中，用户除了可以使用绘制工具绘制图形外，还可以将使用其他软件创建的矢量图和位图导入到 Flash 中使用，并可对导入的位图进行处理。

8.1.1　Flash CS3 支持的图像格式

要引用外部图像，首先需了解 Flash CS3 支持什么格式的图像。Flash CS3 支持的图像格式分为矢量图和位图两大类，如表 8.1 所示。

表 8.1　可以导入 Flash CS3 的文件格式

文件格式	扩展名
Illustrator 10 以下的版本	.eps，.ai，.pdf
AutoCAD DXF	.dxf
位图	.bmp，.dib
Windows 文件	.wmf
增加的 Windows 文件	.emf
Freehand	.fh7，fh8，.fh9，.fh10，.fh11，.ft
Flash 影片	.spl，.swf
GIF 与 GIF 动画	.gif
JPEG	.jpg
PNG	.png
Flash Player	.swf，.spl

8.1.2　导入图像

了解了 Flash CS3 支持的图像格式后，下面将介绍在 Flash CS3 中导入图像的方法。

1．导入一般图像

在 Flash CS3 中导入图像的方法是选择 文件(F) → 导入(I) → 导入到舞台(I)... 命令，或按“Ctrl+R”键，在弹出的“导入”对话框中选择要导入的对象，然后单击 打开(O) 按钮即可，如图 8.1.1 所示。

导入到 Flash 中的位图会保存在库面板中，并像元件一样可以重复使用。

如果导入的图像文件名以数字结尾，并且此文件后面的文件是按顺序排列的，则会弹出如图 8.1.2 所示的提示框，提示用户是否导入图像序列。

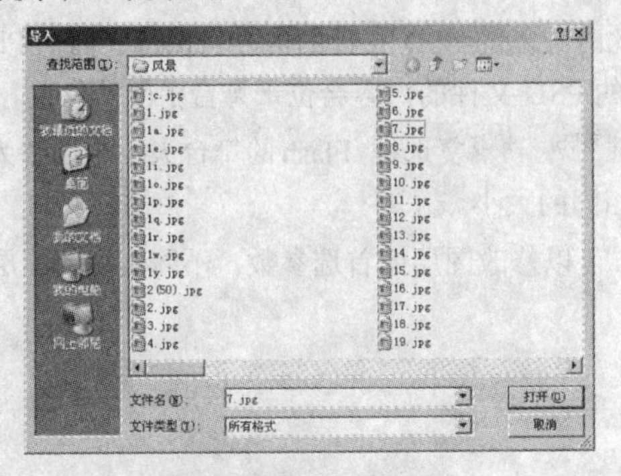

图 8.1.1　“导入”对话框

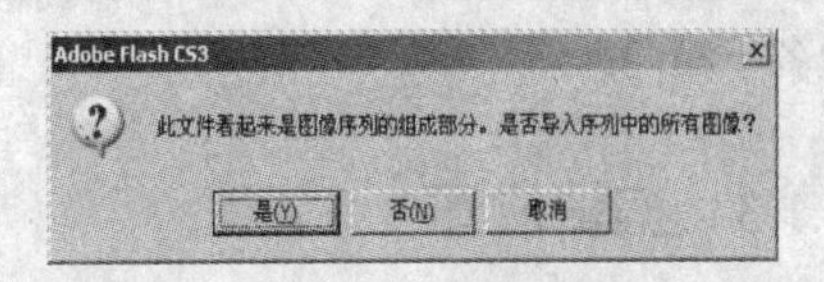

图 8.1.2　提示框

如果选择 导入到库(L)... 命令，此时导入的对象不会出现在舞台上，只会保存在库面板中，要使用时只需将其拖入舞台即可。

2．导入 PSD 文件

PSD 格式是默认的 Photoshop 文件格式。在 Flash CS3 中可以直接导入 PSD 文件，并可在 Flash 中保持 PSD 文件的图像质量和可编辑性，这在制作比较精美的造型和背景时非常有用。选择 文件(F) → 导入(I) → 导入到舞台(I)... 命令，在弹出的“导入”对话框中选择一幅 PSD 格式的位图，然后单击 打开(O) 按钮，会弹出“PSD 导入”对话框，在对话框中可选择需要导入的图层、组合各个对象，然后选择如何导入每个项目，如图 8.1.3 所示。

该对话框中各选项的含义如下：

（1）在 将图层转换为(O): 下拉列表中，提供了“Flash 图层”和“关键帧”两种选项，如图 8.1.4 所示。

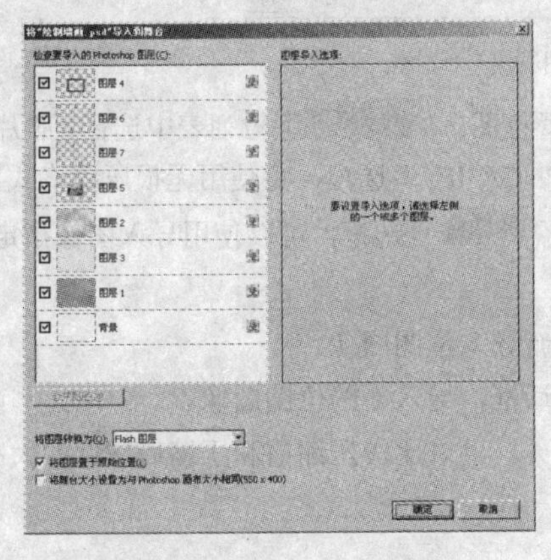

图 8.1.3　“PSD 导入”对话框

图 8.1.4　“将图层转换为”选项

1）如果选中“Flash 图层”选项，Flash 将会按照 PSD 图像原有的图层样式，在 Flash 文档中创建与 PSD 文件中图层同名的图层，图层中的内容也是一样。并且在库面板中创建一个与 PSD 文件同名的文件夹，在文件夹中包含各层中的位图对象。

2）如果选择“关键帧”选项，Flash 将在当前层上新建一个与 PSD 文件同名的图层，并根据

PSD 图像原有的图层顺序，在这个图层上插入关键帧，每一个关键帧上的内容就是原 PSD 文件图层上的内容，并且会在库面板中创建一个与 PSD 文件同名的文件夹，在文件夹中包含有各层中的位图对象。

（2）选中☑将图层置于原始位置(L)复选框，此时导入的 PSD 文件的内容将保持它们在 Photoshop 中的准确位置。如果没有选中此选项，那么导入的 PSD 文件的内容会位于舞台中间的位置。

(3)选中☑将舞台大小设置为与 Photoshop 画布大小相同(550 x 400)复选框，Flash 的舞台大小会调整为与 PSD 文件所用的 Photoshop 文档（或活动裁剪区域）相同的大小。

（4）在检查要导入的 Photoshop 图层(C):列表框中，可以修改图层的首选参数，不同类型的图层，首选参数也各不相同。

8.1.3　编辑位图

将图像导入到 Flash 之后，有时并不符合要求，因此还需要对其进行编辑处理。矢量图形的编辑和在 Flash 中创建的一样，在此就不再赘述。

1．在库面板中编辑位图

在库面板中用右键单击要编辑的位图，在弹出快捷菜单中选择属性...选项，弹出“位图属性”对话框，如图 8.1.5 所示。

图 8.1.5　“位图属性”对话框

在其对话框中选中☑允许平滑(S)复选框，可以平滑位图。在压缩(C):下拉列表中选择“照片（JPEG）”选项，将会以 JPEG 格式压缩图像；选择“无损（PNG/GIF）”选项，将使用无损压缩格式压缩图像，这样不好丢失图像中的任何数据。选中☑使用导入的 JPEG 数据复选框，可以使用导入图像指定的默认压缩品质。

单击更新(U)按钮，允许在发生突发事件时重新导入位图图像。

单击导入(I)...按钮，即可弹出“导入位图”对话框，导入新的位图图像。

单击测试(T)按钮，即可显示压缩文件后的效果，可以比较压缩前和压缩后文件的大小。

设置好参数后，单击确定按钮即可。

2．分离位图

在 Flash 中导入位图后，它是作为一个整体而存在的，要对其进行添加轮廓颜色等操作，首先必须将其分离为形状。分离位图的具体操作如下：

（1）单击工具箱中的“选择工具”按钮，选中要分离的位图。

（2）选择修改(M)→分离(K)命令，即可将位图分离，如图 8.1.6 所示。

分离前　　分离后

图 8.1.6 分离位图

对位图进行分离后，可以使用套索工具和橡皮擦工具对分离后的位图进行擦除和修饰操作。

3. 将位图转换为矢量图

用户可以将导入的位图转换为矢量图，从而减小文件大小，其具体操作如下：

（1）选择要转换的位图。

（2）在菜单栏中选择 修改(M) → 位图(B) → 转换位图为矢量图(B)... 命令，弹出“转换位图为矢量图”对话框，如图 8.1.7 所示。

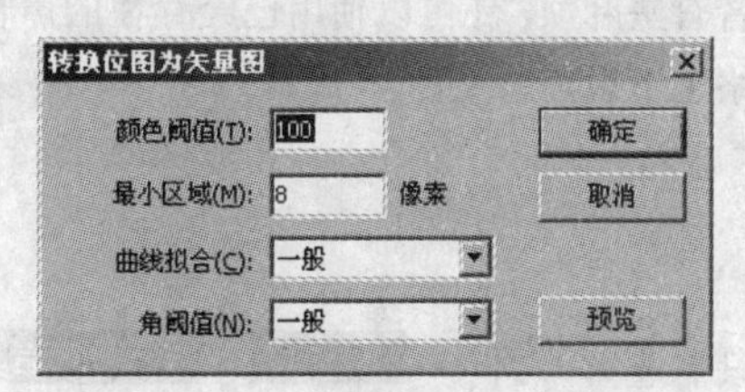

图 8.1.7 “转换位图为矢量图”对话框

在其对话框中的 颜色阈值(T): 文本框中，可以设置区分颜色的阈值，其取值范围为 1～500。在 最小区域(M): 文本框中，可以设置转换时最小区域的像素数，该值越小，转化后的图像越接近于原图。在 曲线拟合(C): 下拉列表中，可以设置转换时轮廓线的平滑度。在 角阈值(N): 下拉列表中，可以设置如何处理对比强烈的边界。

设置好参数后，单击 确定 按钮即可将位图转换为矢量图，如图 8.1.8 所示。

图 8.1.8 将位图转换为矢量图

8.2 导入和使用声音

一个好的动画作品，如果只有画面没有配音，肯定会失色不少，声音的加入会使 Flash 动画更加绚丽多彩。

8.2.1 Flash CS3 支持的声音格式

Flash CS3 允许导入多种格式的声音文件，例如 WAV，AIFF 和 MP3 等，如果用户装有 QuickTime 7 或更高版本，还可以导入更多格式的声音文件，如表 8.2 所示。

表 8.2 可以导入的声音及其可用平台

可以导入的声音	可用平台
WAV	Windows 平台或 Macintosh 平台
AIFF	Windows 平台或 Macintosh 平台
MP3	Windows 平台或 Macintosh 平台
Sound Designer Ⅱ	仅限 Macintosh 平台
只含声音的 QuickTime 影片	Windows 平台或 Macintosh 平台
Sun AU	Windows 平台或 Macintosh 平台
System 7 声音	仅限 Macintosh 平台

对于不同格式的声音，其编辑工具也将有所不同。例如，对于编辑 WAV 格式声音的工具，需要具有对波形文件的录制、编辑、变换、音效处理功能，这种工具很多，如 Wave Edit，Wave Studio 和 CakeWalk 等。

如果用户觉得自己制作声音有些麻烦，还可以使用已经存在的声音，例如使用一些声音素材光盘中提供的声音文件，或者从网络上下载声音文件。

8.2.2 导入声音

导入声音的方法很简单，只需选择 文件(F) → 导入(I) → 导入到舞台(I)... 命令，弹出“导入”对话框，如图 8.2.1 所示。在对话框中选择要导入的声音，然后单击 打开(O) 按钮即可。

对于声音文件，不论选择 导入到舞台(I)... 还是 导入到库(L)... 命令都没有区别，因为无论选择那个命令，声音元件都不会出现在时间轴中，而只会出现在库面板中，如图 8.2.2 所示。

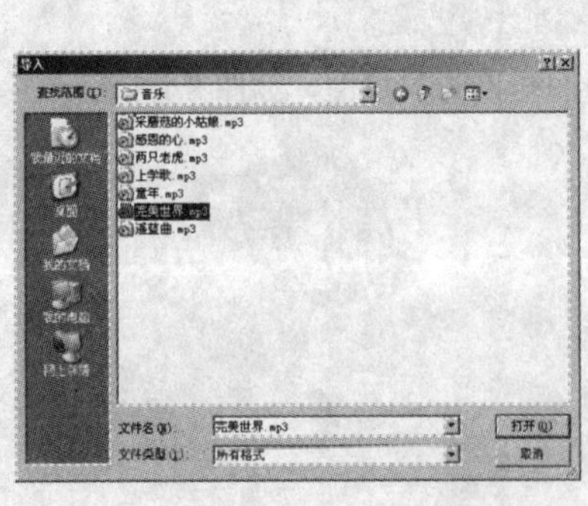

图 8.2.1 “导入”对话框

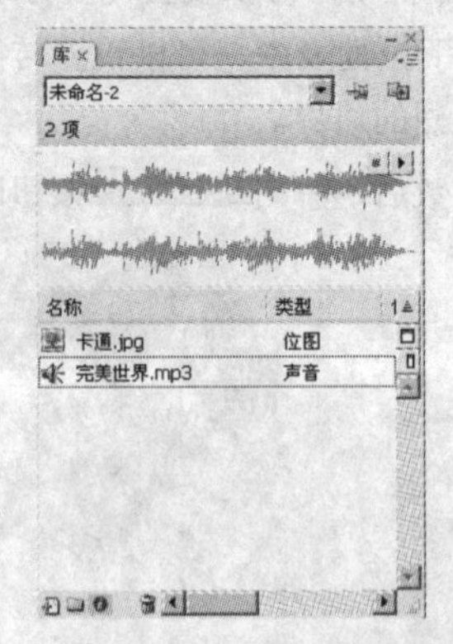

图 8.2.2 库面板

8.2.3 应用声音

将声音从外部导入 Flash 中之后，声音会保存在库面板中，必须将声音文件添加到时间轴上才能应用声音。

1．从库面板中添加声音

选择“声音”层上需要添加声音的关键帧，然后将库面板中的声音对象拖入舞台中，如图 8.2.3 所示。

添加声音后会发现“声音”层添加的声音上出现一条短线，这就是声音对象的波形起始，如图 8.2.4 所示。

图 8.2.3　添加声音

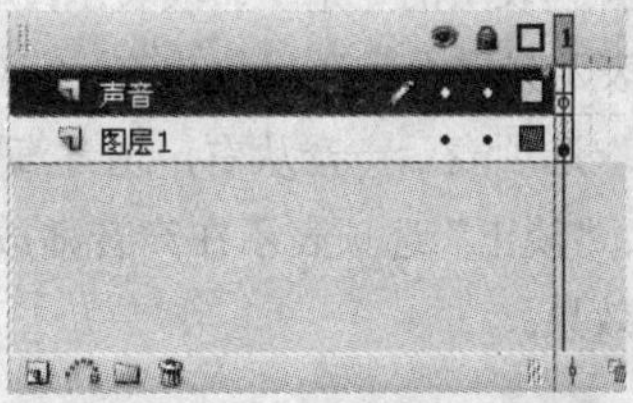

图 8.2.4　波形起始

此时，任意选择后面的某一帧插入普通帧，就可显示声音对象的波形，如图 8.2.5 所示。按“Enter”键，即可听到添加的声音。

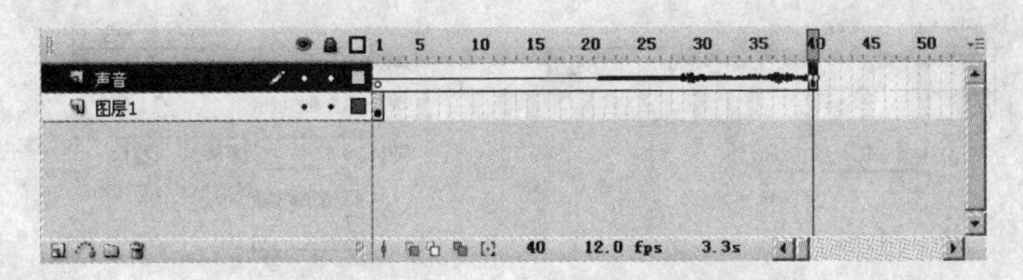

图 8.2.5　声音的波形

2．从属性面板中添加声音

选择“声音”层上需要添加声音的关键帧，然后按“Ctrl+F3”键，打开属性面板，在声音:下拉列表中选择要添加的声音即可，如图 8.2.6 所示。

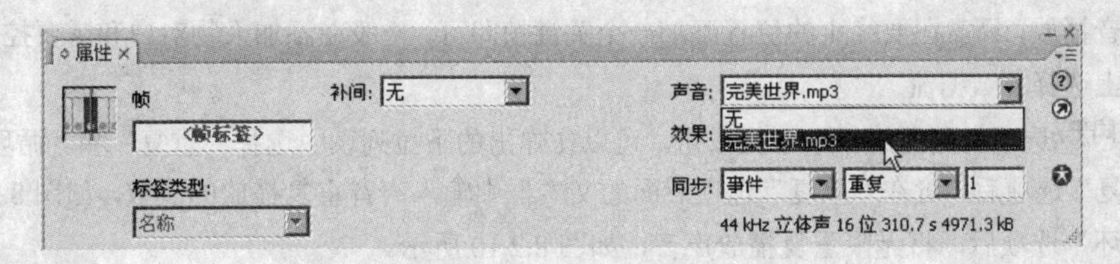

图 8.2.6　通过属性面板添加声音

8.2.4　编辑声音

虽然 Flash 处理声音的能力有限，无法与专业的声音处理软件相媲美，但是在 Flash 内部还是可以对声音进行简单的编辑，实现一些常见的功能。

1．设置声音效果

在声音属性面板的效果:下拉列表中提供了多个选项，用户可以选择其中之一来更改声音的效果，如图 8.2.7 所示。

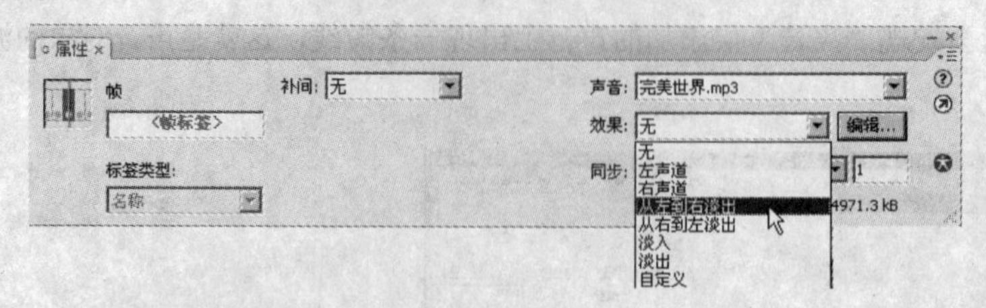

图 8.2.7 “效果”下拉列表

其下拉列表中的“无”选项表示没有任何效果；“左声道”选项表示只在左声道播放声音；“右声道”选项表示只在右声道播放声音；“从左到右淡出”选项表示声音从左声道逐渐移到右声道；“从右到左淡出”选项表示声音从右声道逐渐移到左声道；“淡入”选项表示在声音播放过程中，音量由小逐渐变大；“淡出”选项表示在声音播放过程中，音量由大逐渐变小；“自定义”选项表示允许用户自定义声音效果。

2．设置同步选项

在声音属性面板的同步:下拉列表中提供了多个选项，用户可以选择其中之一来更改声音的同步方式，如图 8.2.8 所示。

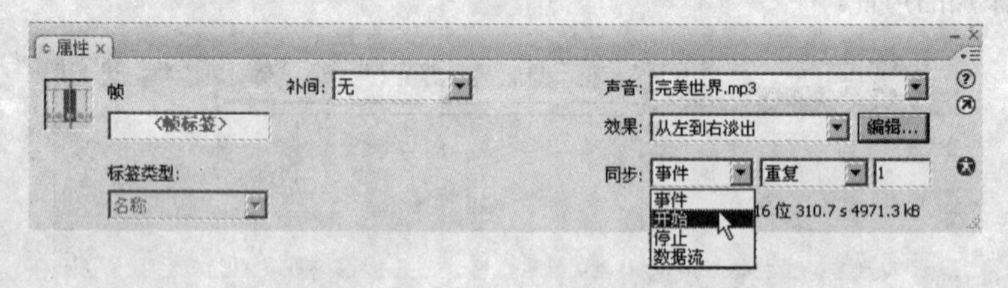

图 8.2.8 “同步”下拉列表

其下拉列表中的“事件”选项表示改变声音的类型为事件声音；“开始”选项表示与事件声音类似，如果前面的声音在下一个声音播放时还没有播放完，则前面的声音将停止，下一个声音将开始播放；“停止”选项表示停止播放选定的声音；“数据流”选项表示改变声音的类型为音频流。

在时间帧上播放，会随着动画的停止而停止，而且声音的播放时间绝对不会比帧的播放时间长，要终止声音播放，只需在要终止的位置添加一个关键帧即可。一般在添加人物对白和需要控制声音播放的位置上选择“数据流”。

单击同步:选项右侧的第 2 个下拉按钮，可以在弹出的下拉列表中选择“重复”和“循环”选项。选择“重复”选项后，可在“重复”选项后面的文本框中输入声音重复播放的次数，如图 8.2.9 所示。选择“循环”选项后，将无限重复播放声音，如图 8.2.10 所示。

图 8.2.9 输入重复次数　　图 8.2.10 选择“循环”选项

3．编辑封套

在时间轴上单击声音的任意部分，然后单击属性面板的编辑...按钮，弹出“编辑封套”对话框，如图 8.2.11 所示。

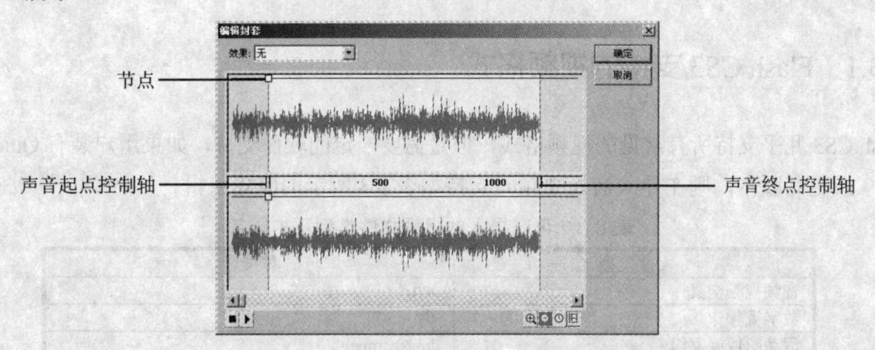

图 8.2.11　“编辑封套”对话框

“编辑封套”对话框分为上下两部分，上面的是左声道编辑窗口，下面的是右声道编辑窗口。要改变声音的起始和终止位置，可拖动“编辑封套”中的“声音起点控制轴”和“声音终点控制轴”。利用这个功能，可以将一整段声音分成很多段来播放，而不必在外部使用其他软件将声音分好再导入。

在对话框中，白色的小方框称为节点，使用鼠标上下拖动节点，改变音量指示线垂直位置，这样，可以调整音量的大小。音量指示线位置越高，声音越大，用鼠标单击编辑区，在单击处增加节点，用鼠标拖动节点到编辑区外，可删除节点。

另外，为便于编辑，用户还可以单击“秒”按钮或“帧”按钮，切换时间的单位；单击“放大”按钮或“缩小”按钮，更改波形的显示。

4．压缩声音

Flash 多媒体动画能在网络上流行的一个重要原因就是因为它的体积小，这是因为当用户输出动画时，Flash 会自动对输出文件进行压缩，包括对文件中的声音进行压缩。但是，如果对文件中的压缩比例要求得很高，就需要直接在库面板中对导入的声音进行压缩。

双击库面板中的声音图标，弹出“声音属性”对话框，如图 8.2.12 所示。在其中的压缩:下拉列表中可以选择要压缩的模式。

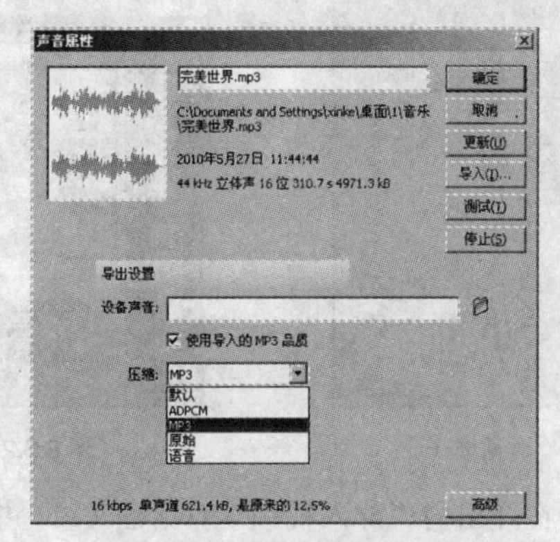

图 8.2.12　“声音属性”对话框

8.3　导入和使用视频

在 Flash CS3 中，用户还可以使用视频，例如网上许多的教学课件就是利用在 Flash 中导入的视频来制作的，在 MTV 和多媒体动画中也会用到视频。

8.3.1 Flash CS3 支持的视频格式

Flash CS3 几乎支持所有常见的视频格式，但是需要一定的软件支持，如果用户装有 QuickTime 7、DirectX 9 或更高版本，则在导入嵌入视频时支持如表 8.3 所示的格式剪辑。

表 8.3 可以导入的视频文件类型及扩展名

文件类型	扩展名
音频视频交叉	.avi
数字视频	.dv
运动图像专家组	.bpg、.mpeg
QuickTime 影片	.mov
Windows Media 文件	.wmv、.asf

如果导入的视频文件是系统不支持的文件格式，那么 Flash 会显示一条警告信息，表示无法完成该操作。在有些情况下，Flash 只能导入文件中的视频，而无法导入音频，此时，也会显示警告信息，表示无法导入该文件的音频部分，但是仍然可以导入没有声音的视频。

8.3.2 导入视频

在 Flash CS3 中，用户可以使用视频向导，方便地将视频文件导入到用户的文档中，具体操作步骤如下：

（1）选择 文件(F) → 新建(N)... 命令，创建一个新的动画文件，其首帧被自动设为关键帧。

（2）选择 文件(F) → 导入视频... 命令，弹出“导入视频”对话框（一），如图 8.3.1 所示。

（3）单击 浏览... 按钮，弹出“打开”对话框，选择要导入的视频文件（见图 8.3.2），单击 打开(O) 按钮，返回到“导入视频”对话框（一）。

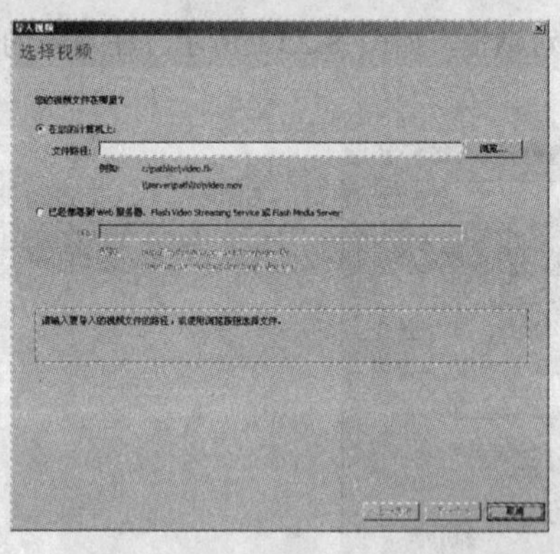

图 8.3.1 “导入视频”对话框（一）

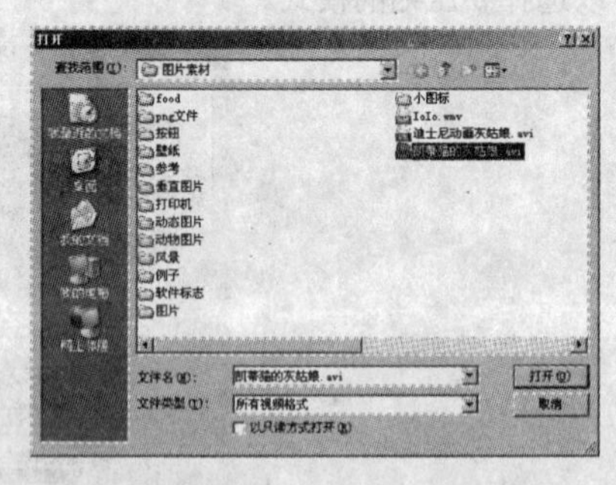

图 8.3.2 “打开”对话框

（4）单击 下一个 > 按钮，在弹出的“导入视频”对话框（二）中设置视频文件的部署方法，如图 8.3.3 所示。

（5）单击 下一个 > 按钮，在弹出的“导入视频”对话框（三）中设置嵌入视频文件的方式，如图 8.3.4 所示。

（6）单击 下一个 > 按钮，在弹出的“导入视频”对话框（四）中设置编码配置文件、视频编码、音频编码以及可以裁切和调整视频的大小，如图 8.3.5 所示。

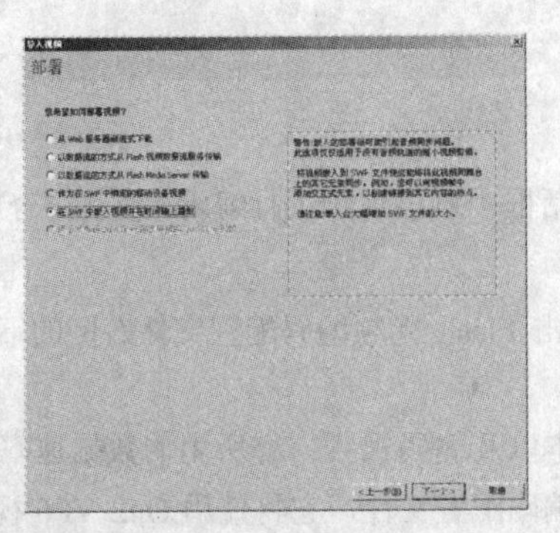

图 8.3.3　“导入视频”对话框（二）

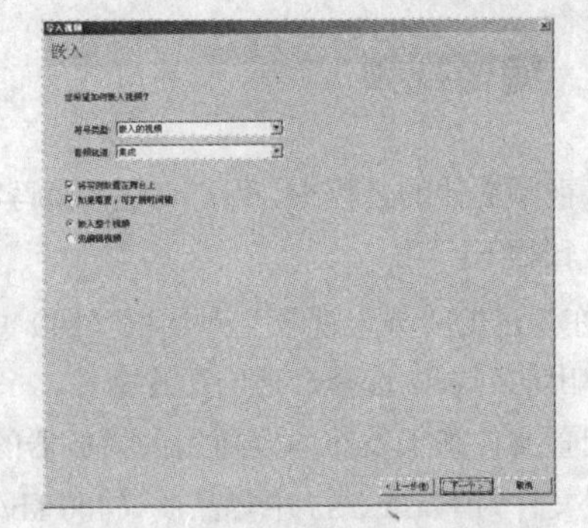

图 8.3.4　“导入视频”对话框（三）

（7）单击 下一个 > 按钮，在弹出的“导入视频”对话框（五）中显示视频文件的保存选项，如图 8.3.6 所示。

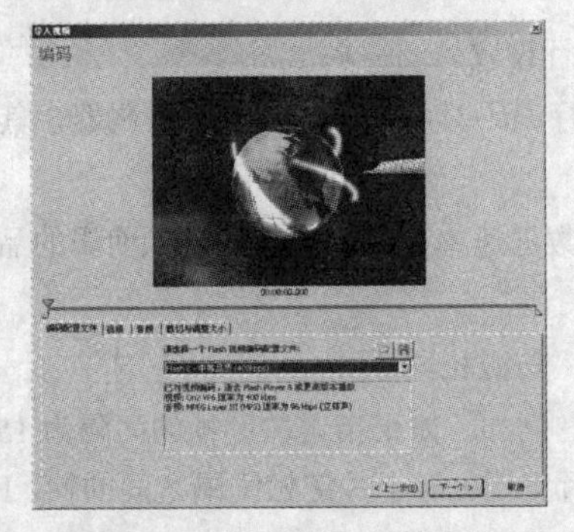

图 8.3.5　“导入视频”对话框（四）

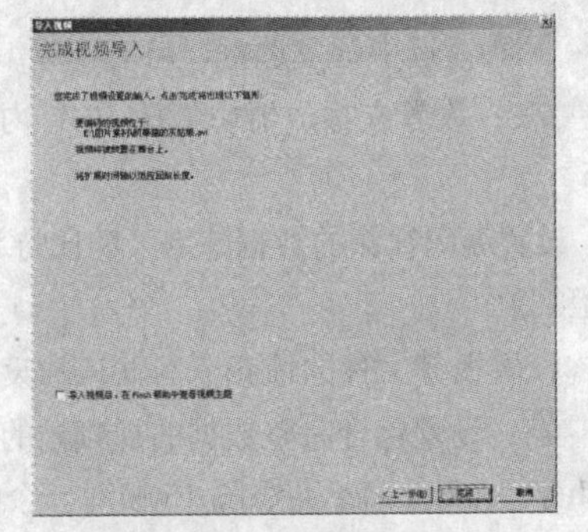

图 8.3.6　“导入视频”对话框（五）

（8）单击 完成 按钮，弹出“Flash 视频编码进度”提示框，提示导入进程，如图 8.3.7 所示。

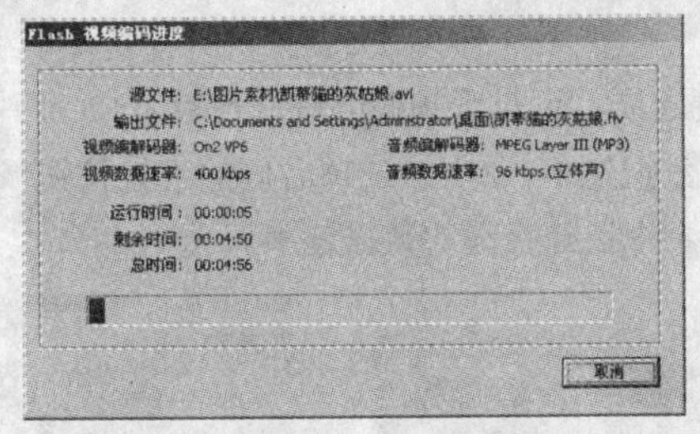

图 8.3.7　“Flash 视频编码进度”提示框

（9）稍等片刻，则完成视频文件的导入，如图 8.3.8 所示。

（10）按“Ctrl+Enter”键测试动画效果，如图 8.3.9 所示。

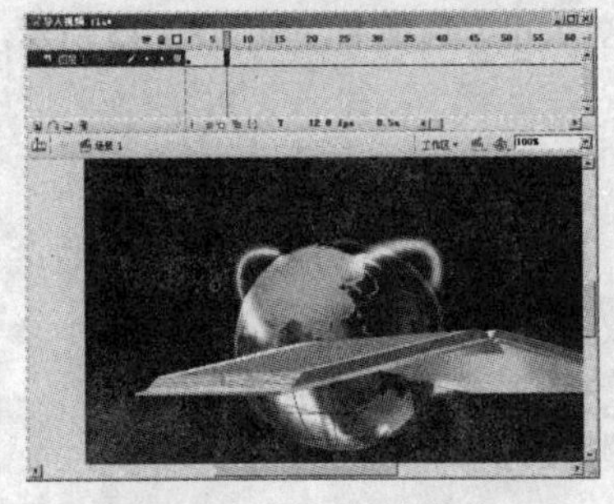

图 8.3.8　导入的视频文件

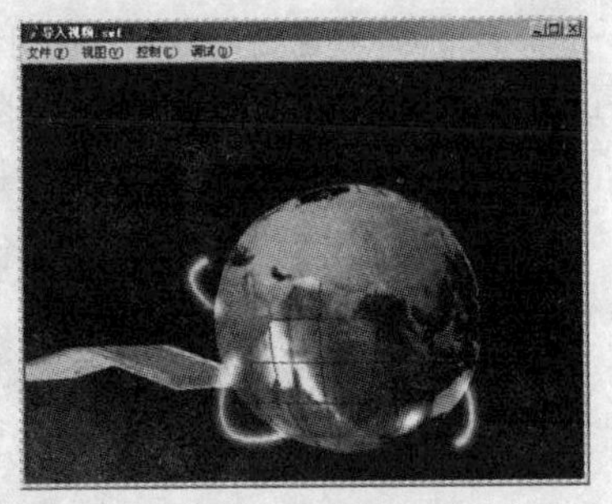

图 8.3.9　效果图

8.3.3 编辑视频

在导入视频文件的过程中，用户可在“编码”对话框中对该视频进行编辑，使其符合用户的需求，具体操作步骤如下：

（1）在弹出的“导入视频”对话框（四）中单击 Flash 视频编码配置文件右侧的下拉按钮▼，用户可在弹出的列表中选择合适的配置文件。

编码配置文件基于发布内容所用的播放器的版本以及编码视频内容所用的数据速率决定。Flash 默认的配置文件为 Flash CS3 中等品质（400 kb/s）编码配置文件，它将使用 On2 VP6 视频编解码器对视频文件进行编码。

（2）单击 视频 标签，打开“视频”选项卡，如图 8.3.13 所示，用户可在该选项卡中对视频编码进行设置。

☑ 对视频编码：选中该复选框，可对视频编码进行设置。

视频编解码器：设置在播放器中播放 FLV 内容进行编码时所使用的视频编解码器，其默认的设置为 On2 VP6。

品质：设置编码视频的数据速率（即比特率），数据速率越高，嵌入的视频剪辑的品质越好，默认的品质选项为中。

帧频：设置视频文件的帧频，其默认的设置为“与源相同”。

关键帧放置：设置包含完整数据的视频帧的位置。例如，如果指定关键帧的间隔为 15，则在视频剪辑中 Flash Video Encoder 会每隔 15 帧对一个帧进行编码。对于关键帧间隔之间的帧，Flash 只存储不同于前一帧的数据。其默认设置为自动，即在播放时间中每两秒放置一个关键帧。

（3）单击 音频 标签，打开“音频”选项卡，如图 8.3.14 所示，用户可在该选项卡中对音频编码进行设置。

☑ 对音频编码：选中该复选框，可对音频编码进行设置。

数据速率：设置音频中的数据速率。单击该选项右侧的下拉按钮▼，弹出其下拉列表，如图 8.3.14 所示，用户可根据需要在该列表中选择合适的数据速率。

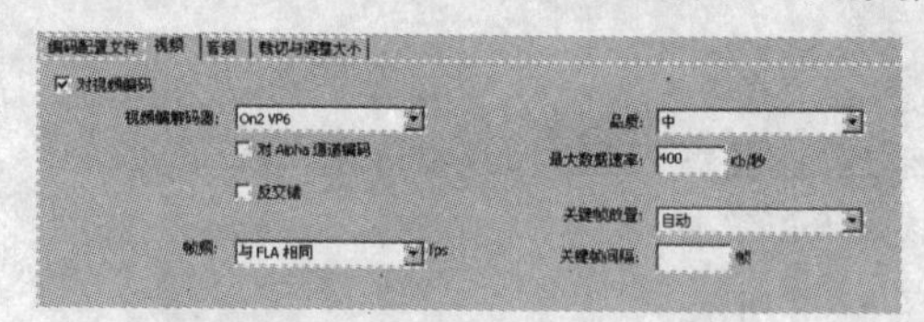

图 8.3.13 “视频”选项卡

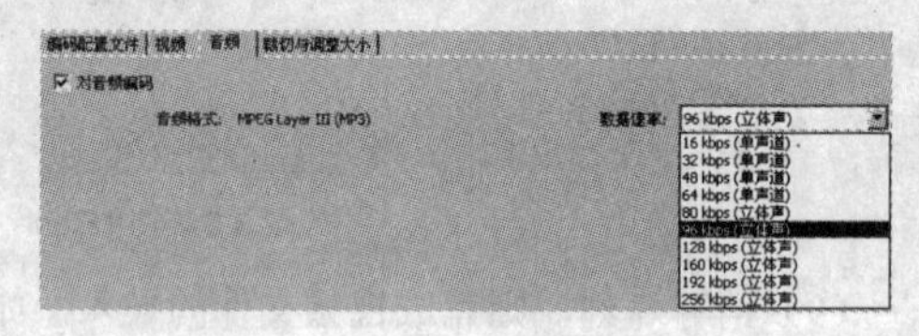

图 8.3.14 “音频”选项卡

（4）单击 裁切与调整大小 标签，打开“裁切和调整大小”选项卡，如图 8.3.15 所示，用户可在该选项卡中设置视频剪辑的尺寸以及开始和结束的位置。

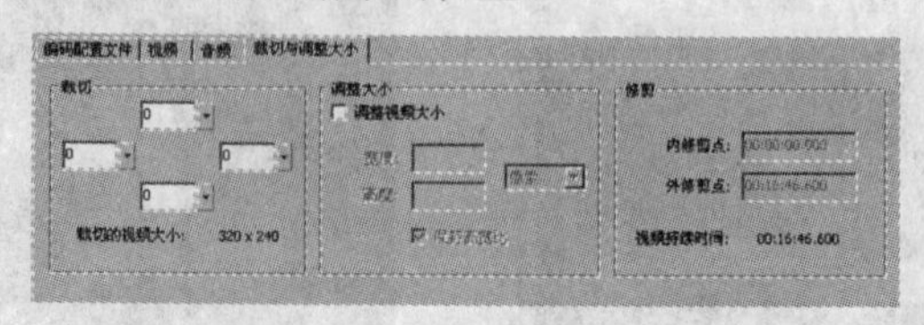

图 8.3.15 “裁切和调整大小”选项卡

裁切：设置视频剪辑的尺寸。在该选项区中的文本框中直接输入数值或拖动滑杆上的滑块可调

整视频剪辑的尺寸。通过调整视频剪辑的尺寸，用户可以将视频中不需要的区域裁切掉。

☑ 调整视频大小：选中该复选框后，即可在宽度：和高度：文本框中输入数值设置调整后的帧大小。

☑ 保持高宽比：选中该复选框，可以保持与原始视频剪辑相同的高宽比。

修剪：设置视频的开始和结束位置。例如，可以修剪视频剪辑，使视频剪辑在播放 20 秒后进入完整剪辑，这样就删除了不需要的帧。

8.4　课堂实训——制作音频动画效果

本节将综合使用前面所学的内容制作音频动画效果，最终效果如图 8.4.1 所示。

图 8.4.1　最终效果图

操作步骤

（1）打开 Flash CS3 应用程序，新建一个 Flash 文档。

（2）按“Ctrl+R”键，在舞台中导入一幅如图 8.4.2 所示的图像，然后选中图层 1 中的第 100 帧，按“F5”键插入普通帧。

（3）单击时间轴面板中的“插入图层”按钮，新建图层 2。

（4）按“Ctrl+R”键，在弹出的“导入”对话框中选择一个 GIF 动画，将它导入到舞台中，如图 8.4.3 所示。

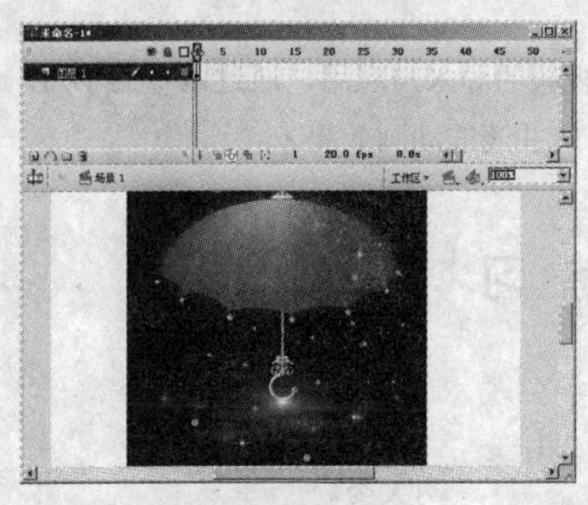

图 8.4.2　导入位图

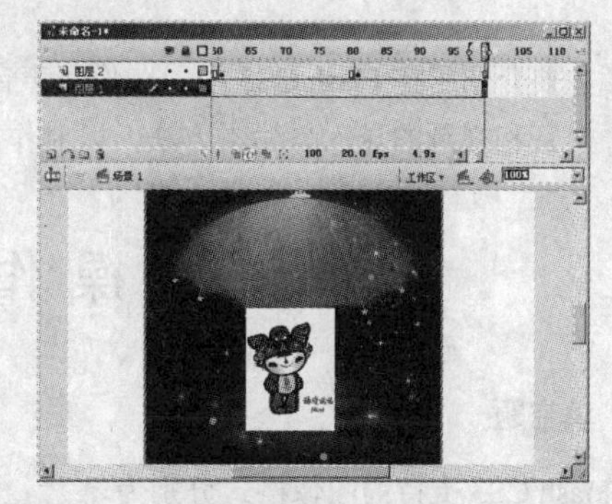

图 8.4.3　导入动画

（5）分别选中各关键帧之间的动画，将其打散，然后单击工具箱中的“套索工具”按钮，使用魔术棒选取图像中的白色区域，并将其删除，效果如图 8.4.4 所示。

（6）单击时间轴面板中的“插入图层”按钮，新建图层 3。

（7）在菜单栏中选择文件(F)→导入(I)→导入到库(L)命令，在弹出的“导入到库”对话框中选择要导入的声音文件，如图 8.4.5 所示。

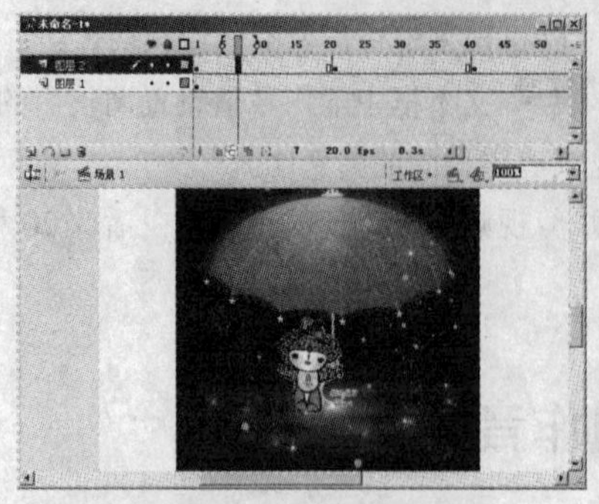

图 8.4.4 导入的 GIF 动画

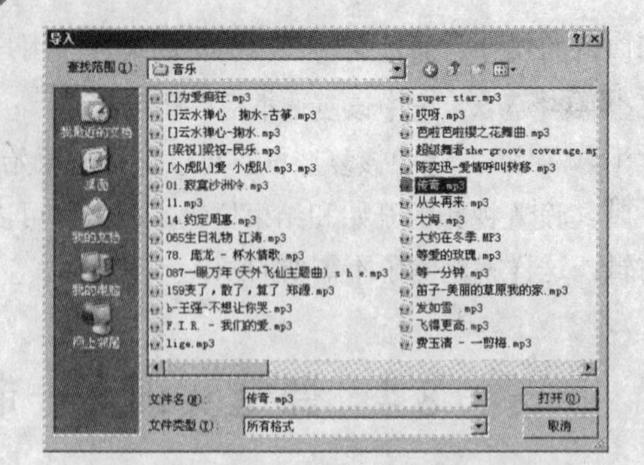

图 8.4.5 选择声音文件

（8）单击 打开(O) 按钮，将其导入到库中。按“Ctrl+L”键，打开库面板，如图 8.4.6 所示。

（9）从库面板中将导入的音乐文件拖入图层 2 中，此时的时间轴面板如图 8.4.7 所示。

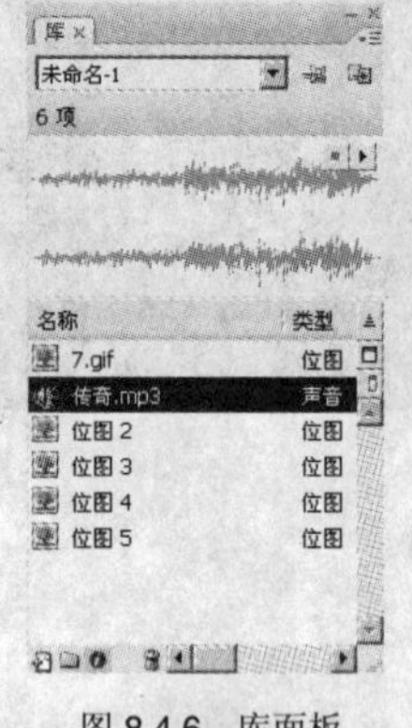

图 8.4.6 库面板

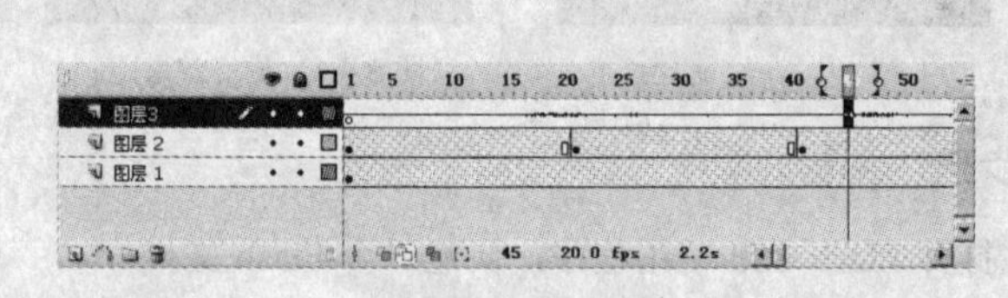

图 8.4.7 时间轴面板

（10）按“Ctrl+Enter”键测试动画，最终效果如图 8.4.1 所示。

本 章 小 结

本章主要介绍了在 Flash CS3 中，图像、声音和视频的导入与应用，通过本章的学习，读者应学会图像、声音和视频的导入与编辑方法，以制作出声情并茂的动画效果。

操 作 练 习

一、填空题

1．Flash CS3 支持的图像格式分别为________和________两大类。

2．影响声音品质的主要因素是_________和_________。

3．在 Flash CS3 中，可以导入 WAV、_________和_________格式的音频文件。

4．在 Flash CS3 中，可以导入 AVI 视频文件、_________和_________格式的视频文件。

5．如果需要截取剪辑，可以通过拖动_________指定视频片段的起始帧，然后通过拖动_________指定视频片段的结束帧，然后单击_________按钮将刚才截取的片段生成一个剪辑。

二、选择题

1．在 Flash CS3 中，声音的同步方式不包括（ ）。

（A）循环　（B）开始

（C）停止　（D）数据流

2．在 Flash CS3 中，导入的音频被放置于（ ）中。

（A）舞台　（B）时间轴

（C）库　（D）全选

3．在 Flash CS3 中，编辑封套可用于（ ）。

（A）调节音量的大小　（B）改变声音的显示方式

（C）控制左右声道的声音　（D）设置声音的起止点

4．在“编辑封套”对话框中，如果要切换时间单位，可以单击（ ）按钮。

（A）　（B）

（C）　（D）

5．在 Flash CS3 中，在导入视频文件之前应安装（ ）。

（A）Quick Time　（B）Flash

（C）DirectX　（D）A 和 C

三、简答题

1．简述如何导入 PSD 文件？

2．简述如何在属性面板中添加声音？

四、上机操作题

1．在 Flash CS3 中，为创建的动画添加配音效果。

2．为导入的视频文件添加声音。

3．导入一个视频文件，并对其进行编辑处理。

第 9 章　Flash 编 程

Flash 不仅可以制作动画，而且还可以利用脚本命令实现与用户的互动，例如可以制作 Flash 课件和 Flash 游戏等。

知识要点

- ActionScript 的常用术语
- 动作面板与动作脚本的语法
- 数据类型、常量与变量
- 运算符、函数与表达式

9.1　ActionScript 的常用术语

ActionScript 是 Flash 专用的编程语言，通过它可以为 Flash 动画增加交互功能，它与其他的脚本语言一样，也使用专门的术语，下面简单介绍 ActionScript 的一些常用术语。

（1）动作：动作是 ActionScript 语言的灵魂和编程的核心，用于指定动画在播放时要执行何种操作。例如，stop 动作用于停止动画的播放；play 动作用于开始动画的播放。

（2）事件：在很多情况下，动作是不能独立执行的，而是要满足一定的条件，即要有鼠标的经过、单击或离开以及键盘上某键的敲击等事件对其进行触发。例如，在以下代码中，“release”代表了“单击按钮并且放开”这个事件，该事件触发了“移动到第 10 帧并且停止”这个动作。

```
on(release) {
gotoAndStop(10);
}
```

（3）对象：对象是属性和方法的集合，每个对象都拥有自己的名字和值，通过对象可以自由访问某种类型的信息。例如，用户通过 Date( )对象可以访问来自系统时钟的信息。

（4）常量：常量也叫常数，是不能改变的元素。例如，常量 Key.TAB 总是用来代表键盘上的 Tab 键。

（5）变量：变量是一种可以保留任何数据类型值的标识符，它可以被创建、改变或者更新。例如，在以下代码中等号左边的标识符就是变量。

```
a=50;
width=25;
hername="mm";
```

（6）属性：属性是对象的某种性质。例如，_quality 指对象的品质属性；_alpha 指对象的透明度属性。

（7）参数：参数可以把值传递给函数。例如，在以下代码中，参数“firstName”和“hobby”把值传递给了“welcome( )”函数。

```
function welcome(firstName, hobby) {
welcomeText ="Hello," + firstName + "I see you enjoy " + hobby;
}
```

（8）类：类是一种数据类型，用于定义新的对象类型。如果要定义一个新的对象类，必须先创建一个构造器函数。

（9）构造器：构造器是用于定义类的函数。例如，要定义一个圆类，必须首先创建一个构造器函数 Circle( )，然后再在其中定义圆心的坐标和圆的半径。

```
function Circle(x, y, radius){
this.x = x;
this.y = y;
this.radius = radius;
}
```

（10）数据类型：数据类型是一组值和对这些值进行运算的操作符，在 ActionScript 中包含有多种数据类型。例如，字符串、数字、布尔值、对象、影片剪辑、函数和空值等都是数据类型。

（11）表达式：表达式是能够产生值的任意语句。例如，3+2 就是一个表达式。

（12）函数：函数是用于传送参数并能返回值的可重用代码块。例如，函数 getTimer( )用于返回当前动画已经播放的时间；函数 getVersion( )用于返回当前动画所用播放器的版本。

（13）标识符：标识符是用于识别变量、属性、对象、函数或方法的名称，它的第一个字符必须是字母、下画线或美元符号，其后的字符必须是字母、下画线、美元符号或数字。例如，miaomiao 是一个合法的标识符，而 1abcd 则不是合法的标识符。

（14）实例：实例是属于某个类的对象，一个类可以产生若干个类的实例，且每个实例都包含该类的所有特性和方法。例如，所有的影片剪辑都是 MovieClip 类的实例，因此可以将_alpha 和_visible 等 MovieClip 类的方法或属性应用于任何影片剪辑实例。

（15）实例名称：实例名称是在脚本中指向影片剪辑实例的名称，该名称必须是唯一的。例如，在以下代码中将实例名称为“mm”的影片剪辑实例复制了 5 次。

```
do {
duplicateMovieClip("mm","mm"+i,i)
i=i+1;
}while(i<=5);
```

（16）关键字：关键字是指具有特定意义的保留字，不能将它们作为函数名或变量名，如表 9.1 所示。

表 9.1　ActionScript 中的关键字

关键字	关键字	关键字	关键字
break	continue	delete	else
for	function	if	in
new	return	this	typeof
var	void	while	with
class	implements	intrinsic	static

（17）方法：方法是分配给某个对象的函数，在一个函数被分配给某对象之后，它可作为该对象的方法被调用。例如，在以下代码中，“clear”变成了“controller”对象的方法。

```
function Reset(){
```

```
x_pos = 0;
x_pos = 0;
}controller.clear = Reset;
controller.clear();
```

（18）运算符：运算符是通过一个或多个值计算出新值的符号。例如，加法运算符用于把两个或多个值加到一起，产生一个新值。

（19）目标路径：目标路径是由变量、对象或实例名称等组成的表达结构，使用目标路径可以获取某个变量的值。例如，_root.stereoControl.volume 表示指向影片剪辑 stereoControl 中的 volume 变量的目标路径。

9.2 动作面板

动作面板是编写 ActionScript 的场所，在制作交互动画的过程中必须要用到它。选择 窗口(W) → 動作(A) 命令，即可打开动作面板，如图 9.2.1 所示。

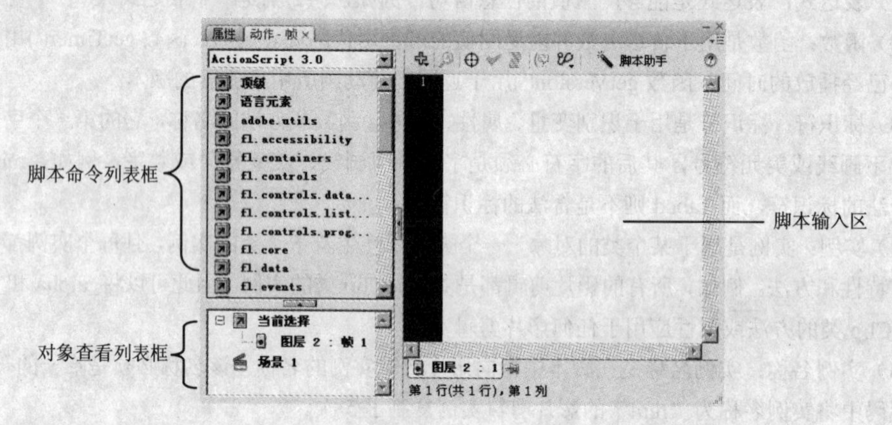

图 9.2.1 动作面板

（1）脚本命令列表框：分类列出了 Flash 中能用到的所有动作脚本命令。

（2）脚本导航器：可以查看动画中已经添加脚本的对象的具体信息。

（3）脚本输入区：可以直接在此添加、删除和修改脚本命令。

另外，动作面板还提供了一些辅助按钮，它们的功能如下：

（1）“将新项目添加到脚本中”按钮：单击该按钮，将弹出一个下拉菜单，用于显示 Flash CS3 中的所有动作。

（2）“查找”按钮：单击该按钮，将弹出如图 9.2.2 所示的“查找和替换”对话框，用于查找与替换代码。

（3）“插入目标路径”按钮：单击该按钮，将弹出如图 9.2.3 所示的“插入目标路径”对话框，用于显示当前文件中的所有影片剪辑实例。

（4）“语法检查”按钮：单击该按钮，将弹出如图 9.2.4 所示的提示框，用于检查代码是否存在错误。如果存在，将在输出面板中列出；如果不存在，将弹出如图 9.2.5 所示的提示框。

（5）“自动套用格式”按钮：单击该按钮，Flash CS3 将按照内置的格式编排脚本。

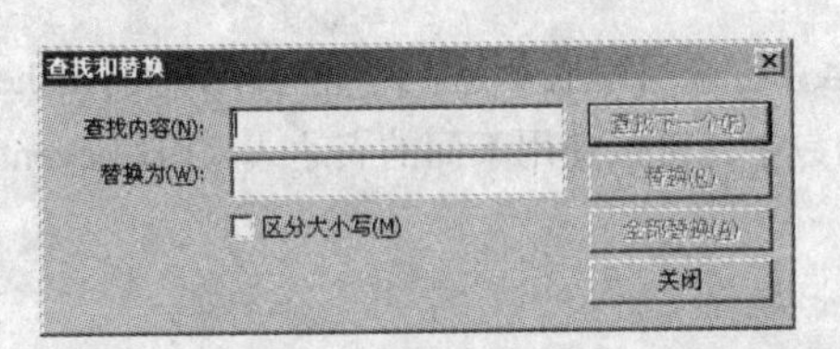

图 9.2.2　“查找和替换”对话框

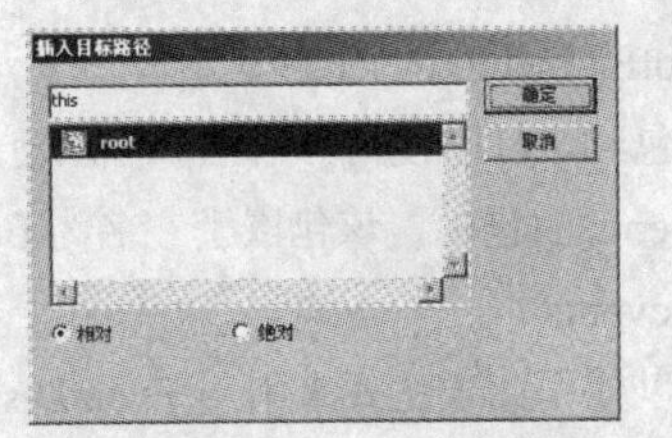

图 9.2.3　“插入目标路径”对话框

图 9.2.4　存在错误时的提示框

图 9.2.5　不存在错误时的提示框

(6)“显示代码提示”按钮：单击该按钮，可以启动“显示代码提示”功能。

(7)“调试选项”按钮：单击该按钮，设置或删除断点。

(8) 脚本助手按钮：单击该按钮，将动作面板切换至脚本助手模式，如图 9.2.6 所示。

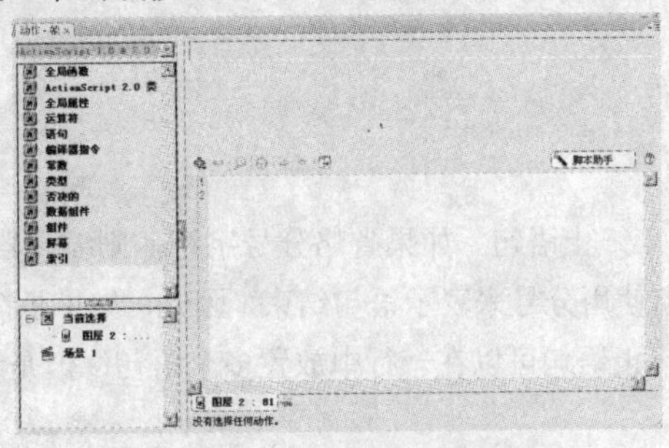

图 9.2.6　脚本助手模式下的动作面板

(9)“帮助”按钮：单击该按钮，打开帮助面板，提示相关的帮助信息。

9.3　动作脚本的语法

语言的语法定义了一组在编写可执行代码时必须遵循的规则。

1．点语法

可以通过点运算符（.）来访问对象的属性和方法。使用点语法，可以使用后跟点运算符和属性名或方法名的实例名来引用类的属性或方法。以下面的类定义为例：

```
class DotExample
{
    public var prop1:String;
    public function method1():void {}
}
```

借助于点语法，可以使用在如下代码中创建的实例名来访问 prop1 属性和 method1()方法：

```
var myDotEx:DotExample = new DotExample();
myDotEx.prop1 = "hello";
```

```
myDotEx.method1();
```

定义包时，可以使用点语法。可以使用点运算符来引用嵌套包。例如，EventDispatcher 类位于一个名为 events 的包中，该包嵌套在名为 flash 的包中。可以使用下面的表达式来引用 events 包：

```
flash.events
```

还可以使用此表达式来引用 EventDispatcher 类：

```
flash.events.EventDispatcher
```

2．斜杠语法

ActionScript 3.0 不支持斜杠语法。在早期的 ActionScript 版本中，斜杠语法用于指示影片剪辑或变量的路径。

3．大小写

ActionScript 3.0 是一种区分大小写的语言。只是大小写不同的标识符会被视为不同。例如，下面的代码创建两个不同的变量：

```
var num1:int;
var Num1:int;
```

4．分号

可以使用分号字符（;）来终止语句。如果省略分号字符，则编译器将假设每一行代码代表一条语句。由于很多程序员都习惯使用分号来表示语句结束，因此，如果坚持使用分号来终止语句，则代码会更易于阅读。使用分号终止语句可以在一行中放置多个语句，但是这样会使代码变得难以阅读。

5．小括号

在 ActionScript 3.0 中，可以通过三种方式来使用小括号（()）。首先，可以使用小括号来更改表达式中的运算顺序，组合到小括号中的运算总是最先执行。例如，小括号可用来改变以下代码中的运算顺序：

```
trace(2 + 3 * 4);            // 14
trace( (2 + 3) * 4);         // 20
```

其次，可以结合使用小括号和逗号运算符（,）来计算一系列表达式，并返回最后一个表达式的结果，如下面的示例所示：

```
var a:int = 2;
var b:int = 3;
trace((a++, b++, a+b));     // 7
```

最后，可以使用小括号来向函数或方法传递一个或多个参数，如下面的示例所示，此示例向 trace() 函数传递一个字符串值：

```
trace("hello");             // hello
```

6．注释

ActionScript 3.0 代码支持两种类型的注释：单行注释和多行注释。这些注释机制与 C++和 Java 中的注释机制类似。编译器将忽略标记为注释的文本。

单行注释以两个正斜杠字符（//）开头并持续到该行末尾。例如，下面的代码包含一个单行注释：

var someNumber:Number = 3;　　// 单行注释

多行注释以一个正斜杠和一个星号（/*）开头，以一个星号和一个正斜杠（*/）结尾。

/* 这是一个可以跨多行代码的多行注释。 */

7．关键字和保留字

“保留字”是一些单词，因为这些单词是保留给 ActionScript 使用的，所以，不能在代码中将它们用做标识符。保留字包括“词汇关键字”，编译器将词汇关键字从程序的命名空间中删除。如果将词汇关键字用做标识符，则编译器会报告一个错误，如表 9.2 所示。

表 9.2　ActionScript 3.0 词汇关键字

关键字	关键字	关键字	关键字
as	break	case	catch
class	const	continue	default
delete	do	else	extends
false	finally	for	function
if	implements	import	in
instanceof	interface	internal	is
native	new	null	package
private	protected	public	Return
super	switch	this	Throw
to	true	try	Typeof
use	var	void	While
with			

有一小组名为“句法关键字”的关键字，这些关键字可用做标识符，但是在某些上下文中具有特殊的含义。ActionScript 3.0 句法关键字如表 9.3 所示。

表 9.3　ActionScript 3.0 句法关键字

关键字	关键字	关键字	关键字
each	get	set	namespace
include	dynamic	final	native
override	static		

还有几个有时称为“供将来使用的保留字”的标识符。这些标识符不是为 ActionScript 3.0 保留的，但是其中的一些可能会被采用 ActionScript 3.0 的软件视为关键字。可以在自己的代码中使用其中的许多标识符，但是 Adobe 不建议使用它们，因为它们可能会在以后的 ActionScript 版本中作为关键字出现，如表 9.4 所示。

表 9.4　ActionScript 3.0 软件关键字

关键字	关键字	关键字	关键字
bstract	boolean	byte	cast
char	debugger	double	enum
export	float	goto	intrinsic
long	prototype	short	synchronized
throws	to	transient	type
virtual	volatile		

9.4　数 据 类 型

数据类型用于描述一个变量或 ActionScript 元素能够拥有的信息类型，在 ActionScript 中，数据类型包括字符串、数字和布尔值等，它们都有一个不变的值，因此可以保存它们所代表元素的实际值。

9.4.1 字符串

字符串是由字母、数字、标点等组成的字符序列，在 ActionScript 中，应将字符串括在单引号或双引号中。例如，以下代码中的 TianCuiYun 就是一个字符串。

```
myname="TianCuiYun";
```

用户可以使用“+”操作符连接两个字符串，在连接时，ActionScript 会精确地保留字符串两端的空格。例如，以下代码在执行后的结果为 c=“Hello Goodbye”。

```
a="Hello";
b=" Goodbye";                    //在字母 G 前有一个空格
c=a+b;
```

要在字符串中包含引号，可以在其前面加一个反斜杠“\”将字符转义。在 ActionScript 中，还有一些字符需要通过转义序列来表示，如表 9.5 所示。

表 9.5 转义字符及相应序列

转义字符	转义序列
退格符	\b
换页符	\f
换行符	\n
回车符	\r
制表符	\t
双引号	\”
单引号	\’
反斜杠	\\
以八进制指定的字节	\000～\377
以十六进制指定的字节	\x00～\xFF
以十六进制指定的 16 位 Unicode 字符	\u0000～\uFFFF

9.4.2 数字类型

数字是一个具有数学意义的数，可以用加“+”、减“-”、乘“*”、除“/”、求模“%”、递增“++”、递减“--”等算术运算符来进行运算，例如：

```
total=300*price;
i=i+1;
```

用户还可以使用 Math 对象的方法来运算数值。例如，以下代码使用 sqrt（平方根）方法返回数字 100 的平方根。

```
Math.sqrt(100);
```

9.4.3 布尔值

布尔值是 true 或 false，有时，ActionScript 也把 true 和 false 转化为 1 和 0。布尔值常和逻辑操作符一起使用，来比较和控制一个程序脚本的流向。例如，在以下代码中如果变量 Name 和变量 Password 的值都为 true，则播放影片剪辑。

```
onClipEvent(enterFrame) {
if ((Name==true)&&(Password==true)) {
play();
}
}
```

9.4.4 影片剪辑

影片剪辑是 Flash 中可以播放动画片段的元件，是唯一一种可以引用图形元素的数据类型。用户可以使用各种方法来控制影片剪辑，还可以使用点运算符“.”来调用这些方法，例如：

```
myClip.startDrag(true);
```

9.4.5 对象

对象是属性的集合，每个属性都有名称和值，其值可以是任何数据类型。要指定对象及其属性，可以使用点运算符“.”。例如，myMovieClip.onPress 中的 onPress 就是 myMovieClip 的属性。

9.5 常　　量

ActionScript 3.0 支持 const 语句，该语句可用来创建常量。常量是指其值无法改变的量，只能为常量赋值一次，而且必须在最接近常量声明的位置赋值。例如，如果将常量声明为类的成员，则只能在声明过程中或者在类构造函数中为常量赋值。

下面的代码声明两个常量。第一个常量 MINIMUM 在声明语句中赋值；第二个常量 MAXIMUM 在构造函数中赋值。

```
class A
{
    public const MINIMUM:int = 0;
    public const MAXIMUM:int;
    public function A()
    {
        MAXIMUM = 10;
    }
}
var a:A = new A();
trace(a.MINIMUM);    // 0
trace(a.MAXIMUM);   // 10
```

如果尝试以其他任何方法向常量赋予初始值，则会出现错误。例如，如果尝试在类的外部设置 MAXIMUM 的初始值，将会出现运行时错误。

```
class A
```

```
{
    public const MINIMUM:int = 0;
    public const MAXIMUM:int;
}
var a:A = new A();
a["MAXIMUM"] = 10;        //运行时错误
```

Flash Player API 定义了一组广泛的常量供使用。按照惯例，ActionScript 中的常量全部使用大写字母，各个单词之间用下画线字符（_）分隔。例如，MouseEvent 类定义将此命名惯例用于其常量，其中每个常量都表示一个与鼠标输入有关的事件。

```
package flash.events
{
    public class MouseEvent extends Event
    {
        public static const CLICK:String= "click";
        public static const DOUBLE_CLICK:String= "doubleClick";
        public static const MOUSE_DOWN:String= "mouseDown";
        public static const MOUSE_MOVE:String= "mouseMove";
        ...
    }
}
```

9.6 变　量

变量是相对于常量来说的，它是程序中可以改变的参数值。下面介绍变量的命名、类型、作用范围以及使用前提。

9.6.1 变量的命名

在 ActionScript 中，命名变量的过程非常简单，但是要遵循以下规则。

（1）必须是标识符。

（2）不能是关键字或者是代表布尔值的 true 或 false。

（3）在其作用范围内必须是唯一的。

（4）尽量具有一定的含义，便于区分和记忆。

9.6.2 变量的类型

变量有数值、字符串、逻辑值、对象和影片剪辑等多种类型，在 ActionScript 中，不需要明确地定义变量的数据类型，当对变量进行赋值之后，Flash CS3 会自动确定该变量的数据类型，例如，以下代码中的 x 和 y 是数值型变量。

```
x=100;
y=50;
```

变量类型会随着赋值的改变而改变，例如，以下代码中的 x 和 y 是字符串变量。

```
x="name";
y="year";
```

9.6.3　变量的作用范围

ActionScript 中的变量有全局变量和局部变量之分，其中，全局变量在整个动画的脚本中都有效；局部变量只在它自己的作用域内有效。

（1）全局变量：全局变量的作用范围是时间轴上所有的帧，用户可以使用 set 来声明一个全局变量。例如，以下代码中的 mm 就是一个全局变量。

```
mm=1;
set("mm",1);
```

（2）局部变量：局部变量的作用范围是它所在的代码块，用户可以使用 var 来声明一个局部变量。例如，以下代码中的 i 被用作局部变量，它仅在函数 onClipEvent 中有效。

```
onClipEvent (enterFrame) {
for (var i = 1; num>=i; i++) {
star = this["mc"+i];
star.xvel -= speed*(star._x*star.rX)/100;
star.yvel -= speed*(star._y*star.rY)/100;
star._x += star.xvel;
star._y += star.yvel;
}
}
```

注意：要在 ActionScript 中使用变量，必须先对其进行初始化，如果变量没有得到初始化，将会产生错误。

9.7　运　算　符

运算符指对常量与变量进行运算的符号，下面介绍运算符的分类、优先级、结合性以及添加方法。

9.7.1　运算符的分类

按照功能的不同，可以将运算符分为数值运算符、比较运算符、逻辑运算符、按位运算符、等于运算符、赋值运算符、点运算符和数组访问运算符 8 种。

（1）数值运算符：数值运算符用于对数值进行加、减、乘、除和其他运算，数值运算符如表 9.6 所示。

表 9.6　数值运算符

运算符	执行的运算
+	加
-	减
*	乘
/	除
%	求余
++	自加
--	自减

（2）比较运算符：比较运算符用于比较表达式的值，然后返回一个布尔值，比较运算符如表 9.7 所示。

表 9.7　比较运算符

运算符	执行的运算
<	小于
>	大于
<=	小于或等于
>=	大于或等于

（3）逻辑运算符：逻辑运算符用于比较两个布尔值（true 或 false），并返回第三个布尔值，逻辑运算符如表 9.8 所示。

表 9.8　逻辑运算符

运算符	执行的运算
&&	逻辑与
||	逻辑或
!	逻辑非

逻辑运算符的运算规则如下：

1）对于逻辑与，只有当所有操作数的值都是 true 时，才能返回 true；而只要有一个或一个以上的 false，其返回结果将为 false。例如，在以下代码中只有当 x 小于或等于 50，并且 i 大于 10 时，才能够播放动画。

```
if ((x<=50) &&(i>10)){
play();
}
```

2）对于逻辑或，只要有一个操作数的值是 true，返回结果将为 true；如果所有操作数的值为 false，其返回结果将为 false。

3）对于逻辑非，如果所有操作数的值为 false，其返回结果将为 true；如果所有操作数的值为 true，其返回结果将为 false。

（4）按位运算符：按位运算符用于将浮点数转换为 32 位的整型数，按位运算符如表 9.9 所示。

表 9.9　按位运算符

运算符	执行的运算
&	按位与
|	按位或
^	按位异或
~	按位非
<<	按位左移
>>	按位右移
>>>	右移，空位用 0 填补

（5）等于运算符：等于运算符用于比较两个操作数的值或标识是否相等，并返回一个布尔值，等于运算符如表 9.10 所示。

表 9.10　等于运算符

运算符	执行的运算
==	等于
===	严格等于
!=	不等于
!==	严格不等于

在使用等于运算符时，如果操作数为字符串、数字或布尔值，会按照值进行比较；如果操作数为对象或数组，会按照引用进行比较。

（6）赋值运算符：赋值运算符用于为变量赋值，赋值运算符如表 9.11 所示。

表 9.11　赋值运算符

运算符	执行的运算
=	赋值
+=	相加并赋值
-=	相减并赋值
*=	相乘并赋值
%=	求余并赋值
/=	相除并赋值
<<=	按位左移并赋值
>>=	按位右移并赋值
>>>=	无符号按位右移并赋值
^=	按位异或并赋值
|=	按位或并赋值
&=	按位与并赋值

在使用赋值运算符“=”为变量赋值时，可以一次只为一个变量赋值，也可以一次为多个变量赋值，例如：

```
name="damli";
a=b=c=x;
```

（7）点运算符：点运算符“.”用于指明某个对象或影片剪辑的属性和方法，其具体用法已在前面介绍，这里就不再赘述。

（8）数组访问运算符：数组访问运算符即前面所讲的中括号“[ ]”，用于访问运算符动态设置以及检索实例名称和变量，可以用在赋值语句的左侧。

9.7.2　运算符的优先级与结合性

当在一个表达式中同时使用两个或两个以上的运算符时，一些运算符可能有着比其他运算符更高的优先级。例如，“*”要在“-”之前被执行，因为乘法运算比减法运算具有更高的优先级。例如，在以下代码中，括号里面的内容先执行，结果是 14。

```
number=(12-5)*2;
```

而在以下代码中先执行乘法运算，结果是 2。

```
number=12-5*2;
```

当两个或两个以上的运算符拥有同样的优先级时，此时决定它们执行顺序的是运算符的结合性，结合性可以是从左到右，也可以是从右到左。例如，乘法操作符的结合性是从左向右的，所以，以下两行代码是等效的。

number=3*5*2;

number=(3*5)*2;

下面按优先级从高到低的顺序，列出了所有运算符及其结合性，如表 9.12 所示。

表 9.12　运算符的结合性

运算符	执行的运算	结合性
+	加	从右到左
-	减	从右到左
~	按位非	从右到左
v!	逻辑非	从右到左
not	逻辑非（Flash 4 样式）	从右到左
++	后递增	从左到右
--	后递减	从左到右
( )	函数调用	从左到右
[ ]	数组元素	从左到右
.	结构成员	从左到右
+=	相加并赋值	从右到左
-=	相减并赋值	从右到左
new	分配对象	从右到左
delete	取消分配对象	从右到左
typeof	对象类型	从右到左
void	返回未定义值	从右到左
*	乘	从左到右
/	除	从左到右
%	求余	从左到右
+	加号	从左到右
add	字符串连接（原为 &）	从左到右
-	减号	从左到右
<<	按位左移	从左到右
>>	按位右移	从左到右
>>>	右移，空位用 0 填补	从左到右
<	小于	从左到右
<=	小于或等于	从左到右
>	大于	从左到右
>=	大于或等于	从左到右
instanceof	是否为其实例	从左到右
lt	小于（字符串版本）	从左到右
le	小于或等于（字符串版本）	从左到右
gt	大于（字符串版本）	从左到右
ge	大于或等于（字符串版本）	从左到右
==	等于	从左到右
!=	不等于	从左到右
eq	等于（字符串版本）	从左到右
ne	不等于（字符串版本）	从左到右
&	按位与	从左到右
^	按位异或	从左到右
|	按位或	从左到右
&&	逻辑与	从左到右
and	逻辑与（Flash 4）	从左到右
or	逻辑或	从左到右
||	逻辑或（Flash 4）	从左到右
?:	条件	从右到左
=	赋值	从右到左
*=, /=, %=, &=, |=, ^=, <<=, >>=, >>>=	复合赋值	从右到左
,	逗号	从左到右

9.7.3 运算符的添加方法

如果要在编程过程中添加运算符，常用的方法主要有以下 3 种。

（1）直接在脚本输入区中输入，如图 9.6.1 所示。

（2）单击动作工具箱中的 全局函数 选项，然后选择其子选项中的命令，双击鼠标左键，将运算符添加到脚本输入区中，如图 9.6.2 所示。

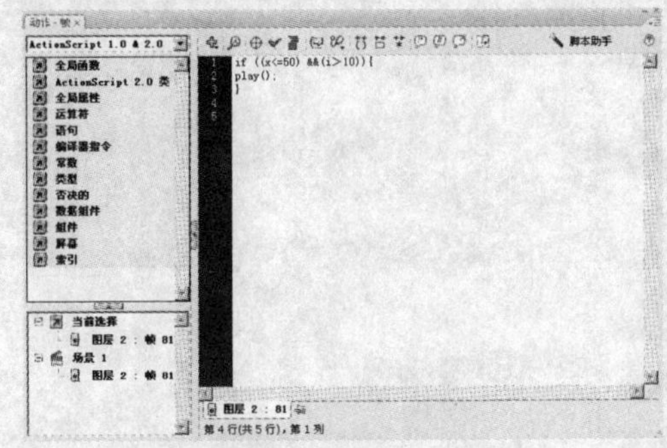

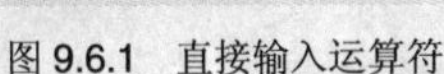

图 9.6.1 直接输入运算符

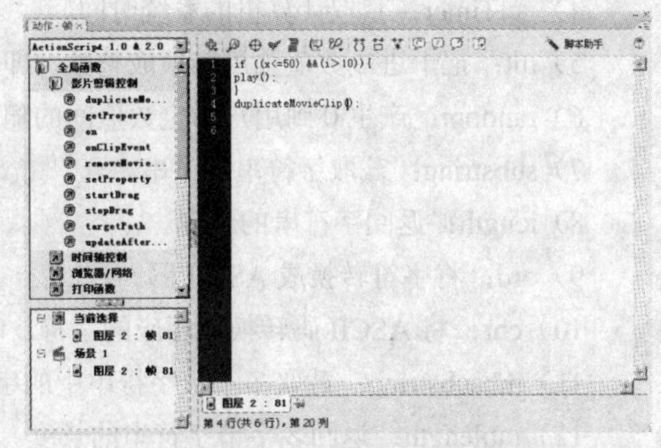

图 9.6.2 双击动作工具箱中的命令添加运算符

（3）单击“将新项目添加到脚本中”按钮，在弹出的下拉菜单中选择 运算符 命令的最后一级子命令（见图 9.6.3），然后单击鼠标左键，将运算符添加到脚本输入区。

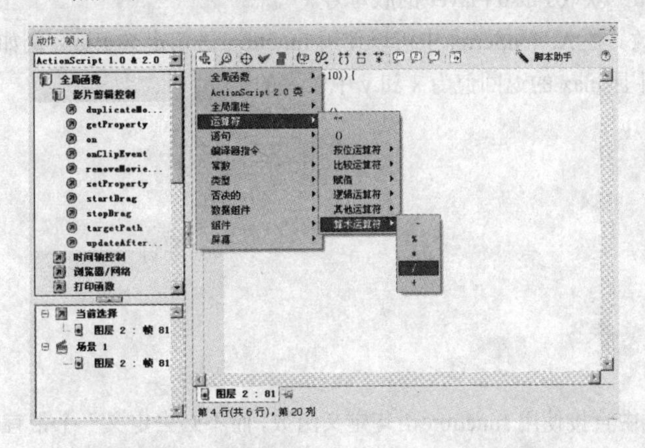

图 9.6.3 通过“将新项目添加到脚本中”按钮添加运算符

9.8 函　　数

在进行 ActionScript 编程时，使用函数的优点有很多，例如可以简化代码，增强代码的运行效率；减少冗长的代码在书写过程中造成的错误；有利于程序的模块化；让函数处理各种数据，返回不同的值等。

9.8.1 函数的分类

从用户使用的角度上，可以把函数分为预定义函数和自定义函数两种类型。其中，预定义函数是

Flash 系统提供的函数；自定义函数是用户根据需要定义的函数。

（1）预定义函数。Flash CS3 提供了多种预定义函数，使用它们可以向应用程序添加交互性、动画和其他效果，下面介绍几种常见的预定义函数。

1）trace：将消息发送到输出窗口。

2）comment：插入一条注释。

3）eval：获取某一变量的值，或者返回某一对象。

4）getTimer：获取计算机的系统时间。

5）int：把十进制数值强制转换成整数，即取整。

6）random：产生 0 到用户指定数值间的随机数。

7）substring：截取字符串的子串。

8）length：返回字符串的长度。

9）ord：将字符转换成 ASCII 码。

10）chr：将 ASCII 码转换成相应的字符。

11）mbsubstring：截取多字节字符串中的字串。

12）mblength：返回多字节字符串的长度。

13）mbchr：将操作数转换成相应的 ASCII 码多字节字符。

14）mbord：将多字节字符转换成相应的 ASCII 码数值。

15）getVersion：获取 Flash Player 的版本号。

（2）自定义函数。在 ActionScript 中可以使用 function 语句定义函数。例如，在以下代码中定义了一个 max 函数，并且 max 的返回值为 x 和 y 中较大的一个。

```
function max(x,y){
if(x>=y){
return x;
}else{
return y;
}
}
```

还可以在表达式中直接使用 function 语句定义函数，而不必去定义一个带有函数名的函数。例如，在以下代码中，x 的结果是 3 的平方 9。

```
x=(function(){return(r*r);})(3);
```

9.8.2 函数的调用

在脚本中使用函数的过程称为函数的调用，用户可以在任一时间轴中调用函数。例如，以下代码将在主时间轴上调用影片剪辑 mc1 中的 jsq 函数。

```
_root.mc1.jsq();
```

在调用函数时，必须将需要的参数传递给函数，函数会用传递的值替换函数定义中的参数。例如，以下的函数将接受参数 x。

```
function jsq(x){
  return x+1;
```

```
}
```

jsq 函数的调用如下：

```
jsq(5);
```

此时，jsq 函数将会把值 5 赋给变量 x。

9.9　表　达　式

表达式是 ActionScript 语句的重要组成部分，它是由运算符把常量、变量和函数连接起来构成的式子，这个式子可以计算并能返回一个值。按照运算符和运算结果的不同，可以将表达式分为算术表达式、字符串表达式、关系表达式和逻辑表达式 4 种类型。

9.9.1　算术表达式

算术表达式是由算术运算符把若干个数值型的常数、变量、函数和属性等连接起来的式子，其运算结果是数值，例如：

```
3+x*6
8*(7%2)+int(13/6)
_x+50
_y+_ymouse-12
```

9.9.2　字符串表达式

字符串表达式是由字符串运算符把若干个字符串型的变量、函数和属性等连接起来的式子，其运算结果是字符串，例如：

```
year+"年"+month+day+"日"
hour+":"+minutes+":"+seconds
```

9.9.3　关系表达式

关系表达式是由比较运算符把若干个数值或字符串连接起来的式子，其运算结果是逻辑值 false 或 true，例如：

```
5>4
number1>=number2
"Flash CS3"<"Flash CS3"
```

关系表达式常常作为 if 语句的条件，例如：

```
hour=timedate.getHourse()-1;
if(hour==-1){
hour=23;
}
```

9.9.4 逻辑表达式

逻辑表达式是由逻辑运算符把关系表达式连接起来的式子，其运算结果是逻辑值 false 或 true，例如：

```
5>4 && 9<7
_totlalframes==_framesloaded || _totalframes==100
```

9.10 课堂实训——制作浏览图像效果

本节将综合使用前面所学的内容制作浏览图像效果，最终效果如图 9.10.1 所示。

图 9.10.1 最终效果图

操作步骤

（1）启动 Flash CS3 应用程序，新建一个文档。

（2）按“Ctrl+R”键，导入一幅如图 9.10.2 所示的图像文件。

（3）单击时间轴面板中的“插入图层”按钮，插入图层 2。

（4）选择 窗口(W) → 公用库(B) → 按钮 命令，打开如图 9.10.3 所示的“按钮库”面板，从该面板中选择一个按钮，然后将其拖动并放置到舞台的右下角，如图 9.10.4 所示。

图 9.10.2 “文档属性”对话框

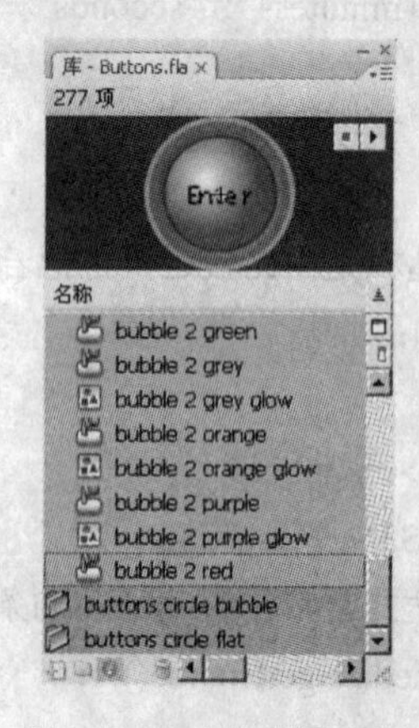

图 9.10.3 “按钮库”面板

（5）按“Ctrl+F8”键，弹出“创建新元件”对话框，创建一个名为“图片”的影片剪辑元件，如图 9.10.5 所示。

图 9.10.4　拖动按钮到舞台上

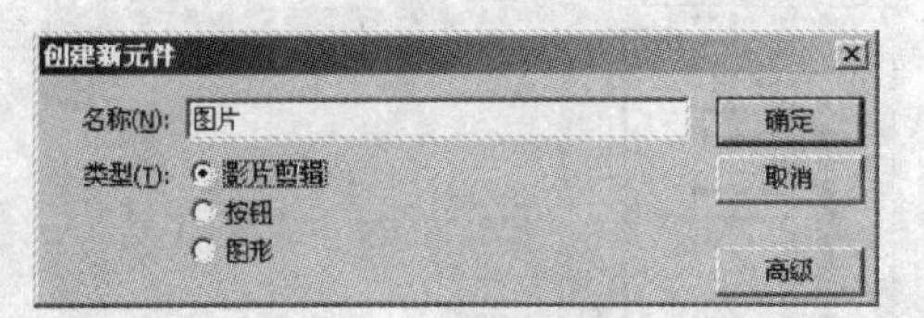

图 9.10.5　“创建新元件”对话框

（6）选择 文件(F) → 导入(I) → 导入到库(L)... 命令，弹出“导入到库”对话框，选择 3 张图片，分别将其导入到库面板中。

（7）单击影片剪辑元件编辑区的第 1 帧，将图片 1 拖动到舞台上，调整好大小后将其放置到舞台的中心位置，如图 9.10.6 所示。

（8）单击第 2 帧，按“F6”键插入关键帧，将图片 1 删除，并将图片 2 拖动到舞台上，将其调整为图片 1 的大小，并将其放置到舞台的中心，如图 9.10.7 所示。

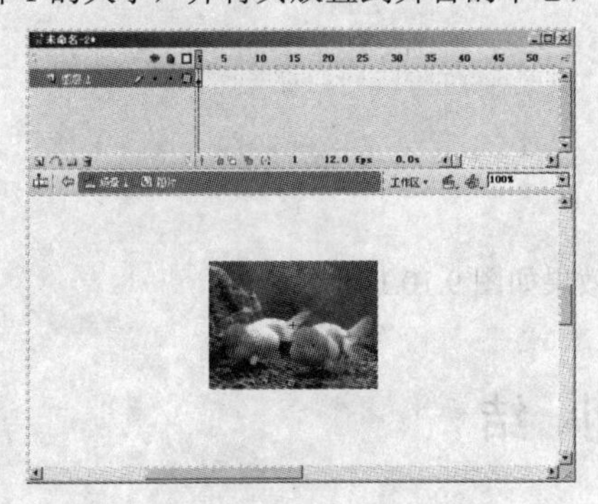

图 9.10.6　第 1 张图片

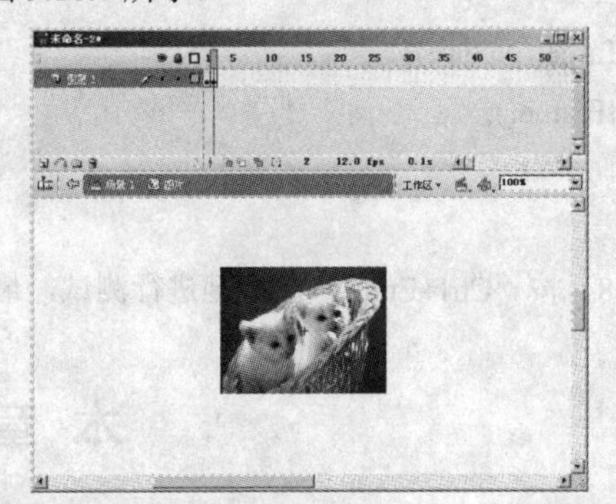

图 9.10.7　第 2 张图片

（9）继续按照同样的方法导入第 3 张图片，如图 9.10.8 所示。

（10）单击时间轴面板中的第 1 帧，然后按“F9”键打开动作面板，输入 stop()命令，如图 9.10.9 所示。

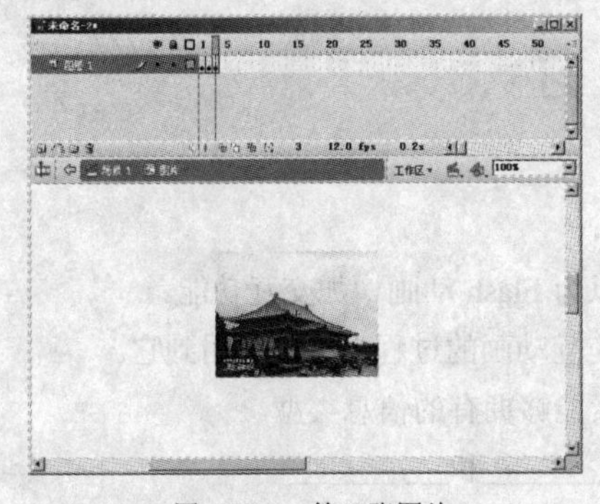

图 9.10.8　第 3 张图片

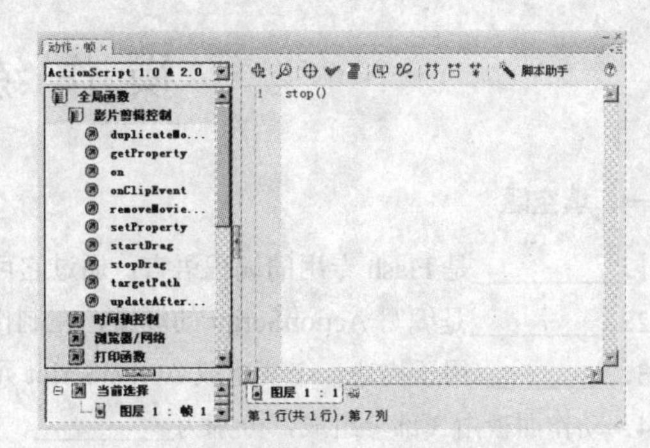

图 9.10.9　第 1 帧动作语句

（11）按照同样的方法分别在第 2 帧和第 3 帧处添加 stop()命令。

（12）用鼠标右键单击时间轴面板上的第 4 帧，在弹出的快捷菜单中选择 插入空白关键帧 命令，然后为其添加 gotoAndPlay(1)命令，如图 9.10.10 所示。

（13）按“Ctrl+E”键返回主场景。

（14）单击时间轴面板上的“插入图层”按钮，插入一个新图层。

（15）将库面板中的影片剪辑元件拖动到舞台上合适的位置，如图 9.10.11 所示。

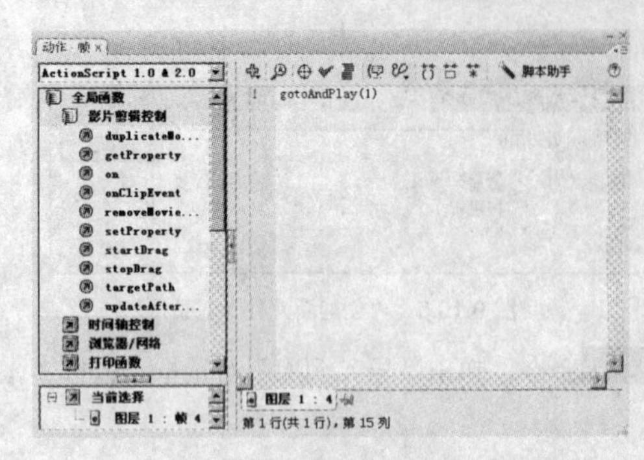

图 9.10.10　第 4 帧的动作语句

图 9.10.11　拖动影片剪辑元件到舞台上

（16）选中影片剪辑实例，在其属性面板中将其命名为“picture”。

（17）选中舞台上的按钮实例，在动作面板中添加以下代码：

```
on(press){
tellTarget(picture){
nextFrame();
}
}
```

（18）按“Ctrl+Enter”快捷键进行测试，最终效果如图 9.10.1 所示。

本 章 小 结

本章介绍了 Flash 编程知识，包括 ActionScript 的常用术语、动作面板与动作脚本的语法、数据类型、常量与变量、运算符、函数与表达式等。通过本章的学习，用户应该掌握简单 ActionScript 的用法，并能使用它们制作交互动画。

操 作 练 习

一、填空题

1．＿＿＿＿＿是 Flash 专用的编程语言，通过它可以为 Flash 动画增加交互功能。

2．＿＿＿＿＿是编写 ActionScript 的场所，在制作交互动画的过程中必须要用到它。

3．＿＿＿＿＿用于描述一个变量或 ActionScript 元素能够拥有的信息类型。

4．动作面板由 3 部分组成，分别为＿＿＿＿＿、＿＿＿＿＿和＿＿＿＿＿。

5．＿＿＿＿＿是由比较运算符把若干个数值或字符串连接起来的式子，其运算结果是逻辑值＿＿＿＿＿或＿＿＿＿＿。

二、选择题

1．常量包括（　）几种类型。

（A）数值型　　（B）字符串型
（C）逻辑型　　（D）关系型

2. 在 Flash CS3 中，可以向（　）添加 ActionScript。
（A）帧　　（B）影片剪辑
（C）按钮　　（D）图像

3. 基本数据类型指（　）等，它们都有一个不变的值。
（A）字符串　　（B）数字
（C）布尔数　　（D）变量

4. 按照运算符和运算结果的不同，可以将表达式分为（　）。
（A）数值表达式　　（B）字符串表达式
（C）关系表达式　　（D）逻辑表达式

三、简答题

1. 简述动作面板的组成。
2. 简述变量的类型以及作用范围。

四、上机操作题

1. 利用本章所学的知识，制作一个自定义鼠标。
2. 制作一个可以通过单击按钮来控制声音播放与停止的动画。

第 10 章　Flash 组 件

组件提供了可以重复使用的代码，使用户无须编写 ActionScript 就能实现复杂的交互功能。它是带有参数的影片剪辑，用户可以通过设置参数修改其外观和行为。它可以分为用户界面组件、媒体组件、数据组件和管理器组件 4 种类型。

知识要点

- 组件简介
- 创建按钮组件
- 创建单选按钮组件
- 创建复选框组件
- 创建下拉列表框组件
- 创建下拉菜单组件
- 创建滚动条组件
- 编辑组件

10.1　组 件 简 介

组件是带有参数的影片剪辑，用户可以通过设置参数修改其外观和行为。在 Flash CS3 中，组件分为用户界面组件、媒体组件、数据组件和管理器组件 4 种类型。

10.1.1　用户界面组件

利用用户界面组件，用户可以与应用程序进行交互操作。用户界面组件包括以下 22 种：

（1）Accordion 组件：用于创建复杂的菜单。

（2）Alert 组件：用于创建提示框。

（3）Button 组件：用于创建按钮。

（4）CheckBox 组件：用于创建复选框。

（5）ComboBox 组件：用于创建下拉菜单。

（6）DataGrid 组件：用于显示载入到组件中的数据。

（7）DateChooser 组件：用于创建日历。

（8）DateField 组件：用于创建一个不可编辑的文本字段，并带有日历图标。当用户在该组件边框内的任意位置单击时，会显示一个 DateChooser 组件。

（9）Label 组件：用于创建一个不可编辑的单行文本字段。

（10）List 组件：用于创建下拉列表。

（11）Loader 组件：用于创建载入动画或 JPEG 图像的区域。

（12）Menu 组件：用于创建应用程序菜单。

（13）MenuBar 组件：用于创建水平方向上的菜单栏。

（14）NumericStepper 组件：用于创建可单击的箭头，通过单击可增加或减少数值。

（15）ProgressBar 组件：用于创建进度条。

（16）RadioButton 组件：用于创建一组单选按钮。

（17）ScrollPane 组件：用于创建滚动窗格，从而在一个可滚动区域中显示影片剪辑、JPEG 图像或动画。

（18）TextArea 组件：用于创建一个可随意编辑的多行文本字段。

（19）TextInput 组件：用于创建一个可随意编辑的单行文本字段。

（20）Tree 组件：用于创建可折叠目录。

（21）UIScrollBar 组件：用于创建滚动条。

（22）Window 组件：用于创建可随意拖动的窗口。

10.1.2 媒体组件

利用媒体组件，用户可以在应用程序中控制和显示媒体流。媒体组件包括以下 3 种：

（1）MediaController 组件：用于控制媒体流的播放。

（2）MediaDisplay 组件：用于显示媒体流。

（3）MediaPlayback 组件：是 MediaController 组件和 MediaDisplay 组件的结合体。

10.1.3 数据组件

利用数据组件可以加载和处理数据源的信息。数据组件包括以下 6 种：

（1）DataHolder 组件：用于保存数据，并可作为组件之间的连接器。

（2）DataSet 组件：用于创建数据驱动的应用程序。

（3）RDBMSResolver 组件：用于对 Web 服务、JavaBean、servlet 或 ASP 页中可接收并分析的 XML 进行翻译。

（4）WebServiceConnector 组件：用于提供对 Web 服务方法调用的无脚本访问。

（5）XMLConnector 组件：用于使用 HTTP GET 或 POST 方法来读写 XML 文档。

（6）XUpdateResolver 组件：用于将 DeltaPacket 翻译为 XUpdate。

10.1.4 管理器组件

管理器是不可见的组件，使用这些组件，可以在应用程序中实现管理焦点或深度之类的功能。管理器组件包括以下 6 种：

（1）DepthManager 组件：用于管理对象的堆叠深度。

（2）FocusManager 组件：用于处理屏幕上各组件之间的 Tab 键导航。

（3）PopUpManager 组件：用于创建或删除弹出式窗口。

（4）StyleManager 组件：用于注册样式或管理继承的样式。

（5）SystemManager 组件：用于激活处于顶层的窗口。

（6）TransitionManager 组件：用于管理幻灯片和影片剪辑的动画效果。

10.2　创建按钮组件

在 Flash CS3 中可以使用 Button 组件创建按钮，Button 组件是任何表单或 Web 的基础。选择 窗口(W) → 组件(X) 命令或者按“Ctrl+F7”键，打开组件面板，如图 10.2.1 所示。在组件面板的 User Interface 类型中选择 Button 组件，然后按住鼠标左键将其拖曳到舞台中即可创建按钮组件，如图 10.2.2 所示。

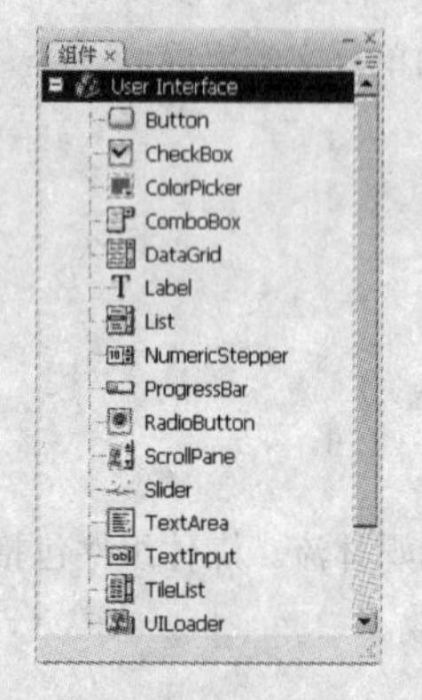

图 10.2.1　组件面板

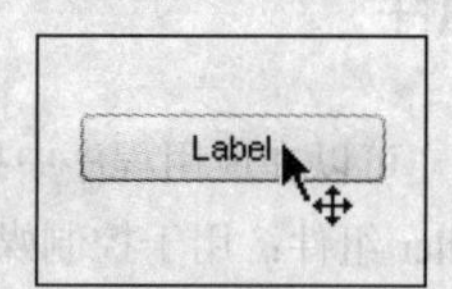

图 10.2.2　创建按钮组件

用户可以通过属性面板或检查器面板设置其参数，如图 10.2.3 所示为打开的 Button 组件的组件检查器面板。

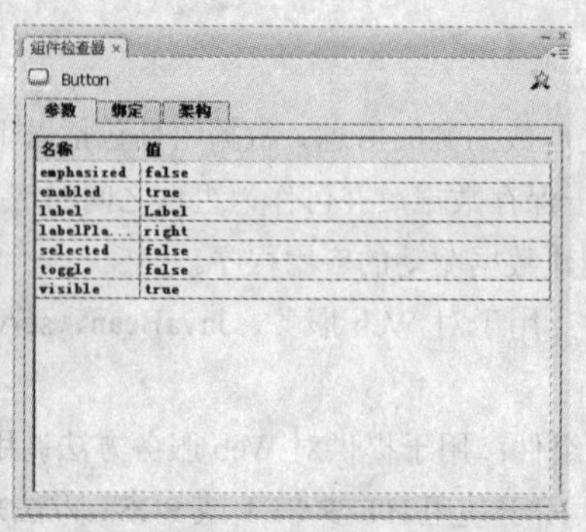

图 10.2.3　Button 组件的组件检查器面板

其面板中的选项介绍如下：

（1）emphasized：获取或设置一个布尔值，指示当按钮处于弹起状态时，Button 组件周围是否有边框。

（2）enabled：获取或设置一个值，指示组件能否接受用户输入。可以选中（true）或取消选中（false），默认是 false。

（3）label：获取或设置一个值，指示组件能否接受用户输入。

（4）labelPlacement：确定按钮上的标签文本相对于图标的方向，该参数可以是 left，right，top 或 bottom，默认值是 right。

（5）selected：如果切换参数的值是 true，则该参数指定是按下（true）按钮还是释放（false）按钮，默认值为 false。

（6）toggle：将按钮转变为切换开关。如果值为 true，则按钮在按下后保持按下状态，直到再次按下时才返回到弹起状态，默认值为 false。

（7）visible：获取一个值，显示按钮是否可见，可以选中（true）或取消选中（false），默认是 true。

10.3　创建单选按钮组件

在 Flash CS3 中 RadioButton 组件用于创建一组单选按钮，即在任何时候都只能有一个组成员被选中。选择 窗口(W) → 组件(X) 命令或者按“Ctrl+F7”键，打开组件面板，在组件面板的 User Interface 类型中选择 RadioButton 组件，然后按住鼠标左键将其拖曳到舞台中即可创建单选按钮组件，如图 10.3.1 所示。

用户可以通过属性面板或检查器面板设置其参数，如图 10.3.2 所示为打开的 RadioButton 组件的组件检查器面板。

图 10.3.1　创建单选按钮组件

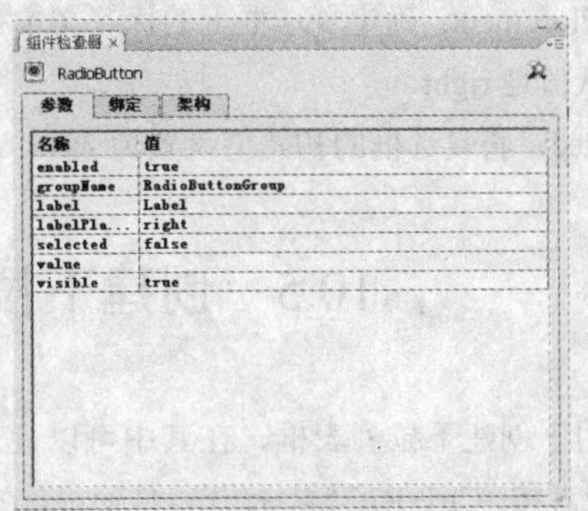

图 10.3.2　RadioButton 组件的组件检查器面板

其面板中的选项介绍如下：

（1）groupName：单选按钮的组名称，默认值为 radioGroup。

（2）label：设置按钮上的文本值，默认值为 Radio Button。

（3）labelPlacement：确定按钮上的标签文本相对于图标的方向，该参数可以是 left，right，top 或 bottom，默认值是 right。

（4）selected：设置单选按钮的初始值是否被选中。被选中的单选按钮会显示一个圆点。一个组内只有一个单选按钮可以有被选中的值（true）；如果组内有多个单选按钮被设置为 true，则会选中最后的单选按钮，默认值为 false。

（5）value：与单选按钮关联的用户定义值。

10.4　创建复选框组件

CheckBox 组件用于创建复选框。每当需要收集一组非相互排斥的 true 或 false 值时，都可以使用复选框。选择 窗口(W) → 组件(X) 命令或者按“Ctrl+F7”键，打开组件面板，在组件面板的 User Interface 类型中选择 CheckBox 组件，然后按住鼠标左键将其拖曳到舞台中即可创建复选框组件，如图 10.4.1 所示。

用户可以通过属性面板或检查器面板设置其参数，如图 10.4.2 所示为打开的 CheckBox 组件的组件检查器面板。

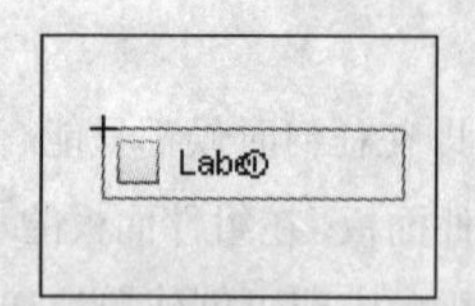

图 10.4.1　创建复选框组件

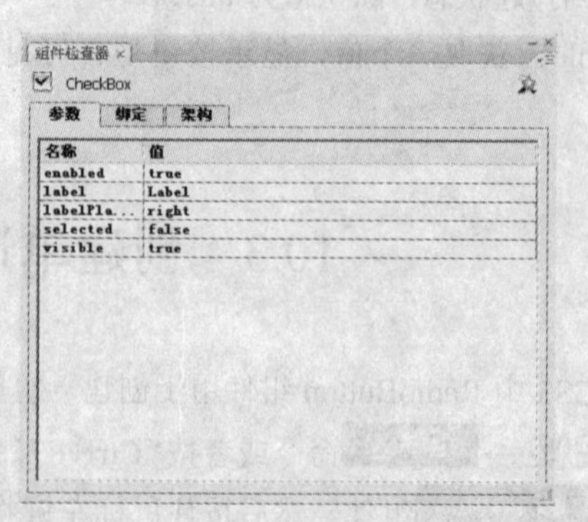

图 10.4.2　CheckBox 组件的组件检查器面板

其面板中的选项介绍如下：

（1）label：设置复选框上的文本值，默认值为 defaultValue。

（2）labelPlacement：确定复选框上的标签文本相对于图标的方向，该参数可以是 left，right，top 或 bottom，默认值是 right。

（3）selected：将复选框的初始值设置为选中（true）或取消选中（false）状态。

10.5　创建下拉列表框组件

List 组件用于创建下拉列表框，在其中可以显示图形，也可以包含其他组件。选择 窗口(W) → 组件(X) 命令或者按“Ctrl+F7”键，打开组件面板，在组件面板的 User Interface 类型中选择 List 组件，然后按住鼠标左键将其拖曳到舞台中即可创建下拉列表框组件，如图 10.5.1 所示。

用户可以通过属性面板或检查器面板设置其参数，如图 10.5.2 所示为打开的 List 组件的组件检查器面板。

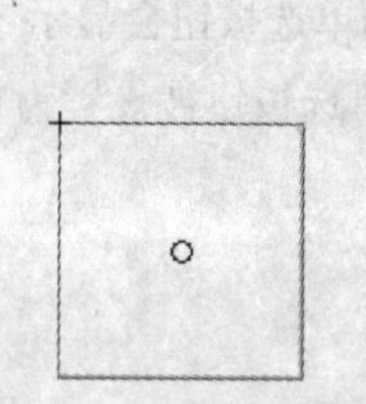

图 10.5.1　创建复选框组件

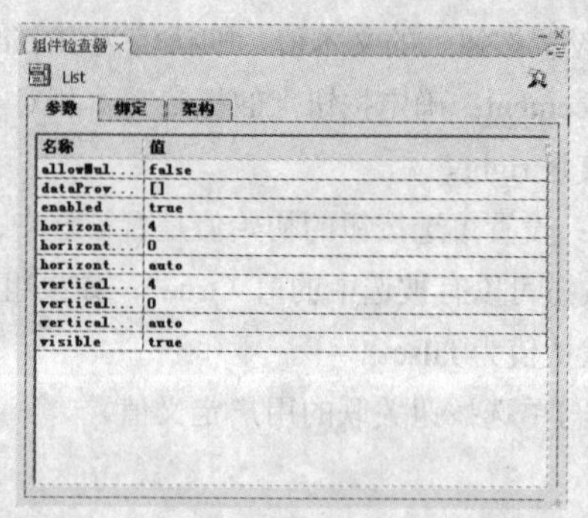

图 10.5.2　List 组件的组件检查器面板

其面板中的选项介绍如下：

（1）allowMultipleSelecti：此显示对象的当前辅助功能选项，可以选中（true）或取消选中（false），默认是 false。

（2）dataprovider：获取或设置要查看的项目列表的数据模型，默认值为[ ]，即为空数组。

（3）horizontalLineScrollSize：获取或设置一个值，该值描述当单击滚动箭头时要在水平方向上滚动的内容量，默认值是 4。

（4）horizontalPageScrollSize：获取或设置按滚动条轨道时水平滚动条上滚动滑块移动的像素数，默认值是 0。

（5）horizontalScrollBar：获取对水平滚动条的引用。有打开（off）、关闭（on）和自动（auto），默认是 auto。

（6）verticalLineScrollSize：获取或设置一个值，该值描述当单击滚动箭头时要在垂直方向上滚动多少像素，默认值是 4。

（7）verticalPageScrollSize：获取或设置按滚动条轨道时垂直滚动条上滚动滑块要移动的像素数，默认值是 0。

（8）verticalScrollBar：获取对垂直滚动条的引用。有打开（off）、关闭（on）和自动（auto），默认是 auto。

10.6　创建下拉菜单组件

ComboBox 组件用于创建下拉菜单，在其中提供了多个选项，用户可以选择其中的一个或者多个。选择 窗口(W) → 组件(X) 命令或者按“Ctrl+F7”键，打开组件面板，在组件面板的 User Interface 类型中选择 ComboBox 组件，然后按住鼠标左键将其拖曳到舞台中即可创建下拉菜单组件，如图 10.6.1 所示。

用户可以通过属性面板或检查器面板设置其参数，如图 10.6.2 所示为打开的 ComboBox 组件的组件检查器面板。

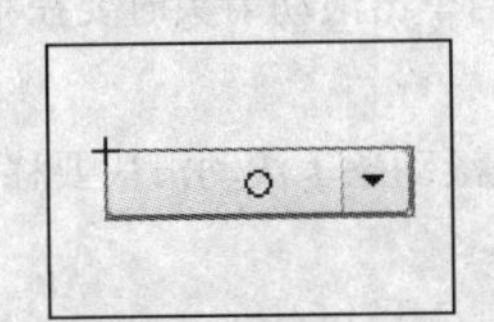

图 10.6.1　创建下拉菜单组件

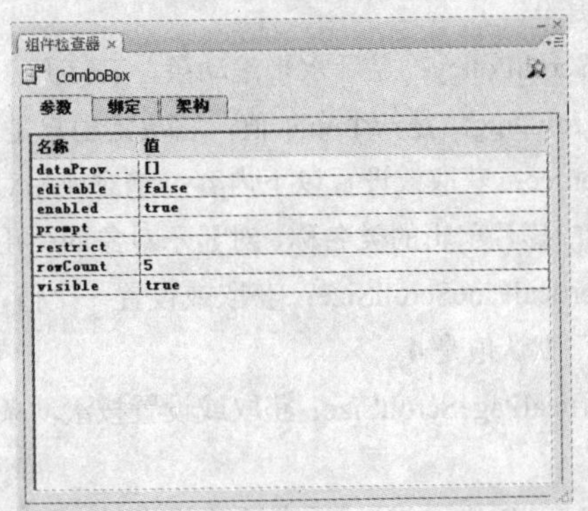

图 10.6.2　ComboBox 组件的组件检查器面板

其面板中的选项介绍如下：

（1）dataprovider：获取或设置要查看的项目列表的数据模型。

（2）editable：确定 ComboBox 组件是可编辑的，可以选中（true）或取消选中（false）。

（3）prompt：获取或设置对 ComboBox 组件的提示。

（4）rowCount：设置在不使用滚动条的情况下一次最多可以显示的项目数，默认值为 5。

10.7　创建滚动窗口组件

ScrollPane 组件用于创建滚动窗口，从而在一个可滚动区域中显示影片剪辑、JPEG 图像或动画。

选择 窗口(W) → 组件(X) 命令或者按“Ctrl+F7”键，打开组件面板，在组件面板的 User Interface 类型中选择 ScrollPane 组件，然后按住鼠标左键将其拖曳到舞台中即可创建滚动窗口组件，如图10.7.1所示。

用户可以通过属性面板或检查器面板设置其参数，如图10.7.2所示为打开的ScrollPane组件的组件检查器面板。

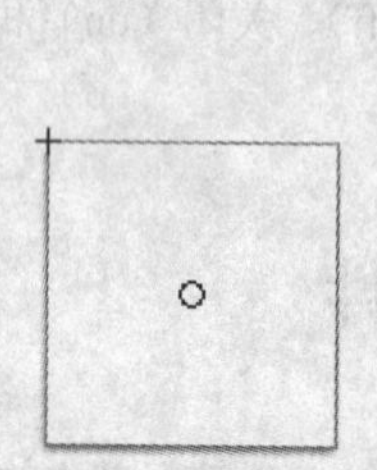

图10.7.1 创建滚动窗口组件

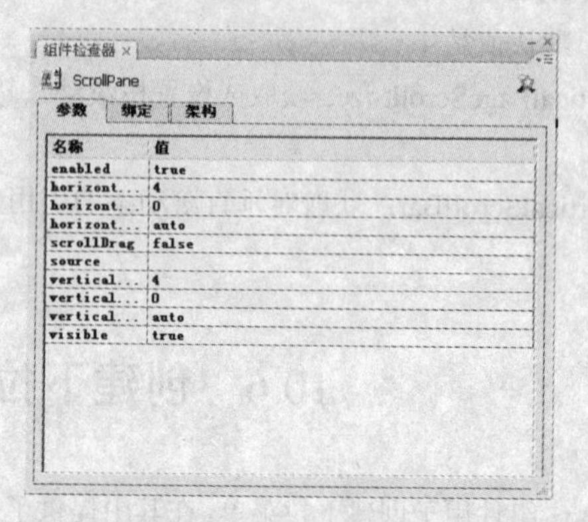

图10.7.2 ScrollPane组件的组件检查器面板

其面板中的选项介绍如下：

（1）horizontalLineScrollSize：获取或设置一个值，该值描述当单击滚动箭头时要在水平方向上滚动的内容量，默认值是4。

（2）horizontalPageScrollSize：获取或设置按滚动条轨道时水平滚动条上滚动滑块要移动的像素数，默认值是0。

（3）hScrollPolicy：显示水平滚动条，有打开（off）、关闭（on）和自动（auto），默认是auto。

（4）scrollDrag：是一个布尔值，它决定用户是否在滚动窗格中滚动内容，默认值为false。

（5）source：获取或设置以下内容：绝对或相对URL（该URL标识要加载的SWF或图像文件的位置）、库中影片剪辑的类名称、对显示对象的引用或与组件位于同一层上的影片剪辑的实例名称。

（6）verticalLineScrollSize：获取或设置一个值，该值描述当单击滚动箭头时要在垂直方向上滚动多少像素，默认值是4。

（7）verticalPageScrollSize：获取或设置按滚动条轨道时垂直滚动条上滚动滑块要移动的像素数，默认值是0。

（8）vScrollPolicy：显示垂直滚动条，有打开（off）、关闭（on）和自动（auto），默认是auto。

10.8 编辑组件

编译剪辑元件与常规影片剪辑元件相比，其显示和发布的速度更快，用户可以将常规影片剪辑元件转换为编译剪辑元件或者导出为SWC文件。

10.8.1 将影片剪辑转换为编译剪辑

选中库面板中的影片剪辑，单击鼠标右键，在弹出的快捷菜单中选择 转换为编译剪辑 命令，如图10.8.1所示，可将常规影片剪辑元件转换为编译剪辑元件，如图10.8.2所示。

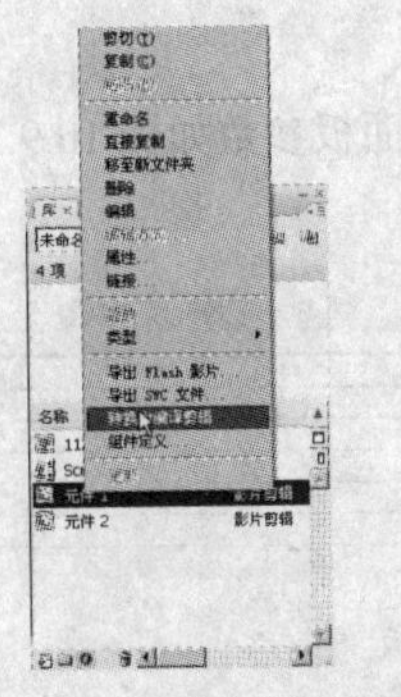
图 10.8.1 选择“转换为编译剪辑”命令

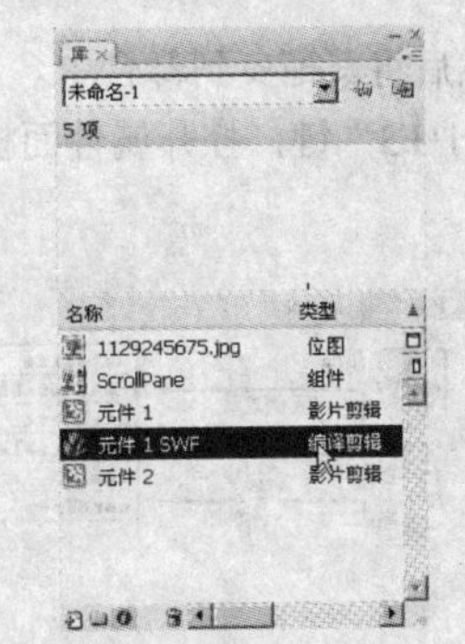
图 10.8.2 转换为编译剪辑元件

10.8.2 导出 SWC 文件

选中库面板中的影片剪辑，单击鼠标右键，在弹出的快捷菜单中选择导出 SWC 文件...命令，如图 10.8.3 所示，弹出“导出文件”对话框，如图 10.8.4 所示，在文件名(N):下拉列表中输入文件的名称，然后单击保存(S)按钮进行保存。

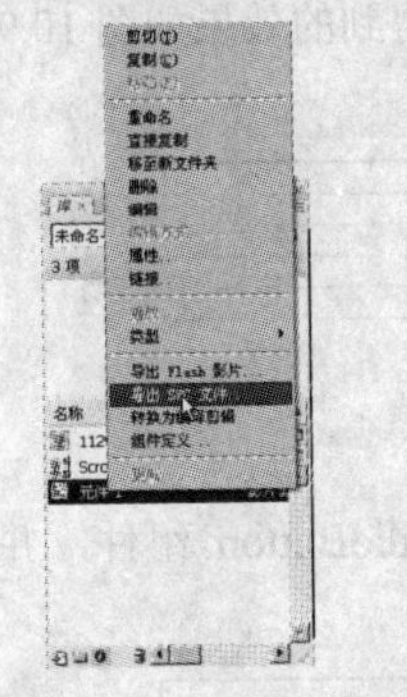
图 10.8.3 选择“导出 SWC 文件”命令

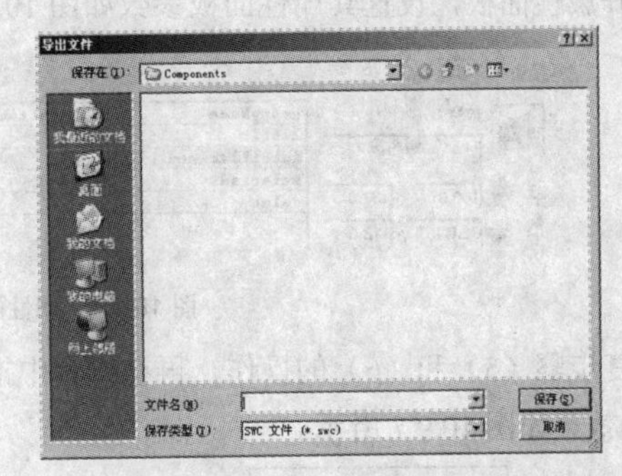
图 10.8.4 “导出文件”对话框

10.9 课堂实训——制作单选项效果

本节将综合使用前面所学的内容制作单选项效果，最终效果如图 10.9.1 所示。

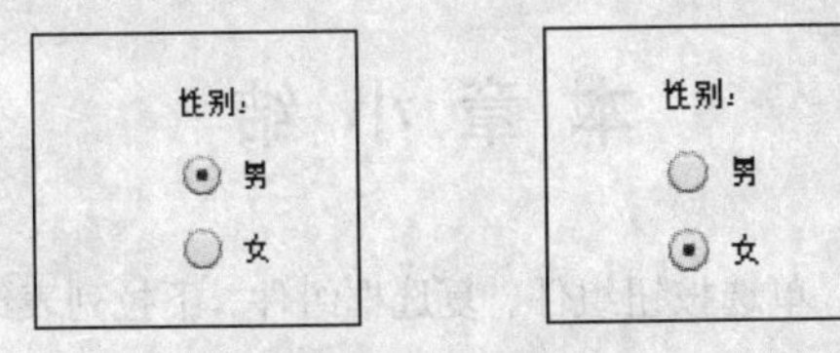

图 10.9.1 最终效果图

操作步骤

（1）启动 Flash CS3 应用程序，新建一个文档。

（2）按 Ctrl+J 键，弹出“文档属性”对话框，设置文档尺寸为“300 像素×200 像素”，背景颜色为“白色”，帧频为“12”，单击确定按钮。

（3）选择窗口(W)→组件(X)命令，打开组件面板，在组件面板的User Interface类型中选择

Label组件，然后将其拖曳到舞台中。

（4）按“Ctrl+F3”键，打开属性面板，设置其属性面板参数如图 10.9.2 所示，得到的效果如图 10.9.3 所示。

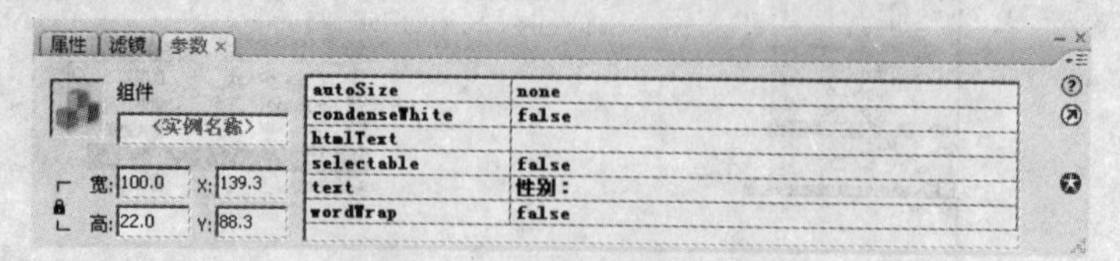

图 10.9.2　属性面板

（5）在组件面板的User Interface类型中选择RadioButton组件，并将其拖曳到舞台中，效果如图 10.9.4 所示。

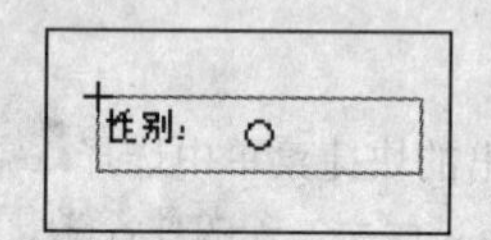

图 10.9.3　应用 Label 组件效果

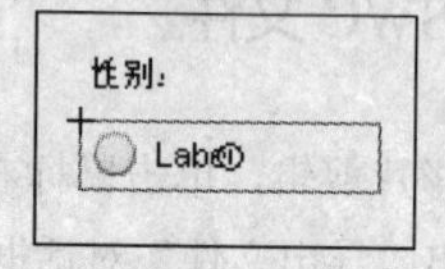

图 10.9.4　创建 RadioButton 组件

（6）打开属性面板，设置其属性面板参数如图 10.9.5 所示，得到的效果如图 10.9.6 所示。

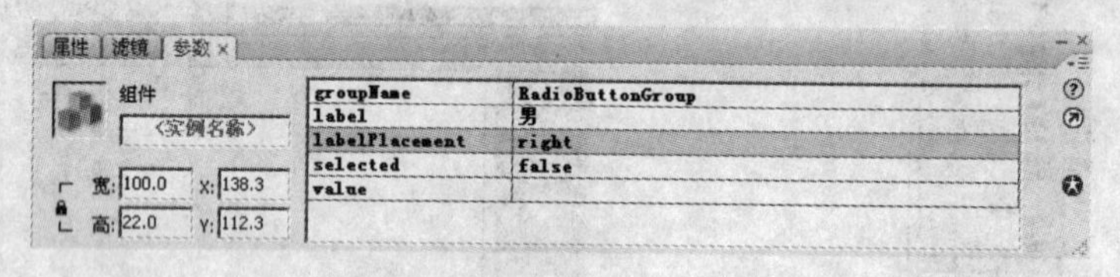

图 10.9.5　属性面板

（7）重复步骤（5）和（6）的操作，再在舞台中拖入一个 RadioButton 组件，并在属性面板中设置其参数，效果如图 10.9.7 所示。

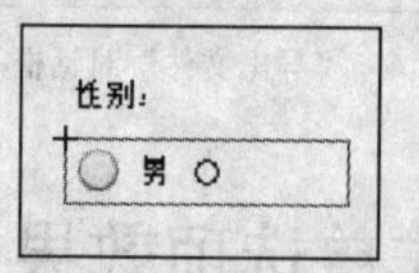

图 10.9.6　应用 RadioButton 组件效果（一）

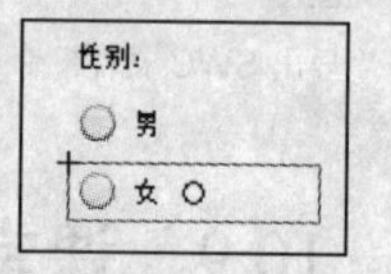

图 10.9.7　应用 RadioButton 组件效果（二）

（8）按“Ctrl+Enter”键预览效果，最终效果如图 10.9.1 所示。

本 章 小 结

本章主要介绍了按钮组件、单选按钮组件、复选框组件、下拉列表组件、下拉菜单组件以及滚动窗口组件的创建与编辑。通过本章的学习，能够帮助用户很方便地创建出具有控制界面的动画效果。

操 作 练 习

一、填空题

1．在 Flash CS3 中，组件分为用户界面组件、________、________和________4 种类型。

2．________是带有参数的影片剪辑，用户可以通过设置参数修改其外观和行为。

3．________组件用于创建按钮，是任何表单或 Web 的基础。

4．打开组件面板的快捷键是________。

5．Button 组件中的 label 参数的功能是________。

6．用户可以在________和________中设置组件的参数。

7．要向 Flash 文档中添加组件，只要在________中选中组件，然后将其拖动到舞台上即可。

二、选择题

1．在 ComboBox 组件中，rowCount 参数的默认值是（　）。

（A）5　　（B）4

（C）6　　（D）7

2．ScrollPane 组件用于创建滚动窗口，使用它可以在一个可滚动区域中显示（　）。

（A）影片剪辑　　（B）JPEG 图像

（C）动画　　（D）其他组件

3．用于打开组件面板的快捷键是（　）。

（A）Ctrl+F5　　（B）Ctrl+F6

（C）Ctrl+F7　　（D）Ctrl+L

三、简答题

1．如何向文档中添加组件？

2．编译剪辑元件与常规影片剪辑元件相比有什么特点？

四、上机操作题

1．使用 CheckBox 组件，创建如题图 10.1 所示的效果。

2．练习使用 ScrollPane 组件，创建如题图 10.2 所示的效果。

题图　10.1

题图　10.2

第 11 章　测试与发布动画

制作完 Flash 多媒体动画后，就需要将制作的作品上传到 Internet，要将作品上传到 Internet，首先应将作品导出或发布为.swf 文件，而且在上传前要对其进行测试和优化。

知识要点

- 测试动画
- 优化动画
- 导出动画
- 发布动画
- 上传动画

11.1　测 试 动 画

测试动画主要是为了检查制作好的 Flash 作品在电脑上和 Internet 上的播放效果。在测试 Flash 动画时，需要考虑以下 3 个方面：

（1）在本地机上，Flash 动画的播放效果是否与预期相同。

（2）Flash 动画的体积是否已经是最小状态，是不是还可以更小。

（3）是否能在网络环境下正常地下载和观看 Flash 动画。

在 Flash CS3 中使用“测试影片”“调试影片”和“测试场景”3 个命令来对作品进行测试，它们的区别介绍如下：

“测试影片”命令将影片在测试环境中完整地播放。

“调试影片”命令将影片在测试环境中完整地播放，且在打开影片的同时，会打开“调试器”面板，如图 11.1.1 所示。单击▶按钮可继续播放，单击✖按钮后停止播放。

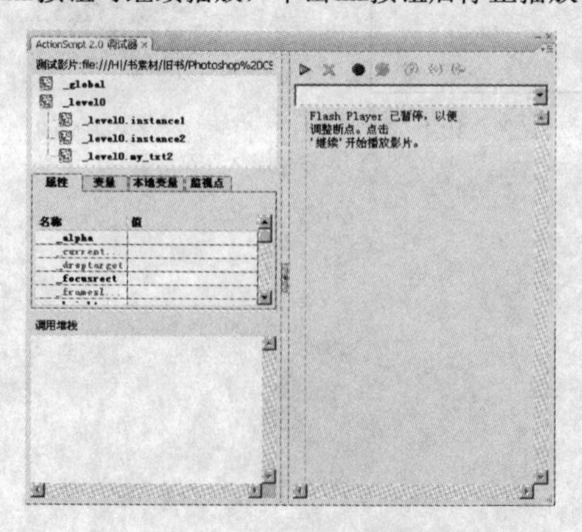

图 11.1.1　“调试器”面板

“测试场景”命令只是在测试环境中播放当前场景，而不测试整个影片。

11.1.1 在编辑环境中进行测试

在编辑环境中能快速地进行一些简单的测试，由于测试任务繁重，编辑环境不是用户的首选测试环境。

1. 测试帧动作

在编辑环境中，用户还可以测试简单的帧动作，如goto，play和stop等。若要测试动画中的帧动作，必须首先选择 控制(O)→启用简单帧动作(I) 命令，然后单击添加了简单动作的帧，按“Enter”键或单击控制器面板中的“播放”按钮▸。

技巧：还有一种简单的方式，单击要测试声音的起始位置，然后按“Enter”键直接测试，当需要停止时，只需要用鼠标单击时间轴面板中的其他位置即可。

2. 测试时间轴动画

在制作完时间轴动画（例如逐帧动画或补间动画等）之后，应及时测试这部分动画片段是否流畅。若要测试时间轴动画，只需要单击动画的起始位置，然后按“Enter”键即可。

3. 测试按钮状态

制作完的按钮元件会出现在库面板中，用户可以单击“播放”按钮▸测试按钮在弹起、指针经过、按下和单击状态下的外观，如图11.1.2所示，还可以选择 控制(O)→启用简单按钮(T) 命令来测试按钮的状态，如图11.1.3所示。

图11.1.2 通过库面板测试按钮状态

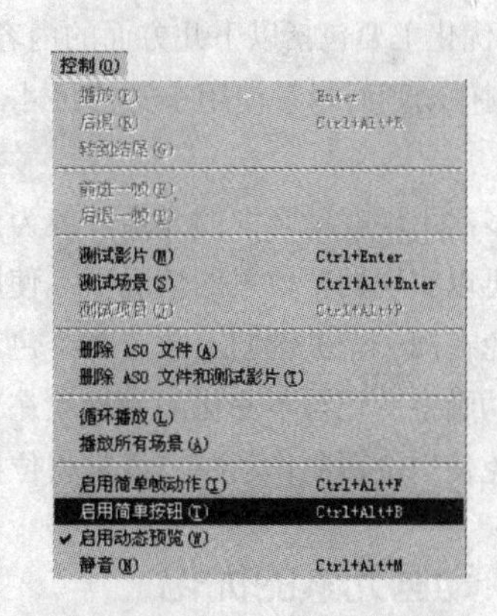

图11.1.3 通过命令测试按钮状态

4. 测试声音

在一些MTV中，经常需要音乐与相应的文本同步出现，这时通常采用数据流同步声音。若要对声音进行同步效果测试，可以选择 窗口(W)→工具栏(O)→控制器(O) 命令，打开控制器面板，单击要测试声音的起始位置，然后分别单击控制器面板中的“播放”按钮▸和“停止”按钮■等。

11.1.2 在编辑环境外进行测试

在编辑环境中的测试是有限的，若要评估影片剪辑、动作脚本或其他重要的动画元素，必须在编辑环境之外进行。

用户可以选择 控制(O)→ 测试影片(M)/测试场景(S) 命令，将当前动画或场景输出为.swf 格式的文件，同时在测试窗口中打开并播放，测试窗口如图 11.1.4 所示。

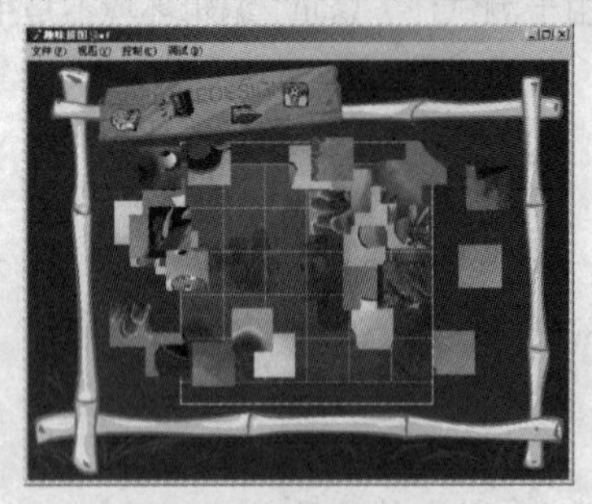

选择“测试影片”命令

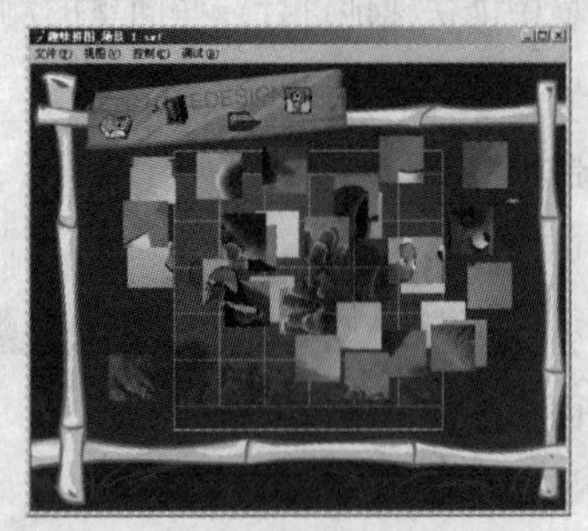

选择“测试场景”命令

图 11.1.4　在测试窗口中播放动画

11.2　优 化 动 画

Flash 文件体积越大，在网络上下载或播放的速度就会越慢，中途还会产生停顿现象。因此，在导出或发布动画作品时，最好对动画进行优化。

11.2.1　制作手法的优化

制作手法优化主要包括以下几方面的内容：

（1）在制作动画时尽量使用小文档尺寸，将制作好的作品发布为 HTML 格式时再将文档尺寸设置得大一些。

（2）将多次出现在动画中的元素转换为元件。

（3）在可以实现同样效果的情况下，使用渐变动画代替逐帧动画。

（4）避免在同一个关键帧上放置多个包含动画片段的对象。

（5）将动画中变化与不变化的元素放在不同的层中，以加快动画的处理过程。

（6）避免使用位图制作动画，通常将位图设为背景图像或者静止元素。

11.2.2　动画元素的优化

动画元素的优化主要包括包括选择方面和制作过程方面的优化，下面进行具体介绍。

（1）如果在制作动画时必须导入位图，就需要在导入前最好使用别的软件将位图尺寸设置小一些，并使用 JPEG 格式。

（2）图中尽量使用实线，若图中线条太多，可选择 修改(M)→ 形状(P)→ 优化(O)... 命令，减少图形中的线条。

（3）对绘制的图形进行组合操作。

（4）尽量少用图形透明度，因为半透明对象会使动画在播放过程中出现不流畅的现象。

（5）推荐使用 MP3 格式的声音。

11.2.3　文本的优化

在制作动画时，如果要使用文本，需要注意以下几个方面：

（1）减少文本中使用的字体和样式，使用的字体越多，Flash 文件就越大，尽量使用 Flash 内置的字体。

（2）在制作文本动画的过程中，尽量不要将字体打散，这样会使文件增大。

11.3　导 出 动 画

在 Flash CS3 中，用户可以将动画影片导出为可以在其他应用程序中进行编辑的内容，并将 Flash 内容直接导出为单一的格式，如 SWF 文件、GIF 文件、JPEG 文件、PNG 文件等。

要将 Flash 内容导出，可以选择 导出图像(E)... 或 导出影片(M)... 命令，其中 导出图像(E)... 命令会将当前帧的内容或当前所选图像导出为一种静止图像格式。导出影片(M)... 命令会将 Flash 文档导出为静止的图像格式，并且可以为文档中的每一帧都创建一个带有编号的图像文件，还可以将文档中的声音导出为 WAV 文件。

11.3.1　导出 SWF 动画影片

SWF 格式是 Flash 默认的播放格式，也是用于在网络上传输和播放的格式。导出 SWF 动画影片的具体操作步骤如下：

（1）首先打开需要导出的 Flash 文档。选择 文件(F) → 导出(E) → 导出影片(M)... 命令，弹出“导出影片”对话框，如图 11.3.1 所示。

（2）在 文件名(N): 文本框中输入文件的名称。

（3）单击 保存类型(T): 后面的 ▼ 按钮，弹出如图 11.3.2 所示的下拉列表，在其中可选择一种文件格式。

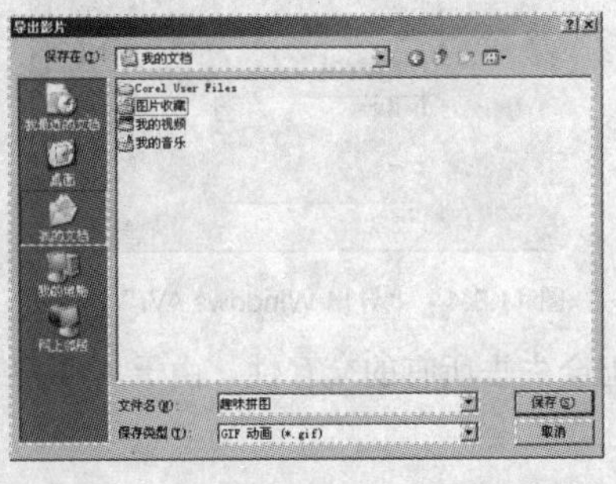

图 11.3.1　“导出影片”对话框

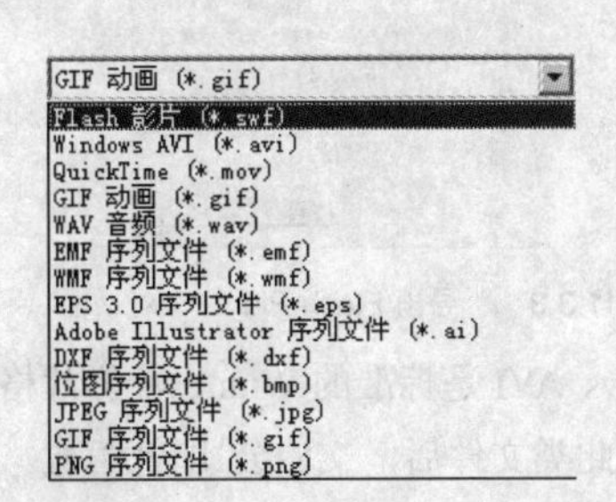

图 11.3.2　“保存类型”下拉列表

（4）单击 保存(S) 按钮后，弹出“导出 Flash Player”对话框，如图 11.3.3 所示。

其对话框中的各选项含义如下：

版本(V):：用于选择以何种版本导出 SWF 动画影片。高版本的动画不能被低版本的 Flash Player 播放器打开。

加载顺序(L):：用于设置在动画中加载图层的顺序，有“由下而上”和“由上而下”两种顺序。

选项：在此选项区中若选中 ☑ 防止导入(P) 复选框，则导出的 SWF 文件不能被导入到其他 Flash 文件中；若选中 ☑ 压缩影片 复选框，则可以让 Flash 播放器自己压缩影片，其默认情况下，处于选中状态。

密码：选中 ☑ 防止导入(P) 复选框后，可以在此文本框中设置密码，这样在别的文档中导入 SWF 动画时，需要输入密码。

JPEG 品质(Q)：用于调整动画中使用所有位图输出品质，品质越高，图像就越清晰，但 SWF 动画影片体积同时也会增大。

音频流(S)：单击该选项后的 设置 按钮，可以在打开的对话框中调整动画中所有“数据流”声音的压缩。

音频事件(E)：用于调整动画中所有“事件”声音的压缩。

☑ 覆盖声音设置：选中此复选框，可以让音频流、音频事件设置覆盖对个别声音的设置。若取消选中此复选框，导出 SWF 文件时，Flash 会扫描文档中的所有音频，然后按照各个设置中最高的设置发布所有音频流。

☑ 导出设备声音：一般情况下，不要选中此复选框。因为设备声音是一种以设备的本机音频格式编码的声音。

（5）设置好相关的参数后，单击 确定 按钮，即可将动画导出为 SWF 格式的动画影片。

11.3.2 导出 AVI 动画影片

当选择如图 11.3.2 所示的“Windows AVI”格式后，单击 保存(S) 按钮，会弹出如图 11.3.4 所示的“导出 Windows AVI”对话框。

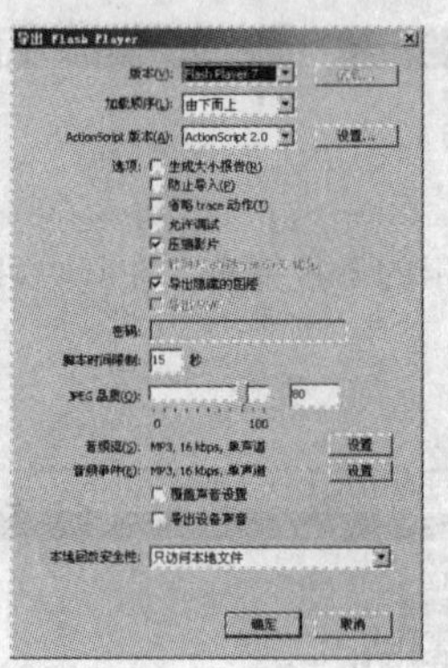

图 11.3.3 “导出 Flash Player”对话框

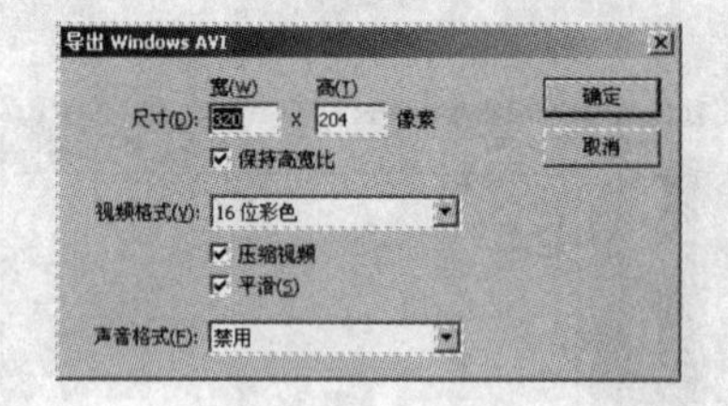

图 11.3.4 “导出 Windows AVI”对话框

Windows AVI 是标准的 Windows 影片格式，但会失去所有的交互性。由于 AVI 格式基于位图，所以导出为此类文件后，文档会比较大。

其对话框中的各选项含义介绍如下：

（1）尺寸：该选项用来设置 AVI 影片的帧的宽度和高度，用户只要设置宽度或高度中的一个即可，另一个会自动设置。如果取消选中 ☐ 保持高宽比 复选框，就可以单独设置其宽度和高度。

（2）视频格式(V)：该选项用来选择颜色深度。当选中 ☑ 压缩视频 复选框，会使用标准的 AVI 压缩选项。当选中 ☑ 平滑(S) 复选框，导出的 AVI 影片会应用消除锯齿效果。

（3）声音格式(F)：该选项用来设置导出声音的格式。

11.3.3　导出 GIF 动画影片

当选择如图 11.3.2 所示的“GIF 动画”格式后，单击保存(S)按钮，会弹出“导出 GIF”对话框，如图 11.3.5 所示。

其对话框中的各选项含义如下：

（1）尺寸：该选项用来设置要导出的位图图像的宽度和高度值。

（2）分辨率(R)：该选项用来设置要导出的位图图像的分辨率，也可以单击匹配屏幕(M)按钮来使用屏幕分辨率。

（3）颜色(C)：该选项用来设置要导出的位图图像的颜色数量。

（4）动画(A)：该选项用来设置动画重复播放的次数。

11.3.4　导出 JPEG 动画影片

当选择如图 11.3.2 所示的“JPEG 序列文件”格式后，单击保存(S)按钮，会弹出如图 11.3.6 所示的“导出 JPEG”对话框。

该对话框中各项参数的含义如下：

（1）尺寸：该选项用来设置导出的 JPEG 图像的宽度和高度。

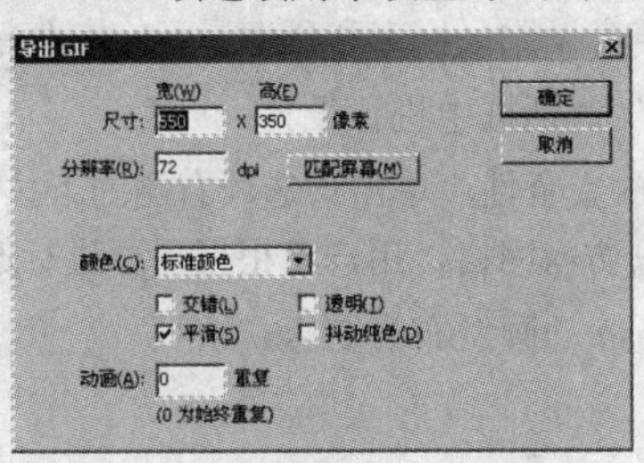

图 11.3.5　“导出 GIF”对话框

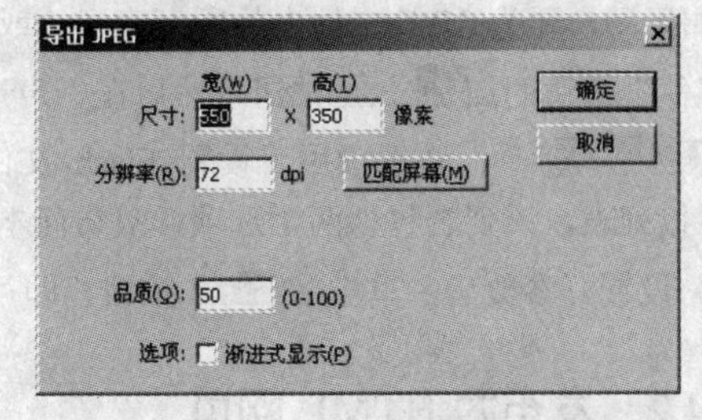

图 11.3.6　“导出 JPEG”对话框

（2）分辨率(R)：该选项用来设置导出的 JPEG 图像的分辨率。单击匹配屏幕(M)按钮后，会使导出的图像大小与 Flash 内容在屏幕上显示的大小相同。

（3）品质(Q)：该选项用来设置导出的 JPEG 图像的品质。

11.4　发 布 动 画

利用发布动画功能，可以将 Flash 作品发布为 swf 动画影片、html 网页以及各种图像形式。

11.4.1　发布为 Flash 文件

用户可将 Flash 动画发布为 Flash 文件，具体操作方法如下：

（1）在菜单栏中选择文件(F)→发布设置(G)...命令，在弹出的“发布设置”对话框中单击 Flash 标签，打开“Flash”选项卡，如图 11.4.1 所示。

该选项卡中各选项的含义如下：

1）版本(V)：该选项用于设置播放器的版本，其默认选项为 Flash Player 9。

2）加载顺序(L)：该选项用于设置 Flash 在速度较慢的网络或调制解调器连接时先绘制 SWF 文件的哪些部分。单击其右侧的下拉按钮▼，弹出其下拉列表，该列表中包含两个选项："由下而上"和"由上而下"。

3）ActionScript 版本：该选项用于设置动画脚本语言的版本，其默认选项为 ActionScript 2.0。

4）选项：要启用对已发布 Flash SWF 文件的调试操作，可选择以下任意一个选项：

选中☑生成大小报告(R)复选框可生成一个报告，该报告中列出了最终 Flash 文件大小。

选中☑防止导入(P)复选框可防止其他人导入 SWF 文件，并可在密码文本框中输入密码来保护 SWF 文件。

选中☑省略 trace 动作(T)复选框会使 Flash 忽略当前 SWF 文件中的跟踪动作（trace）。

选中☑允许调试复选框会激活调试器并允许远程调试 SWF 文件。如果选择此选项，用户可以使用密码来保护 SWF 文件。

选中☑压缩影片复选框可以压缩 SWF 文件减小文件大小以缩短下载时间。

选中☑导出 SWC复选框可以将隐藏的文件一并导出。

5）JPEG 品质(Q)：该选项用于控制位图的压缩品质，用户可在其右侧的文本框中输入数值或拖动滑块设置位图的压缩比。图像品质越低，生成的文件越小；图像品质越高，生成的文件越大，当值为 100 时图像品质最佳，压缩比最小。

6）如果用户要为 SWF 文件中的所有声音流或事件声音设置采样率和压缩，可单击"音频流"或"音频事件"旁边的 设置... 按钮，然后在"声音设置"对话框中进行设置。

7）本地回放安全性：该选项用于设置 Flash 文件的回放安全性，单击该选项右侧的下拉按钮▼，弹出其下拉列表，该列表包含两个选项：只访问本地和只访问网格，用户可根据需要进行选择。

（2）设置好参数后，单击 发布 按钮，即可将 Flash 动画发布为 Flash 文件。

11.4.2　发布为 HTML 网页

用户可将 Flash 动画发布为 HTML 网页，具体操作方法如下：

（1）在菜单栏中选择 文件(F) → 发布设置(G)... 命令，在弹出的"发布设置"对话框中单击 HTML 标签，打开"HTML"选项卡，如图 11.4.2 所示。

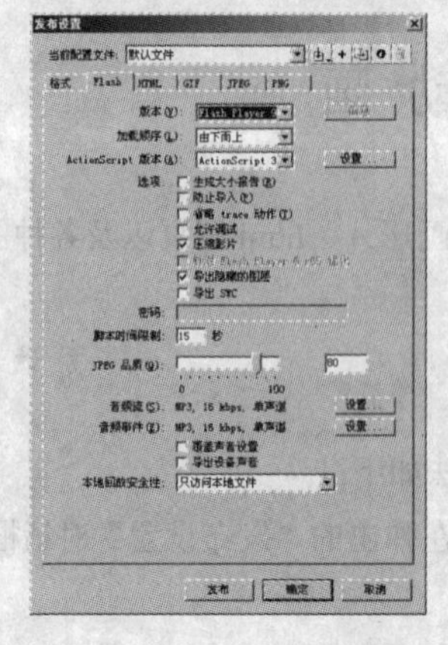

图 11.4.1　"Flash"选项卡

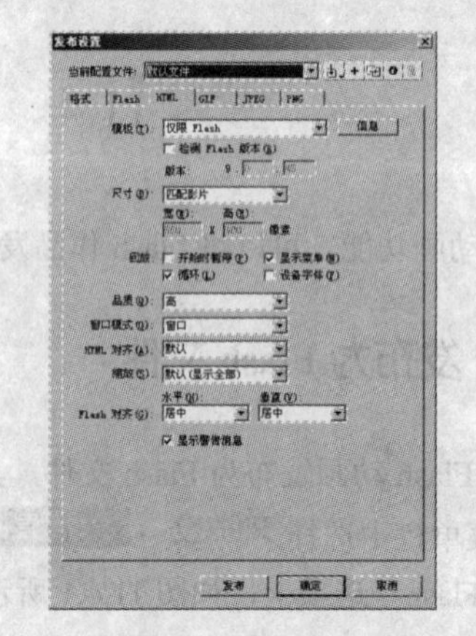

图 11.4.2　"HTML"选项卡

该选项卡中各选项的含义如下：

1）模板(T)：该选项用于设置要使用的已安装模板，单击信息按钮，即可显示选定模板的说明，其默认选项是“仅限 Flash”。

2）尺寸(D)：该选项用于设置 object 和 embed 标记中宽和高属性的值，单击其右侧的下拉按钮，弹出其下拉列表，该列表包含 3 个选项：匹配影片、像素和百分比。

“匹配影片”：（默认设置）使用 SWF 文件的大小。

“像素”：在“宽度”和“高度”文本框中输入宽度和高度的像素数量。

“百分比”：指定 SWF 文件将占浏览器窗口百分比值。

3）回放：该选项用于控制 SWF 文件的回放和其他的功能。

选中☑开始时暂停(P)复选框，会一直暂停播放 SWF 文件，直到用户单击按钮或从快捷菜单中选择“播放”后才开始播放。默认情况下，该选项处于取消选择状态。

选中☑循环(L)复选框，Flash 动画到达最后一帧将会重复播放。取消选中该复选框会使 Flash 动画到达最后一帧后停止播放。

选中☑显示菜单(M)复选框，当用户单击鼠标右键或按住“Ctrl”键单击 SWF 文件时，会显示一个快捷菜单，如果取消选中该复选框，则快捷菜单中只显示“关于 Flash”一项。

选中☑设备字体(F)复选框，会使用消除锯齿（边缘平滑）的系统字体替换用户系统上未安装的字体。使用设备字体可使小号字体清晰，并能减小 SWF 文件的大小。

4）品质(Q)：该选项用于设置 HTML 网页的外观，单击其右侧的下拉按钮，弹出其下拉列表，该列表包含 6 个选项：低、自动降低、自动升高、中、高和最佳。

“低”：主要考虑回放速度，基本不考虑外观，并且不使用消除锯齿功能。

“自动降低”：主要强调速度，但也会尽可能改善外观。

“自动升高”：在开始时同时强调回放速度和外观，但在必要时会只保证回放速度。

“中”：应用消除锯齿功能，但并不平滑位图。

“高”：主要考虑外观，基本不考虑回放速度，它始终使用消除锯齿功能。

“最佳”：提供最佳的显示品质，而不考虑回放速度。

5）窗口模式(O)：该选项控制 object 和 embed 标记中 HTML wmode 的属性，单击其右侧的下拉按钮，弹出其下拉列表，该列表包含 3 个选项：窗口、不透明无窗口和透明无窗口。

“窗口”：不在 object 和 embed 标记中嵌入任何窗口相关属性。

“不透明无窗口”：将 Flash 动画的背景设置为不透明，以遮蔽 Flash 动画。

“透明无窗口”：将 Flash 内容的背景设置为透明。

6）HTML 对齐(A)：该选项用于设置 Flash 动画被输出后在浏览器窗口中的位置。单击其右侧的下拉按钮，弹出其下拉列表，该列表包含 5 个选项：默认、左对齐、右对齐、上对齐和下对齐。

“默认”：使 Flash 动画在浏览器窗口内居中显示，如果浏览器窗口小于应用程序，则会裁剪动画边缘。

“左对齐”“右对齐”“上对齐”或“下对齐”选项会将 SWF 文件与浏览器窗口的相应边缘对齐，并根据需要裁剪其余的三边。

7）缩放(S)：该选项用于设置 object 和 embed 标记中的缩放参数。单击其右侧的下拉按钮，弹出其下拉列表，该列表包含 4 个选项：默认、无边框、精确匹配和无缩放。

“默认（显示全部）”：在指定的区域显示整个文档，并且保持 SWF 文件的原始高宽比。

“无边框”：对文档进行缩放，以使它填充指定的区域，保持SWF文件的原始高宽比，以使其不扭曲，并根据需要裁剪SWF文件边缘。

“精确匹配”：在指定区域显示整个文档，但不保持原始高宽比，因此可能会发生扭曲。

“无缩放”：将禁止文档在调整Flash Player窗口大小时进行缩放。

8）Flash 对齐(G)：该选项用于设置object和embed标记的对齐参数。对于“水平”对齐，可将其设置为左对齐、居中或右对齐；对于“垂直”对齐，可将其设置为上对齐、居中或下对齐，选中 显示警告消息 复选框可在标记设置发生冲突时显示错误消息。

（2）设置好参数后，单击 发布 按钮，即可将Flash动画发布为HTML网页。

11.4.3 发布为GIF文件

用户可将Flash动画发布为GIF文件，具体操作方法如下：

（1）在菜单栏中选择 文件(F) → 发布设置(G)... 命令，在弹出的“发布设置”对话框中单击 GIF 标签，打开“GIF”选项卡，如图11.4.3所示。

该选项卡各选项的含义如下：

1）尺寸：该选项用于设置导出的位图图像的宽度和高度值，选中 匹配影片(M) 复选框可使GIF和Flash SWF文件大小相同并保持原始图像的高宽比。

2）回放：该选项区用于设置Flash创建的是图像还是GIF动画。选中 静态(C) 单选按钮，可创建图像；选中 动画(N) 单选按钮，可创建动画，还可将动画设置为“不断循环”或“重复”。

3）选项：该选项区用于设置导出的GIF文件外观。

选中 优化颜色(O) 复选框，将从GIF文件的颜色表中删除所有不使用的颜色。

选中 交错(I) 复选框，下载GIF文件时，会在浏览器中逐步显示该文件。

选中 平滑(S) 复选框，可以消除导出位图的锯齿，从而生成较高品质的位图图像。

选中 抖动纯色(D) 复选框，用于抖动纯色和渐变色。

选中 删除渐变(G) 复选框，使用渐变色中的第一种颜色将SWF文件中的所有渐变填充转换为纯色，默认情况下处于关闭状态。

4）透明(T)：该选项用于设置应用程序背景的透明度。单击其右侧的下拉按钮，弹出其下拉列表，该列表包含3个选项：不透明、透明和Alpha。

“不透明”：将背景变为纯色。

“透明”：使背景透明。

“Alpha”：设置局部透明度。

5）抖动(E)：该选项用于设置如何组合可用颜色的像素以模拟当前调色板中不可用的颜色。抖动可以改善颜色品质，但也会增加文件大小。单击其右侧的下拉按钮，弹出其下拉列表，该列表包含3个选项：无、有序和扩散。

“无”：关闭抖动，并用基本颜色表中最接近指定颜色的纯色替代该表中没有的颜色。

“有序”：提供高品质的抖动，同时文件大小的增长幅度也最小。

“扩散”：提供最佳品质的抖动，但会增加文件大小并延长处理时间。该选项在选取“Web 216色”调色板时才起作用。

6）调色板类型(Y)：该选项用于设置调色板的类型，单击右侧的下拉按钮，弹出其下拉列表，该列表包含4个选项：Web 216色、最适色彩、接近Web最适色和自定义。

“Web 216 色”：使用标准的 216 色浏览器安全调色板来创建 GIF 图像，在此获得较好的图像品质，并且该色彩在服务器上的处理速度最快。

“最适色彩”：分析图像中的颜色，并为选定的 GIF 文件创建一个唯一的颜色表。

“接近 Web 最适色”：将接近的颜色转换为 Web 216 色调色板。

“自定义”：可以指定已针对选定图像优化的调色板。

（2）设置好参数后，单击 发布 按钮，即可将 Flash 动画发布为 GIF 文件。

11.4.4　发布为 JPEG 文件

用户可将 Flash 动画发布为 JPEG 文件，具体操作方法如下：

（1）在菜单栏中选择 文件(F) → 发布设置(G)... 命令，在弹出的“发布设置”对话框中单击 JPEG 标签，打开“JPEG”选项卡，如图 11.4.4 所示。

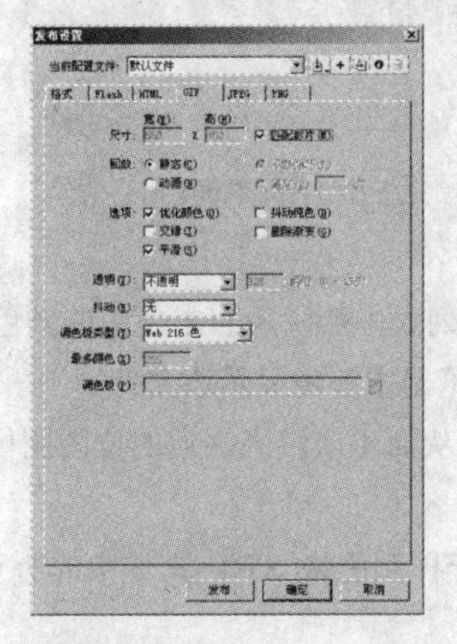

图 11.4.3　“GIF”选项卡

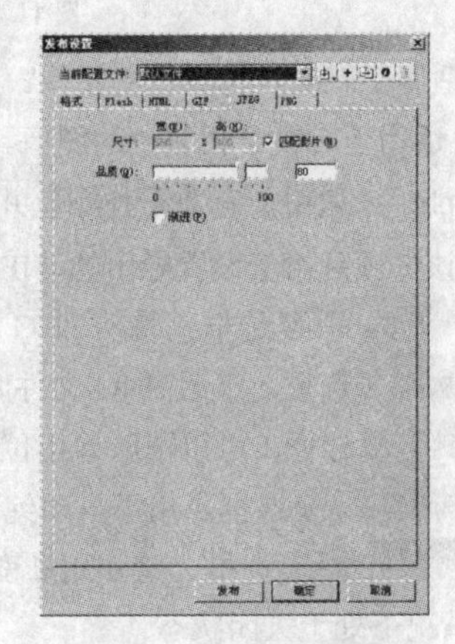

图 11.4.4　“JPEG”选项卡

该选项卡中各选项的含义如下：

1）尺寸：该选项用于设置导出的位图图像的宽度和高度值，选中 ☑ 匹配影片(M) 复选框可以使 JPEG 图像和舞台大小相同并保持原始图像的高宽比。

2）品质(Q)：该选项用于控制 JPEG 文件的压缩量，图像品质越低文件越小。

3）选中 ☑ 渐进(P) 复选框可以在 Web 浏览器中逐步显示渐进的 JPEG 图像，因此可在低速网络连接上以较快的速度显示加载的图像。

（2）设置好参数后，单击 发布 按钮，即可将 Flash 动画发布为 JPEG 文件。

11.4.5　发布为 PNG 文件

用户可将 Flash 动画发布为 PNG 文件，具体操作方法如下：

（1）在菜单栏中选择 文件(F) → 发布设置(G)... 命令，在弹出的“发布设置”对话框中单击 PNG 标签，打开“PNG”选项卡，如图 11.4.5 所示。

该选项卡中各选项的含义如下：

1）尺寸：该选项用于设置导出的位图图像的宽度和高度值，选中 ☑ 匹配影片(M) 复选框可以使 PNG 图像和 Flash SWF 文件大小相同并保持原始图像的高宽比。

2）位深度(B)：该选项用于设置创建图像时要使用的每个像素的位数和颜色数。单击右侧的下拉

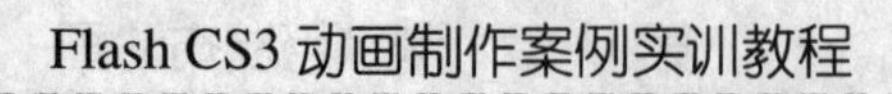

按钮▼，弹出其下拉列表，该列表包含 3 个选项：8 位、24 位和 24 位 Alpha。

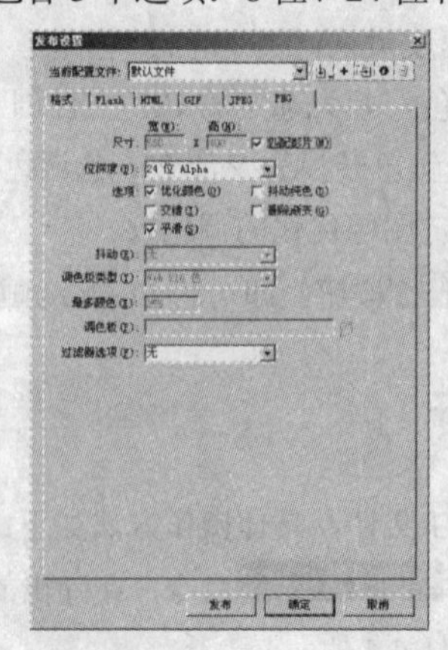

图 11.4.5 “PNG”选项卡

“8 位”：适用于有 256 种颜色的图像。

“24 位”：适用于有数千种颜色的图像。

“24 位 Alpha”：适用于有数千种颜色并带有透明度（32 位）的图像。

3）选项：该选项区用于设置导出的 GIF 文件外观。

选中☑优化颜色(O)复选框，将从 PNG 文件的颜色列表中删除所有未使用的颜色。

选中☑交错(I)复选框，下载 PNG 文件时，会在浏览器中逐步显示该文件。

选中☑平滑(S)复选框，可以消除导出位图的锯齿，从而生成较高品质的位图图像。

选中☑抖动纯色(D)复选框，用于抖动纯色和渐变色。

选中☑删除渐变(G)复选框，将使用渐变色中的第一种颜色将 SWF 文件中的所有渐变填充转换为纯色，默认情况下处于关闭状态。

4）抖动(E)：该选项用于设置如何组合可用颜色的像素以模拟当前调色板中不可用的颜色。抖动可以改善颜色品质，但也会增加文件大小。单击其右侧的下拉按钮▼，弹出其下拉列表，该列表包含 3 个选项：无、有序和扩散。

“无”：关闭抖动，并用基本颜色表中最接近指定颜色的纯色替代该表中没有的颜色。

“有序”：提供高品质的抖动，同时文件大小的增长幅度也最小。

“扩散”：提供最佳品质的抖动，但会增加文件大小并延长处理时间。该选项在选取“Web 216 色”调色板时才起作用。

5）调色板类型(T)：该选项用于设置调色板的类型，单击右侧的下拉按钮▼，弹出其下拉列表，该列表包含 4 个选项：Web 216 色、最适色彩、接近 Web 最适色和自定义。

“Web 216 色”：使用标准的 216 色浏览器安全调色板来创建 PNG 图像，在此获得较好的图像品质，并且该色彩在服务器上的处理速度最快。

“最适色彩”：分析图像中的颜色，并为选定的 PNG 文件创建一个唯一的颜色表。

“接近 Web 最适色”：将接近的颜色转换为 Web 216 色调色板。

“自定义”：可以指定已针对选定图像优化的调色板。

6）过滤器选项(F)：该选项用于设置使 PNG 文件的压缩性更好的逐行过滤方法，单击其右侧的下拉按钮▼，弹出其下拉列表，该列表包含 6 个选项：无、下、上、平均、路径和最适色彩。

“无”：关闭过滤功能。

“下”：传递每个字节和前一像素相应字节的值之间的差。

“上”传递每个字节和它上面相邻像素的相应字节的值之间的差。

“平均”：使用两个相邻像素（左侧像素和上方像素）的平均值来预测该像素的值。

“路径”：计算 3 个相邻像素（左侧、上方、左上方）的简单线性函数，然后选择最接近计算值的相邻像素作为颜色的预测值。

“最适色彩”：分析图像中的颜色，并为选定的 PNG 文件创建一个唯一的颜色表。

（2）设置好参数后，单击 发布 按钮，即可将 Flash 动画发布为 PNG 文件。

11.5　上 传 动 画

一切准备就绪后，就可以将制作好的作品上传到 Internet 上供观众欣赏。首先需要将它导出或发布为 swf 格式的影片，然后找一个 Flash 动画网站，将制作好的作品上传上去即可。下面以将制作好的圣诞节贺卡作品上传到地址为：http://flash.qq.com 的网站为例，来讲解上传动画的方法。其操作步骤具体介绍如下：

（1）大部分提供动画上传的网站都要求上传者为该网站用户，但该网站不用注册，可通过自己的 qq 号码将已制作好的作品上传到网站中。

（2）在百度的地址栏中输入 http://flash.qq.com 网站地址，进入网站首页，如图 11.5.1 所示。

（3）在打开的网页中单击 上传作品 按钮，进入如图 11.5.2 所示的界面。

图 11.5.1　网站首页

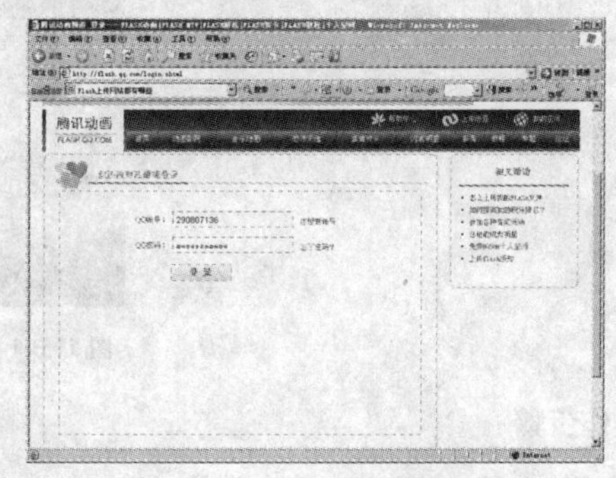

图 11.5.2　输入 qq 号码及密码

（4）单击 登 录 按钮，登录后的界面如图 11.5.3 所示，在其界面中单击 上传作品 按钮。

（5）打开“上传作品”页面，在界面中按照相关提示填写信息，如图 11.5.4 所示。

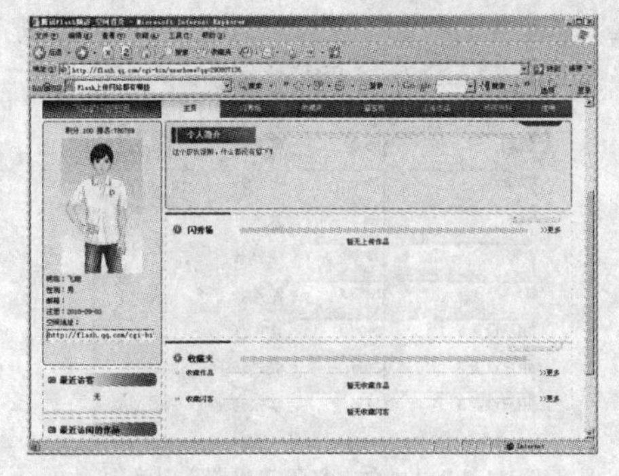

图 11.5.3　登录后的界面

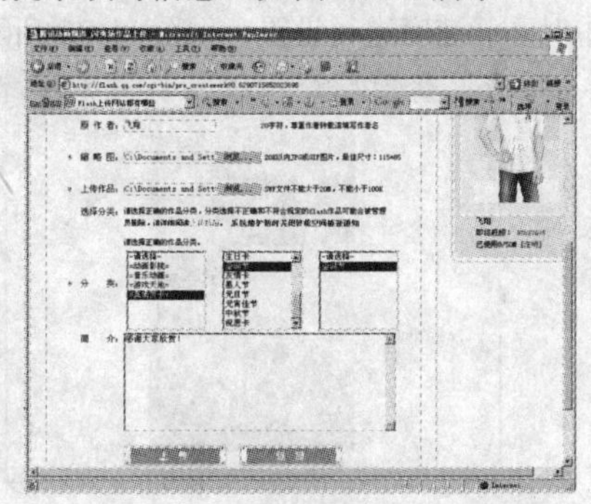

图 11.5.4　填写相关信息

提示：在上传动画之前，应该准备一幅从作品中导出的GIF格式的缩略图，其大小不能超过115×85像素，以用于“缩略图”项。

（6）单击 上传 按钮，进入如图11.5.5所示的界面。

（7）稍等片刻，弹出“上传作品成功”提示对话框，如图11.5.6所示。单击 确定 按钮，即可完成动画的上传操作。

图11.5.5 上传作品界面

图11.5.6 提示对话框

（8）返回“上传作品”页面，单击 圣诞节 按钮，即可观看自己上传的作品。

11.6 课堂实训——测试并发布GIF动画

本节将综合使用前面所学的内容测试并发布GIF动画，最终效果如图11.6.1所示。

图11.6.1 最终效果图

操作步骤

（1）将制作的Flash动画打开，在菜单栏中选择 控制(O)→测试影片(M) 命令，将当前动画输出为.swf格式的文件，在测试窗口中打开并播放，如图11.6.2所示。

（2）在测试窗口中选择 视图(V)→下载设置(D)→自定义... 命令，在弹出的“自定义下载设置”对话框中对下载速度进行设置，如图11.6.3所示。

图11.6.2 在测试窗口中打开Flash动画

自定义下载设置

菜单文本:	比特率:	
14.4	1200	字节/秒
28.8	2400	字节/秒
56K	4800	字节/秒
DSL	33400	字节/秒
T1	134300	字节/秒
用户设置 6	2400	字节/秒
用户设置 7	2400	字节/秒
用户设置 8	2400	字节/秒

确定 取消 重置(R)

图11.6.3 “自定义下载设置”对话框

（3）设置完成后，单击 确定 按钮。在测试窗口中选择 视图(V)→带宽设置(B) 命令，打开下载性能图，如图11.6.4所示。

（4）单击下载性能图中的方块，此时，其右侧的传输数据列表会显示该方块代表的帧的属性，如图11.6.5所示。

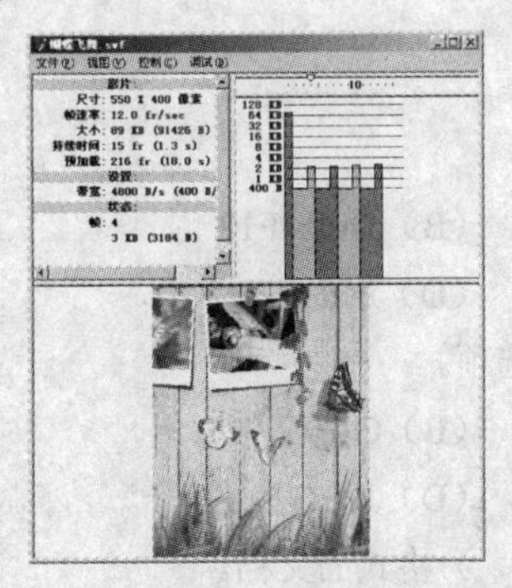

图11.6.4 下载性能图

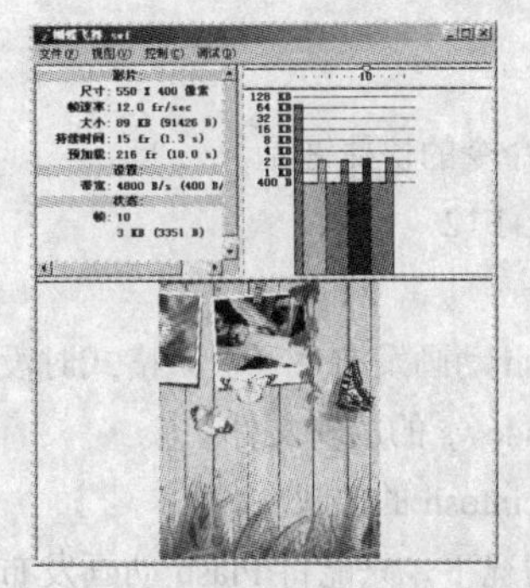

图11.6.5 显示方块代表的帧的属性

（5）在菜单栏中选择 文件(F)→发布设置(G)... 命令，弹出“发布设置”对话框，如图11.6.6所示。

（6）在该对话框中 类型 选项区中选中 ☑GIF 图像（.gif） 复选框，单击 GIF 标签，打开“GIF”选项卡，在该选项卡中设置参数如图11.6.7所示。

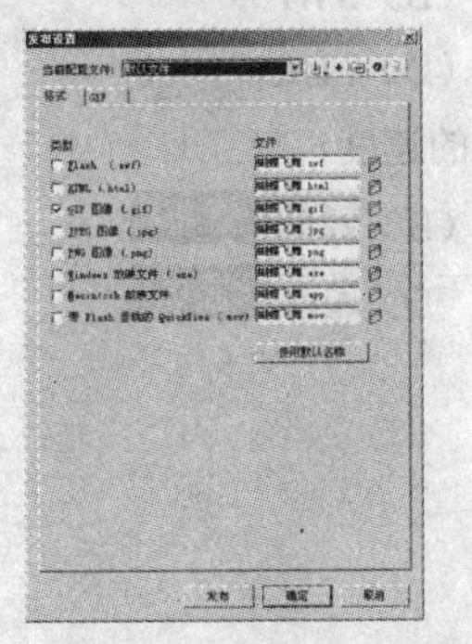

图11.6.6 “发布设置”对话框

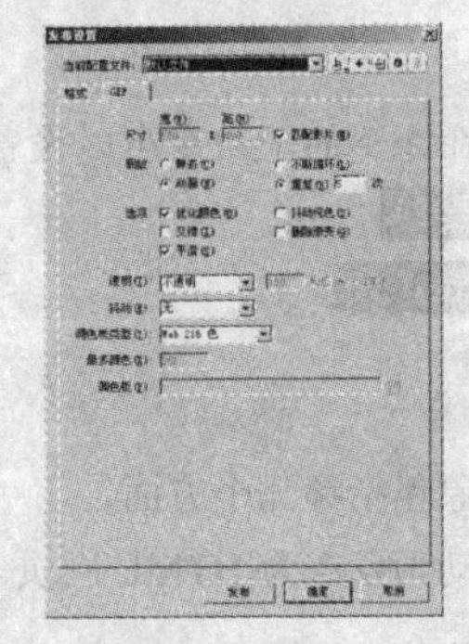

图11.6.7 在“GIF”选项卡中设置参数

（7）设置好参数后，单击 发布 按钮，即可将Flash动画发布为GIF文件。

本 章 小 结

本章主要介绍了测试动画、优化动画、导出动画、发布动画以及上传动画等。通过本章的学习，用户应该掌握如何将动画以不同的格式发布与导出，并上传到网站中以供观众欣赏。

操 作 练 习

一、填空题

1. Flash CS3中使用________、________和________3个命令来对作品进行测试。

2. 在________过程中Flash会自动检查动画中相同的图形并将多余的去掉，把嵌套的组对象变为单一的组对象。

3．测试________指测试它在弹起、指针经过、按下和点击 4 帧中的状态。

4．测试________指测试它与文本是否同步。

5．________格式是 Flash 默认的播放格式，也是用于在网络上传输和播放的格式。

二、选择题

1．“发布”命令的快捷键是（　）。

（A）Ctrl+F12　　（B）Shift+F12

（C）Enter　　（D）F12

2．当将 Flash 动画发布为（　）格式时没有发布选项。

（A）Windows 的放映文件　　（B）GIF 文件

（C）Macintosh 的放映文件　　（D）JPEG 文件

3．在默认情况下，只能将 Flash 动画发布为（　　）格式的文档。

（A）SWF　　（B）HTML

（C）GIF　　（D）JPEG

4．在 Flash CS3 中还可以创建可执行文件，即（　）文件。

（A）PNG　　（B）SWF

（C）EXE　　（D）FLA

5．选择（　）命令下的子命令可以设置调制解调器的速度。

（A）帧数图表(F)　　（B）下载设置(D)

（C）发布设置(G)...　　（D）带宽设置(B)

三、简答题

1．简述优化对象包括哪几个方面。

2．简述如何将动画发布为 HTML 网页。

四、上机操作题

1．制作一个动画，以 SWF 格式输出。

2．打开一个 Flash 文档，然后以 GIF 和 AVI 两种类型进行导出。

3．利用本章所学的内容，将制作好的作品上传到 Internet 上。

第 12 章　综 合 案 例

为了更好地了解并掌握 Flash CS3 的应用，本章准备了一些具有代表性的综合案例。所举案例由浅入深地贯穿本书的知识点，通过生动、精美和具有代表性的案例，使读者能够深入了解 Flash 的相关功能和具体应用。

知识要点

- 制作动态贴画效果
- 制作圣诞节贺卡
- 制作万年历
- 制作网站主页

案例 1　制作动态贴画效果

案例内容

本例主要进行动态贴画效果制作，最终效果如图 12.1.1 所示。

图 12.1.1　最终效果图

设计思路

在制作过程中，将用到矩形工具、墨水瓶工具、文本工具、任意变形工具、选择工具以及遮罩层命令等。

操作步骤

（1）启动 Flash CS3 应用程序，进入其工作界面。

（2）按“Ctrl+J”键，弹出“文档属性”对话框，设置其对话框参数如图 12.1.2 所示。设置好参数后，单击确定按钮。

（3）按“Ctrl+F8”键，弹出“创建新元件”对话框，设置其对话框参数如图 12.1.3 所示。设置好参数后，单击确定按钮。

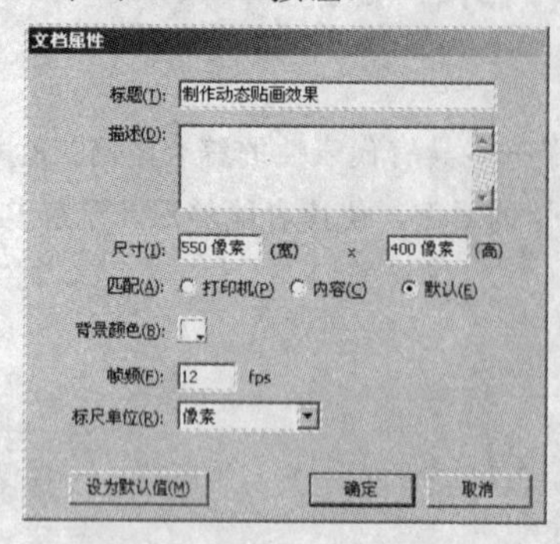

图 12.1.2　“文档属性”对话框

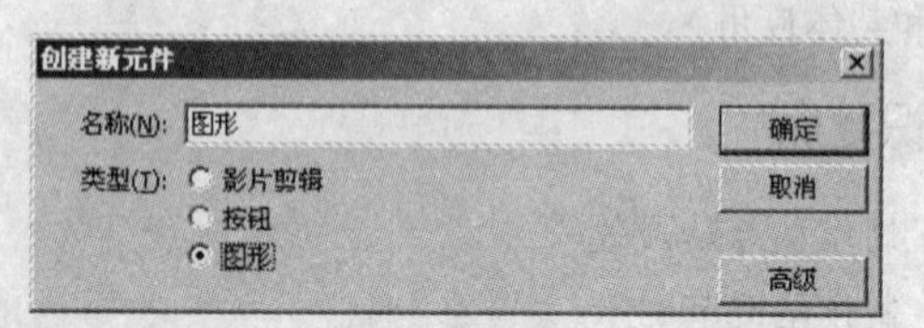

图 12.1.3　“创建新元件”对话框

（4）单击工具箱中的“矩形工具”按钮，设置其属性面板参数如图 12.1.4 所示。

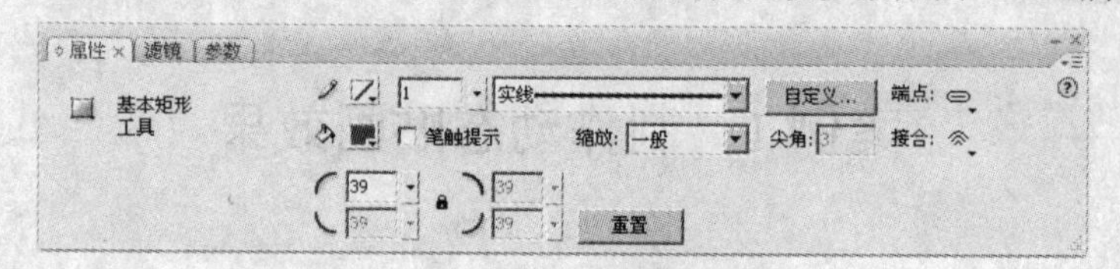

图 12.1.4　“属性”面板

（5）设置好参数后，按住“Shift”键，在编辑区中绘制一个正方形。

（6）单击工具箱中的“墨水瓶工具”按钮，设置其属性面板参数如图 12.1.5 所示。

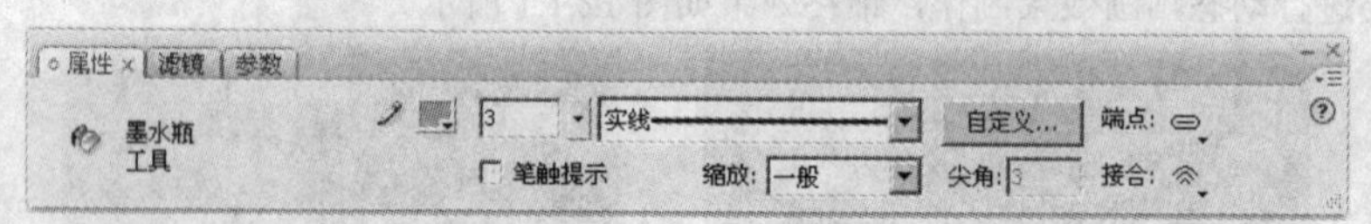

图 12.1.5　属性面板

（7）设置好参数后，在绘制的正方形上单击，即可为正方形添加边线，效果如图 12.1.6 所示。

（8）按住“Shift”键，选中矩形的边线右击，在弹出的快捷菜单中选择任意变形命令，缩放边框线的大小，如图 12.1.7 所示。

图 12.1.6　添加边框线

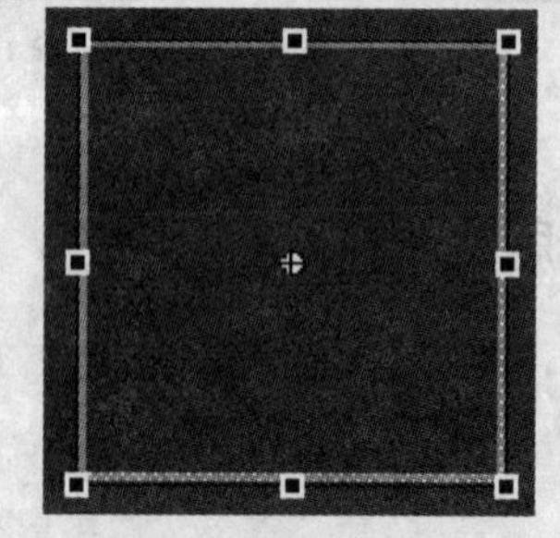

图 12.1.7　变形效果

（9）重复步骤（6）～（8）的操作，即可为正方形再添加一个边框，效果如图 12.1.8 所示。

（10）按“Ctrl+F8”键，弹出“创建新元件”对话框，设置其对话框参数如图 12.1.9 所示。设置好参数后，单击确定按钮。

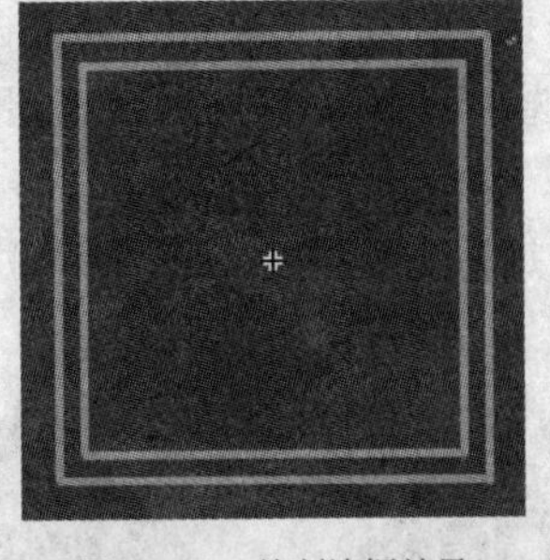

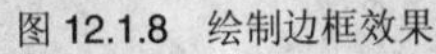

图 12.1.8　绘制边框效果

图 12.1.9　“创建新元件“对话框

（11）单击工具箱中的“文本工具”按钮T，设置其属性面板参数如图 12.1.10 所示。

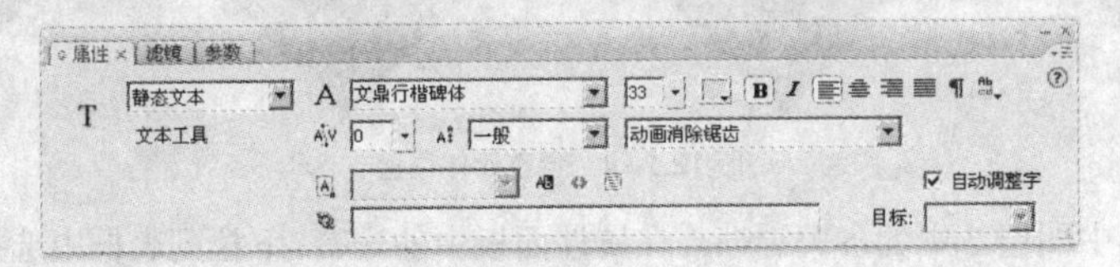

图 12.1.10　设置文本属性

（12）设置好参数后，在编辑区中输入文本“福”，效果如图 12.1.11 所示。

（13）按“Ctrl+F8”键，弹出“创建新元件”对话框，设置其对话框参数如图 12.1.12 所示。设置好参数后，单击 确定 按钮。

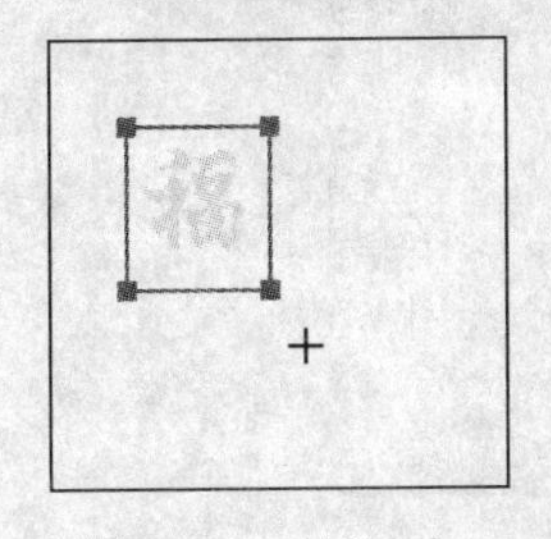

图 12.1.11　输入文本

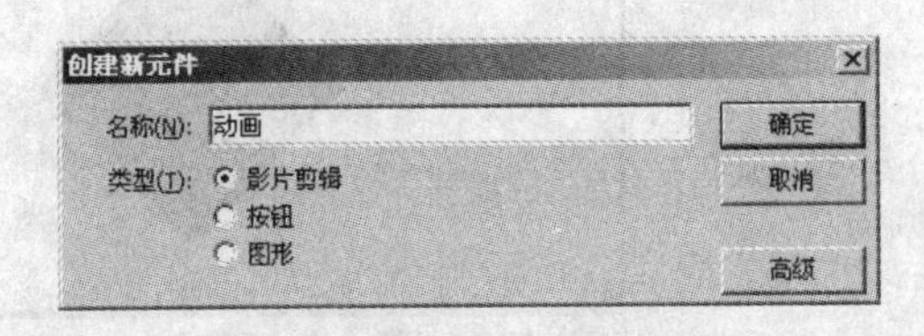

图 12.1.12　“创建新元件“对话框

（14）按“F11”键，打开“库”面板，将制作好的元件“图形”拖入到编辑区中，调整到适当的位置。

（15）单击工具箱中的“任意变形工具”按钮，将元件旋转 45º，效果如图 12.1.13 所示。

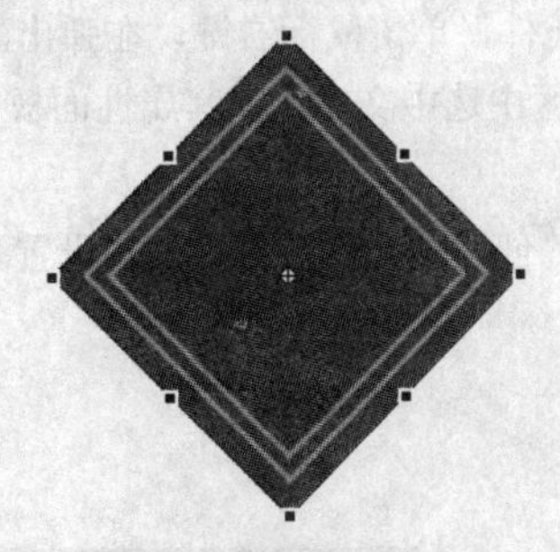

图 12.1.13　旋转元件

（16）在时间轴面板中的第 60 帧处，按“F5”键，插入帧。

（17）单击时间轴面板中的“插入图层”按钮，插入“图层 2”，选中该图层中的第 1 帧，打开库面板，将制作好的元件“福”拖入编辑区中。

（18）分别在图层 2 的第 20，40，60，80 帧中按“F6”键，插入关键帧。

（19）选中该图层单击鼠标右键，在弹出的快捷菜单中选择创建补间动画命令，为图层 2 创建补间动画。

（20）单击工具箱中的“选择工具”按钮，分别调整每关键帧中的“福”元件位置，效果如图 12.1.14 所示。

图 12.1.14　调整元件位置

（21）分别选中图层 2 中的各关键帧，在属性面板中的旋转:下拉列表框中选择顺时针选项，此时的时间轴面板如图 12.1.15 所示。

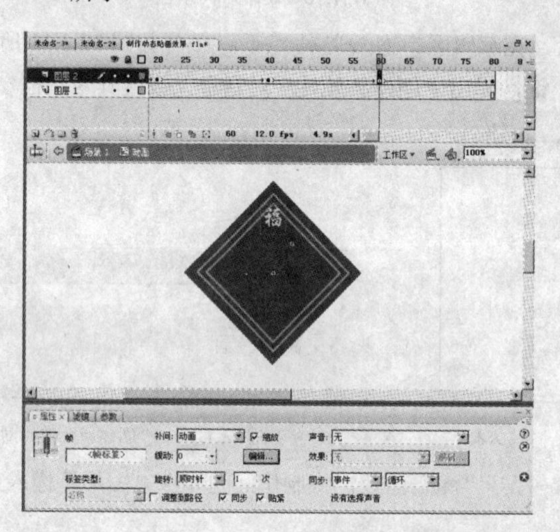

图 12.1.15　“时间轴”面板

（22）选中库面板中的“福”元件，单击鼠标右键，在弹出的快捷菜单中的选择直接复制命令，复制一个“福 副本”元件，在编辑区中选中文本，在其属性面板中更改文本的字号为“96”，效果如图 12.1.16 所示。

（23）按“Ctrl+F8”键，弹出“创建新元件”对话框，设置其对话框参数如图 12.1.17 所示。设置好参数后，单击确定按钮。

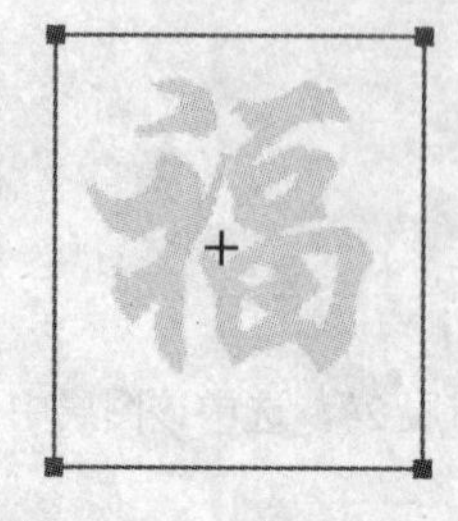

图 12.1.16　更改文本属性

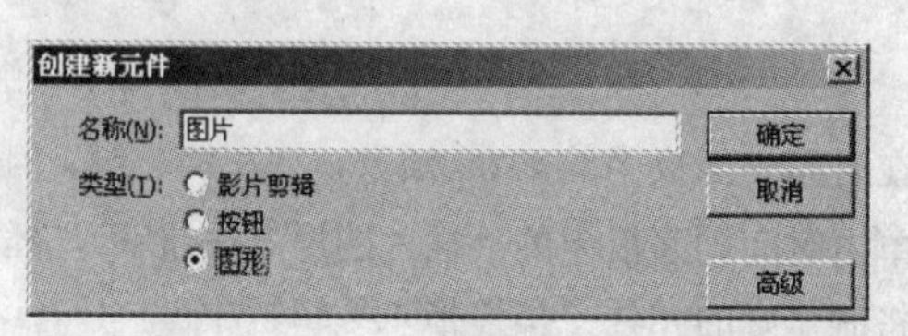

图 12.1.17　“创建新元件“对话框

（24）进入“图片”元件的编辑区，按“Ctrl+R”键，导入一幅图片至编辑区中，效果如图12.1.18所示。

（25）单击工具箱中的“任意变形工具”按钮，调整图片的大小，并使其位于编辑区的中央。

（26）按“Ctrl+E”键，切换到“场景1”中，然后按“F11”键，打开库面板如图12.1.19所示。从库面板中拖动“福 副本”影片剪辑到编辑区的中央位置。

图12.1.18 导入图片

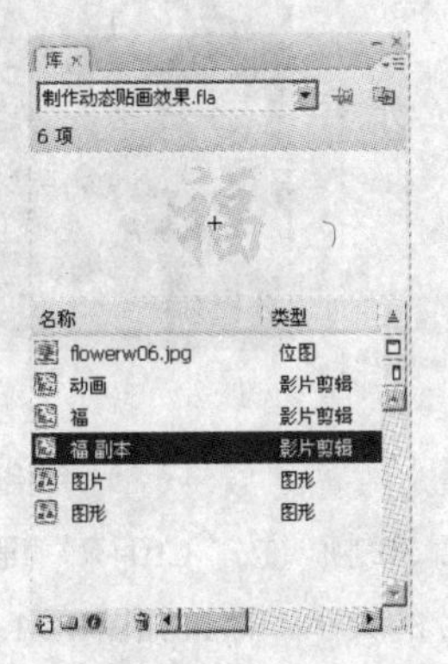

图12.1.19 库面板

（27）单击工具箱中的“插入图层”按钮，插入“图层2”，并拖动“图层2”至“图层1”的下方，如图12.1.20所示。

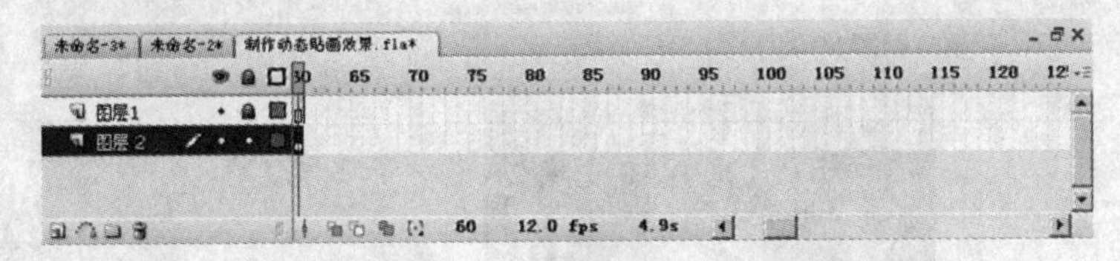

图12.1.20 时间轴面板

（28）选中“图层1”层的第60帧，按“F5”键，插入帧。

（29）分别选中“图层2”层的第30帧和第60帧，按“F6”键，插入关键帧，

（30）选中图层2的第1帧，重复步骤（26）的操作，从库面板中拖动“图片”元件到“图层2”层的偏右位置，如图12.1.21所示。

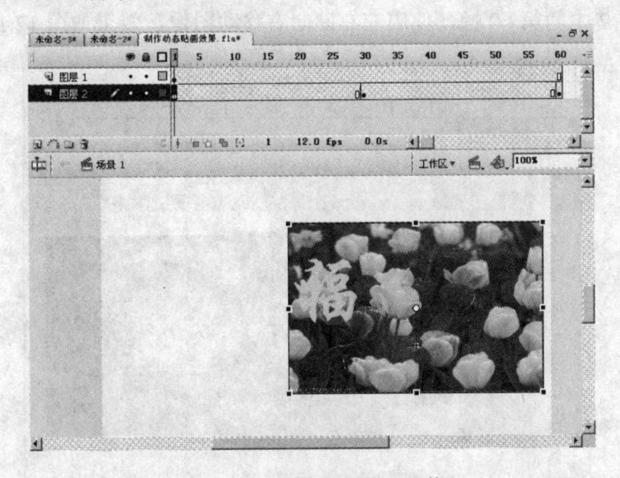

图12.1.21 拖入“图片”元件

（31）选中图层2中的第30帧，使用左右键向左移动图像，效果如图12.1.22所示。

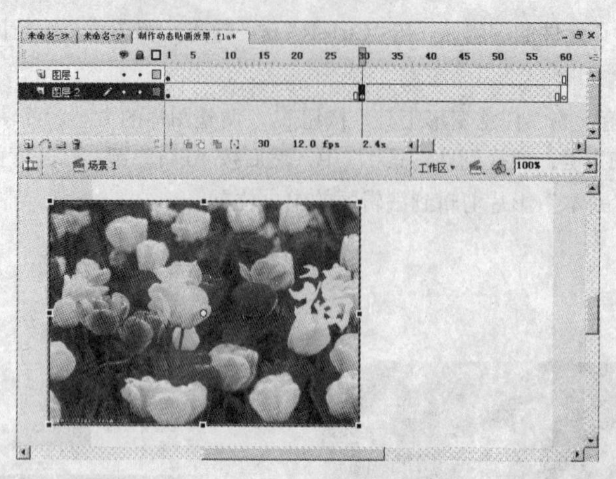

图 12.1.22　移动“图片”元件

（32）选中第 30 帧，按“Ctrl+R”键，导入一个图像文件，单击工具箱中的“任意变形工具”按钮，调整图片的大小，效果如图 12.1.23 所示。

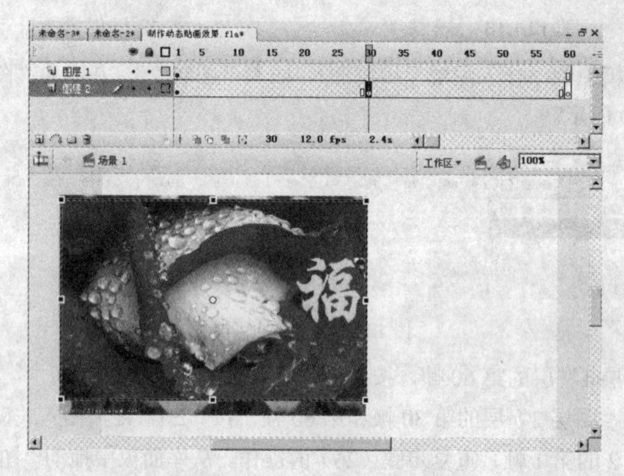

图 12.1.23　导入并调整“图片”元件

（33）选中图层 2 中的第 60 帧，使用左右键向右移动图像，效果如图 12.1.24 所示。

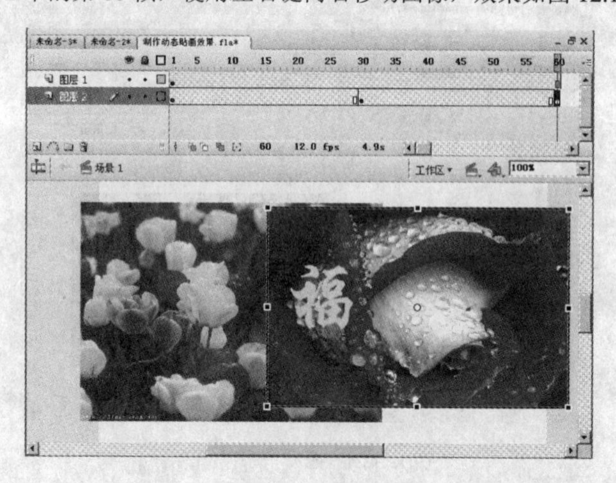

图 12.1.24　时间轴面板

（34）分别使用鼠标右键单击“图层 2”层第 1～29 帧和第 30～59 帧中的任意一帧，在弹出的快捷菜单中选择 创建补间动画 命令，创建两段补间动画，如图 12.1.25 所示。

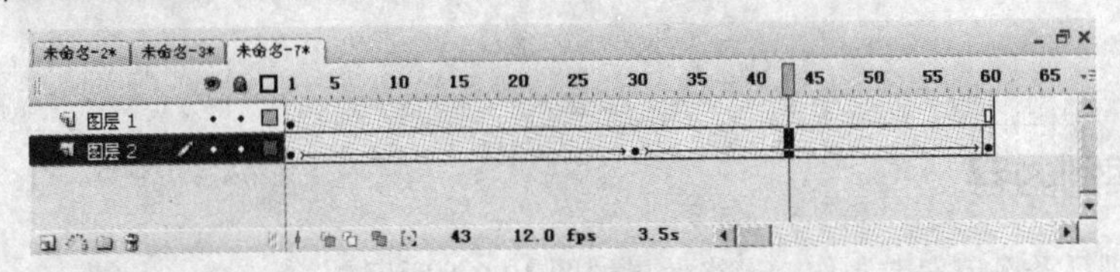

图 12.1.25　创建补间动画

（35）使用鼠标右键单击“图层 1”，在弹出的快捷菜单中选择 遮罩层 命令，创建遮罩层，如图 12.1.26 所示。

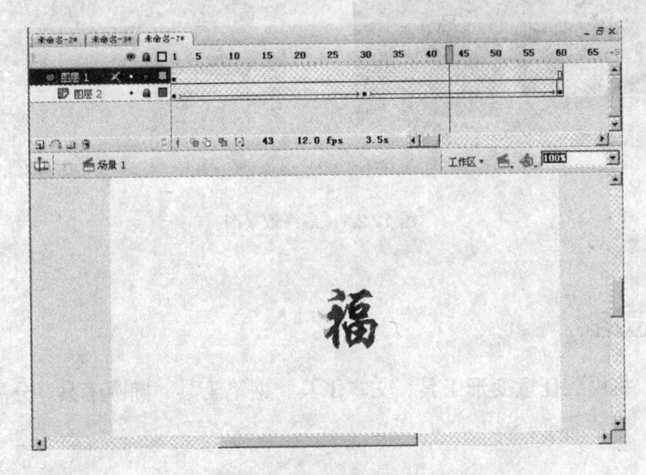

图 12.1.26　遮罩效果

（36）单击工具箱中的“插入图层”按钮，插入“图层 3”，并拖动“图层 3”至“图层 2”的下方。

（37）重复步骤（26）的操作，从库面板中拖动“动画”元件到编辑区中中央位置，效果如图 12.1.27 所示。

（38）单击工具箱中的“插入图层”按钮，插入“图层 4”，并拖动“图层 4”至“图层 3”的下方。

（39）按“Ctrl+R”键，导入一幅图片至编辑区中，单击工具箱中的“任意变形工具”按钮，调整图片的大小，效果如图 12.1.28 所示。

图 12.1.27　拖入“动画”元件效果

图 12.1.28　导入并调整图片效果

（40）按“Ctrl+Enter”键测试动画效果，最终效果如图 12.1.1 所示。

案例 2　制作圣诞节贺卡

案例内容

本例主要进行圣诞节贺卡制作，最终效果如图 12.2.1 所示。

图 12.2.1　最终效果图

设计思路

在制作过程中，将用到任意变形工具、文本工具、钢笔工具、椭圆工具、分离文本命令、原位粘贴命令等。

操作步骤

（1）启动 Flash CS3 应用程序，进入其工作界面。

（2）按“Ctrl+J”键，弹出“文档属性”对话框，设置其对话框参数如图 12.2.2 所示。设置好参数后，单击 确定 按钮。

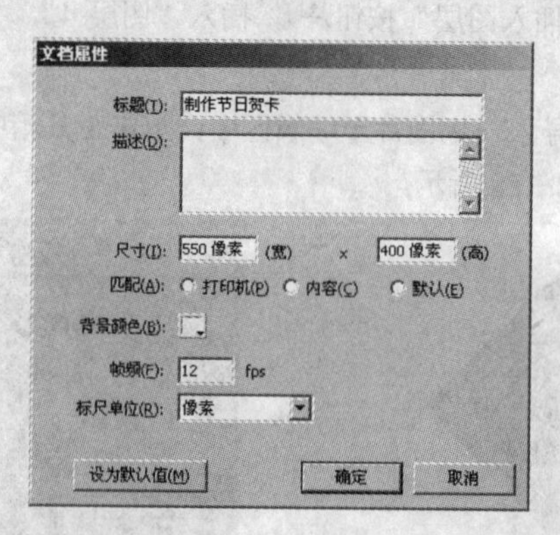

图 12.2.2　“文档属性”对话框

（3）选中图层 1 中的第 1 帧，按“Ctrl+R”键导入一个图像文件，将其重命名为“背景”层，如图 12.2.3 所示。

（4）分别选中“背景”层上的第 30 帧和第 60 帧，按“F6”键插入关键帧。

图 12.2.3　导入图像文件

（5）选中第 30 帧，按“Ctrl+R”键，导入另一个图像文件，单击工具箱中的“任意变形工具”按钮，将其调整到与第一幅图像同样大小的位置，如图 12.2.4 所示。

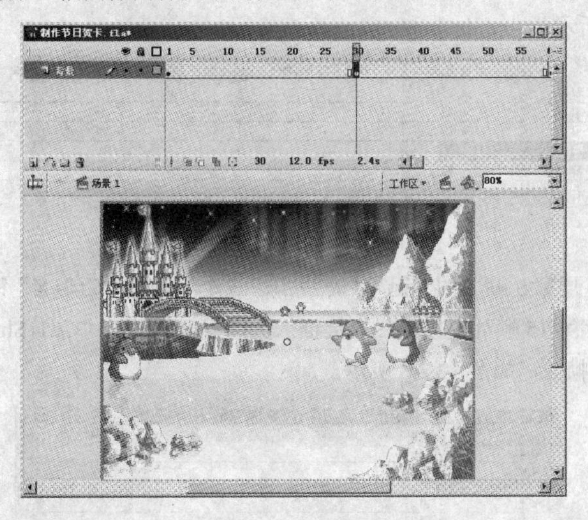

图 12.2.4　导入图像文件

（6）选中第 1 帧中的图像，按“Ctrl+C”键，对其进行复制，然后选中第 60 帧，按“Ctrl+Shift+V”键，将图像原位粘贴到第 60 帧处。

（7）在“背景”层上新建 4 个图层，并分别将它们命名为“圣”“诞”“快”“乐”。

（8）将“背景”层锁定，然后单击工具箱中的“文本工具”按钮，设置其属性栏参数如图 12.2.5 所示。

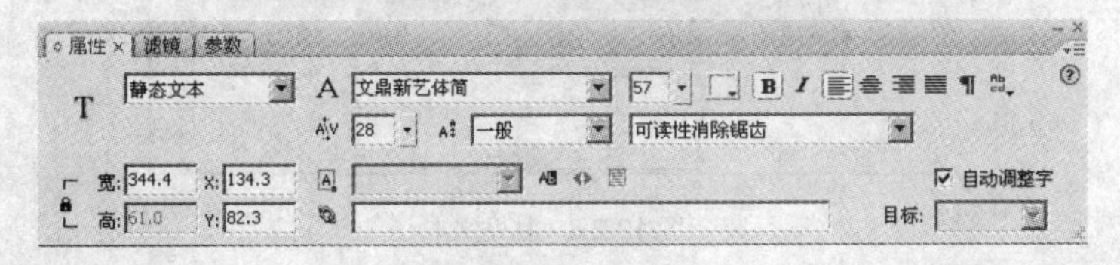

图 12.2.5　设置文本属性

（9）设置好参数后，在“圣”层上输入文本“圣诞快乐”，按“Ctrl+B”键分离文本，效果如图 12.2.6 所示。

图 12.2.6 输入并分离文本

（10）在所有图层的第 60 帧处按“F5”键插入帧，选中“圣”层的第 1 帧，将其拖曳到第 5 帧的位置，如图 12.2.7 所示。

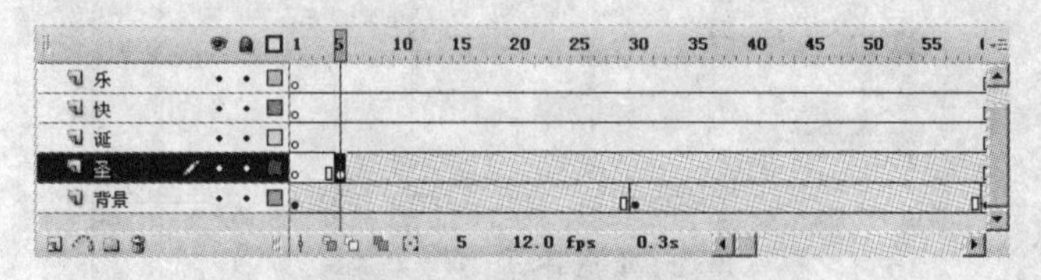

图 12.2.7 “时间轴”面板

（11）选中“圣”层第 5 帧上的“诞”“快”“乐”3 个字，按“Ctrl+X”键，将其剪切到剪贴板。

（12）在“诞”字第 15 帧处，按“F6”键插入关键帧，然后按“Ctrl+Shift+V”键，将文本原位粘贴到“诞”层第 15 帧处，如图 12.2.8 所示。

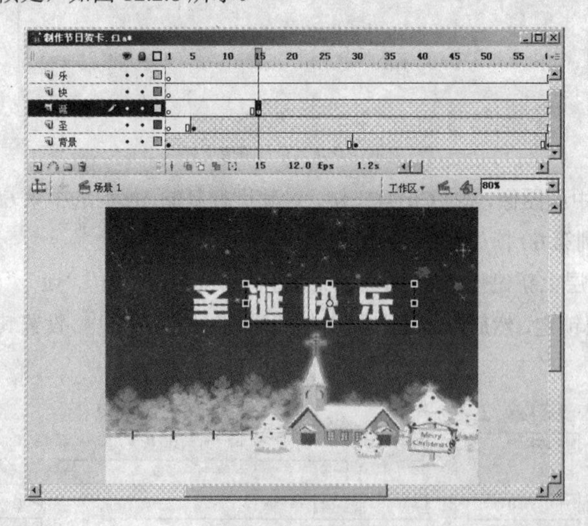

图 12.2.8 粘贴文本

（13）在“圣”层第 15 帧处，按“F6”键插入关键帧，更改“圣”字的颜色为“橘红色”，然后重复步骤（6）的操作，对第 15 帧上的文本进行分离操作，如图 12.2.9 所示。

（14）删除“圣”层第 5 帧上的文本，然后在文本原位置绘制一个笔触颜色为“无”、填充色为

“白色”、Alpha 值为“0”的圆形。

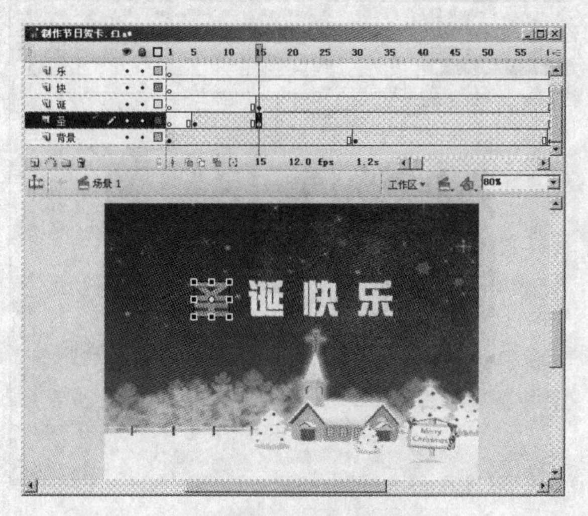

图 12.2.9 分离文本

（15）在“圣”层的第 5 帧和第 15 帧之间的任意一帧上单击鼠标右键，在弹出的快捷菜单中选择创建补间形状命令，创建补间形状，如图 12.2.10 所示。

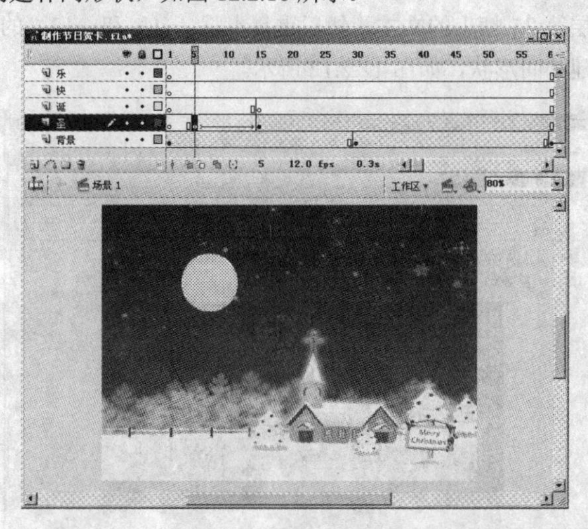

图 12.2.10 创建补间形状

（16）选中“诞”层第 15 帧上“快”和“乐”字，按“Ctrl+X”键，将其剪切到剪贴板。

（17）在“快”字的第 25 帧处按“F6”键插入关键帧，然后按“Ctrl+Shift+V”键，将文本原位粘贴到“快”层第 25 帧上。

（18）在“诞”层的第 25 帧处插入关键帧，更改“诞”字的颜色为“黄色”，重复步骤（6）的操作，对第 25 帧处的文本进行分离操作。

（19）删除“诞”层第 15 帧上的文本，然后重复步骤（11）和（12）的操作，在“诞”字原位置绘制一个圆形，并创建补间形状，如图 12.2.11 所示。

（20）选中“快”层第 25 帧上的“乐”字，按“Ctrl+X”键，将其剪切到剪贴板。

（21）在“乐”层第 35 帧处按“F6”键插入关键帧，然后按“Ctrl+Shift+V”键，将文本原位粘贴到“乐”层第 35 帧处。

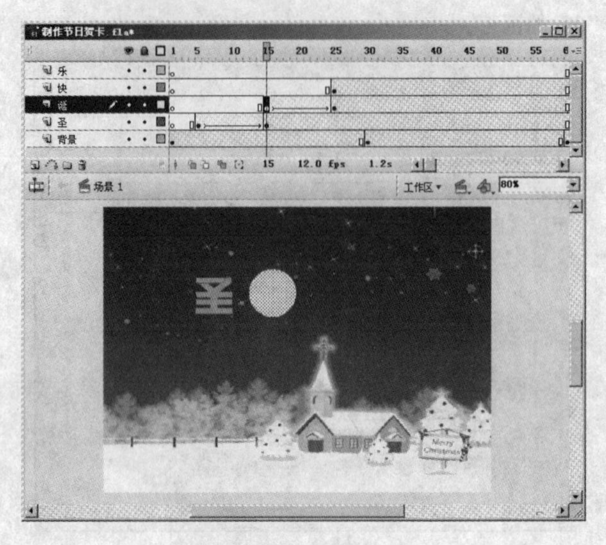

图 12.2.11　创建补间形状

（22）在“快”层第 35 帧上插入关键帧，更改“快”字的颜色为“蓝色”，然后重复步骤（6）的操作，对第 35 帧处的文本进行分离操作。

（23）删除“快”层第 25 帧上的文本，然后重复步骤（11）和（12）的操作，在“快”字原位置绘制一个圆形，并创建补间形状，如图 12.2.12 所示。

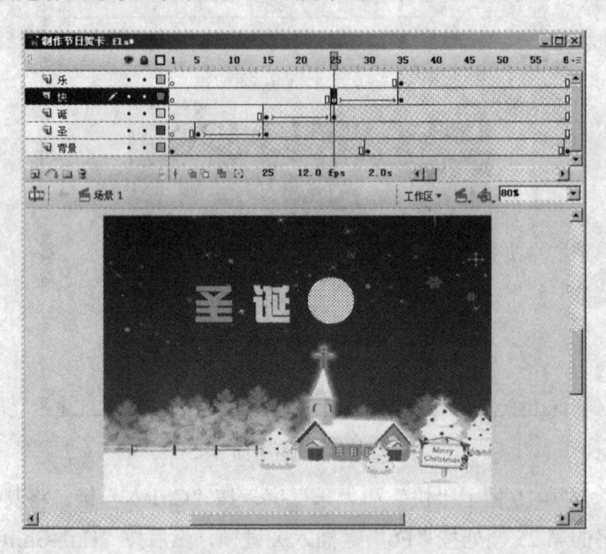

图 12.2.12　创建补间形状

（24）在“乐”层第 45 帧处按“F6”键插入关键帧，更改“乐”字的颜色为“紫红色”，然后重复步骤（6）的操作，对第 45 帧处的文本进行分离操作。

（25）删除“乐”层第 35 帧上的文本，然后重复步骤（11）和（12）的操作，在“乐”字原位置绘制一个圆形，并创建补间形状，如图 12.2.13 所示。

（26）按“Ctrl+F8”键，弹出“创建新元件”对话框，设置其对话框参数如图 12.2.14 所示。设置好参数后，单击 确定 按钮。

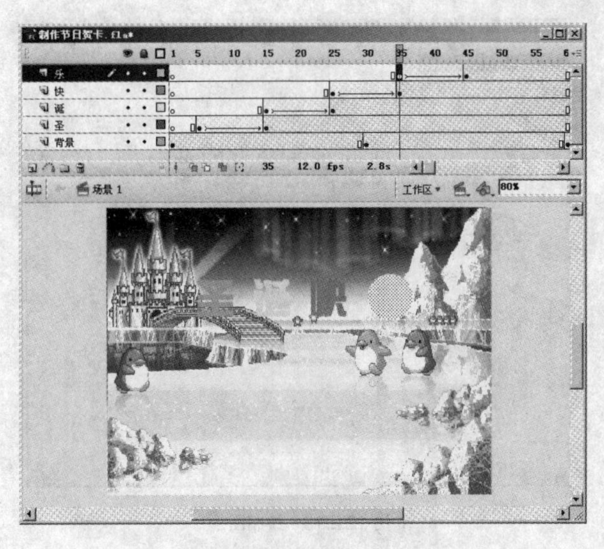

图 12.2.13　创建补间形状

（27）设置其填充颜色为“黄色”，单击工具箱中的“钢笔工具”按钮，在编辑区中绘制一个如图 12.2.15 所示的图形。

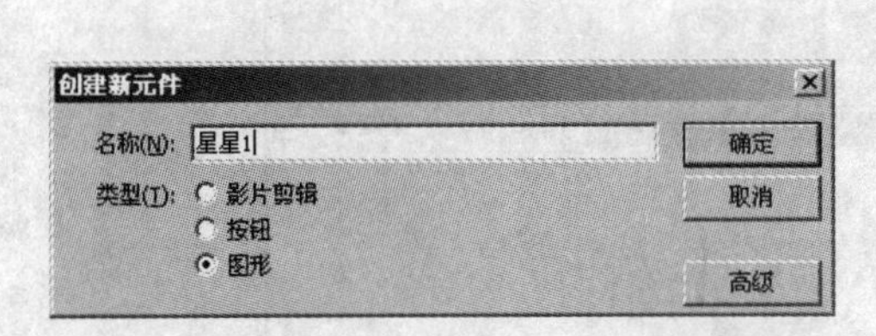

图 12.2.14　“创建新元件”对话框

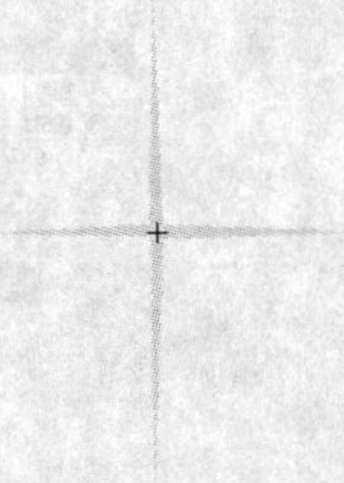

图 12.2.15　绘制图形效果

（28）选中绘制的图形对象调整其大小，设置其属性参数如图 12.2.16 所示。

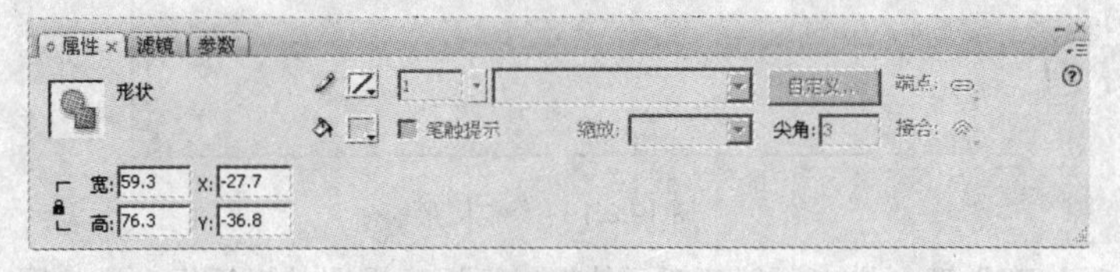

图 12.2.16　调整图形大小

（29）单击时间轴面板中的“插入图层”按钮，插入图层 2。

（30）重复步骤（27）和（28）的操作，在该图层中绘制一个图形，其大小参数设置如图 12.2.17 所示，效果如图 12.2.18 所示。

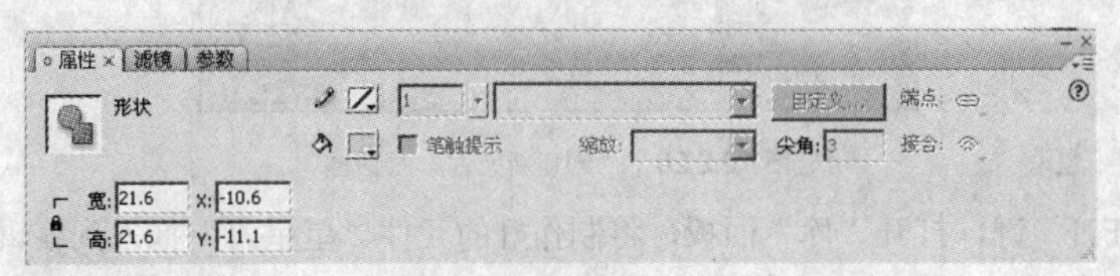

图 12.2.17　调整图形大小

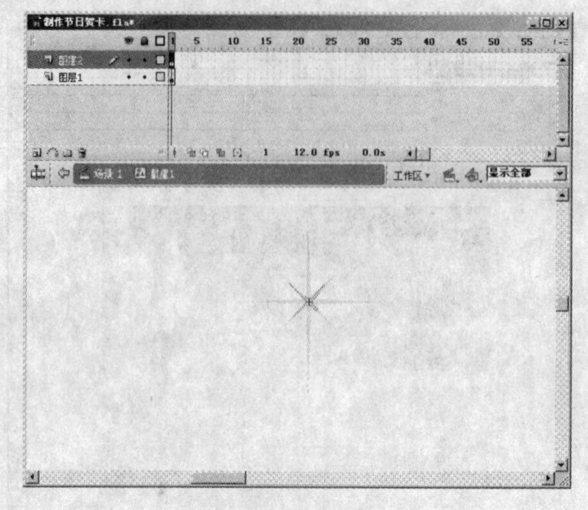

图 12.2.18　绘制图形

（31）单击时间轴面板中的“插入图层”按钮，插入图层 3。

（32）单击工具箱中的“椭圆工具”按钮，按住“Shift”键，绘制一个圆形，效果如图 12.2.19 所示。

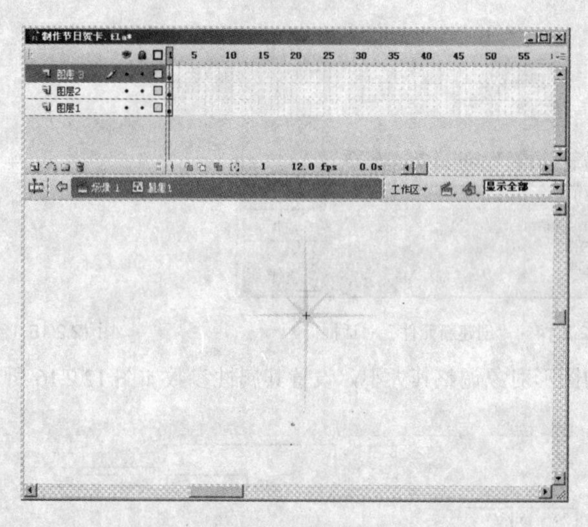

图 12.2.19　绘制圆形

（33）按“Ctrl+F8”键，弹出“创建新元件”对话框，设置其对话框参数如图 12.2.20 所示。设置好参数后，单击 确定 按钮。

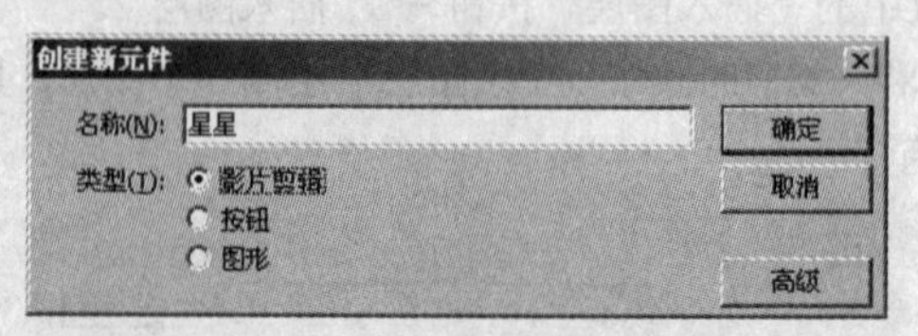

图 12.2.20　“创建新元件”对话框

（34）按“F11”键，打开“库”面板，将制作好的元件“星星 1”拖入到编辑区中，设置其位置如图 12.2.21 所示。

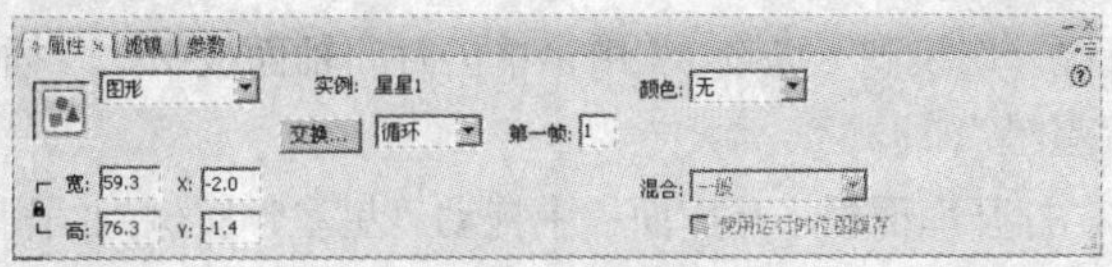

图 12.2.21 调整元件位置

（35）在图层 1 的第 20 帧处按“F6”键插入关键帧，并在其属性面板中设置该帧中图形的参数，如图 12.2.22 所示。

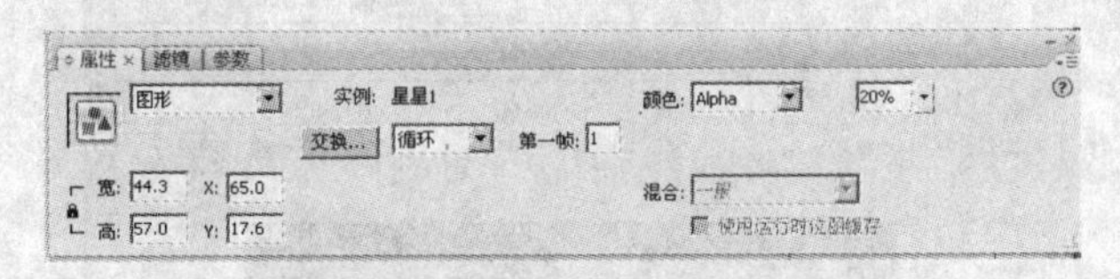

图 12.2.22 调整图形参数

（36）在第 21 帧处按“F7”键插入空白关键帧，在第 25 帧处按“F5”键插入普通帧。

（37）按住“Shift”键的同时，分别在该图层中的第 1 帧和第 20 帧上单击，将它们之间的帧全部选中，单击鼠标右键，在弹出的快捷菜单中选择 复制帧 命令。

（38）在第 26 帧上单击鼠标右键，从弹出的快捷菜单中选择 粘贴帧 命令，即可将选中的帧全部复制到该图层的第 26 帧至第 46 帧，并在第 47 帧处按“F5”键插入普通帧，如图 12.2.23 所示。

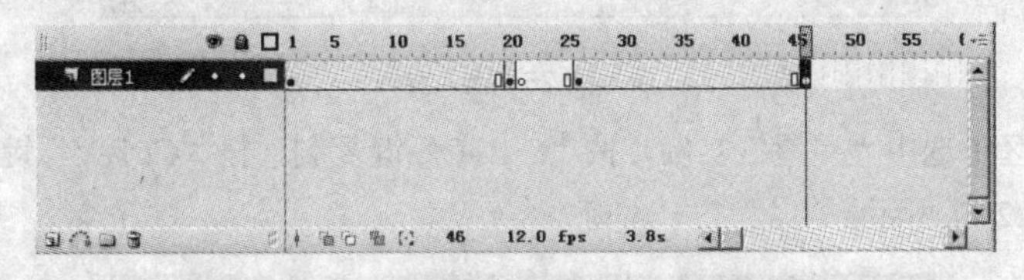

图 12.2.23 粘贴帧

（39）在第 47 帧处按“F7”键插入空白关键帧，在第 52 帧处按“F5”键插入普通帧。

（40）重复步骤（37）～（38）的操作，将第 1 帧至第 20 帧中的内容复制并粘贴到第 53 帧至第 73 帧中，如图 12.2.24 所示。

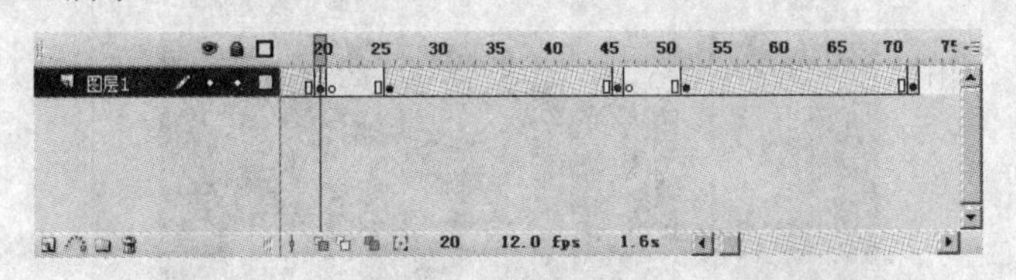

图 12.2.24 复制并粘贴帧

（41）在第 1 帧～第 15 帧之间单击鼠标右键，在弹出的快捷菜单中选择 创建补间动画 命令，为其创建补间动画。

（42）重复步骤（41）的操作，在第 26～46 帧和第 53～73 帧之间创建补间动画，如图 12.2.25 所示。

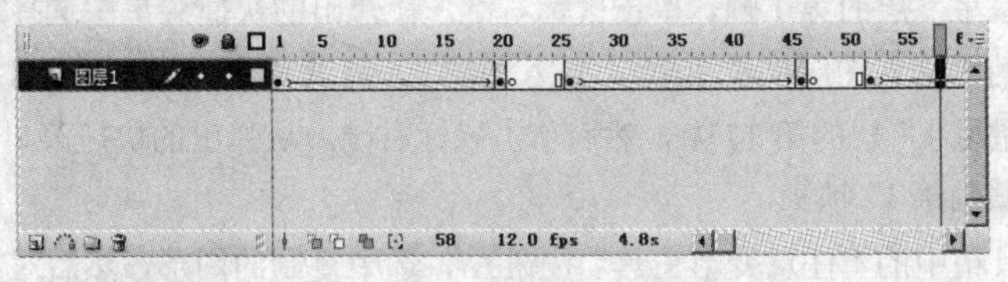

图 12.2.25 创建补间动画

（43）按“Ctrl+E”键，切换到“场景 1”中，单击时间轴面板中的“插入图层”按钮，插入图层 6，将其重命名为“星星”。

（44）按“F11”键，打开库面板，从库面板中拖动“星星”实例到编辑区中，效果如图 12.2.26 所示。

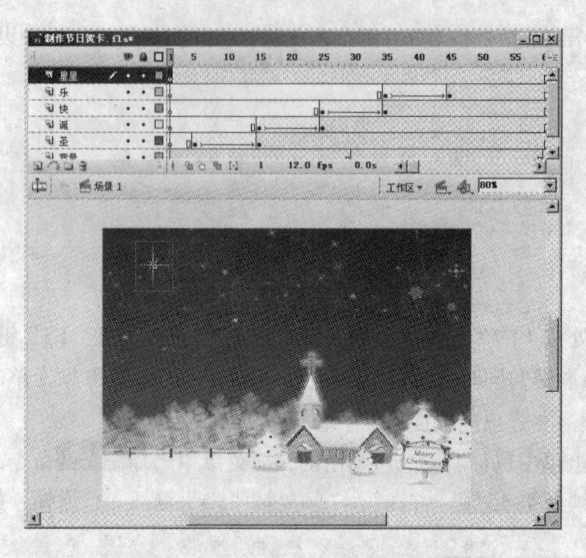

图 12.2.26　拖入实例

（45）在编辑区中选中“星星”实例，按“Ctrl+C”键复制，按“Ctrl+V”键粘贴 6 次，调整其位置，效果如图 12.2.27 所示。

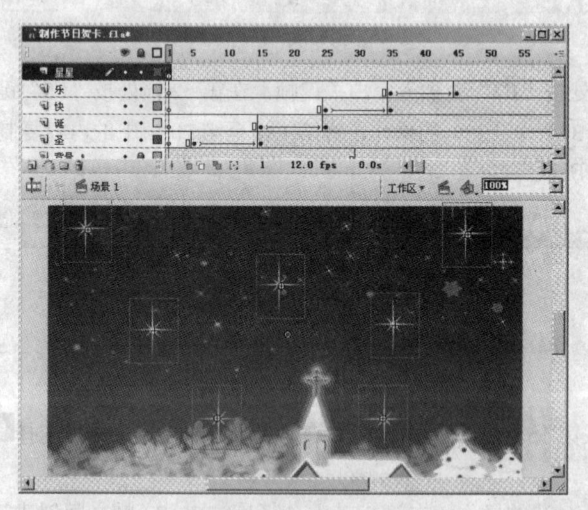

图 12.2.27　复制并移动实例

（46）选中“星星”层的第 1 帧，单击鼠标右键，在弹出的快捷菜单中选择 复制帧 命令，然后单击时间轴面板中的“插入图层”按钮，插入图层 7，将其重命名为“星星 1”。

（47）选中“星星 1”层的第 17 帧，然后单击鼠标右键，从弹出的快捷菜单中选择 粘贴帧 命令，即可将选中的帧粘贴到第 17 帧上。

（48）单击工具箱中的“任意变形工具”按钮，选中复制的图形，然后对其旋转 180°，并缩小一定的大小，效果如图 12.2.28 所示。

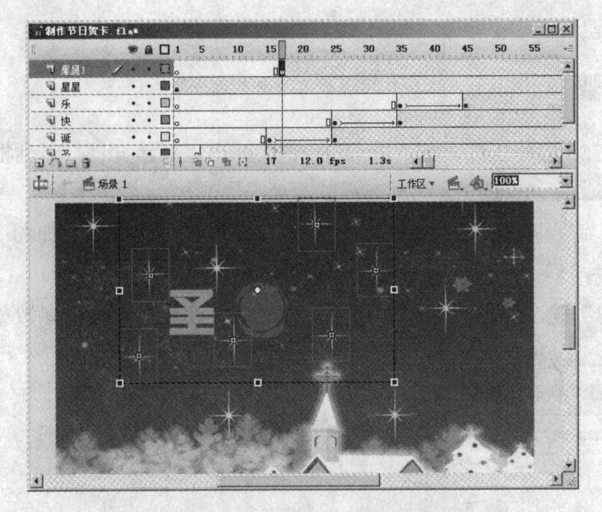

图 12.2.28　复制并调整实例大小

（49）按“Ctrl+Enter”键测试动画效果，最终效果如图 12.2.1 所示。

案例 3　制作万年历

案例内容

本例主要进行万年历设计，最终效果如图 12.3.1 所示。

图 12.3.1　最终效果图

设计思路

在制作过程中，将用到矩形工具、选择工具、文本工具、渐变变形工具以及动作脚本语句等。

操作步骤

（1）启动 Flash CS3 应用程序，按“Ctrl+N”键，弹出“新建文档”对话框，在类型(T):列表框中选择 Flash 文件(ActionScript 2.0)选项，新建一个文档。

（2）按“Ctrl+J”键，弹出“文档属性”对话框，设置其对话框参数如图 12.3.2 所示。设置好参数后，单击确定按钮。

（3）按“Ctrl+F8”键，弹出“创建新元件”对话框，设置其对话框参数如图 12.3.3 所示。设置好参数后，单击确定按钮。

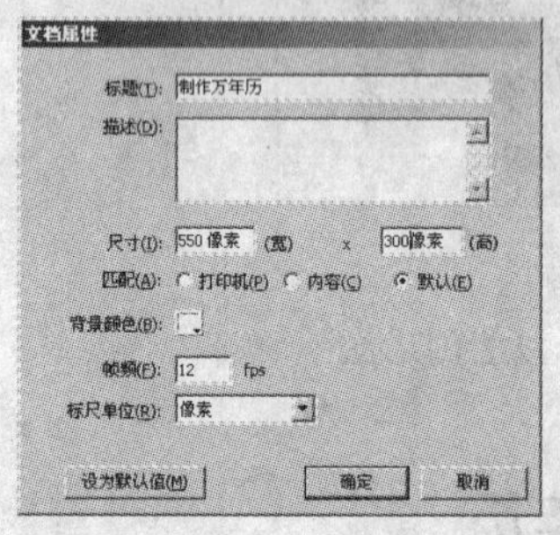

图 12.3.2　“文档属性”对话框

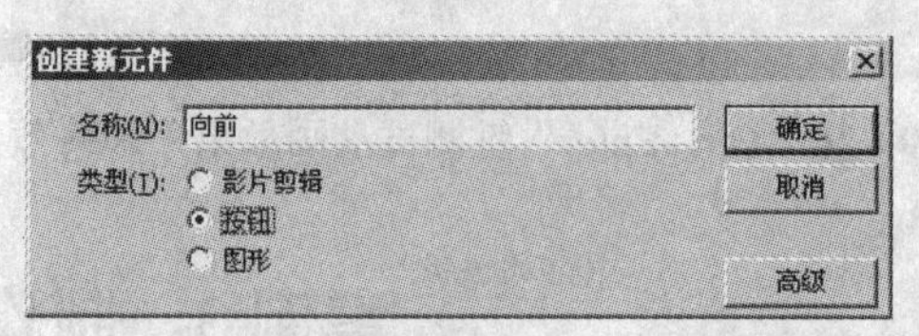

图 12.3.3　“创建新元件”对话框

（4）单击工具箱中的“矩形工具”按钮，在“属性”面板中设置笔触颜色为“无”、填充颜色为“黑色”，然后按住“Shift”键，在编辑区中绘制一个正方形，如图 12.3.4 所示。

（5）单击工具箱中的“选择工具”按钮，分别拖动左侧的两个顶点到左边线的中心位置，调整正方形成为一个如图 12.3.5 所示的等边三角形，选中“按下”帧，按“F5”键插入帧。

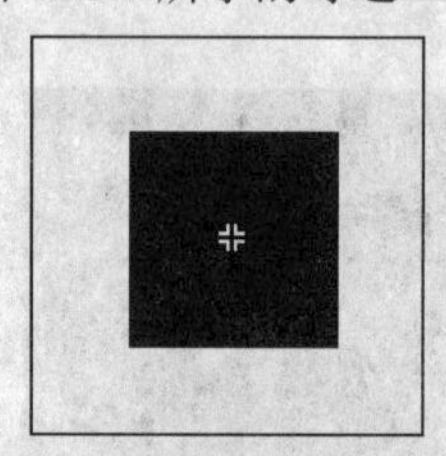

图 12.3.4　绘制正方形

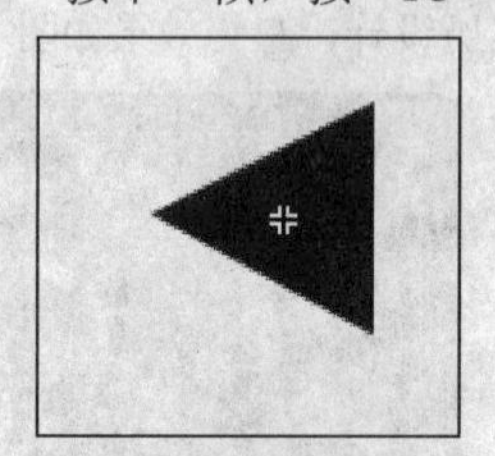

图 12.3.5　调整正方形

（6）重复步骤（3）～（5）的操作，创建“向后”元件并在其中绘制一个方向相反的三角形，如图 12.3.6 所示。

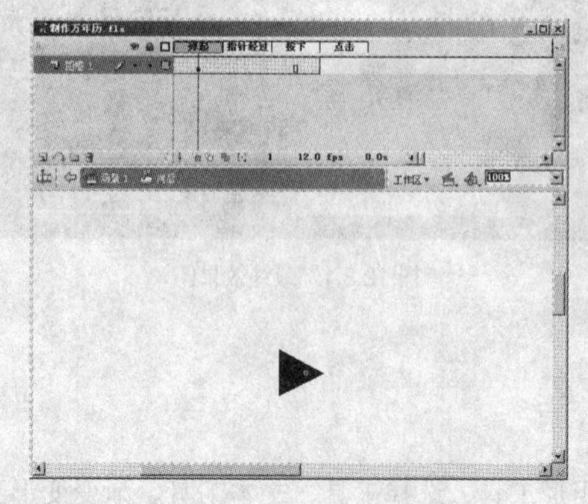

图 12.3.6　“向后”元件的内容

（7）按“Ctrl+F8”键，弹出“创建新元件”对话框，设置其对话框参数如图 12.3.7 所示。设置好参数后，单击确定按钮。

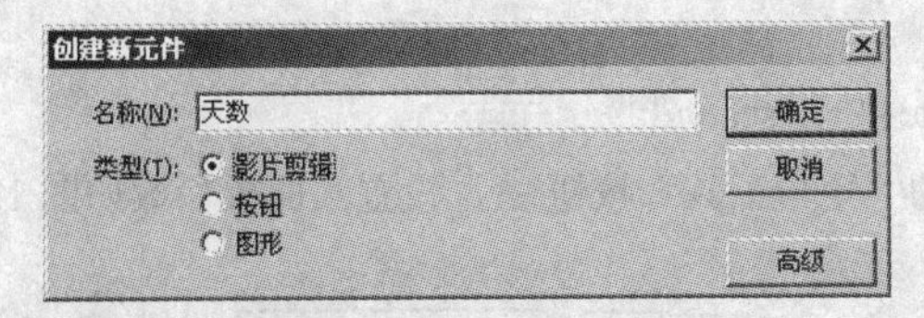

图 12.3.7 “创建新元件”对话框

（8）单击工具箱中的“文本工具”按钮T，在编辑区中拖曳出一个文本框，然后选中文本框，设置其属性面板参数如图 12.3.8 所示。

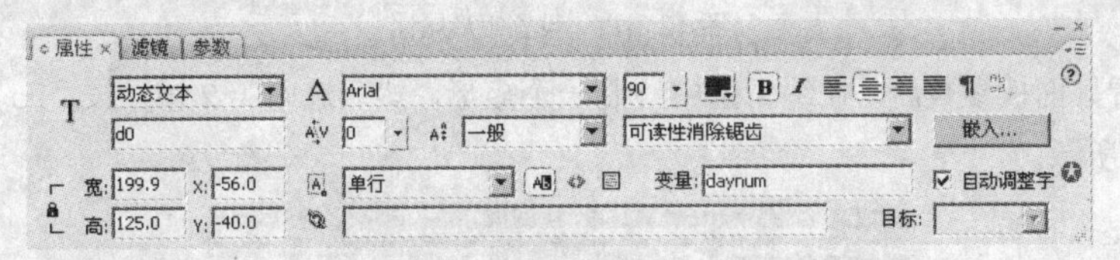

图 12.3.8 创建动态文本框并输入变量名

（9）按“Ctrl+F8”键，弹出“创建新元件”对话框，设置其对话框参数如图 12.3.9 所示。设置好参数后，单击确定按钮。

图 12.3.9 “创建新元件”对话框

（10）单击工具箱中的“文本工具”按钮T，设置其属性面板参数如图 12.3.10 所示。

图 12.3.10 设置文本属性

（11）设置好参数后，在编辑区中拖出一个文本框，并在属性面板的变量:文本框中输入字符“time”。

（12）选中图层 1 的第 1 帧，单击鼠标右键，在弹出的快捷菜单中选择動作命令，打开动作面板，添加动作脚本语句。

```
time = new Date();
hour = time.getHours();
minute = time.getMinutes();
second = time.getSeconds();
if (minute < 10) {
minute = "0"+minute;
}
```

```
if (second< 10) {
second = "0"+second;
}
time = hour+" : "+minute+" : "+second;
```

（13）单击工具箱中的“矩形工具”按钮，设置其面板参数如图 12.3.11 所示。

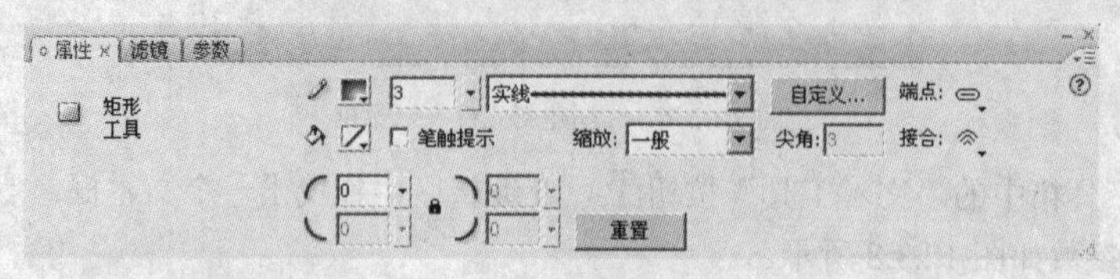

图 12.3.11　设置矩形属性

（14）设置好面板参数后，在编辑区中绘制一个矩形，然后选中第 2 帧，按“F5”键插入帧，效果如图 12.3.12 所示。

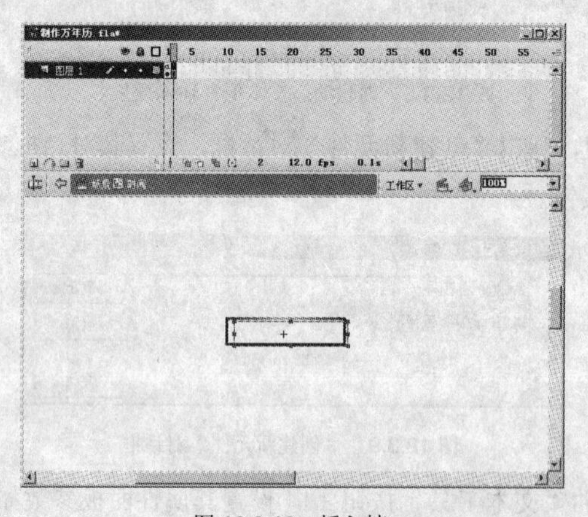

图 12.3.12　插入帧

（15）按“Ctrl+F8”键，弹出“创建新元件”对话框，设置其对话框参数如图 12.3.13 所示。设置好参数后，单击 确定 按钮。

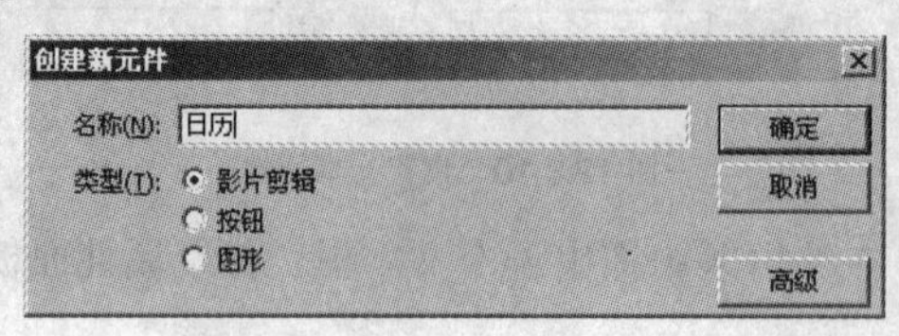

图 12.3.13　“创建新元件”对话框

（16）选中图层 1 的第 50 帧，按“F5”键插入帧，然后选中第 1 帧，单击工具箱中的“矩形工具”按钮，设置其面板参数如图 12.3.14 所示。

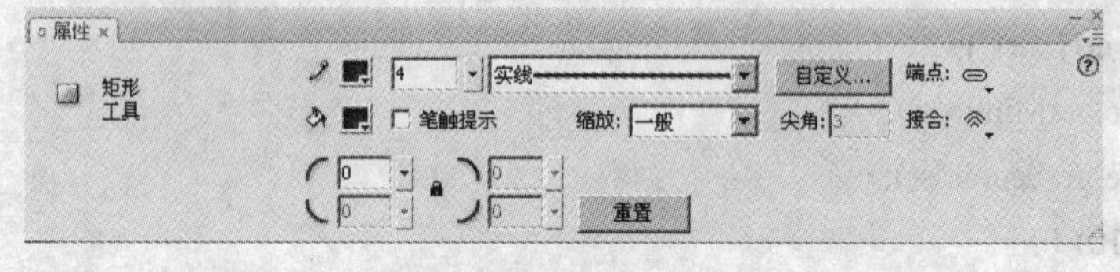

图 12.3.14　设置矩形属性

（17）设置好参数后，在编辑区中绘制一个矩形，如图 12.3.15 所示。

（18）单击工具箱中的“渐变变形工具”按钮，在编辑区中拖曳鼠标调整其渐变方向，效果如图 12.3.16 所示。

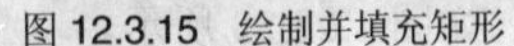

图 12.3.15 绘制并填充矩形

图 12.3.16 调节矩形的填充效果

（19）单击时间轴面板中的“插入图层”按钮，插入图层 2。

（20）按“Ctrl+R”键，导入一幅位图图像，设置其属性面板参数如图 12.3.17 所示，得到的效果如图 12.3.18 所示。

图 12.3.17 调整位图大小

（21）选中图层 2 中的第 10 帧，按“F6”键插入关键帧。

（22）重复步骤（20）的操作，导入一幅位图图像并调整其大小，效果如图 12.3.19 所示。

图 12.3.18 导入并调整图像大小

图 12.3.19 导入并调整图像大小

（23）选中图层 2 中的第 20 帧，按“F6”键插入关键帧。

（24）重复步骤（20）的操作，导入一幅位图图像，并调整其大小，效果如图 12.3.20 所示。

（25）选中图层 2 中的第 30 帧，按“F6”键插入关键帧。

（26）重复步骤（20）的操作，导入一幅位图图像并调整其大小，效果如图 12.3.21 所示。

图 12.3.20 导入并调整图像大小

图 12.3.21 导入并调整图像大小

（27）选中图层 2 中的第 40 帧，按“F6”键插入关键帧。

（28）重复步骤（20）的操作，导入一幅位图图像，并调整其大小，效果如图 12.3.22 所示。

图 12.3.22　导入并调整图像大小

（29）选中图层 2 中的第 50 帧，按“F5”键插入普通帧，如图 12.3.23 所示。

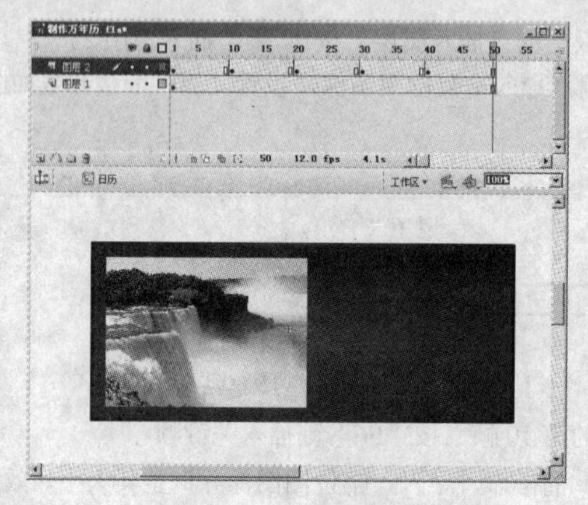

图 12.3.23　插入普通帧

（30）单击时间轴面板中的“插入图层”按钮，插入图层 3。

（31）单击工具箱中的“矩形工具”按钮，设置其面板参数如图 12.3.24 所示。

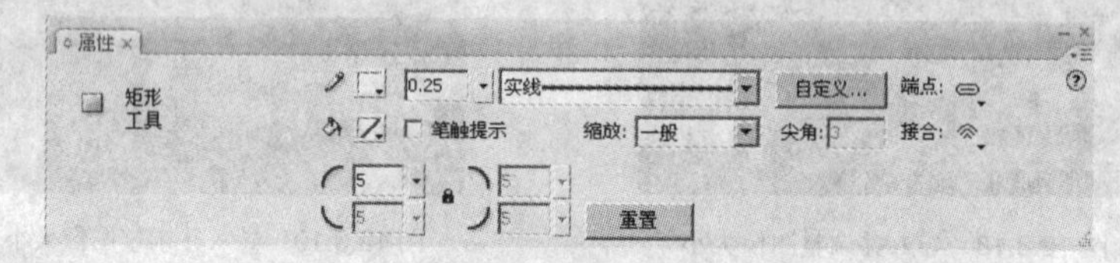

图 12.3.24　设置矩形属性

（32）设置好参数后，在编辑区中绘制一个圆角矩形，如图 12.3.25 所示。

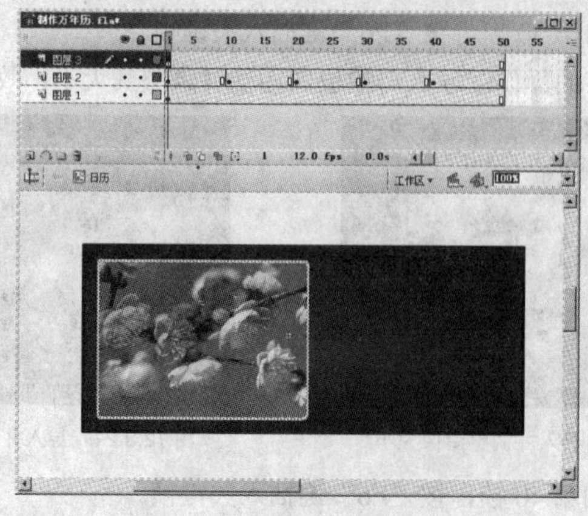

图 12.3.25　绘制圆角矩形

（33）单击时间轴面板中的“插入图层”按钮，插入一个名为“年月份”的图层。

（34）单击工具箱中的“文本工具”按钮T，设置其属性面板参数如图 12.3.26 所示。

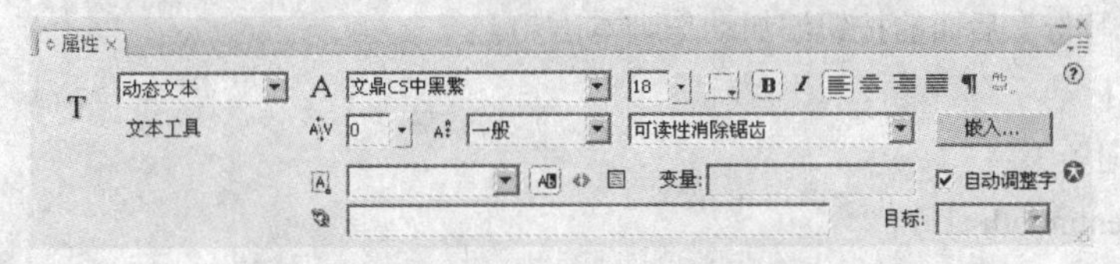

图 12.3.26 设置文本属性

（35）设置好参数后，在编辑区中拖出两个动态文本框，并输入文字“年份”和“月份”，如图 12.3.27 所示。

（36）分别选中两个动态文本框，在属性面板中的变量:文本框中依次输入字符“currentyear”和“cnmonth”。

（37）按“F11”键，打开库面板，从中拖动两次“向前”按钮和“向后”按钮到动态文本框的两侧，效果如图 12.3.28 所示。

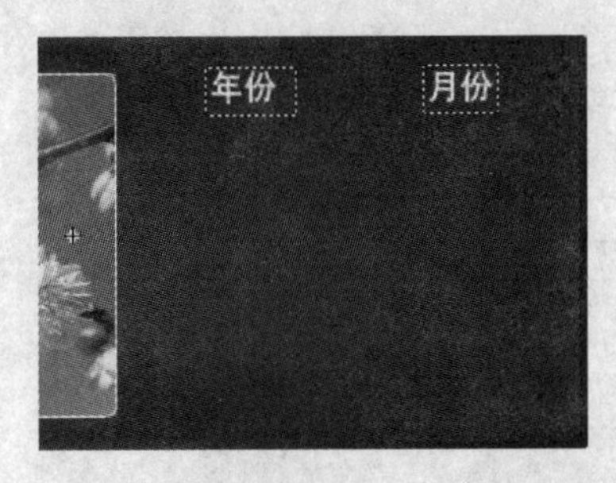

图 12.3.27 输入文本

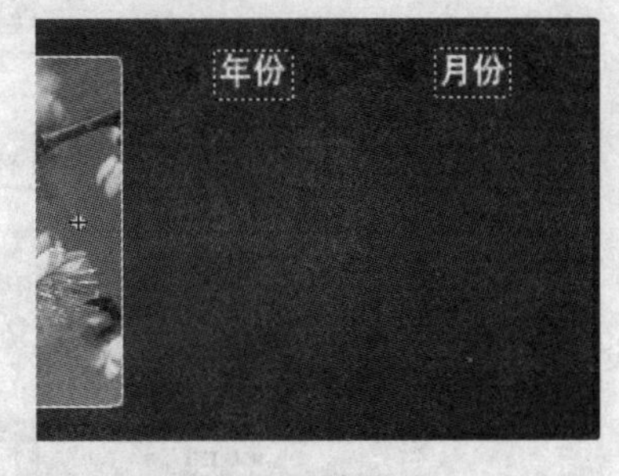

图 12.3.28 拖入按钮

（38）右击“年份”前面的按钮，在弹出的快捷菜单中选择動作命令，打开动作面板，添加动作脚本语句。

```
on (release) {
    currentyear--;
    updateYearMonth(currentyear, currentmonth);
}
```

（39）为“年份”后面的按钮添加动作脚本语句。

```
on (release) {
    currentyear++;
    updateYearMonth(currentyear, currentmonth);
}
```

（40）为“月份”前面的按钮添加动作脚本语句。

```
on (release) {
    //月份递减 1
    if (currentmonth>0) {
        currentmonth--;
        cnmonth = cnfullmonths[currentmonth];
    }
```

```
    updateYearMonth(currentyear, currentmonth);
}
```

（41）为“月份”后面的按钮添加动作脚本语句。

```
on (release) {
    //月份递增 1
    if (currentmonth<11) {
        currentmonth++;
        cnmonth = cnfullmonths[currentmonth];
    }
    updateYearMonth(currentyear, currentmonth);
}
```

（42）单击时间轴面板中的“插入图层”按钮，插入一个名为“星期”的图层。

（43）单击工具箱中的“文本工具”按钮T，设置其属性面板参数如图 12.3.29 所示。

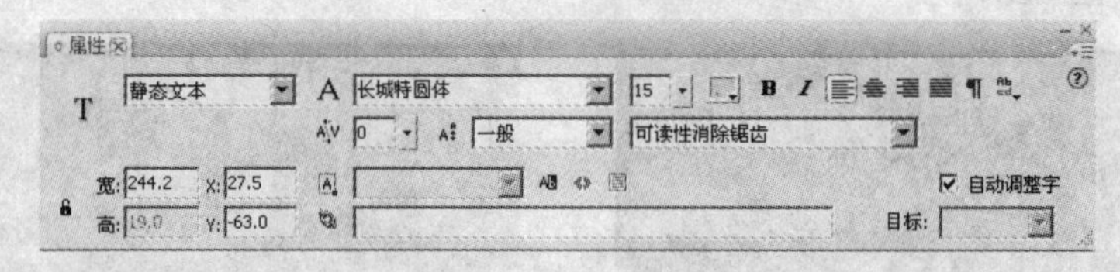

图 12.3.29　设置文本属性

（44）设置好参数后，在编辑区中输入文本，效果如图 12.3.30 所示。

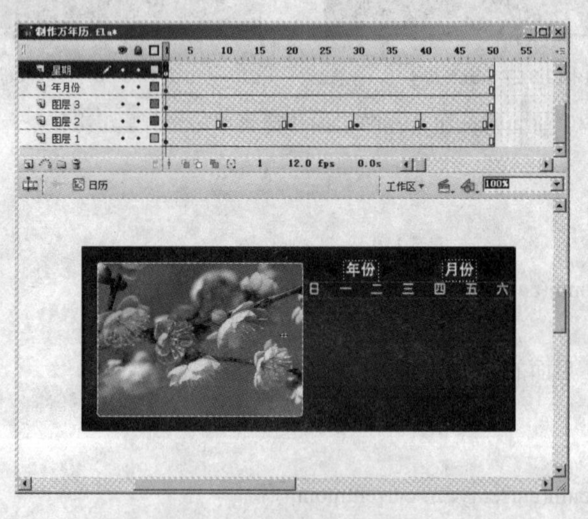

图 12.3.30　设置文本属性效果

（45）单击时间轴面板中的“插入图层”按钮，插入一个名为“天数”的图层。

（46）从库面板中拖动“天数”元件到编辑区中，按“Ctrl+C”键复制，按“Ctrl+V”键粘贴 31 次，并排列它们的位置，如图 12.3.31 所示。

（47）依次选中 31 个“天数”实例，在属性面板的“实例名称”文本框中输入字符“d1”，“d2”，…，“d31”。

（48）选中“天数”图层，单击时间轴面板中的“插入图层”按钮，插入一个名为“动作”的图层。

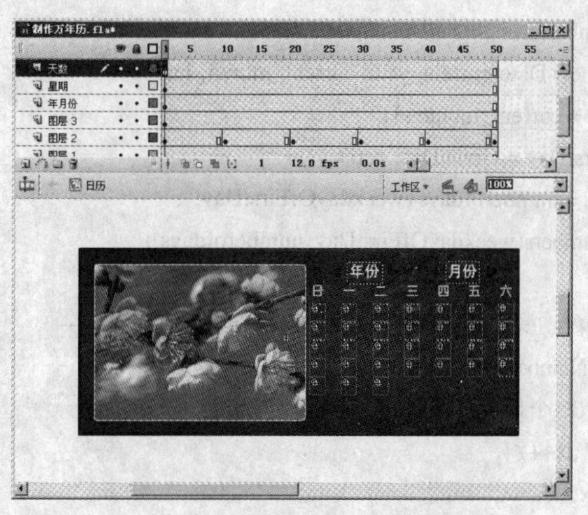

图 12.3.31　复制并排列“天数”实例

（49）选中“动作”层的第 1 帧，单击鼠标右键，在弹出的快捷菜单中选择 動作 命令，打开动作面板，添加动作脚本语句。

```
//创见中文月份数组
cnfullmonths = new Array("一月", "二月", "三月", "四月", "五月", "六月", "七月", "八月", "九月",
"十月", "十一月", "十二月");
//创建日期对象，取当前年月日
todaydate = new Date();
currentyear = todaydate.getFullYear();
currentmonth = todaydate.getMonth();
currentday = todaydate.getDate();
//确定当年当月第一天的周日，得到每月前面的“空日”
GivenDate1 = new Date(currentyear, currentmonth, 1);
BlankDay = GivenDate1.getDay();
//访问中文月份数组，把用数字表示的月份转换为用中文表示的月份
cnmonth = cnfullmonths[currentmonth];
//调用显示月历函数
updateYearMonth(currentyear, currentmonth);
//调用突出显示当前日函数
highlightCurrentDay(currentday+BlankDay);
//
//===================================函数定义========================
//
//----------显示月历----------
function updateYearMonth(current_year, current_month) {
    daysinmonth = leapYear(current_year);
    numberofdays = daysinmonth[current_month];
```

```
    clearDaysNumber();
    GivenDate = new Date(current_year, current_month, 1);
    monthnumber = current_month+1;
    weekdayOfFirstDay = GivenDate.getDay();
    numberofdays = numberofdays+weekdayOfFirstDay;
    displayDayNumbers(weekdayOfFirstDay, numberofdays);
}
//---------清除日期数，重置所有显示日期数的文本框为黑色----------
function clearDaysNumber() {
    //总共设置了 32 个显示日期数的文本框(d0～d31)
    for (x=0; x<31; x++) {
        g = "d"+x;
        eval(g).daynum = "";
        todayColor = new Color(eval(g));
        todayColor.setRGB(0x000000);
    }
}
//----------判断给定年份是否是闰年:是,2 月 29 天;否，2 月 28 天----------
function leapYear(year) {
    days_in_month = new Array(31, 28, 31, 30, 31, 30, 31, 31, 30, 31, 30, 31);
    //能被 4 整除且不能被 100 整除或年份能被 400 整除的年份是闰年
    if ((year%4 == 0) && (year%100<>0) || (year%400 == 0)) {
        days_in_month.splice(1, 1, 29);
    } else {
        days_in_month.splice(1, 1, 28);
    }
    return days_in_month;
}
// ----------显示日期数----------
function displayDayNumbers(weekday_of_firstday, number_of_days) {
    //初始化日期数
    day_number = 1;
    //循环显示日期数
    while (weekday_of_firstday<number_of_days) {
        //显示日期数的电影剪辑实例名是 d0～d31;
        g = "d"+weekday_of_firstday;
        //显示日期数的文本框变量为 daynum
        eval(g).daynum = this.day_number;
        //控制周日的变量递增 1
```

```
        weekday_of_firstday = weekday_of_firstday+1;
        //日期数递增 1
        day_number = day_number+1;
    }
}
// ----------突出显示当前日----------
function highlightCurrentDay(day) {
    //因文本框实例名从 d0 开始，需-1 才能与日对应
    day = day-1;
    g = "d"+day;
    todayColor = new Color(eval(g));
    todayColor.setRGB(0xffffff);
}
```

（50）单击时间轴面板中的“插入图层”按钮，插入一个名为“时间”的图层。

（51）从库面板中拖动“时间”实例到编辑区中，效果如图 12.3.32 所示。

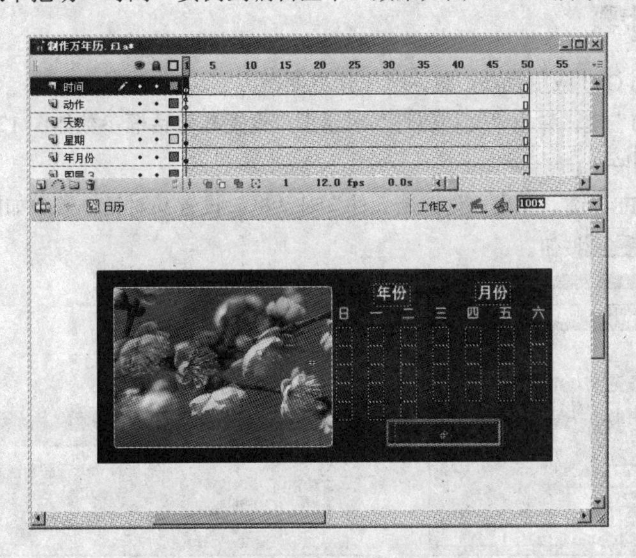

图 12.3.32　拖入“动作”实例

（52）按“Ctrl+E”键，切换到“场景 1”中，从库面板中拖动“日历”实例到编辑区中。

（53）按“Ctrl+Enter”键测试动画，最终效果如图 12.3.1 所示。

案例 4　制作网站主页

案例内容

本例主要进行网站主页设计，最终效果如图 12.4.1 所示。

图 12.4.1　最终效果图

设计思路

在制作过程中，将用到矩形工具、选择工具、任意变形工具、椭圆工具、渐变变形工具、文本工具、对齐面板、分离命令等。

操作步骤

（1）启动 Flash CS3 应用程序，进入其工作界面。

（2）按“Ctrl+J”键，弹出“文档属性”对话框，设置其对话框参数如图 12.4.2 所示。设置好参数后，单击 确定 按钮。

（3）按“Ctrl+F8”键，弹出“创建新元件”对话框，设置其对话框参数如图 12.4.3 所示。设置好参数后，单击 确定 按钮。

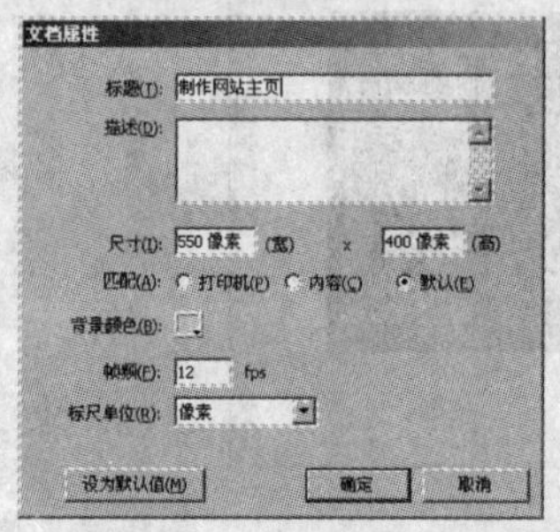

图 12.4.2　“文档属性”对话框

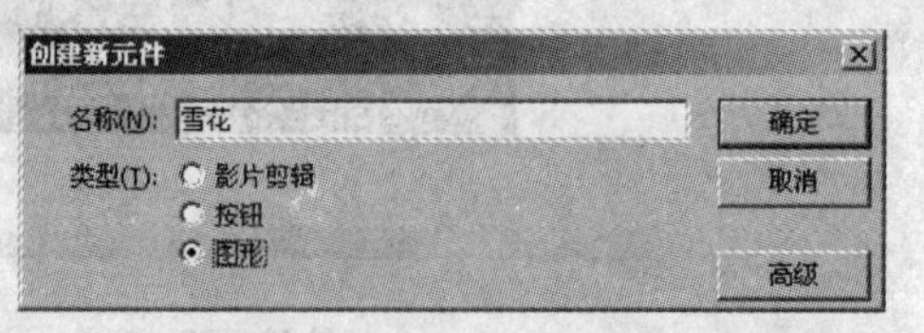

图 12.4.3　“创建新元件”对话框

（4）单击工具箱中的“矩形工具”按钮，在属性面板中设置笔触颜色为“无”，填充颜色为“白色”，按住“Shift”键，在编辑区中绘制一个正方形，如图 12.4.4 所示。

（5）单击工具箱中的“选择工具”按钮，选中舞台上的正方形，然后按“Ctrl+T”键，打开变形面板，在变形面板中将 旋转 设置为“45.0 度”，如图 12.4.5 所示。

图 12.4.4　绘制正方形

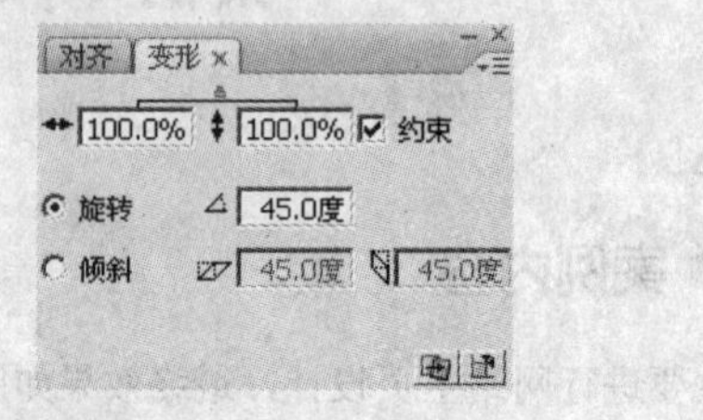

图 12.4.5　变形面板

(6) 设置好参数后，单击变形面板底部的“复制并应用变形”按钮，效果如图 12.4.6 所示。

(7) 单击工具箱中的“矩形工具”按钮，在属性面板中设置笔触颜色为“无”，填充颜色为“白色”，在编辑区中绘制一个矩形，如图 12.4.7 所示。

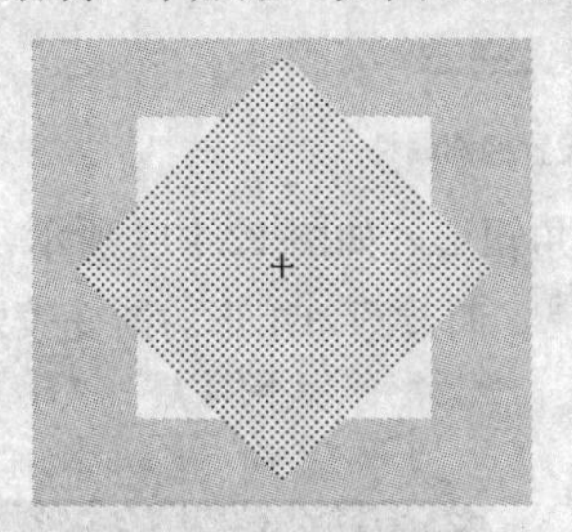

图 12.4.6 复制并旋转

图 12.4.7 绘制矩形

(8) 单击工具箱中的“任意变形工具”按钮，将绘制好的矩形调整为如图 12.4.8 所示的形状。

(9) 单击工具箱中的“矩形工具”按钮，在调整后的图形上绘制一个如图 12.4.9 所示的矩形。

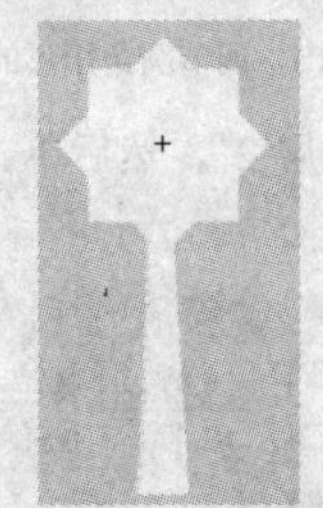

图 12.4.8 调整矩形形状

图 12.4.9 绘制矩形

(10) 单击工具箱中的“任意变形工具”按钮，选中绘制好的形状，将图形的变形点移动到偏下位置，如图 12.4.10 所示。

(11) 按“Ctrl+T”键，打开变形面板，将 旋转 设置为“60.0”度，然后连续单击变形面板底部的“复制并应用变形”按钮 5 次，效果如图 12.4.11 所示。

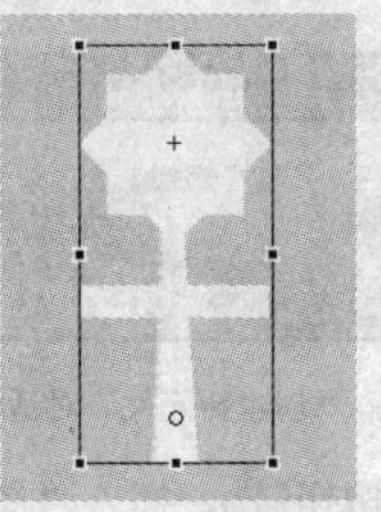

图 12.4.10 移动变形点

图 12.4.11 复制并旋转

(12) 按“Ctrl+F8”键，弹出“创建新元件”对话框，设置其对话框参数如图 12.4.12 所示。设置好参数后，单击 确定 按钮。

图 12.4.12 “创建新元件”对话框

(13) 单击工具箱中的“椭圆工具”按钮，设置其属性面板参数如图 12.4.13 所示。

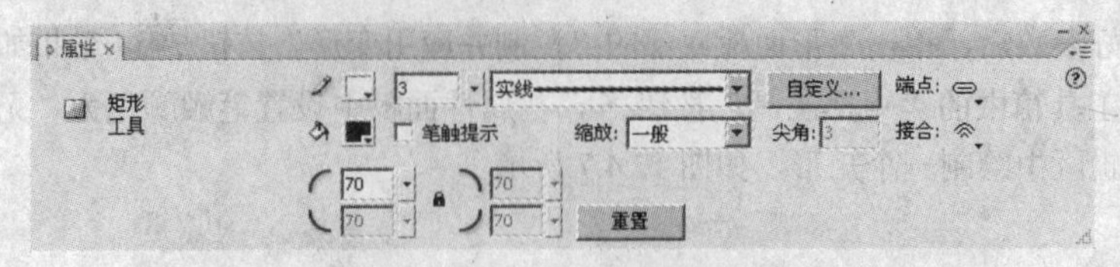

图 12.4.13　设置椭圆属性

（14）设置好参数后，在编辑区中绘制一个圆角矩形，如图 12.4.14 所示。

（15）单击工具箱中的“渐变变形工具”按钮，调节圆角矩形的渐变效果，如图 12.4.15 所示。

图 12.4.14　绘制圆角矩形

图 12.4.15　调节圆角矩形的渐变效果

（16）单击时间轴中的“插入图层”按钮，插入“图层 2”，然后单击工具箱中的“椭圆工具”按钮，设置其属性面板参数如图 12.4.16 所示。

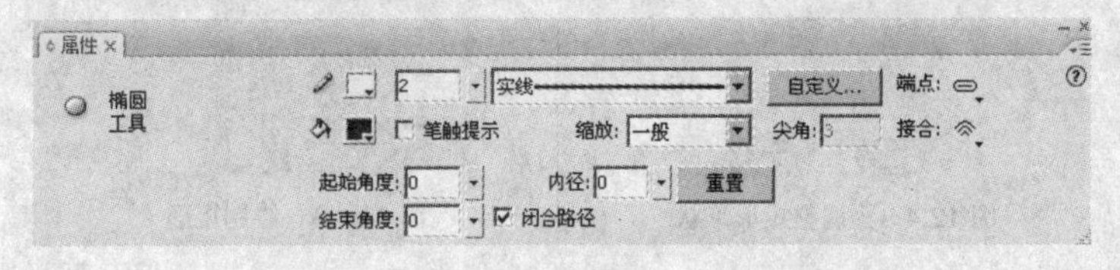

图 12.4.16　设置椭圆属性

（17）设置好参数后，在编辑区中按住“Shift”键，绘制一个圆形，效果如图 12.4.17 所示。

（18）选中圆形的轮廓线，按“F8”键弹出“转换为元件”对话框，设置其对话框参数如图 12.4.18 所示。设置好参数后，单击 确定 按钮。

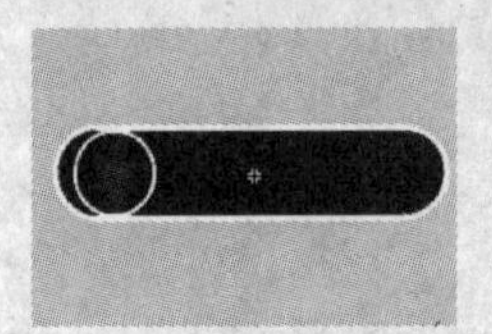

图 12.4.17　绘制圆形

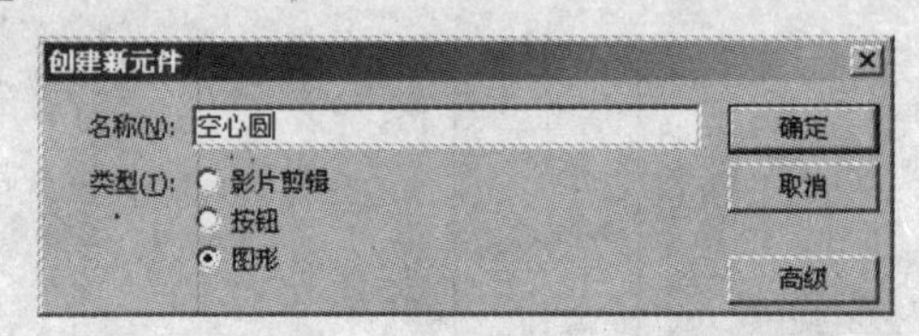

图 12.4.18　“创建新元件”对话框

（19）选中“图层 2”，单击时间轴中的“插入图层”按钮，插入“图层 3”，从库面板中拖动“空心圆”元件到编辑区中，并调整它的大小和位置，如图 12.4.19 所示。

（20）选中第 10 帧，按“F6”键插入关键帧，然后改变该帧中“空心圆”实例的 Alpha 值为“20%”，并调整其大小，效果如图 12.4.20 所示。

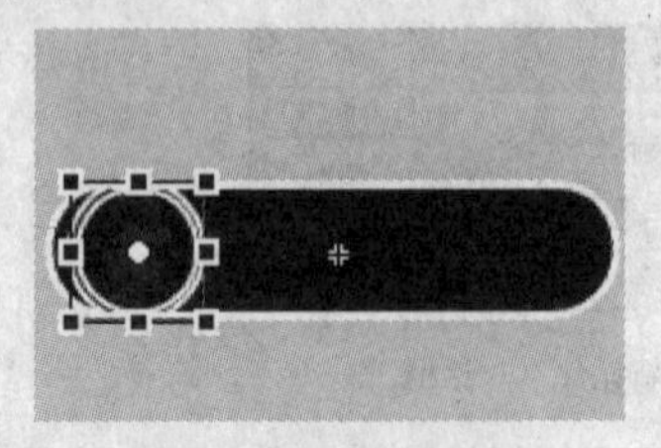

图 12.4.19　调整空心圆大小及位置

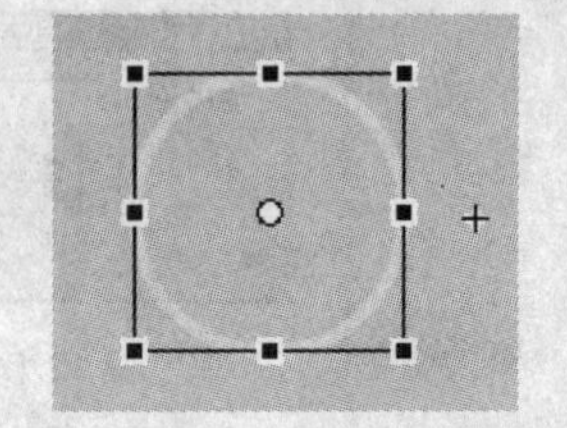

图 12.4.20　调整空心圆大小及透明度

（21）选中图层 3 的第 1 帧，单击鼠标右键，在弹出的快捷菜单中选择创建补间动画命令，创建一段运动补间动画。

（22）选中图层 3，单击两次时间轴中的“插入图层”按钮，插入“图层 4”和“图层 5”，复制图层 3 中的所有帧，将它们粘贴至“图层 4”和“图层 5”中，如图 12.4.21 所示。

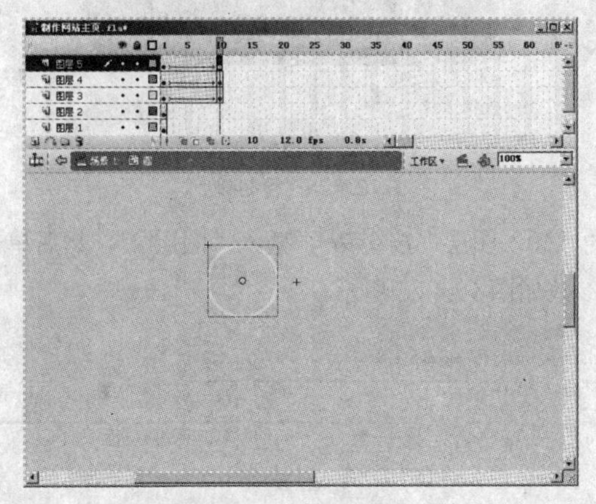

图 12.4.21 粘贴帧

（23）向后移动“图层 4”和“图层 5”中的所有帧，然后选中“图层 1”和“图层 2”的第 19 帧，按“F5”键插入帧，时间轴如图 12.4.22 所示。

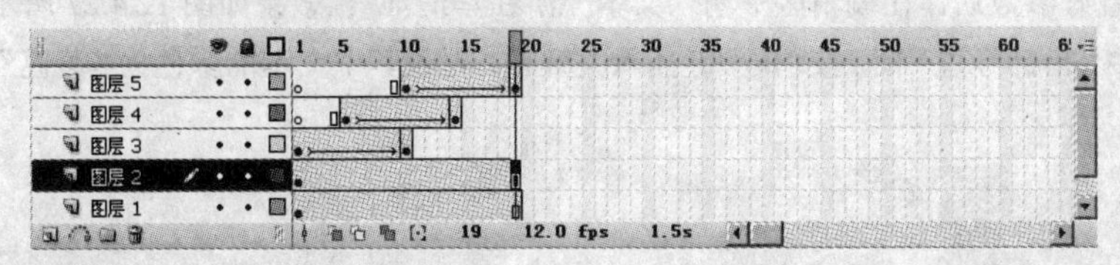

图 12.4.22 移动帧

（24）按“Ctrl+F8”键，弹出“创建新元件”对话框，设置其对话框参数如图 12.4.23 所示。设置好参数后，单击确定按钮。

（25）从库面板中拖动“圆”实例到编辑区中的合适位置，然后选中“指针经过”帧，按“F6”键插入关键帧，选中“按下”帧，按“F5”键插入帧，如图 12.4.24 所示。

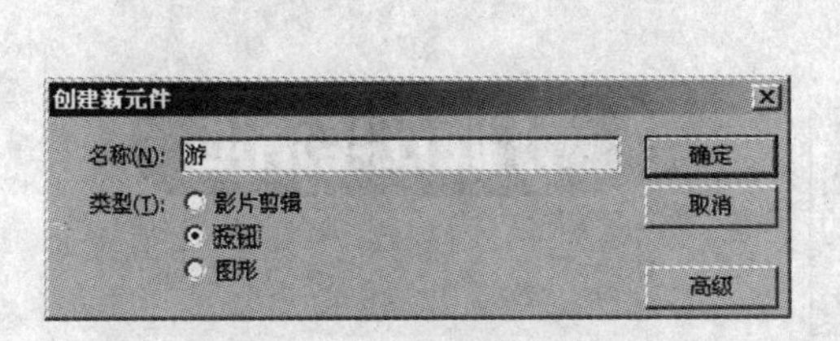

图 12.4.23 “创建新元件”对话框

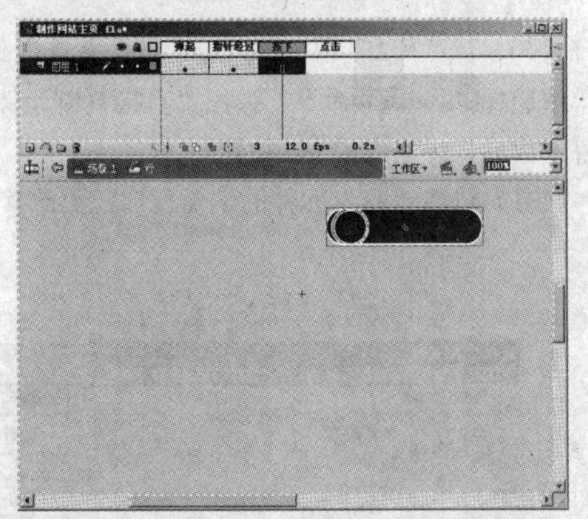

图 12.4.24 拖入“圆”实例

（26）选中“弹起”帧中的“圆”实例，单击鼠标右键，在弹出的快捷菜单中选择分离命令，将其分离成图形，然后删除小圆形，并在原位置绘制一个由黑色到绿色呈放射状渐变的圆形，效果如

图 12.4.25 所示。

图 12.4.25　绘制圆形

（27）单击时间轴中的“插入图层”按钮，插入“图层 2”，然后单击工具箱中的“文本工具”按钮 T，设置其属性面板参数如图 12.4.26 所示。

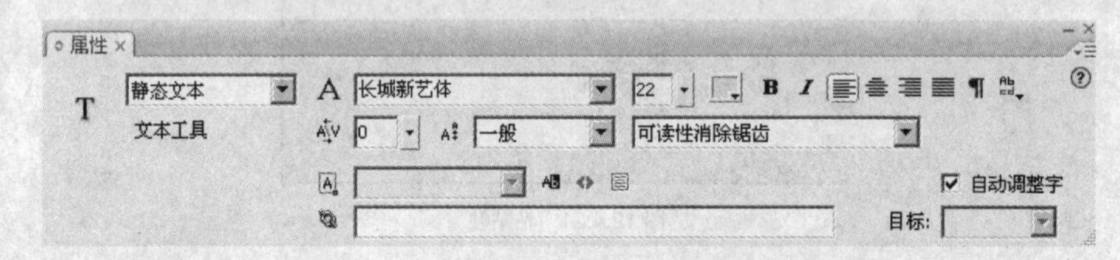

图 12.4.26　设置文本属性

（28）设置好参数后，在编辑区中输入文本“游在华清池”，效果如图 12.4.27 所示。

（29）选中“指针经过”帧，按“F6”键插入关键帧，更改其中文本的颜色为“黄色”，如图 12.4.28 所示。

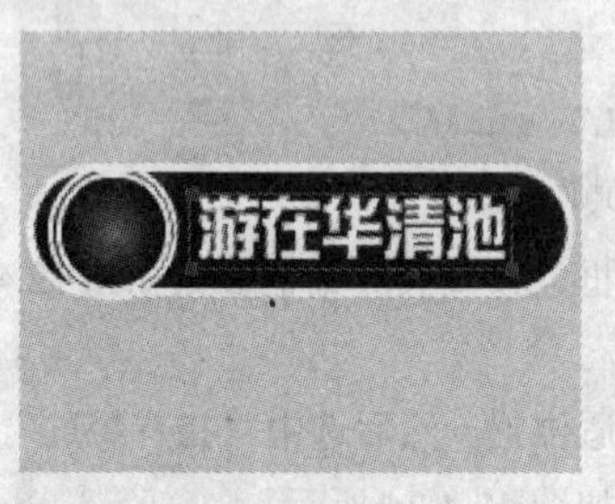

图 12.4.27　输入文本

图 12.4.28　更改文本颜色

（30）按“F11”键，打开库面板，在库面板中选中“游”元件，单击鼠标右键，在弹出的快捷菜单中选择 直接复制 命令，弹出“直接复制元件”对话框，设置其对话框参数如图 12.4.29 所示。设置好参数后，单击 确定 按钮。

（31）进入“吃”元件的编辑窗口，更改其中的文本为“吃在华清池”，效果如图 12.4.30 所示。

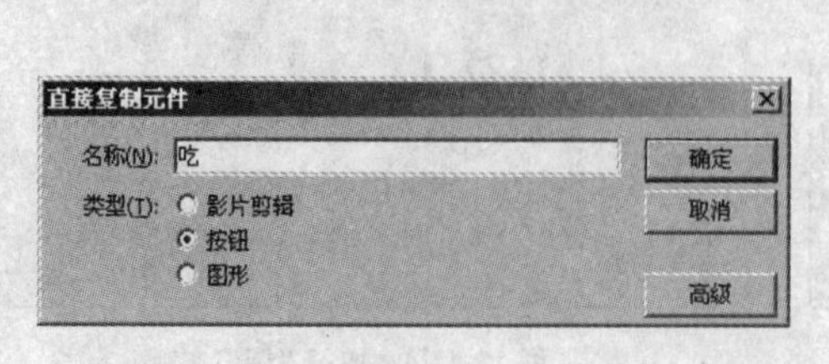

图 12.4.29　“直接复制元件”对话框

图 12.4.30　更改文本

（32）重复步骤（30）和（31）的操作，复制“住”“玩”“购”和“享”元件，并相应更改其中的文本。

（33）创建名为“菜单”的影片剪辑元件，单击确定按钮，进入该元件的编辑窗口。

（34）单击 5 次“插入图层”按钮，插入“图层 2”至“图层 6”，然后从最底层开始，依次拖入“游”“吃”“住”“玩”“购”和“享”元件，如图 12.4.31 所示。

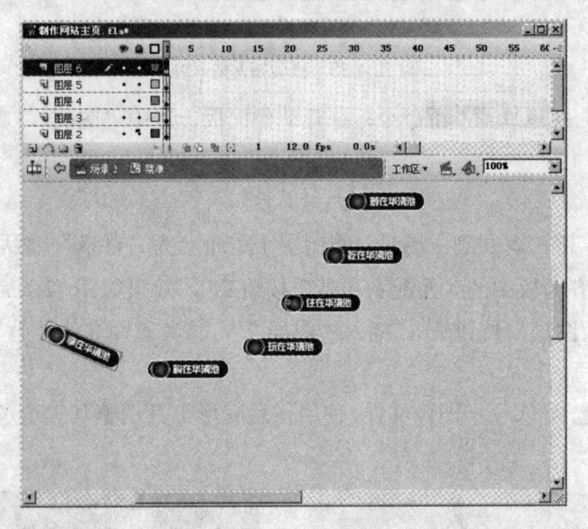

图 12.4.31　拖入各元件

（35）分别选中所有图层的第 10 帧，按“F6”键插入关键帧，并选中所有帧，单击工具箱中的“任意变形工具”按钮，对图像向右下角旋转一定距离。

（36）选中所有图层的第 1 帧，单击鼠标右键，在弹出的快捷菜单中选择创建补间动画命令，创建运动补间动画，如图 12.4.32 所示。

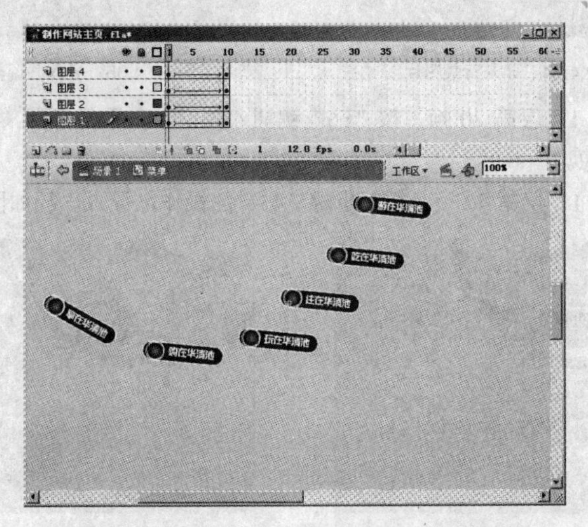

图 12.4.32　创建补间动画

（37）选中第 1 帧中的所有对象，在属性面板的颜色:下拉列表中选择“Alpha”选项，设置 Alpha 值为“0”，更改它们的透明度。

（38）向右移动“图层 2”至“图层 6”中的所有帧，然后选中所有层的第 35 帧，按“F5”键插入帧，时间轴如图 12.4.33 所示。

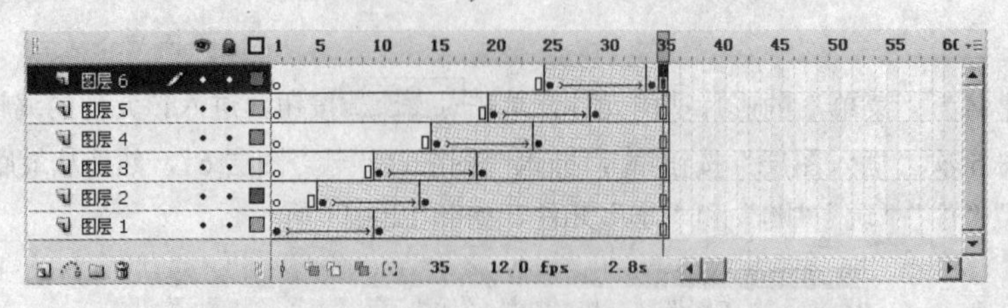

图 12.4.33 移动帧并插入帧

（39）选择 窗口(W) → 動作(A) 命令，打开动作面板，选中“图层 6”的第 35 帧，在动作面板中输入以下代码。

stop();

（40）按“Ctrl+E”键，返回到主场景，将图层 1 重命名为“背景”，然后按“Ctrl+R”键，导入一个图像文件，单击对齐面板中的“匹配宽和高”按钮，效果如图 12.4.34 所示。

（41）单击 “插入图层”按钮，插入“图层 2”，将其重命名为“背景 1”，并拖动“背景”层到“背景 1”层上方。

（42）按“Ctrl+R”键，导入一个图像文件，使用任意变形工具调整其大小及位置，效果如图 12.4.35 所示。

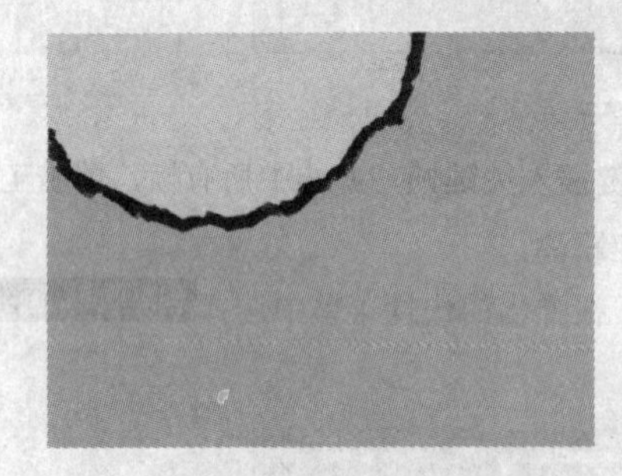

图 12.4.34 导入背景图片

图 12.4.35 导入并调整图片

（43）选中“背景 1”层第 20 帧，按“F6”键插入关键帧，重复步骤（42）的操作，导入一幅如图 12.4.36 所示的图像。

（44）选中“背景 1”层第 40 帧，重复步骤（43）的操作，导入一幅如图 12.4.37 所示的图像。

图 12.4.36 导入并调整图片

图 12.4.37 导入并调整图片

（45）选中“背景 1”层中第 60 帧，按“F5”键插入帧。

（46）选中“背景”层，单击时间轴中的“插入图层”按钮，插入“图层 1”，将其重命名为“雪花”。从库面板中将“雪花”实例拖入舞台中，效果如图 12.4.38 所示。

（47）按住“Alt”键，选中“雪花”实例，拖曳鼠标到一定的位置后释放鼠标，即可复制一片雪花。

（48）重复步骤（47）多次，复制多个雪花到舞台中，效果如图 12.4.39 所示。

图 12.4.38　拖入“雪花”实例　　　　图 12.4.39　复制雪花效果

（49）选中“雪花”层第 1 帧，对其进行复制，然后将其粘贴在第 20 帧、第 30 帧、第 40 帧、第 50 帧、第 60 帧上，分别选中各关键帧，在属性面板中依次设置 Alpha 值为“0”“20”“30”“50”“70”“80”。

（50）在第 1 帧～第 20 帧之间创建一段运动补间动画，在属性面板中的 旋转: 下拉列表框中选择 顺时针 选项，此时的时间轴面板如图 12.4.40 所示。

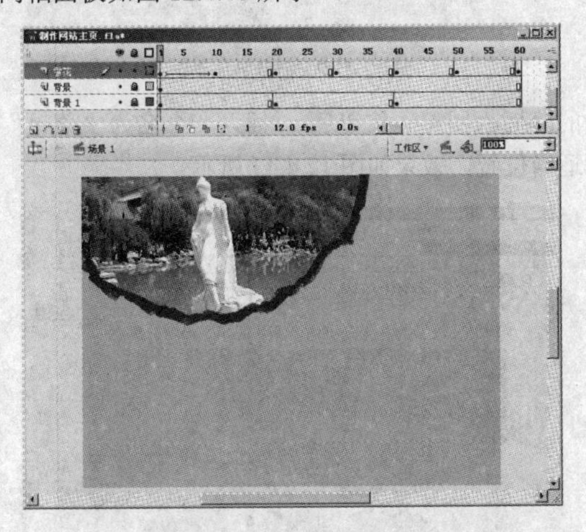

图 12.4.40　时间轴面板

（51）单击时间轴中的“插入图层”按钮，插入一个名为“遮罩”的层，然后按“Ctrl+R”键导入一个图像文件，并调整其大小及位置，效果如图 12.4.41 所示。

图 12.4.41　导入图像文件

（52）单击时间轴中的“插入图层”按钮，插入一个名为“文本”的层，然后使用文本工具在舞台中输入文本“欢迎参观华清池旅游景点”，使用鼠标右键单击“文本”层，在弹出的快捷菜单

中选择 遮罩层 命令，创建遮罩层。

（53）分别在第 5 帧、第 10 帧、第 15 帧、第 20 帧、第 25 帧、第 30 帧、第 35 帧、第 40 帧、第 45 帧、第 50 帧、第 55 帧、第 60 帧上插入关键帧，然后在每个关键帧上从左至右移动文本创建补间动画，并锁定“文本”层和“遮罩”层，效果如图 12.4.42 所示。

图 12.4.42　创建补间动画

（54）单击时间轴中的“插入图层”按钮，插入一个名为“菜单”的层，然后从库面板中拖入“菜单”实例到舞台的适当位置，效果如图 12.4.43 所示。

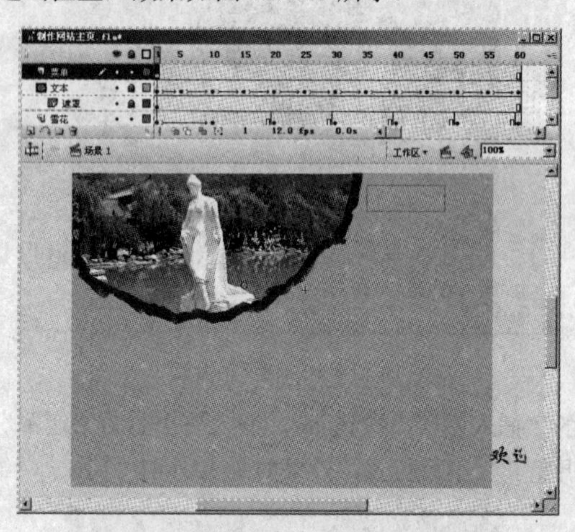

图 12.4.43　拖入“菜单”实例

（55）按“Ctrl+Enter”键，预览动画效果，最终效果如图 12.4.1 所示。

第 13 章　案 例 实 训

本章通过实训培养用户的实际操作能力，以达到巩固并检验前面所学知识的目的。

知识要点

- 自定义 Flash CS3 工作界面
- 绘图与填充工具的使用
- 编辑工具的使用
- 文本的使用
- 元件与库的使用
- 时间轴与动画原理
- 位图、声音与视频的使用
- Flash 编程
- 组件
- 测试与发布动画

实训 1　自定义 Flash CS3 工作界面

1．实训内容

在制作过程中主要用到面板的显示与隐藏命令。

2．实训目的

掌握自定义 Flash CS3 工作界面的方法与技巧，并能灵活显示和隐藏属性面板。

3．操作步骤

（1）单击属性面板右上角的按钮，可将面板隐藏；单击按钮，可将面板关闭。

（2）将面板隐藏后，按钮将变为形状，单击该按钮将重新显示面板，如图 13.1.1 所示。

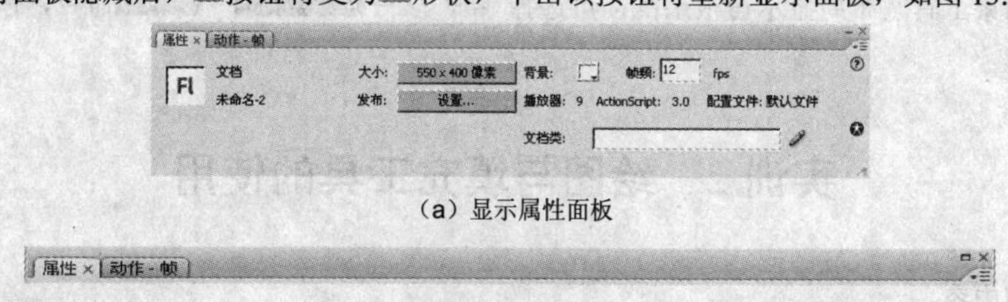

（a）显示属性面板

（b）隐藏属性面板

图 13.1.1　显示和隐藏属性面板

（3）将面板关闭后，选择 窗口(W) → 属性(P) → 属性(P) Ctrl+F3 命令，可重新显示面板，如图 13.1.2 所示为重新显示属性面板的操作。

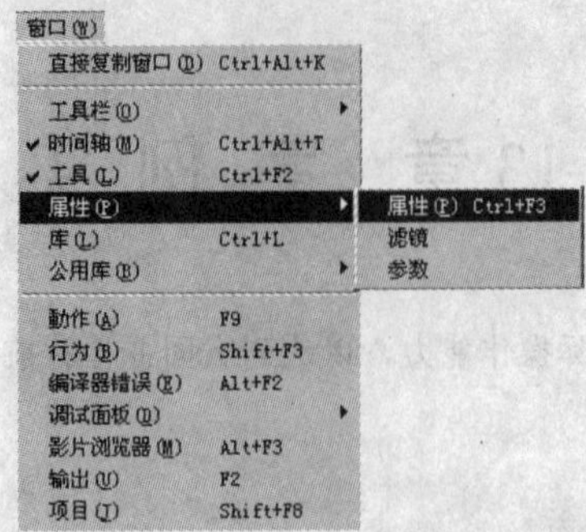

图 13.1.2　重新显示关闭后的属性面板

（4）在右侧的面板顶端有一个▶▶按钮，单击该按钮可将所有面板折叠成一个个小按钮，单击◀◀按钮将重新显示面板，如图 13.1.3 所示。

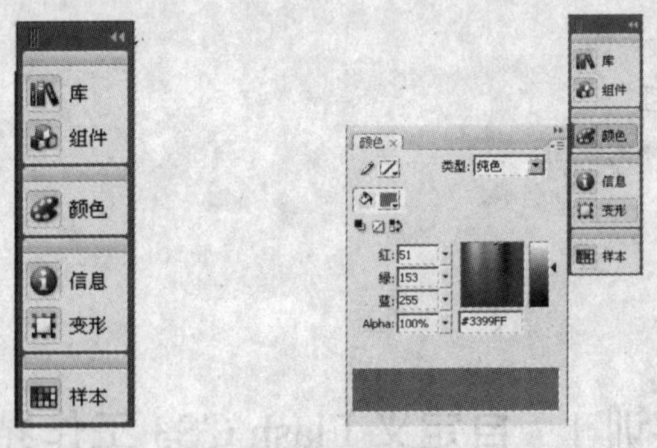

图 13.1.3　折叠面板

（5）拖动某个面板的标题，可将其同面板分离，单独浮动在 Flash CS3 界面中，此时再次拖动该面板标题到某个面板组中，可重新组合面板，如图 13.1.4 所示。

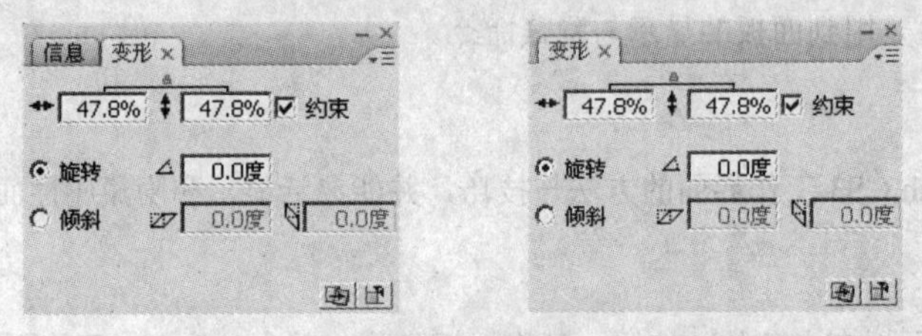

图 13.1.4　分离面板

（6）如果工具区布局显示得很杂乱，可选择 窗口(W) → 工作区(S) → 默认 命令，恢复默认工作区布局。

实训 2　绘图与填充工具的使用

1．实训内容

在制作过程中主要用到矩形工具、选择工具以及墨水瓶工具等，最终效果如图 13.2.1 所示。

2．实训目的

学习卷轴和纸张的绘制方法，并且在纸张上导入一幅字画。

图 13.2.1　最终效果图

3. 操作步骤

（1）启动 Flash CS3 应用程序，进入其工作界面。

（2）按“Ctrl+J”键，弹出“文档属性”对话框，设置编辑区的大小为“400 像素×500 像素”，背景为“蓝色”。

（3）单击工具箱中的“矩形工具”按钮，在舞台中绘制一个矩形。

（4）单击工具箱中的“墨水瓶工具”按钮，在其属性栏中设置笔触颜色为“黑色”，笔触高度为“1”，对绘制的矩形轮廓进行填充，效果如图 13.2.2 所示。

（5）使用矩形工具在绘制的矩形两端再绘制两个小矩形，并使用颜料桶工具将其填充为黑色，效果如图 13.2.3 所示。

图 13.2.2　绘制并填充矩形

图 13.2.3　绘制两个小矩形并填充

（6）单击工具箱中的“选择工具”按钮，将鼠标指针移至小矩形的边缘，当鼠标指针呈现或形状时，按住鼠标左键并拖动，调整它们的形状，效果如图 13.2.4 所示。

（7）按住“Alt”键，使用选择工具选中绘制的卷轴，向下方垂直拖动一段距离，然后释放鼠标，复制一个卷轴，效果如图 13.2.5 所示。

图 13.2.4　调整小矩形的形状

图 13.2.5　复制卷轴效果

（8）单击时间轴中的“插入图层”按钮，插入“图层 2”，并将其拖曳到图层 1 的下方。

（9）单击工具箱中的“矩形工具”按钮，在属性面板中设置笔触颜色为“黑色”，笔触高度为“1”，填充颜色为“#FAEEB2”，在“图层 2”中绘制一个矩形，效果如图 13.2.6 所示。

（10）选中图层 2，单击时间轴中的“插入图层”按钮，插入“图层 3”。

（11）按“Ctrl+R”键，导入一个图像文件并调整其大小及位置，效果如图 13.2.7 所示。

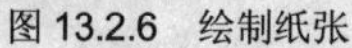

图 13.2.6 绘制纸张

图 13.2.7 导入图片

（12）单击工具箱中的“矩形工具”按钮，在属性面板中设置笔触颜色为“黑色”，笔触高度为“2”，填充颜色为“无”，在“图层 3”中绘制一个矩形边框。

（13）按“Ctrl+Enter”键预览最终效果，如图 13.2.1 所示。

实训 3 编辑工具的使用

1. 实训内容

在制作过程中主要用到椭圆工具、线条工具、选择工具、任意变形工具、变形面板以及修改命令等，最终效果如图 13.3.1 所示。

图 13.3.1 最终效果图

2. 实训目的

掌握变形面板的使用方法与技巧，并学会如何使用任意变形工具和修改命令编辑图形对象。

3. 操作步骤

（1）启动 Flash CS3 应用程序，新建一个 Flash 文档，设置其文档尺寸为默认值。

（2）单击工具箱中的“椭圆工具”按钮，在舞台上绘制一个椭圆并将其填充为蓝色。

（3）单击工具箱中的“线条工具”按钮，在椭圆的中心绘制一条直线，然后使用选择工具选中分离的另一半椭圆，如图 13.3.2 所示。

（4）按“Delete”键，删除选中的椭圆和直线，效果如图 13.3.3 所示。

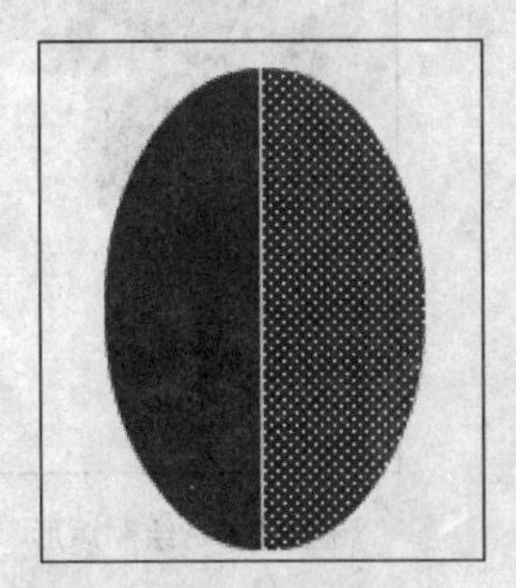

图 13.3.2　从椭圆中分离出一半椭圆

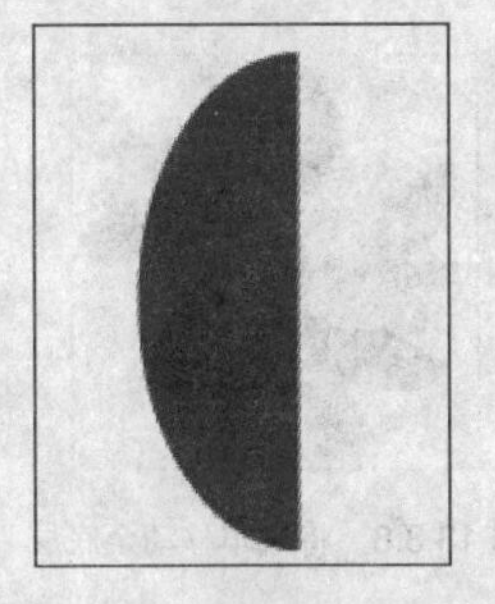

图 13.3.3　删除椭圆和直线

（5）单击工具箱中的“任意变形工具”按钮，将图形的中心点拖曳到右下角，效果如图 13.3.4 所示。

（6）按“Ctrl+T”键，打开变形面板，设置其面板参数如图 13.3.5 所示。

图 13.3.4　移动中心点

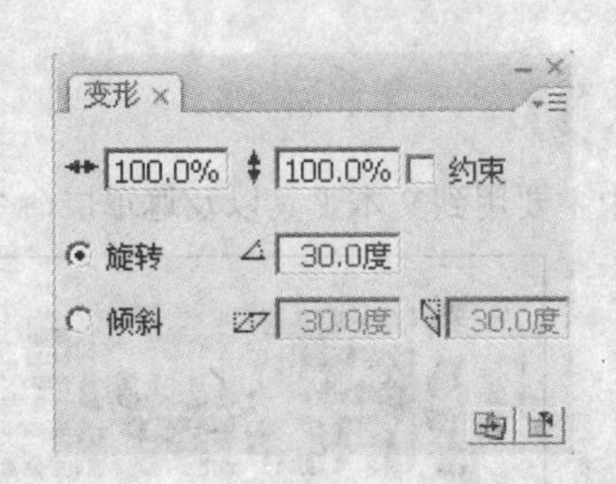

图 13.3.5　变形面板

（7）设置好参数后，单击变形面板底部的“复制并应用变形”按钮 11 次，对椭圆进行复制变形操作，效果如图 13.3.6 所示。

（8）单击工具箱中的“选择工具”按钮，分别选中旋转后的椭圆，更改其填充色，效果如图 13.3.7 所示。

图 13.3.6　复制并应用变形效果

图 13.3.7　更改填充颜色效果

（9）使用选择工具框选绘制的图形，按“Ctrl+G”键进行组合，然后使用椭圆工具在组合后的图形中心绘制一个圆，并将其填充为红色到黑色的渐变。

（10）选中组合后的图形对象，选择 修改(M) → 排列(A) → 移至底层(B) 命令，将其移动到圆的下方，效果如图 13.3.8 所示。

（11）单击工具箱中的“矩形工具”按钮，从风车的中心点向下拖曳鼠标绘制一个矩形，并将其填充为红色到黑色的渐变，效果如图 13.3.9 所示。按“Ctrl+G”键将绘制的所有图形进行组合。

图 13.3.8　将风车移动至底层

图 13.3.9　绘制矩形

（12）在图层 1 的下方插入一个背景层，按“Ctrl+R”键导入一幅背景图像。

（13）按“Ctrl+Enter”键测试动画，最终效果如图 13.3.1 所示。

实训 4　文本的使用

1．实训内容

在制作过程中主要用到文本工具以及遮罩层命令等，最终效果如图 13.4.1 所示。

图 13.4.1　最终效果图

2．实训目的

掌握文本工具的使用方法与技巧，并学会如何使用遮罩层命令。

3．操作步骤

（1）启动 Flash CS3 应用程序，进入其工作界面。

（2）按“Ctrl+J”键，弹出“文档属性”对话框，设置文档的大小为“400 像素×300 像素”，背景为“白色”。

（3）按“Ctrl+R”键导入一幅图片到舞台中，如图 13.4.2 所示。

图 13.4.2　导入图片

（4）单击时间轴中的“插入图层”按钮，插入“图层 2”，如图 13.4.3 所示。

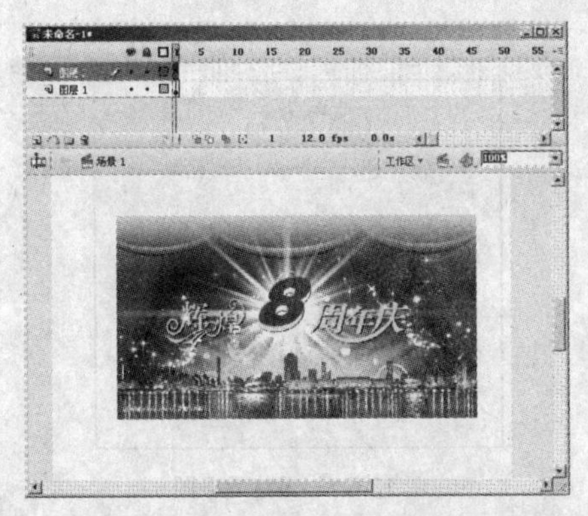

图 13.4.3　插入“图层 2”

（5）选中“图层 2”的第 1 帧，单击工具箱中的“文本工具”按钮 T，设置其属性面板参数如图 13.4.4 所示。

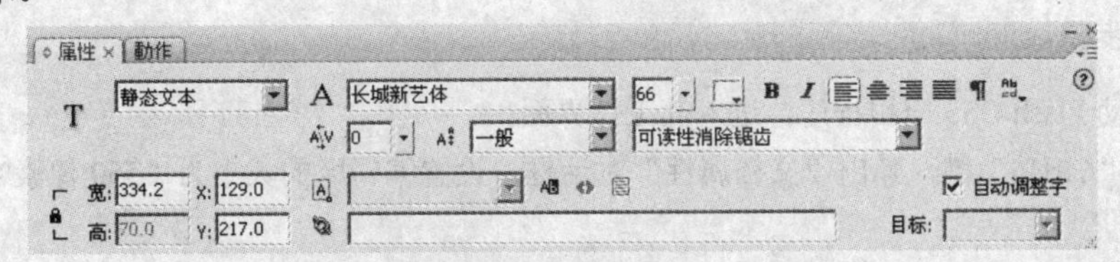

图 13.4.4　设置文本属性

（6）设置好参数后，在编辑区中输入文本“浪漫夏日游”，如图 13.4.5 所示。

图 13.4.5　输入文本

（7）使用鼠标右键单击“图层 2”，在弹出的快捷菜单中选择 遮罩层 命令，创建遮罩层，效果如图 13.4.6 所示。

图 13.4.6　遮罩效果

（8）按“Ctrl+Enter”键进行预览，最终效果如图 13.4.1 所示。

实训 5　元件与库的使用

1．实训内容

在制作过程中主要用到任意变形工具、文本工具、变形面板、分离命令以及元件与库等，最终效果如图 13.5.1 所示。

图 13.5.1 最终效果图

2. 实训目的

掌握元件与库的使用方法与技巧，并学会创建元件的方法与技巧。

3. 操作步骤

（1）启动 Flash CS3 应用程序，进入其工作界面。

（2）按“Ctrl+J”键，弹出“文档属性”对话框，设置编辑区的大小为“550 像素×400 像素”，背景为“白色”。

（3）按“Ctrl+F8”键，弹出“创建新元件”对话框，设置其对话框参数如图 13.5.2 所示。设置好参数后，单击 确定 按钮。

（4）按“Ctrl+R”键导入一幅图片，效果如图 13.5.3 所示。

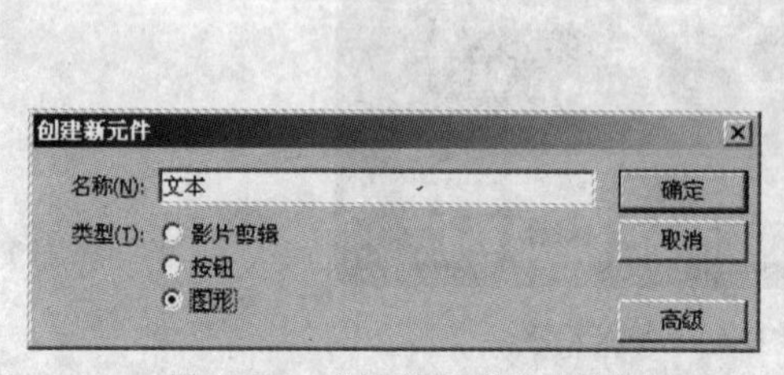

图 13.5.2 “创建新元件”对话框

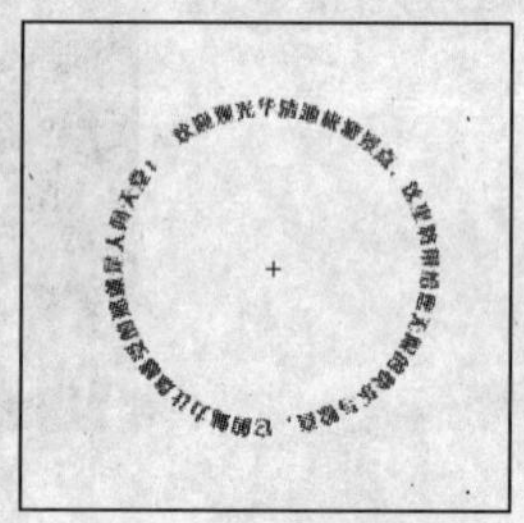

图 13.5.3 导入一幅图片

（5）按“Ctrl+F8”键，创建一个名为“旋转的文本”的影片剪辑元件，然后按“Ctrl+L”键打开库面板，将“文本”实例拖入编辑区的中央，在第 60 帧上按“F6”键，插入关键帧。选中第 1 帧，设置其属性面板参数如图 13.5.4 所示。

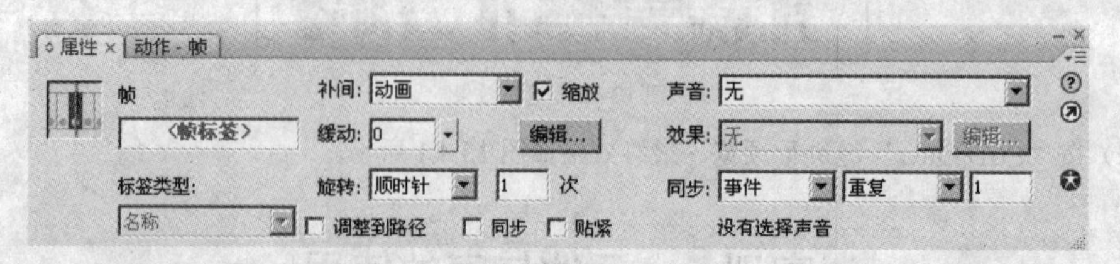

图 13.5.4 属性面板

（6）按“Ctrl+F8”键，创建一个名为“文本 1”的影片剪辑元件，单击工具箱中的“文本工具”按钮 T，设置其属性面板参数如图 13.5.5 所示。

（7）设置好参数后，在编辑区中输入文本，在第 2 帧上按“F6”键插入关键帧，按“Ctrl+B”

键将其分离，效果如图 13.5.6 所示。

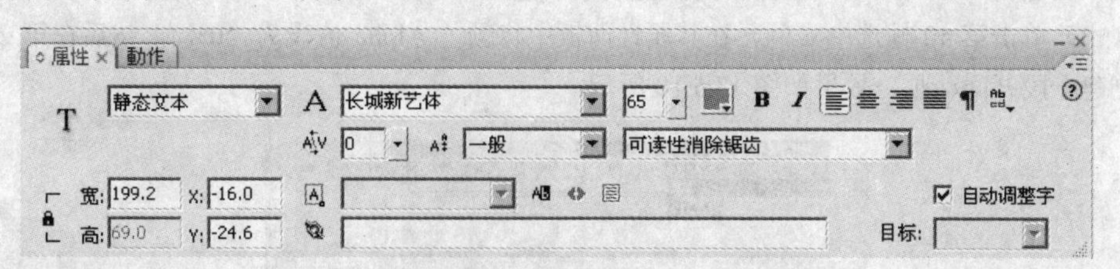

图 13.5.5 设置文本属性

（8）单击工具箱中的“任意变形工具”按钮，将文本中心的小圆圈移至文本“华清池”的左下角，再拖动控制柄，使文本向左旋转一定的角度。依此类推，每插入一个关键帧，就将文本倾斜一定的角度，效果如图 13.5.7 所示。

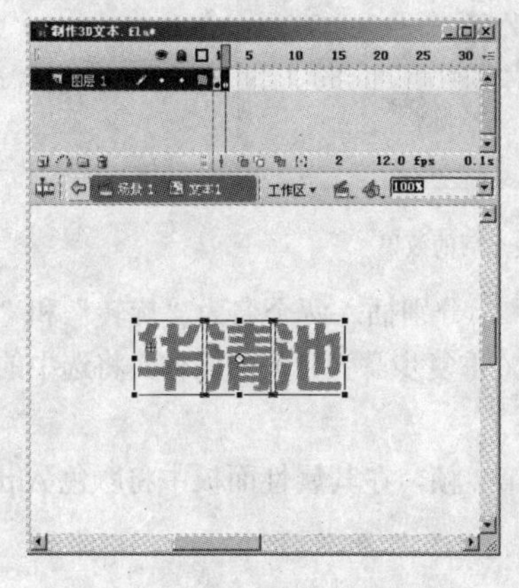

图 13.5.6 分离文本

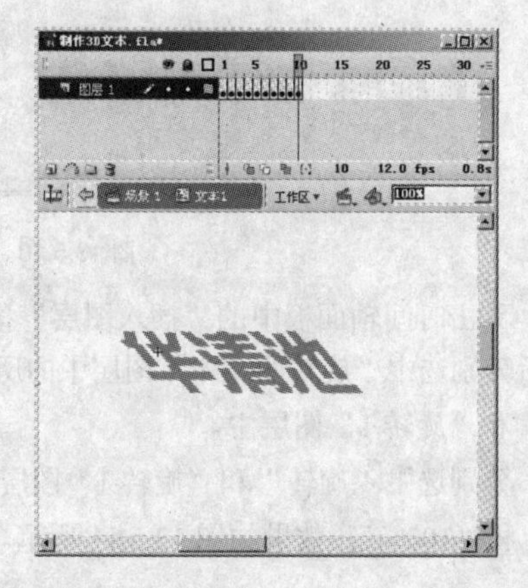

图 13.5.7 “文本 1”元件的编辑效果

（9）按“Ctrl+E”键返回主场景，双击“图层 1”，将其改名为“文本 1”，单击第 1 帧，将库面板中的“文本 1”实例拖入编辑区中，在第 40 帧处按“F5”键插入帧。

（10）单击时间轴面板中的“插入图层”按钮，插入一个名为“旋转的文本”的层。在第 2 帧处按“F7”键，插入空白关键帧，将库面板中“旋转的文本”实例拖入编辑区中，效果如图 13.5.8 所示。

（11）在第 40 帧处按“F6”键，插入关键帧，单击第 2 帧选中实例，按“Ctrl+T”键打开变形面板，选中 倾斜 单选按钮，设置其参数值为“-45.0 度”，并在其属性面板中设置实例的 Alpha 值为“20%”，最后按键盘上的向下键，得到如图 13.5.9 所示的图形。

图 13.5.8 拖入“旋转的文本”实例

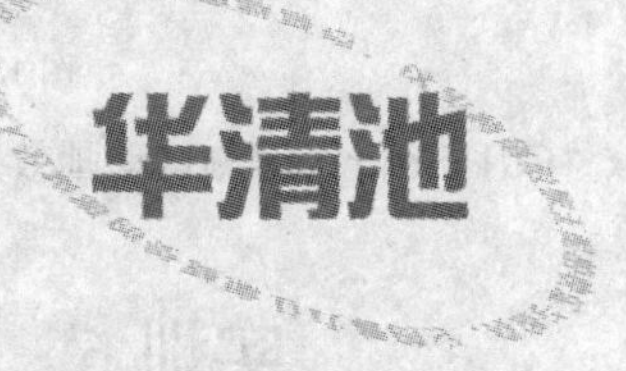

图 13.5.9 设置透明度效果

（12）选中第 2 帧，单击鼠标右键，在弹出的快捷菜单中选择 复制帧 命令，在第 20 帧处按“F6”

键，插入关键帧，右击此帧，在弹出的快捷菜单中选择粘贴帧命令。

（13）单击第 40 帧选中实例，在其属性面板中将颜色 Alpha 值设为“0%”，然后在第 2～40 帧之间创建一段补间动画，效果如图 13.5.10 所示。

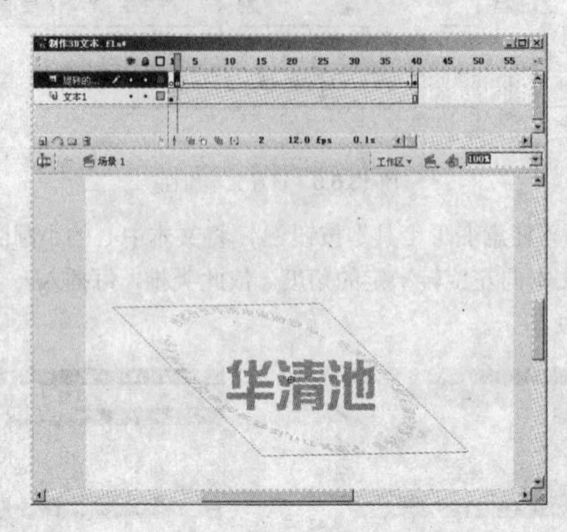

图 13.5.10　实例变形后的效果

（14）单击时间轴面板中的“插入图层”按钮，分别插入两个名为“旋转”和“旋转 1”的图层，然后分别选中“旋转的文本”图层中的所有帧，重复步骤（11）的操作，将选中的所有帧粘贴到“旋转”和“旋转 1”图层中。

（15）分别选中“旋转”和“旋转 1”图层中的第 2 帧，在其属性面板中将颜色 Alpha 值分别设为“50%”和“100%”，效果如图 13.5.11 所示。

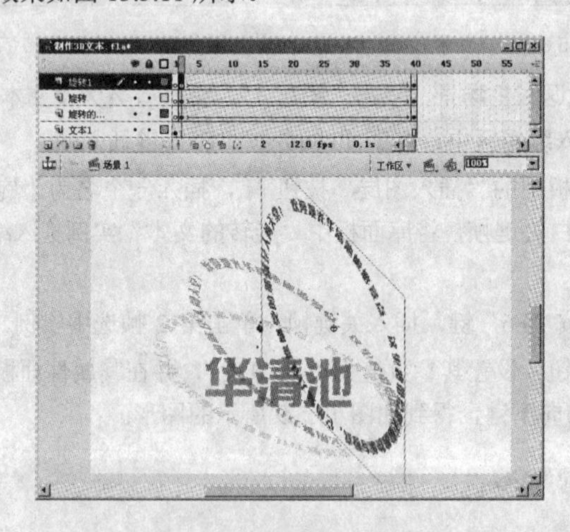

图 13.5.11　设置透明度效果

（16）按“Ctrl+Enter”键测试动画效果，最终效果如图 13.5.1 所示。

实训 6　时间轴与动画原理

1．实训内容

在制作过程中主要用到矩形工具、选择工具、文本工具、对齐面板以及创建补间动画命令等，最终效果如图 13.6.1 所示。

图 13.6.1　最终效果图

2．实训目的

掌握时间轴与动画原理，并学会动画的制作方法与技巧。

3．操作步骤

（1）启动 Flash CS3 应用程序，进入其工作界面。

（2）按“Ctrl+J”键，弹出“文档属性”对话框，设置编辑区的大小为“500 像素×400 像素”，背景为“蓝色”。

（3）按“Ctrl+F8”键，弹出“创建新元件”对话框，设置其对话框参数如图 13.6.2 所示。设置好参数后，单击 确定 按钮。

（4）按“Ctrl+R”键，导入一幅电影图片，如图 13.6.3 所示。

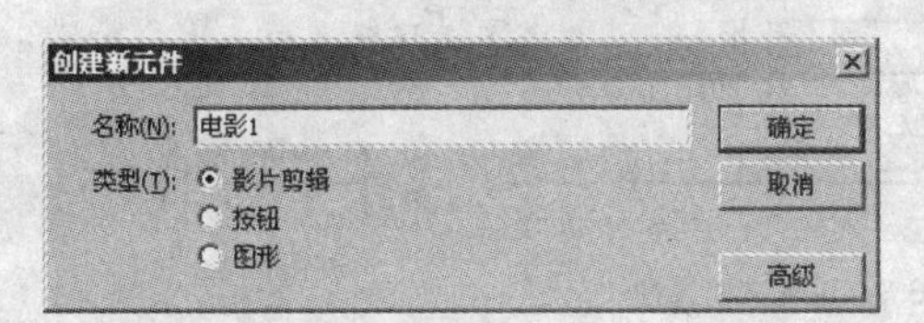

图 13.6.2　“创建新元件”对话框

图 13.6.3　导入图片

（5）重复步骤（3）和（4）的操作，依次创建名称为“电影 2”“电影 3”和“电影 4”的影片剪辑元件，在其各自的编辑区中导入一幅影视图片。

（6）按“Ctrl+E”键，切换到主场景。双击“图层 1”，将其重命名为“矩形”，单击工具箱中的“矩形工具”按钮，在编辑区中绘制一个填充色为“白色”、笔触颜色为“黄色”的矩形，效果如图 13.6.4 所示。

（7）在时间轴面板中的第 55 帧处按“F5”键，插入帧。

（8）单击时间轴面板中的“插入图层”按钮，插入一个名为“胶卷”的图层。

（9）单击工具箱中的“矩形工具”按钮，在编辑区中绘制一个填充色为黄色的无边框矩形，效果如图 13.6.5 所示。

（10）按住“Alt”键的同时，在编辑区中多次水平移动黄色小矩形到合适的位置，释放鼠标即可复制多个小矩形，并单击对齐面板中的“水平平均间隔”按钮，调整其水平间距，效果如图 13.6.6 所示。

图 13.6.4　绘制白色矩形　　　　图 13.6.5　绘制黄色小矩形

（11）单击工具箱中的“选择工具”按钮，选中所有绘制的黄色小矩形，然后将其复制、粘贴到编辑区的下方，效果如图 13.6.7 所示。

图 13.6.6　复制并调整矩形间距　　　　图 13.6.7　复制并移动矩形

（12）单击时间轴面板中的“插入图层”按钮，插入一个名为“文本”的图层。单击工具箱中的“文本工具”按钮，设置其属性面板参数如图 13.6.8 所示。设置好参数后，在编辑区中输入相应的文字。

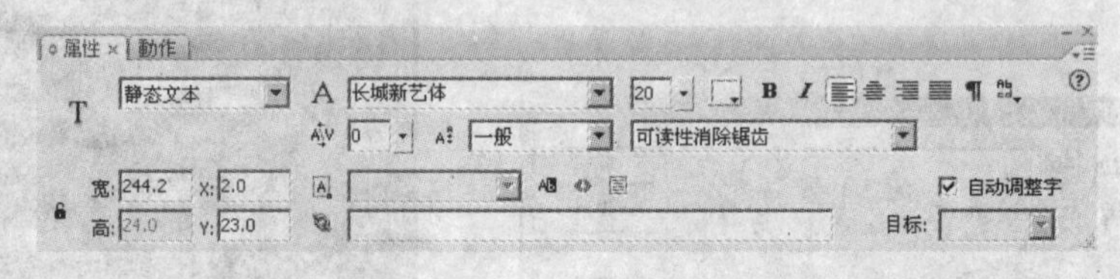

图 13.6.8　设置文本属性

（13）使用文本工具在编辑区右下方输入登录网址信息，效果如图 13.6.9 所示。

（14）单击时间轴面板中的“插入图层”按钮，插入一个名为“电影 1”的图层，将库面板中的“图片 1”实例拖入编辑区中，效果如图 13.6.10 所示。

图 13.6.9　输入网址　　　　图 13.6.10　拖入“图片 1”实例

（15）在“电影 1”层的第 25 帧处按“F6”键，插入关键帧，将实例向右平移至编辑区之外，然后选中第 1 帧，单击鼠标右键，在弹出的快捷菜单中选择创建补间动画命令，创建一段补间动画，效果如图 13.6.11 所示。

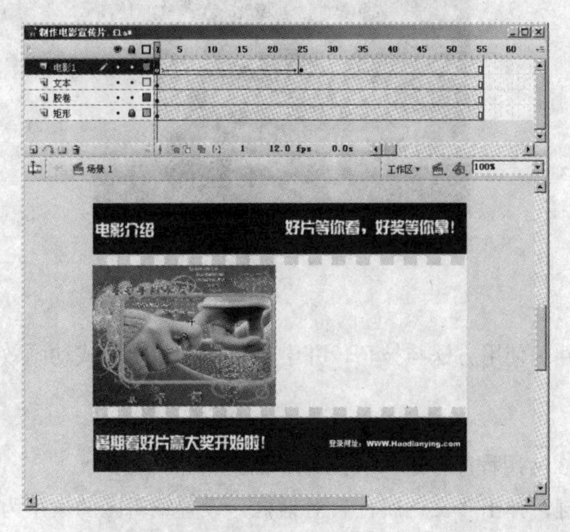

图 13.6.11 创建补间动画

（16）单击时间轴面板中的“插入图层”按钮 3 次，依次插入名称为“电影 2”“电影 3”和“电影 4”的图层。

（17）重复步骤（14）和（15）的操作，分别在“电影 2”图层的第 10～35 帧，“电影 3”图层的第 20～45 帧和“电影 4”图层的第 30～55 帧之间创建补间动画，如图 13.6.12 所示。

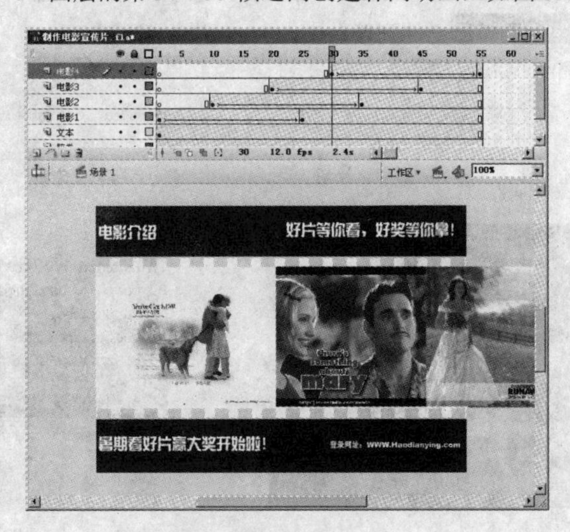

图 13.6.12 创建补间动画

（18）按“Ctrl+Enter”键测试动画效果，最终效果如图 13.6.1 所示。

实训 7 位图、声音与视频的使用

1．实训内容

在制作过程中主要用到文本工具以及公用库等，最终效果如图 13.7.1 所示。

图 13.7.1 最终效果图

2. 实训目的

掌握位图、声音文件的使用方法与技巧，并学会如何创建交互式动画效果。

3. 操作步骤

（1）启动 Flash CS3 应用程序，进入其工作界面。

（2）按“Ctrl+J”键，弹出“文档属性”对话框，设置编辑区的大小为“500 像素×350 像素”，背景为“白色”。

（3）选中图层 1，将其重命名为“背景”图层，按“Ctrl+R”键导入一幅背景图片，如图 13.7.2 所示。

（4）单击时间轴中的“插入图层”按钮，插入“图层 1”。

（5）选择 窗口(W) → 公用库(B) → 按钮 命令，打开系统自带的按钮库，如图 13.7.3 所示。从中拖动 playback flat → flat grey play 元件到舞台中。

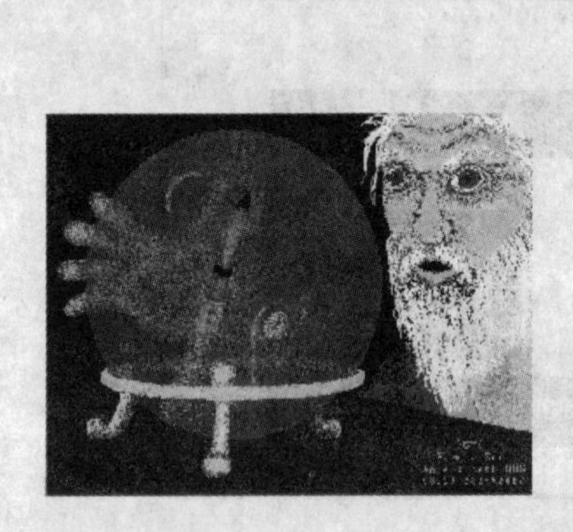

图 13.7.2 导入背景图片

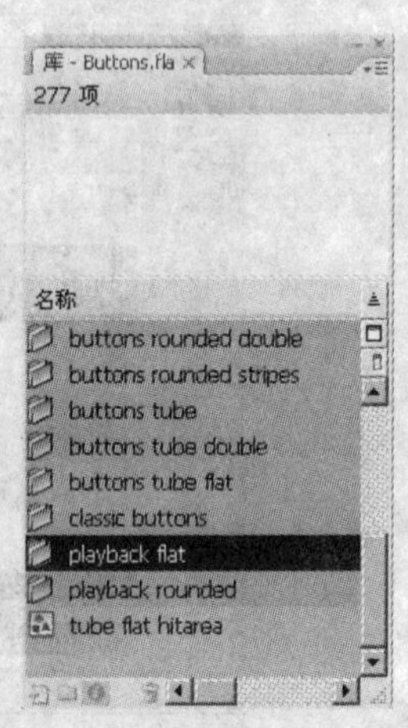

图 13.7.3 系统自带的按钮库

（6）单击工具箱中的“文本工具”按钮，设置其属性面板参数如图 13.7.4 所示。

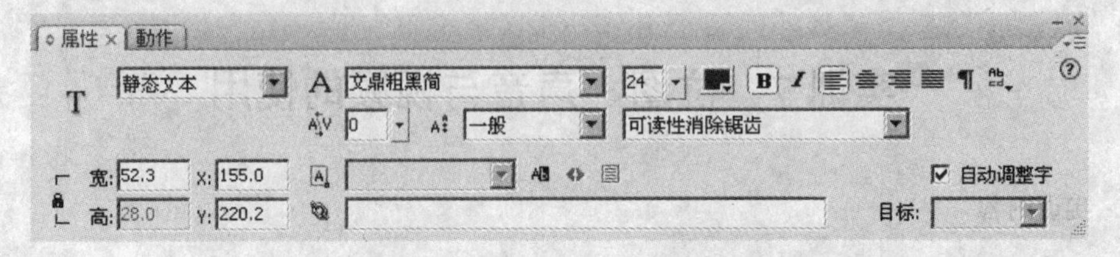

图 13.7.4 设置文本属性

（7）设置好参数后，在编辑区的按钮下方输入文本“播放声音”，效果如图 13.7.5 所示。

（8）双击编辑区中的按钮，进入其编辑状态，在按钮时间轴上插入一个图层，用于放置声音文件，在声音图层中选中“鼠标经过”帧，按“F6”键插入关键帧，如图 13.7.6 所示。

图 13.7.5　输入文本

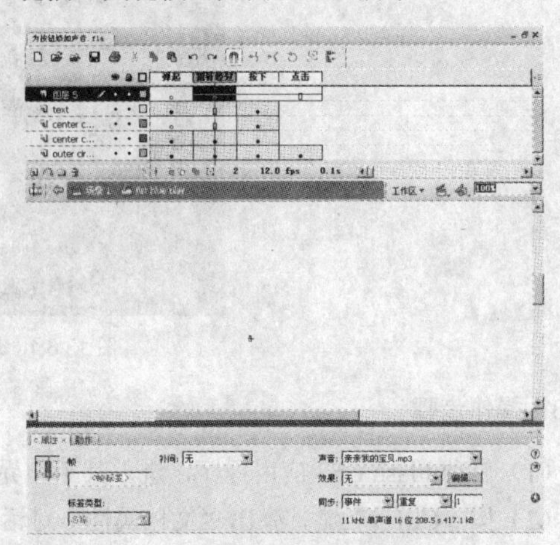

图 13.7.6　插入关键帧

（9）按“Ctrl+R”键导入一个声音文件，此时的时间轴面板如图 13.7.7 所示。

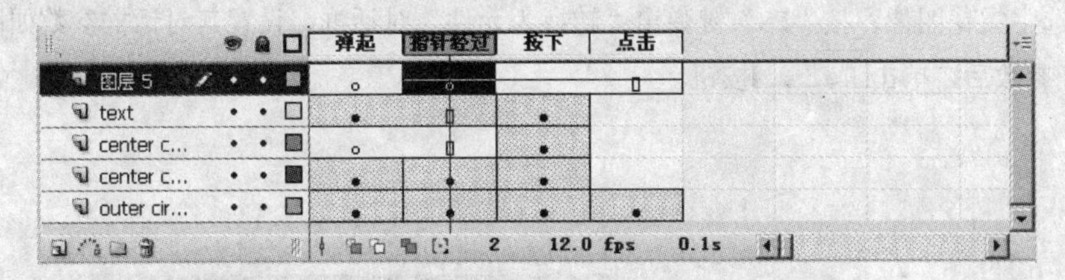

图 13.7.7　导入声音文件

（10）按“Ctrl+F3”键打开属性面板，设置其面板参数如图 13.7.8 所示。

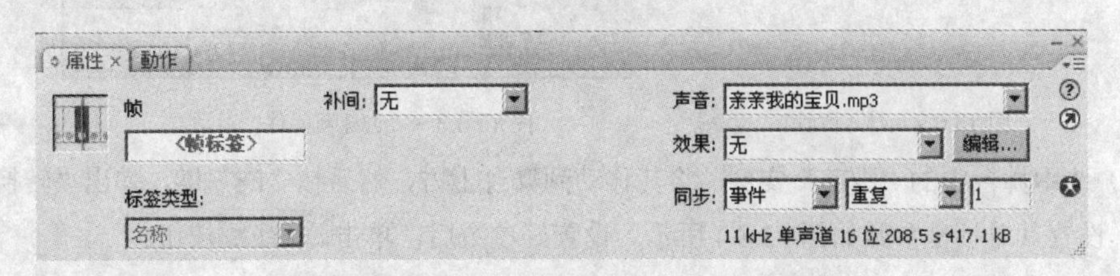

图 13.7.8　设置属性面板

（11）按“Ctrl+E”键切换到场景 1，保存文件。

（12）按“Ctrl+Enter”键测试动画效果，最终效果如图 13.7.1 所示。

实训 8　Flash　编　程

1．实训内容

在制作过程中主要用到铅笔工具、对齐面板、引导层、元件以及动作脚本语句等，最终效果如图 13.8.1 所示。

2．实训目的

掌握交互式调和工具和添加透镜效果的使用方法与技巧。

图 13.8.1　最终效果图

3．操作步骤

（1）启动 Flash CS3 应用程序，进入其工作界面。

（2）按“Ctrl+J”键，弹出“文档属性”对话框，设置编辑区的大小为“500 像素×400 像素”，背景为“黄色”。

（3）按“Ctrl+R”键导入一幅雪花图像，如图 13.8.2 所示。

（4）选中雪花图像，按“F8”键弹出“转换为元件”对话框，设置其对话框参数如图 13.8.3 所示。设置好参数后，单击 确定 按钮。

图 13.8.2　导入图片

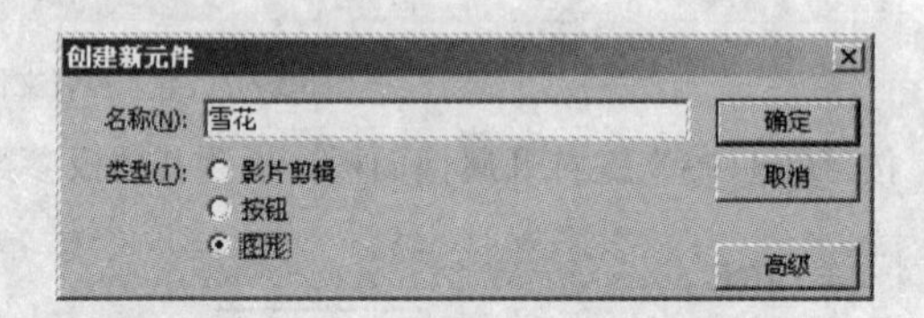

图 13.8.3　“创建新元件”对话框

（5）选中舞台中的“雪花”实例，将其移动到舞台上方，然后按“F8”键，弹出“转换为元件”对话框，设置其对话框参数如图 13.8.4 所示。设置好参数后，单击 确定 按钮。

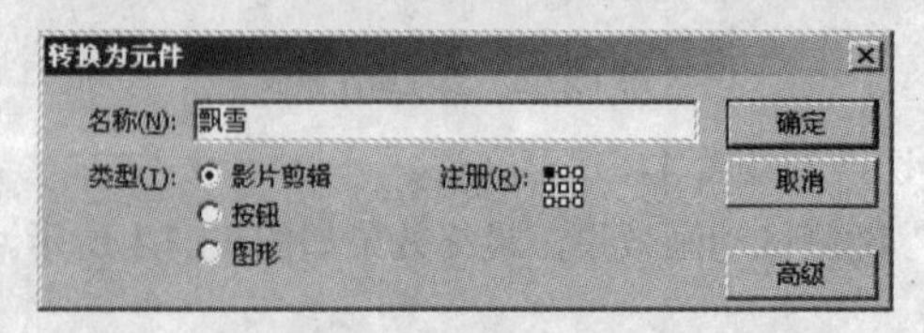

图 13.8.4　“转换为元件”对话框

（6）双击“飘雪”影片剪辑实例，进入其编辑状态，在图层 1 的第 55 帧处插入关键帧，并在编辑区中选中实例，将其移至编辑区的最下方以外，然后单击时间轴面板中的“引导层”按钮，在其上方插入一个“引导层”。

（7）单击工具箱中的“铅笔工具”按钮，在“引导层”图层的编辑区中绘制一条引导线，并将图层 1 第 1 帧和第 55 帧中“雪花”实例的中心点调整到引导线上，然后在图层 1 的第 1 帧上单击鼠标右键，在弹出的快捷菜单中选择 创建补间动画 命令，在其属性面板中选中 ☑ 调整到路径 复选框，效

果如图 13.8.5 所示。

（8）按“Ctrl+E”键切换到主场景，将库面板中的“雪花”实例拖入到舞台上方以外，选中“雪花”实例，然后按“F8”键将其转换为“飘雪 1”的影片剪辑。

（9）双击“飘雪 1”影片剪辑实例进入其编辑状态，重复步骤（6）和（7）的操作，制作引导动画效果，其引导线的方向与“飘雪”实例相反。

（10）切换到主场景，按“Ctrl+R”键导入一幅雪景图作为背景，按照一个“飘雪”影片剪辑、一个“飘雪 1”影片剪辑的顺序，将影片剪辑排列在图层 1 第 1 帧的舞台上方以外，如图 13.8.6 所示。

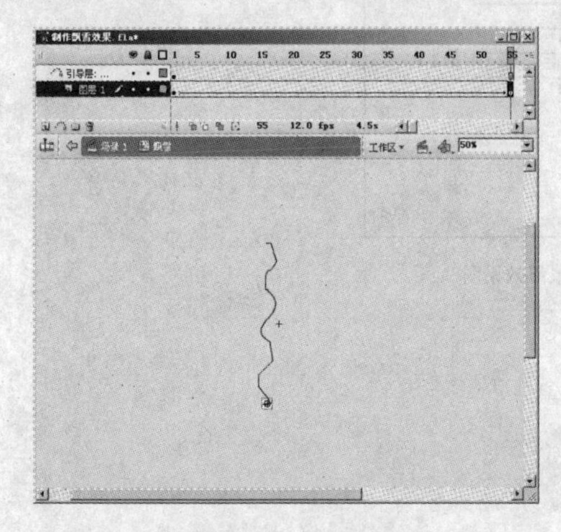

图 13.8.5　创建引导层动画

图 13.8.6　拖入并调整影片剪辑位置

（11）选中两个影片剪辑，按“Ctrl+C”键将其复制到剪贴板，然后在图层 1 的第 10 帧处插入关键帧，按“Ctrl+Shift+V”键将其原位粘贴到第 10 帧上。

（12）重复步骤（11）的操作，在第 20 帧、第 30 帧、第 40 帧和第 50 帧处插入关键帧并原位置粘贴影片剪辑实例，然后将最后一个影片剪辑实例水平拖动到背景图片的右边沿，单击对齐面板中的“水平平均间隔”按钮，调整其间距，效果如图 13.8.7 所示。

图 13.8.7　平均分布实例效果

（13）在第 55 帧处插入关键帧，然后打开动作面板，为第 55 帧添加动作脚本语句。

```
gotoAndPlay(50);
```

（14）按“Ctrl+Enter”键测试动画效果，最终效果如图 13.8.1 所示。

实训 9　组　　件

1．实训内容

在制作过程中主要用到“Label”组件和“ComboBox”组件等，最终效果如图 13.9.1 所示。

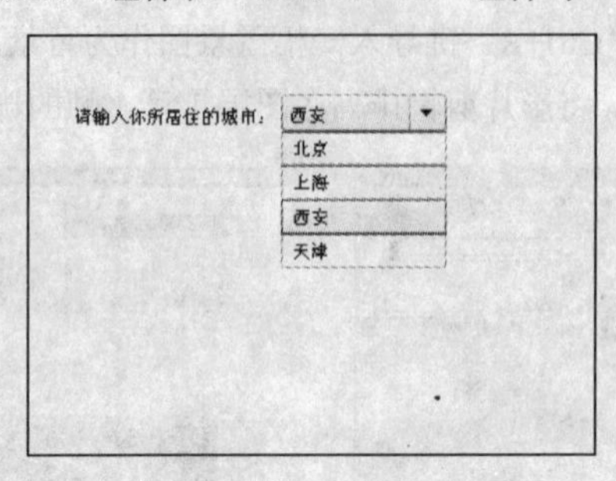

图 13.9.1　最终效果图

2．实训目的

掌握 Flash CS3 中组件的使用方法与技巧。

3．操作步骤

（1）启动 Flash CS3 软件，新建一个文档。

（2）按“Ctrl+J”键，在弹出的对话框中设置编辑区的大小为“550 像素×400 像素”，背景颜色为“白色”，如图 13.9.2 所示。设置好参数后，单击 确定 按钮。

（3）选择 窗口(W) → 组件(X) 命令，打开组件面板，如图 13.9.3 所示。

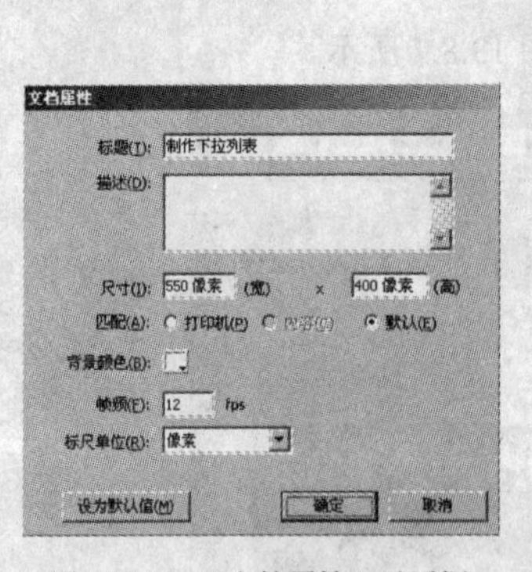

图 13.9.2　“文档属性”对话框

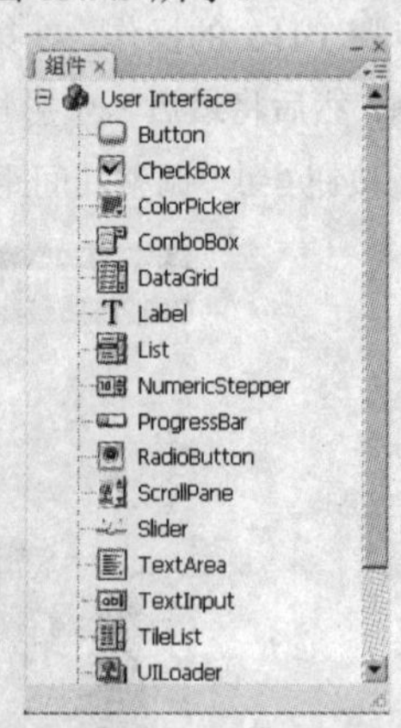

图 13.9.3　组件面板

（4）从组件面板中分别拖动 T Label 和 ComboBox 组件到工作区中，如图 13.9.4 所示。

（5）选择“Label”组件，单击“参数”标签，打开“参数”选项卡，在“text”文本框中输入“请输入你所居住的城市”，如图 13.9.5 所示。

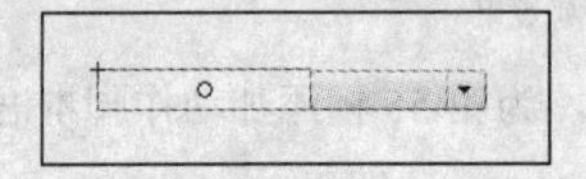

图 13.9.4　拖动组件

图 13.9.5　在“text”文本框中输入文字

（6）选择“ComboBox”组件，单击“参数”标签，打开“参数”选项卡，单击 dataProvider 参数文本框或单击按钮，弹出一个“值”对话框，如图 13.9.6 所示。

（7）在其对话框中单击按钮，弹出一个树形菜单，在 Label 值文本框中输入北京，在 data 值文本框中输入“1”，继续单击按钮，在“Label”文本框和“data”文本框中添加不同的城市和序号，添加完毕后单击按钮，如图 13.9.7 所示。

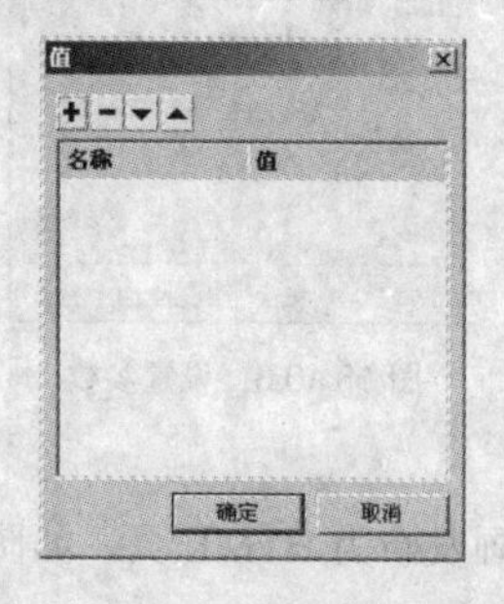

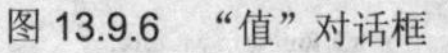

图 13.9.6　“值”对话框

图 13.9.7　输入“值”

（8）按“Ctrl+Enter”键测试影片，最终效果如图 13.9.1 所示。

实训 10　测试与发布动画

1. 实训内容

在制作过程中主要用到发布设置命令，最终效果如图 13.10.1 所示。

图 13.10.1　最终效果图

2. 实训目的

掌握将动画发布为网页的方法与技巧。

3. 操作步骤

（1）打开 Flash CS3 应用程序，打开一个已创建的动画。

（2）选择 文件(F) → 发布设置(G) 命令，在弹出的“发布设置”对话框中单击 HTML 标签，打开“HTML”选项卡，如图 13.10.2 所示。

（3）在该选项卡中设置参数，如图 13.10.3 所示。

（4）设置好参数后，单击 发布 按钮，即可将该动画发布为 HTML 页。

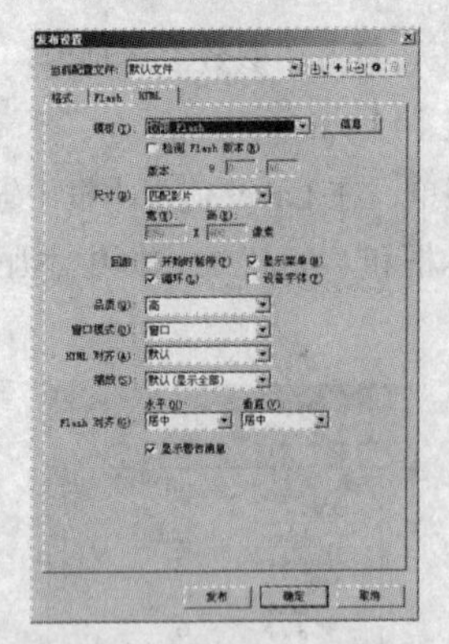

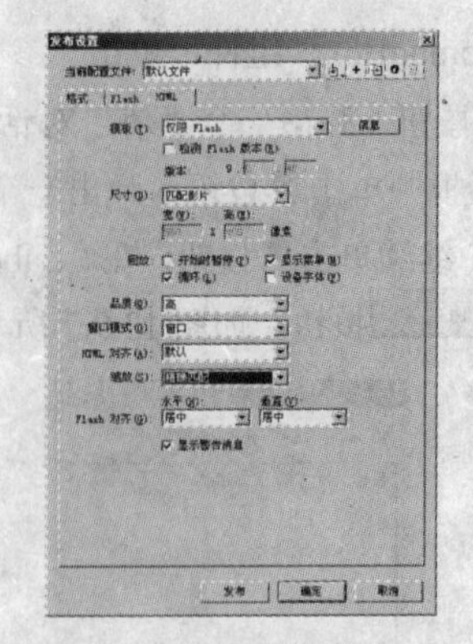

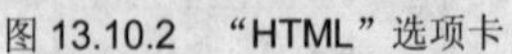

图 13.10.2 “HTML”选项卡　　　　图 13.10.3 设置参数

（5）单击 确定 按钮，关闭该对话框。

（6）找到该动画存放的文件夹，可发现已将该动画发布为 HTML 页，如图 13.10.4 所示。

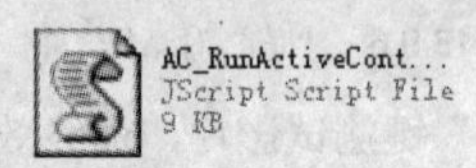

图 13.10.4 发布为 HTML 页

（7）用鼠标双击该网页，将其打开，最终效果如图 13.10.1 所示。